W. O. von Horn

Gesammelte Erzählungen

W. O. von Horn

Gesammelte Erzählungen

ISBN/EAN: 9783743379640

Hergestellt in Europa, USA, Kanada, Australien, Japan

Cover: Foto ©Andreas Hilbeck / pixelio.de

Manufactured and distributed by brebook publishing software (www.brebook.com)

W. O. von Horn

Gesammelte Erzählungen

X.

W. O. v. Horn's
Gesammelte Erzählungen.

Neue Volks-Ausgabe.

Vollständig in 12 Bänden.

Zehnter Band.

Mit einer Illustration.

Frankfurt a. M.
J. D. Sauerländer's Verlag.
1862.

Inhalt.

Gui de Saint-Flour.

Eine Novelle.

(Hierzu eine Illustration.)

1.

Es war um die Zeit, welche unmittelbar dem Diner vorher=
geht, als in einem der Seitengemächer des Speisesaals im Louvre
eine lebhaft sich unterhaltende Gruppe in einer Fenstervertiefung
stand. Die Sonne schien hell und klar auf das hohe Fenster und
ihre Strahlen brachen sich in den Gluthfarben der Glasmalereien,
welche das Fenster zierten, und warfen dadurch ein wahrhaft
verklärendes Licht auf die Gestalten der Männer, welche jene
Gruppe bildeten.

Wider dem steinernen Fensterkreuze lehnte mit verschränkten
Armen der König. Ein bis zum Knie reichender Hermelinmantel
hing lose an goldner Schnur um seine Schultern und bedeckte
zum Theil das weiße Atlaswamms, das knapp um die Taille
schloß, und von dem abwärts, aus gleichem Stoffe, die gebauschte
Hose sich zog und in Stiefeln endete, deren unermeßliche Schnäbel
weit hinausreichten und oben, gegen das Schienbein gekrümmt,
sich umbogen, und in einer Geierklaue endeten. An reichem Wehr=
gehänge war das kostbare Schwert befestigt. Den Kopf deckte ein
Barett von rothem Sammt, von dem weiße Federn herniederwallten.
Seine Gestalt war von mittlerer Größe; das Gesicht nicht
unschön, aber es trug die deutlichen Spuren einer raschen Lebens=
weise. Nur das dunkle Auge verrieth, daß es aufblitzen konnte,
wenn die Leidenschaft ihm ihr Feuer lieh, und der ganze Ausdruck

des Gesichtes war der Art, daß man erkennen mochte, die Seele, die ihm den Stempel gab, war wilder Leidenschaft nicht fremd.

Rechts, in einiger Entfernung von dem Könige, standen zwei Geistliche, hohe Würdenträger der Kirche. Der Eine, groß, hager, mit anachoretischem Ausdruck und sehr strengen Zügen, war der Erzbischof von Paris, ein Mann in den Fünfzigern, angethan mit dem Gewande seiner Würde, wie es in die Situation paßte, zu welcher er hierhergekommen, nämlich, um der Gast des Königs zu sein. An seiner Seite, doch etwa einen halben Schritt zurück, stand der Beichtvater des Königs, im schwarzen Abbékleide; ein Mann von etwa vierzig Jahren, wohl genährt nnd blühenden Antlitzes, von untersetzter Gestalt, mit schlauem Gesicht und kleinen, schwarzen, stechenden Augen. Wenn die Haltung des Erzbischofs würdevoll war, und eine gewisse Energie, das Bewußtsein des Könnens, aussprach, so war die seine demüthig; aber aus dieser Demuth blickte ihr Gegentheil unverkennbar heraus, und wenn er den Blick jetzt an den Boden heftete, so mochte man vermuthen, er hänge Berechnungen und Plänen nach, deren Ziel ein goldener Krummstab sei. Links vom Könige stand der Marquis von Tavannes.

Die Gestalt des Marquis war noch ziemlich jugendlich, aber der Kopf, durchfurchten Antlitzes, schien einem Mann anzugehören, der jenseit der Dreißiger stand. Wenngleich muskulös, war seine Gestalt dennoch sehr beweglich, und der unheimliche Blitz seines Auges verrieth, daß er zu raschem Handeln bereit war; der Ausbruck seines Gesichtes war der eines wilden Fanatismus.

Der Erzbischof hatte eben einen längeren Vortrag geendet. Die eiserne Kälte seines Gesichtes war von der vollen Lebhaftigkeit seines Vortrags kaum verändert.

' Der König hatte ihm zugehört und die tiefen Falten seiner Stirne, die auf die Augen sich herabsenkenden Brauen zeigten, der Eindruck war ein tiefer; aber freundlicher Natur war der

Inhalt der erzbischöflichen Rede nicht gewesen, und nicht der Eindruck, den sie zurückgelassen.

Eine Pause war eingetreten.

Nach einigen Secunden sagte der König mit ziemlich starker Betonung: „Wir haben das Wort der Kirche gehört, hören wir nun das des Adels auch. Herr Marquis von Tavannes, was haltet Ihr von dem, was der Herr Erzbischof geäußert?"

Tavannes mochte diese Wendung nicht erwartet haben. Er zuckte zusammen, verbeugte sich tief und sagte: „Zu viel Ehre, Sire, meine Meinung hören zu wollen, nach der gewiegten Rede des hohen Prälaten."

„Uns gilt es, auch noch andere Meinungen zu hören, und wie Kirche und Adel des Staates Stützen sind, so soll auch, da die Erste geredet hat, der Adel des Reiches seinen Vertreter finden. Daß Wir Euch dafür erkennen, halten Wir für gerechtfertigt," sprach Heinrich II.

„Vollkommen!" sprach der Erzbischof mit einem schnell vorüberfliegenden Lächeln zum Könige gewendet, der sein Wort halb an ihn, halb an Tavannes gerichtet hatte.

„Eure Majestät wollen es," sprach Tavannes, sich neigend, „so will ich nicht zurückhalten, was ich für Recht halte, und als den Ausdruck der Gesinnung des Adels vollkommen vertreten kann."

Bei diesen Worten richtete er sich fest auf. Sein Auge wies eine dunkle Gluth, in seinen Zügen prägte sich die wilde Leiden=schaft aus, die in ihm zu gähren begann.

„Sire," sprach er, „am innersten Lebensmarke Frankreichs nagt ein giftiger Wurm, der schonend, leider allzu schonend gehegt, wenn nicht gepflegt wurde. Thron und Kirche untergräbt sein giftiger Zahn, und wenn ihm nicht bald der Kopf zertreten wird, so wird seine Macht kaum mehr zu bewältigen sein. Sire, Eure Majestät weiß, wen ich meine!"

Der König nickte ihm zu. „Ihr bewegt Euch," sprach er

darauf zu Tavannes, „ in allgemeinen Sätzen. Wir wünschen, daß Ihr das Gesagte begründet und auch ·über die Mittel Euch äußertet, jenem giftigen Wurme das Haupt zu zerschmettern.“

„Der Calvinismus, Sire,“ hob Tavannes zu reden an, „hat bei den halben Maßregeln wie ein Unkraut gewuchert und um sich gegriffen. Das ist nicht bloß im Calvados, in den Sevennen, in der Dauphiné unter dem Volke geschehen, sondern auch unter den Augen der allerchristlichsten Majestät. Verkappt schlichen anfänglich die Genfer Emissäre herum; jetzt wagen sie es, jene Verkappung abzuwerfen; heimlich hielten sie früher ihre Versammlungen, in denen ihre Prädikanten ihre Lügen und ketzerischen Lehren vortrugen und das Sakrament höhnten — jetzt thun sie es fast öffentlich, fast ohne Scheu, und wenn ihre Anzahl früher nach Hunderten zu berechnen sein mochte, so geben jetzt schon Tausende den Maßstab an die Hand. Es ist klar vor Aller Augen,“ fuhr er fort, „daß, wie früher bloß der Mittelstand des Volkes die Stätte war, wo diese Lehren ihren Herd fanden, jetzt in die Kaufmannschaft, in den Abel, die Beamten, ja bis in die Parlamente, bis an die geheiligte Krone hinan, die ketzerische Gemeinschaft ihrer Verzweigungen hat. Blicken Eure Majestät in das Parlament von Paris, da sitzen die Protestanten und geben keckes Zeugniß von ihrem Glauben und ihrer Gesinnung. Die Klugen schweigen noch und verhüllen, was sie im Innern tragen; die Eifrigen sprechen es keck aus und fürchten einen Arm nicht mehr, dem sie die zermalmende Kraft und Schwere nicht zutrauen!“

Des Königs Auge blitzte auf, und mit Unwillen sagte er: „Herr Marquis, vergesset nicht, vor wem Ihr redet!“

Der Marquis beugte sich tief. „Vergeben Eure Majestät, wenn ich vielleicht im heiligen Eifer für meinen Glauben zu weit ging und mich vergaß; mein treues Herz weiß davon nichts. Fordert mein Herzblut, und es soll für seinen königlichen Herrn fließen!“

Der augenblickliche Unmuth des Königs ging schnell vorüber.

„Die Ketzerbrut soll es erfahren, daß der Arm, den sie gelähmt glaubt, noch zermalmende Kraft hat," sprach er mit einem Nachdrucke, der deutlich wahrnehmen ließ, wie die Funken gezündet hatten.

Der Hofmarschall mit den Pagen erschien, dem Könige zu melden, daß er den Beginn des Diners nur zu befehlen habe.

„Laßt uns gehen, meine Herren!" sagte er. „Die nächste Zukunft wird es lehren, was wir thun, und aller Welt zeigen, daß Frankreichs König der Kirche treuester Sohn ist!"

Er schritt den Flügelthüren zu und, leuchtende Blicke wechselnd, folgten die Herren dem Gebieter.

Eben als diese Unterredung stattfand, ereignete sich eine Scene in einem prunkvollen Cabinete des Louvre, die mit dieser im engsten Zusammenhange stand.

Die Wände dieses Cabinetes waren mit Gobelins behangen, welche in den glühendsten Farben die üppigsten Scenen der griechischen Mythologie dem Auge vorführten. Die Geräthe waren von der kostbarsten Art in Stoff und Form. Die prachtvollsten Teppiche bedeckten den Boden und rosenrothe Behänge der Fenster zauberten ein wunderbares Licht, ganz geeignet, die Reize der Bewohnerin in reichstem Maße zu erhöhen.

In einer schwellenden Causeuse lag halb, halb saß sie — ein reizendes Weib in einem Anzuge, der die üppigen Formen recht hervorhob. Sie konnte nicht mehr auf den Schmelz der ersten Jugend Ansprüche machen, aber dennoch war sie außerordentlich reizend, und das geistreiche, schöne Gesicht mußte den besiegen, der es wagte, hineinzublicken, besonders in das Auge, das eine bezaubernde Wirkung übte.

Es war Diane von Poitiers, Herzogin von Valentinois, die Geliebte König Heinrichs II. von Frankreich, die unumschränkte Beherrscherin seines Herzens, seines Willens, seines Reiches.

Nahe bei ihr saß ein junger Abbé, ein Bild namenloser Schönheit. Sein trunkenes Auge ruhte auf Dianen. Ihre wun=

dervoll geformte, weiße, kleine Hand ruhte in der seinen und die glühenden Küsse, welche sie bedeckten, ließen auf eine Vertraulichkeit schließen, die weniger in seiner Würde, als in den Vorzügen jener äußeren Erscheinung gegründet zu sein schien.

„Herr Abbé!" rief Diane, ihm die Hand entziehend und mit dem Zeigefinger drohend, „Ihr vergeßt gänzlich, was Euch zu mir führte!"

„Ich möchte den sehen, dem es an meiner Stelle anders erginge!" sprach der Abbé in einem Tone, welcher seine Stimmung rechtfertigen sollte und ein selbstzufriedenes Lächeln über die schönen Züge der Herzogin führte, die die Schmeichelei fühlte.

„Schmeichler!" rief sie und die rosigen Spitzen ihrer Finger berührten die Wange des Abbé mit leisem Schlage.

„Reden wir jetzt von Anderem! Ihr sagtet, Ihr hättet ein wichtiges Wort mit mir zu reden?"

Der Abbé ermannte sich und sagte: „Ja, gnädigste Frau, ich kam, um die Nothwendigkeit verschiedener Schritte Euch an's Herz zu legen. Es ist der Ausdruck der Gesinnung des Herzogs von Guise, wie des Cardinals. Es muß etwas Ernstes geschehen, damit nicht immer frecher der Protestantismus werde, der nach den höchsten Stellen greift, die Macht an sich reißt und Frankreich in zwei Heerlager spalten will."

Diane hörte sinnend zu; aber man mochte es erkennen, wie diese Worte mit ihrer Gesinnung harmonirten.

„Die Kirche allein vermag es nicht," fuhr der Abbé in glühender Begeisterung fort. „Ihr fehlt der Arm der Gewalt, das Schwert der Rache und Vernichtung. Beides gehorcht Eurem Winke, wie sich ihm jedes Herz beugt. Reichet der Kirche Eure Macht dar und der Sieg ist gewiß. Wenn dann die Mächtigen unter den Ketzern gebeugt, zertreten, gefallen oder des Landes verwiesen sind, so sind ihre Güter und Schlösser — Euer!"

Diane sah mit aufblitzendem Auge den Sprecher an.

„Ich wiederhole es — Euer!" — setzte er mit großem Nachdrucke hinzu.

„Und was hofft Guise von solchen Schritten?" fragte sie listig lächelnd.

Der Abbé hatte wieder ihre Hand gefaßt, beugte sich auf sie, und drückte seine heißen Lippen in langem Kusse darauf.

Jetzt richtete er sich auf und blickte in das sieggewohnte Auge der Herzogin.

„Ich müßte nicht ganz Euch angehören," lispelte er, „wenn ich nicht darauf antworten sollte. — Macht! — Aber was hilft ihm eine Macht, die zu brechen Euch nur einen Wink kostet, wenn sie sich vergessen sollte? In dieser reizenden Hand ruht der Kappzaum, der sie zügelt. Ihr hat noch kein Ehrgeiz, keine Herrschaft, kein Streben nach Oben hin Widerstand zu leisten gewagt. Wo aber eigentlich die Macht, wie der Reichthum Euch zufällt; wo Ihr, wie die Kirche, so den Adel Euch verbindet; wo Ihr solche heilbringende Dienste Frankreich leistet, da, mein' ich, sollte die Wahl entschieden sein!" —

„Sie ist es!" sprach Diane von Poitiers mit der ganzen Entschiedenheit ihres Wesens und erhob sich.

Auch der Abbé war aufgestanden, aber seine Blicke schienen in diesem Augenblicke das hinreißende Weib zu verschlingen.

„Geht," sagte sie liebreich, „sagt das dem Herzog. Die Stunde meiner Toilette naht."

„Kann ich denn?" fragte schmelzend der Abbé.

„Ihr müßt," versetzte sie mit zauberischem Lächeln. „Solche Opfer der Hingebung werden nie verkannt."

Der Abbé drückte die reizende Hand an seine Lippen und verschwand durch eine Tapetenthüre, welche die Gobelins dem Blicke entzogen. Diane sah ihm mit Befriedigung nach, wiegte das Haupt einigemal nach Vornen, lächelte in den großen Spiegel und klingelte ihren Damen. —

Die Folgen dieser beiden Scenen traten bald auf den Schauplaß des Lebens. Schneller als Alles rief sie ein Ereigniß hervor, daß sich im Parlamente von Paris zutrug, dessen Wurzeln aber in den Unterredungen zu suchen waren, die der König mit dem Erzbischof und Tavannes, Diane von Poitiers mit dem Abbé gehabt, während im geheimen Closette des Königs der Beichtvater seine Thätigkeit entwickelt hatte, jene Fäden in seiner Hand vereinigend. —

Der König kannte die Namen der Ketzer im Parlamente von Paris, sowohl derer, die kein Hehl hatten, als derer, die es noch nicht wagten, ihre Ueberzeugung rückhaltlos hervortreten zu lassen. Durch einen eclatanten Schritt sollte ihre Vernichtung eingeleitet werden; denn im Parlamente saßen Männer von Geistes- und Rednergaben, wie sie Frankreich nicht wieder aufweisen konnte; hier wurden die Interessen des Glaubens beleuchtet, vertreten, gewahrt mit der Macht des Wortes, welches Herz und Geist in gleichem Maße überwältigte und manche Blitze fuhren aus diesen Mauern heraus und zündeten dort im Volk ein Licht, das hell und hoch aufflammte. Die Feinde des Evangeliums erkannten vollkommen klar, wie wichtig es sei, wenn die Kräfte, welche sich der Ausführung des die Protestanten vernichtenden Edictes von Escouan, dem schon da, wo sich keine Macht entgegenstämmte, Ströme Blutes hingemordeter Protestanten, auflodernde Scheiter-haufen todesmuthiger Bekenner des Evangeliums gefolgt waren, in dem Parlamente von Paris entgegenstellten, besiegt würden; denn das Parlament hatte bis jetzt der Ausführung dieses blutigen Edicts einen unübersteiglichen Damm entgegengesetzt.

Seit König Carl, dem Achten, bestand in Betreff des Parla-mentes von Paris eine ganz eigenthümliche, die Macht des Parla-mentes beschränkende Einrichtung. Am letzten Mittwoche des Monats (Dies Mercurii, daher der Name: Mercuriale) begab sich der königliche Generalprocurator feierlich in die Sitzung des Parla-mentes, hörte den Verhandlungen zu und zog dann diejenigen Mitglieder, welche etwa sich verfehlt, zur Rechenschaft. Er übte dabei eine große Gewalt, die selbst bis zur Entsetzung vom Amte reichte. Es ist unzweifelhaft, daß durch diese Einrichtung die Selbstherrlichkeit des Parlamentes gebrochen war und die menschliche Rücksicht auf die Stellung irgendwie der Zunge Fesseln anlegte, aber auch der königlichen Macht Vorwände ließ, mißliebige Personen sofort zu entfernen, unangenehme Debatten zu beseitigen und so ein Ziel zu erreichen, auf welches man lossteuerte. Das Edict von Escouan war im Bereiche des Parlamentes von Paris noch nicht zur Ausführung gekommen, weil dasselbe sich ihm widersetzte oder doch die Bekenner des Evangeliums in seinem Schooße. Gerade die besten Köpfe, die glänzendsten Redner, die entschiedensten Charaktere gehörten dieser Partei an, und wie oft auch die Versuche erneuert wurden, es schien, als bräche sich die Gewalt der Brandung an einem Felsen.

Die vereint wirkenden Parteien des Clerus, der Guisen, Dianen's von Poitiers und des Königs hatten sich vereinigt, noch einmal das Edict von Escouan vor das Parlament zu bringen und es so geleitet, daß an der Mercuriale, also gerade am letzten Mittwoche des Monats, wo der Generalprocurator der Sitzung beiwohnte, die Verhandlungen darüber die vollste Thätigkeit in Anspruch nahmen.

Die Sitzung hatte begonnen. Die Fanatiker jener Parteien hatten bereits Alles aufgeboten, die Nothwendigkeit des Einschreitens gegen die Ketzerei in's Licht zu setzen; Gründe auf Gründe hatten sie gehäuft, um dem Verfolgungsedicte die Hindernisse seiner Ausführung wegzuräumen; aber auch von der protestantischen Seite erhoben sich jetzt die Männer, die als Zierden des Parlaments galten, und schlugen jene Gründe nieder, daß an kein Aufstehen mehr zu denken war. Was indessen an stichhaltigen Gründen mangelte, das mußte blinde Wuth ersetzen, und so entstand ein Kampf der Meinungen und Interessen innerhalb der Mauern des Parlamentes, wie ihn die Geschichte dieses Institutes noch nicht aufgewiesen hatte. Die Leidenschaften waren auf beiden Seiten entfesselt; die scharfen Pfeile des Wortes flogen herüber und hinüber — als sich plötzlich der beste Redner des Parlamentes, der geistreichste Anhänger des Evangeliums — der bis jetzt geschwiegen hatte, der Parlamentsrath Claude de Viole, Herr von Saint-Flour, erhob. Vor ihm hatten die gewichtigen Stimmen der Parlamentsräthe Ferrier, du Faure, du Bourg und Andere geredet; aber als de Viole sich erhob, entstand eine Todesstille. Die Gesichter der Gegner wurden bleich, die der Bekenner des Evangeliums strahlten, denn Alle wußten es, wenn Viole redete, war der Sieg für seine Sache keine Secunde mehr zweifelhaft.

Als eben Viole im heißesten Flusse seiner Rede für die Glaubens- und Gewissensfreiheit seiner Glaubensgenossen war, und hier der lebhafteste Beifall, dort Zorn und Wuth sich auf den Gesichtern malte, öffneten sich die Flügelthüren und der Huissier des Parlaments rief in den Saal hinein: „Seine Majestät der König!“

Mit dem ganzen Pompe der Majestät, begleitet von dem großen Gefolge, trat der König an der Stelle des Generalprocurators ein. Das Parlament erhob sich. Der Ruf: „Es lebe der König!“ hallte im Saale wieder.

Dieser unerwartete Eintritt des Königs machte den verschiedenartigsten Eindruck. Während eine momentane tiefe Stille auf der Versammlung ruhte, sah man hier bleiche, angsterfüllte Gesichter, dort triumphirende, mit hämischem Lächeln und Siegesfreude.

Nach einer kurzen Begrüßung der Versammlung flog ein Blick des Königs über sie hin, der einen finstern, gefahrdrohenden Ausdruck hatte. Er nahm mit bedecktem Haupt auf der erhöhten Estrade Platz. Sein Cortege ordnete sich und mit einem herrischen Tone befahl er, daß man da fortfahre, wo sein Eintritt die Verhandlung unterbrochen habe. Jetzt schwoll denen der Muth, die so nahe am Unterliegen gewesen waren, und, ihres Hinterhaltes gewiß, schleuderte der wilde Fanatismus seine Blitze gegen die Ketzer, die so siegreich erst kurz gekämpft, und die man jetzt für muthlos hielt.

Aller Augen waren jetzt auf de Viole gerichtet. Das bleiche

Antlitz war noch bleicher geworden; aber das dunkle Auge sprühte Blitze einer mächtigen Begeisterung. Immer rascher fuhr er mit der Hand über den schönen Bart, der sein Kinn zierte und die fieberische Bewegung, in der er war, ließ Außerordentliches erwarten. Jetzt erhob er sich von seinem Sitze, der gerade dem Könige gegenüber sich befand. Jedermann kannte diesen Mann, der unerschütterlich in seinen Grundsätzen und im Erfüllen seiner heiligen Pflichten, sich nie vor einer weltlichen Macht gebeugt, aber mit Kraft und Schärfe des Geistes eine wunderbare Beredtsamkeit verband; der nie der Wahrheit etwas vergab und bereit war, lieber als Märtyrer zu sterben, als das Zeugniß für seinen heiligen Glauben da nicht abzulegen, wo etwa persönliche Gefahr drohte. „Wahr ist es," sprach er mit volltönender Stimme und mächtigem Feuer, und das Auge schoß Blitze unter den dunklen Brauen hervor, die sich tief herabsenkten, „wahr ist's, daß der Verfolgungsgeist das Vaterland in grenzenlose Verwirrung stürzt; aber wer löst die Bande gesetzlicher Ordnung? Wer bewaffnet die friedliche Hand des Bürgers zum Schutze seiner heiligsten Güter? Die thun es, die die gottverliehenen, heiligen Rechte des Menschen mit Füßen treten, die den Bruder, der anders denkt und glaubt, zu Schaffoten und Scheiterhaufen schleppen; Gott gab die Freiheit des Gedankens; Gott verlieh die Freiheit des Glaubens und Ihr wollt ihn in Fesseln schlagen! Ihr wollt mit fleischlichen Waffen den Geist bannen in Formen, und den neuen Wein in die alten Schläuche zwingen, die er zertrümmert, weil sie alt und faul sind. Friedliche Unterthanen, treue Bürger sind die Protestanten; aber Eure Verfolgung bewaffnet die Hand mit dem Schwerte, die friedlich mit dem Pfluge den Acker furchte, oder im Gewerbe nützlich thätig war; Eure Priester sind es, die, weil sie nichts vermögen gegen das siegende Wort Gottes, Die einkerkern, hinschlachten, verbrennen, verbannen, die dies Schwert des Geistes führen; das ist die alte Art, die von den Albigensern her sich als die leichteste empfiehlt; aber das schuldlos vergossene Blut schreit um Rache zum Himmel! Und dort ist der

Vergelter, dessen Arm nicht verkürzt ist und den erreicht, heute oder morgen, der frevelt.

„Ich bekenne es freudig, hier vor Gott und Menschen, daß ich der Kirche angehöre, die am reinen Worte Gottes hält, als an dem Gute, das Menschengewalt nicht antasten kann. Mögen sie den Leib tödten, den Geist können sie nicht morden, und wie einst in den Tagen der Christenverfolgung, so wird aus dem Blute der Martyrer eine Saat aufgehen, die die Ohnmacht der Menschen=gewalt bezeugt. Das Palladium der Kirche ist die Glaubens= und Gewissensfreiheit, und ihr ewig dauerndes Fundament das Wort Gottes, welches die Pforten der Hölle nicht zu erschüttern ver=mögen. Lasset uns das freie Bekenntniß unseres Glaubens — und der Friedensengel schwingt seine Palme über Frankreichs schönes Land; treuere Unterthanen hat kein Fürst der Erde. Die innere Zerrüttung endet, und der Gewerbfleiß, den meine Glaubensgenossen in das Land gebracht, wird seine Segnungen über Frankreich ver=breiten. Das Edict von Escouan stößt den Dolch in Frankreichs edelste Eingeweide. Es säet Haß,. Mord, Blut — seine Ernte ist Fluch, Fluch, Fluch! Verwüstung und Elend sind seine Folgen. Den Bruder hetzt es gegen den Bruder, den Geist der Hölle, den Fanatismus beschwört es herauf, und seine bluttriefende Geißel wird Frankreich zu Tode hetzen. Und wer trägt die gräßliche Schuld?“ —

Er hielt inne. Die heftige Erregung seines Innern gab dem bleichen Gesichte, das von schwarzem Haare umwallt war, den Ausdruck, der an einen Propheten Israels erinnerte. — Und noch einmal fragte er nach dieser Pause, in der man den Schlag der allseitig, wenn auch verschiedenartig erregten Herzen vernehmen konnte:

„Wer trägt die Schuld? Mit den Worten des Propheten Elias spreche ich, wie er zum gottlosen Ahab sprach: Du bist's, der Israel verwirret!“ —

Sein stechender Blick traf den König, daß er den seinen nieder=

schlug und bleich wurde wie eine Leiche. Er saß da wie der Sünder vor dem Richterstuhl eines Reinen, dessen Wort ihn zermalmend traf, wie einst David vor Nathan, als dieser sagte: Du bist der Mann des Todes!

Die Versammlung war, wie wenn sie erstarrt wäre. Aller Blicke ruhten auf dem Könige. Heinrich II. rang, seine Fassung wieder zu gewinnen und einen Entschluß zu fassen, aber er vermochte es nicht. Er hob die Sitzung auf und verließ in fieberhafter Bewegung den Saal. Erst jetzt erhob sich ein wilder Tumult. Die Anhänger der Guisen wollten über Viole herfallen, aber eine Phalanx stand um ihn. Die Unentschiedenen waren zur Entschiedenheit gekommen. An seinem Feuer war das ihre entzündet worden. Sein Muth hatte den ihrigen gehoben und mit sich fortgerissen.

Du Plessis-Mornai trat zwischen die Parteien. „In diesen Räumen," sagte er, „hat immer die Wahrheit ihre Zufluchtsstätte gefunden und das Recht die seine. Entweihet die Räume nicht! Gebt nicht das Beispiel, daß die Nation Euch nachahme und ein Strom Blutes sich über Frankreich ergieße!" —

Dies Wort aus diesem Munde wirkte Wunder. Wenn auch in wilder Erregung, verließ dennoch die Versammlung den Saal, ohne das Recht der freien Rede schmählich zu verletzen.

Was sich im Parlament ereignet, trug schnell das Gerücht durch Paris. Fast kein Haus, keine Hütte gab es, wo nicht die Begebenheit verhandelt wurde. Wie auch der Glaubenshaß viele Herzen beherrschte, der kühne Freimuth Viole's, dem Könige gegenüber, weckte Sympathien, wo man es nie hätte glauben sollen und der Protestantismus gewann an diesem Tage mehr Herzen, als er sonst in einem Jahre würde gewonnen haben.

Aber im Louvre, in dem Hotel des Herzogs von Guise, in dem Palaste des Erzbischofs war Alles in einer Bewegung, die unerhört war. Da drang man auf kräftige Erfüllung des Edictes von Escouan; da forderte man blutige Sühne; da sprach man von beleidigter Majestät und Hochverrath, und aller Grimm wandte sich gegen Viole, über dessen Haupte das Schwert des Damokles an einem Haare hing. Der Verhaftsbefehl wurde ausgefertigt, und als die Nacht ihren Schleier über Paris breitete, nahte das Verderben dem Mann, der es gewagt, die Wahrheit dem König in das Angesicht zu sagen.

2.

Es schien, als stehe die Natur im Einklange mit dem Menschenherzen. Ein Gewitter hatte sich über Paris gesammelt, das Blitz auf Blitz entsandte. Der Donner rollte, furchtbar dröhnend, über der Stadt. Der Sturm tobte durch die Straßen, daß kaum ein Wanderer Widerstand leisten konnte, und in den Kaminen war ein Heulen, als ob die Geister der Hölle lebendig geworden wären — und doch fiel kein Tropfen Regen. Es schien, als sei das Gewitter gebannt über der unermeßlichen Stadt.

Erst gegen zehn Uhr hatte der Donner aufgehört und die Blitze zückten nicht mehr. Das Geläute der Glocken hatte aufgehört und ein sanfter Regen, der jedoch nur einige Augenblicke währte, töbtete den Staub, der sich sonst bei jedem Tritt erhob.

Der Parlamentsrath de Viole saß an dem Bettchen seines Kindes, eines vierjährigen Knaben, und blickte auf den friedlichen Schlummer des Kindes mit stillem Sinnen. Dieser Knabe war das einzige Gut, welches er aus den Trümmern seines Glückes gerettet hatte. Sein geliebtes Weib war ihm gestorben. Nun hing seine Seele mit dem ganzen Reichthum seiner Liebe an dem Knaben, den sie ihm gelassen. Er hielt die Hand des Kleinen, der so ruhig schlief, und sein Herz wogte in der Erinnerung an das, was heute geschehen. Allmälig traten die Ereignisse dieses bedeutungsvollen Tages klarer hervor in ihren Einzelheiten; daß aber ihm eine Gefahr drohe, ahnte er nicht.

Da klopfte es heftig an des Hauses Thüre; der Bediente

öffnete, und rasch traten zwei Männer herein, deren Einer in wenig Sprüngen die Stiege droben war und ohne Weiteres in Viole's Gemach trat. Als er ihn hier nicht fand, eilte er in das Cabinet, wo Viole in tiefen Gedanken an seines Kindes Bette saß.

„Viole," sprach er, „wie mögt Ihr so sorglos hier bei Eurem Kinde sitzen, während Eure Feinde Euer Verderben bereits beschlossen haben? Lohn' es Euch Gott, was Ihr heute thatet, aber nun gilt es auch, die Folgen Eures Wortes von Euch fern zu halten. Euer Urtheil ist gesprochen — der Tod!"

„Ich stehe in Gottes Hand," sagte ruhig der Parlamentsrath und blickte mit der vollen Seelenruhe des guten Bewußtseins in das Auge du Plessis = Mornai's.

„Wie?" rief der treue Freund, „Ihr wollt ruhig das erwarten, was ein wüthender Feind Euch bereitet? Wollt Ihr in der Bastille den langsamen Hungertod sterben, nachdem Euch die Folter alle Glieder zerrissen?"

„Ich fürchte sie nicht!" sagte Viole.

„An Eurem Muthe zweifelt Niemand," rief du Plessis = Mornai; „aber dient Ihr damit dem Glauben, dem Vaterlande, daß Ihr Euch, statt Euch ihm zu erhalten, hinschlachten lasset?"

„Ihr fürchtet zu viel!" sprach Viole. „Sie werden es nicht wagen!"

„Nicht wagen?" fragte Mornai. „Der Verhaftsbefehl ist ausgefertigt und in Tavannes' Händen. Glaubet Ihr, daß der zögere? Um Gotteswillen, eilet! Jede Minute ist kostbar! Blickt hin auf dies schuldlose Kind! Ihr seid sein Alles, Vater und Mutter. Sie hat es eingebüßt, wollt Ihr ihm die letzte, die einzige Stütze rauben? Wollt Ihr es den Händen Eurer Feinde überliefern?"

Viole erbebte.

„Ferrier, du Faure und du Bourg sind geflohen," sprach dringender Mornai.

„Was sagt Ihr?" fragte aufspringend de Viole.

„Sie sind schon jenseits der Barrieren von Paris," fuhr Jener fort, „und Ihr weilet noch?"

„So weit also ist es gekommen," sagte Viole mit schmerzlichem Ausbrucke, „daß Frankreich seine Söhne ausstößt! Aber es ist so. Die Sterne lügen nicht! In ihren wunderbaren Stellungen stand das geschrieben. Ja, mir wird es klar; ich muß fliehen, um meines Kindes willen muß ich."

„So eilet um Gotteswillen, ehe es zu spät ist," rief Mornai und drängte ihn.

Er gab endlich nach. „Ich will fliehen," sagte er, „aber nur mit meinem Knaben. Wie wird das möglich sein?"

„Ich kannte Euer Vaterherz, Viole," sagte Mornai, „und habe die nöthige Fürsorge getroffen, daß kein Hinderniß in den Weg treten kann. Nur Eile thut Noth; denn zögert Ihr länger, so ereilen sie uns, und Ihr und Euer Kind, Ihr seid Beide verloren."

Das wirkte.

Viole ordnete nun schnell das Nöthige, packte Geld und Papiere ein.

Mornai rief die beiden Diener. Das Kind wurde geweckt und, durch das Zureden des Vaters beruhigt, ließ es sich in einen Mantel hüllen. Wenige Minuten später traten sie in die Nacht hinaus. Es war finster wie im Grabe. Der schlaftrunkene Knabe war in des Dieners Armen bald wieder eingeschlafen. Du Plessis-Mornai schritt vor den Dreien her.

Durch abgelegene, dem Parlamentsrath unbekannte Gassen und Gäßchen, durch Passagen und über freie Plätze wandelten sie in raschem Schritt. Endlich hörten sie deutlich das Plätschern der Wellen der Seine, die sich, noch aufgeregt von dem wilden Sturm, am Ufer brachen.

„Gott sei gelobt!" sagte halblaut du Plessis-Mornai zu Viole, „wir sind dem Ziele nahe! Möge er gnädig über uns wachen!" —

Noch eine kleine Straße wanderten sie so fort, dann bogen sie in eine dunkle Gasse, die sich dem Ufer zusenkte.

Hier blieb du Plessis-Mornai stehen und hustete dreimal. Drunten am Ufer wurde ihm in eben der Weise geantwortet. Jetzt faßte er de Viole's Hand und langsam schritten sie das abschüssige Pflaster hinab.

Hier trat ihnen eine dunkle Gestalt entgegen.

„Wie viel Uhr ist's?" fragte der Unbekannte.

„Beinahe Mitternacht!" entgegnete du Plessis-Mornai.

Ohne weitere Fragen kehrte der Unbekannte gegen den Fluß zurück und mehrere Andere traten aus einem großen Kahn an's Ufer.

Die Fliehenden wurden hineingeleitet, und nachdem sie sich niedergesetzt, schoben die Schiffer den Kahn vom Ufer los — sprangen hinein, und während Einer das Steuer ergriff und die Anderen die Ruder einsenkten, flog der Kahn über die Wellen hin, an den noch erleuchteten Häusern vorüber und nicht lange, so lag Paris hinter ihnen.

„Wohin führt Ihr mich?" fragte Viole.

„Ueberlaßt vertrauensvoll mir Alles," entgegnete du Plessis-Mornai, und spornte die Ruderer zu rascher Fahrt.

Endlich trat an beiden Ufern der Seine der Wald auf. Der Mond leuchtete im ersten Viertel genug, um dies zu erkennen.

„Die Gefahr ist nun für's Erste vorüber," sprach Mornai zu Viole; „aber dennoch thut die Eile Noth; denn schon mit grauendem Tage werden Euch auf allen Wegen Verfolger nachgesendet. Wenn Ihr nicht einen bedeutenden Vorsprung gewinnen könnt, so ist all unser Mühen umsonst. Welche Richtung gedenkt Ihr einzuschlagen?"

„Die nach der Auvergne," erwiederte Viole. „Auf Saint-Flour kann ich wenigstens einen reiflich erwogenen Plan zur Reise kommen lassen."

„Wenn Ihr auch dorthin geht," sagte der edle Freund, „so

dürft Ihr dort nicht weilen. Geht nach England. Das ist das Einzige, was ich Euch rathen kann. Diane von Poitiers lechzet nach Euren und der übrigen Entflohenen Gütern. Nur zu bald werden ihre Agenten erscheinen."

„Wohl mögt Ihr Recht haben," sagte Biole nach einigem Besinnen; „aber die Berge der Auvergne sind reich an Schlupfwinkeln. Dort ist meine Heimath; dort habe ich treue Freunde; dort kenne ich vom edlen Waidwerke her jeden Schlupfwinkel, und mögen sie kommen und suchen, uns finden sie nicht; allein ob das auf die Dauer ausreiche, bezweifle ich selbst. Es wird mir aber nicht schwer werden, über La Rochelle nach England zu entkommen."

Wieder trat eine Stille ein und Jeder schien einen Fluchtplan zu ersinnen.

Mittlerweile hatten sie eine Stelle erreicht, wo dunkler Hochwald nahe an das Ufer der Seine herantrat. Die Sichel des Mondes stand am Rande des Horizonts, und das fahle Licht fiel auf das Ufer. Die Wolkenmassen, welche noch in Paris den Himmel schwarz bedeckt hatten, waren verzogen.

Das scharfe Auge des Schiffers am Steuer entdeckte eine menschliche Gestalt am Ufer. Eine Wendung des Steuers schob den Kahn in die Mitte des Stromes. Hier ließ er die Ruder einziehen und den Kahn ruhig auf dem Zuge der Wellen hingleiten. Als der Kahn der Stelle gegenüber war, pfiff der Steuermann dreimal in kurz abgestoßener Weise. Sein Ton wurde ebenso erwiedert und schnell machte nun der Kahn eine Schwenkung gegen das Ufer und legte bei.

„Beinahe zweifelte ich an Eurem Entkommen," sagte näher tretend der Unbekannte. Er reichte den Austretenden seine Hand und half ihnen an's Ufer.

„Ist Alles bereit?" fragte Mornai.

„Wie Ihr befohlen!" erwiederte der Mann.

„Wartet hier," befahl du Plessis-Mornai den Schiffern und ging mit Biole und den beiden Dienern in den Wald. Eine

Strecke wanderten sie in dem Dunkel hin; aber es war ein Pfad, der nicht zu verfehlen war. Endlich erreichten sie einen freien Raum im Walde. Dort standen Rosse zur Flucht bereit.

„Mornai," sprach Viole, „der ächte Freund wird erst in den schwersten Lebensstunden erkannt. Ihr seid ein solcher. Manchmal kamet Ihr mir räthselhaft, unentschieden vor. Vergebt, ich that Euch Unrecht!" —

Mornai drückte Viole's Hand. „Der Schein trügt," sagte er. „Ich habe erkannt, daß ich so unendlich mehr nützen kann. Ich bin oft und viel verkannt worden und werde es wohl noch oft erfahren müssen; aber in mir, in der eigenen Brust, liegt mein Trost in solchen Fällen. Nicht Jeder vermag, was Andere können; aber steht Jeder treu auf seinem Posten, so kann das Uebel gedämmt werden. Ihr habt mich erkannt. Glaubt an mich, welch Licht auch auf mich fallen möge. Nun aber müssen wir scheiden. Gott schütze und geleite Euch. Seid seiner Gnade empfohlen."

Viole hielt seine Hand fest in der Seinen. Seine Lippe zitterte und eine Thräne trat in sein Auge.

„Edler Mann," sagte er, „ich weiß es, uns führt die Hand Gottes wieder zusammen. Was Ihr gesagt, ist nicht leer verhallt. Nehmt meinen innigsten Dank. Möge Gott aus meiner Rettung keine Gefahr für Euch hervorgehen lassen. Gott segne Euch!"

Stumm preßten die Männer sich gegenseitig an die Brust, dann wandte sich Mornai und verschwand im Wald. Er erreichte das Boot wieder und fuhr quer über den Fluß. Drüben wartete seiner ein Diener mit Pferden, und ehe es lebendig in den Straßen von Paris geworden war, hatte er die Gegend erreicht, wo Viole's Wohnung stand.

Welch' ein Anblick bot sich ihm hier!

Zertrümmert waren alle Geräthe, zerschlagen die Spiegel und Fenster; selbst die Bilder der Ahnen des Parlamentsrathes waren in Stücke zerrissen. Seine Habe war geplündert und geraubt. Die Wohnung bot ein Bild grausenhafter Zerstörung und, wie er so bastand, tief ergriffen von dem, was er sah, schlichen zwei Diener des Entflohenen herbei, die zur Zeit der Flucht auswärts waren. Auch sie hatten die Wuth seiner Verfolger erfahren durch schwere Mißhandlungen. Sie flehten Mornai um Schutz und Unterhalt an.

„Seid getrost," sprach der edle du Plessis=Mornai, „Ihr sollt, bis bessere Tage kommen, in meine Dienste treten."

Diese Aussicht richtete die Armen wieder auf, und sie erzählten nun, wie kaum wenige Minuten nach der Entweichung ihres Herrn sie heimgekehrt seien und ganz betäubt von dem Schrecken, daß sie das Haus offen und keine Seele darin gefunden hätten, dagestanden wären. Niemand habe ihnen ja sagen können, wohin er entwichen. Der Gedanke habe sie gefoltert, daß seine Feinde ihn nach der Bastille geschleppt, da auch sie in der Stadt gehört, wie er, dem Könige gegenüber, für seine Glaubensgenossen geredet. Dieser Furcht und Qual seien sie indessen bald entrissen worden; denn wenige Augenblicke später sei ein wilder Haufe in das Haus gestürmt, den Marquis von Tavannes an seiner Spitze. In allen Räumen des Hauses habe man gesucht; sie habe man geschlagen, gestoßen, mißhandelt und gefordert, daß sie sagten, wo ihr Herr sei. Als sie das nicht gekonnt, habe man mit Folter und Kerker gedroht. Endlich habe denn doch der Marquis eingesehen, daß er ohne ihr Vorwissen entflohen sein müsse. Wüthend darüber, daß ihm sein Schlachtopfer entgangen, habe er das Haus und Alles, was es enthalten, dem Haufen preisgegeben und sei dann hinweg= geeilt, um mit Berittenen nach allen Richtungen hin die Entflohenen zu verfolgen. Da nun die wüsteste Plünderung erfolgt sei, wäre ihnen Gelegenheit gegeben worden, sich den Unholden durch Ent= fernung zu entziehen, und erst gegen Tag seien sie in die zerstörten und ausgeraubten Räume zurückgekehrt.

Du Plessis=Mornai hörte mit Entsetzen diese Erzählung an, und verließ dann mit den Dienern Viole's die Stätte, wo es die Ereignisse bezeugten, was den edeln Bewohner würde erwartet haben, wenn er das Unglück gehabt hätte, in ihre Hände zu fallen, die ihn so bodenlos haßten.

Während sich dies hier zutrug, war dort am Ufer der Seine der Wald nicht lange Zeuge der Vorbereitung zur weiteren Flucht.

Der Diener, den Mornai hier mit den Rossen hatte warten lassen, war ein treuer, zuverlässiger Mensch. Zwar mit der Auvergne unbekannt, wußte er doch in den Gegenden, welche sie zuerst zu durchreisen hatten, genau Bescheid. Jeder Wald, jeder Schlupfwinkel war ihm bekannt. Ein Saumroß trug Lebensmittel und Erquickungen. Mornai hatte Alles vorgesehen. Um sich möglichst unkenntlich zu machen, mußte de Viole seinen Bart abnehmen, seine Kleidung mit der im Lande üblichen vertauschen. Selbst die Pferde waren der Art, daß sie durch Schönheit und edle Race kein Aufsehen erregen konnten. Am Tage rasteten sie meist in den Wäldern oder auf einzelnen Höfen und Mühlen, und in der Nacht setzten sie ihre Reise fort. Und als sie endlich jene Gegenden erreichten, wo die zerklüfteten, verbrannten Berge der Auvergne begannen, da wurde Viole selbst der Führer des kleinen Zuges.

Was ihn am Schwersten bekümmert, die Besorgniß, sein Kind, sein theurer Gui, werde die Reise erschweren, verschwand gänzlich. Das Kind freute sich der wechselnden Umgebung; freute sich, bei seinem Vater sein zu können, den es in Paris selten gesehen, und so ging die Reise ohne Abenteuer, ohne Gefahren und leichter vorüber, als er zu hoffen gewagt. Daß der edle du Plessis= Mornai für die beiden Diener, für seine Habe sorgen werde, durfte er mit Zuversicht voraussetzen, und so kam es, daß seine Seele leicht wurde, als er die Kegelberge seines Heimathlandes vor sich sah.

———

3.

Die Auvergne ist eins jener Gebirgsländer, wo die Natur, Gott allein weiß in welchen Zeiträumen, eine Werkstätte furchtbarer Gewalten hatte; wo die Zerstörungen durch vulkanische Eruptionen einen Umfang, eine Macht und eine Dauer nachweisen, die den Beschauer in eben dem Maße in Erstaunen setzen, als sie ihn mit Entsetzen erfüllen. Ungeheuere Krater zeigen die Herde jener Erschütterungen, die diese Berge zerklüfteten, jener Lavafelder, die, einst im Feuerflusse, weithin die Hochebenen bildeten, die Thäler ausfüllten, das Leben der Geschöpfe zerstörten, Wälder verbrannten und nun den öden Anblick gewähren, der die Seele mit Schauern erfüllt. Wo das Feuer rastlos hervorquoll, da hat ein anderes Element seine Stätte gefunden. Das Wasser hat viele der bodenlosen Krater ausgefüllt und Seen fluthen da, wo einst das Feuer waltete. Mächtige Tuffsteinlager dehnen sich aus. Der Bimmstein bedeckt weite Strecken und Basalte erheben ihre seltsamen Säulengebilde oft auf den Spitzen der Bergkegel in grotesken Formen.

Wo die Macht der athmosphärischen Einflüsse einwirken konnte, ist der Proceß der Verwitterung seit den Jahrtausenden wirksam gewesen, in fruchtbare Erde die Lavafelder umzuwandeln und noch heute, in dem Zeitpunkte der Begebenheiten aber, denen diese Blätter gewidmet sind, noch viel mehr, bedecken und bedeckten mächtige Wölbungen diese Gegenden, wo die Bevölkerung noch ziemlich vertheilt war.

Einzelne Kegelberge erheben sich wie Pyramiden gen Himmel und weithin reicht das Auge in die wilde Landschaft von ihrem Gipfel.

So lag in fast gleicher und ansehnlicher Entfernung von den Städten und Städtchen Pierrefort, Conlades, la Boute und Longert in einem sehr breiten, von Lava theilweise erfüllten Thale, welches ein sich weithin ziehender Bergrücken von beiden Seiten einschloß, und gerade da, wo es einen weiten Kessel bildete, ein einzelner hochaufstrebender Kegel. Basalte und Trachite traten hier und da in wilden, zerklüfteten Gestaltungen an seinen Seiten zu Tage, während sonst ein dichter Birkenwald ihn bekleidete. Er war schwindelnd hoch und fiel so jäh ab nach allen Seiten, daß er völlig unzugänglich schien, sah man ihn aus der Ferne. Erst in der Nähe gewahrte man einen im Baumschatten versteckten, sich rings um den Berg aufwärts windenden Weg, der aber an vier Stellen durch Thore gesperrt war, welche feste Thürme vertheidigten.

Oben hatte er einst einen Krater; aber die Zeit, wo aus seinem Schlunde Flammen emporstiegen, lag weit in der Zeiten Ferne. Verwitterndes Gestein von seinen Rändern war hineingestürzt in den Zuckungen, welche wohl noch lange nach dem Erlöschen der kleineren Vulkane die Ausbrüche der mächtigeren hervorriefen. So hatte sich im Laufe der Zeit diese Tiefe ausgefüllt und eine Ebene gebildet, wo die Pflanzenwelt ihre Riesen emportrieb, als die kampf= lustigen Zeiten des zehnten und eilften Jahrhunderts den Gedanken gebaren, mächtige Burgen auf Höhen und Gipfel unzugänglicher Berge zu Schutz und Trutz zu erbauen. Auch auf dieser Höhe ent= stand eine solche Burg, von deren ersten Anfängen so wenig, als von denen, die diesen kühnen Gedanken gehegt und ausgeführt, die Chro= niken der Mönche der zahlreichen Klöster des Landes zu erzählen wissen.

Es waren Mauern für die Ewigkeit gebaut. Ganze Felsblöcke hatte der unzerstörbare Mörtel verbunden zu einem Ganzen, und eine solche Mauer umschloß in bedeutender Höhe und in gleichen Entfernungen von Thürmen beschützt, die ganze Rundform des abgestutzten Kegelberges.

Innerhalb dieser äußern Mauer zog sich in engerem Kreise eine zweite, noch höhere. Fallbrücken verbanden diese beiden Mauern, die an ungeheuren Ketten, im Falle eines Ueberfalls, aufgewunden wer= den konnten. Die Thürme der inneren Mauer standen so, daß, aus der Ferne gesehen, fast ein Thurm an dem andern stand, das heißt, sie nahmen ihre Stelle genau zwischen den Thürmen der äußeren. In dem Kreise, der sich innerhalb der zweiten Mauer bildete, befand sich ein geräumiger Hof und an diesen schloß sich zu beiden Seiten ein großer Garten an, welcher bis an die großen Gebäude hinlief, welche sich an der schroffsten, der abendlichen Seite des Berges, an die innere Mauer lehnten, überragt von einem mächtigen runden Thurme, dessen Haupt in ungeheurer Höhe über alle Thürme und Mauern hinausblickte.

Links von diesem Hauptthurme zogen sich die Wohnungen der Knappen und Reisigen hin, nebst den Ställen und Vorrathshäusern. Rechts aber stand, mit einem breiten Balcone geziert, das spitz= giebelige Ritterhaus, mit weiten Hallen, Sälen und Wohngemächern, deren Einrichtung jedoch dem feinern Geschmack einer spätern, luxuriösern Zeit ihre ursprünglichen Formen hatte zum Opfer bringen müssen.

Da erblickte man die mächtigen Kamine, die des Steinmetzen Meißel verziert hatte mit Darstellungen von Schlachten, phan= tastischen Thiergestalten und Frucht= und Blumengewinden oder Trophäen von Waffen seltsamer Form; da sah man an den Wänden die dauerhaften Ledertapeten, in die goldene Darstellungen gepreßt waren. Da stand an den langen Wänden das Schreinwerk von massivem Holz, an dem der Schnitzer seine Kunst geübt hatte, und die Stühle mit hohen, ausgearbeiteten Lehnen und schwellenden Kissen von derbem Damaste. Da hingen an den Wänden köstbare Rüstungen in blankem Stahle mit eingelegter, herrlicher Arbeit. In dem Schreinwerke fesselten den Blick hinter den hellen Glasscheiben die Schüsseln, Teller und Pokale aus edlem Metalle, häufig mit den schönen Bildwerken getriebener Arbeit oder dem schönen Niello verziert, wie nur die italische Kunst die Geräthe der Tafel schmückte, und aus den Fenstern leuchteten die Malereien in den brennendsten Farben, durch welche der Sonnenstrahl herrlich gebrochen wurde. Alles athmete hier einen Wohlstand; alles wies auf einen gediegenen Reichthum hin, wie er nur alten, mächtigen Familien eigenthümlich war. Das war die Burg Saint=Flour, dem edelsten Geschlechte der Auvergne, dem de Viole's zuständig, und so weit das Auge von den Zinnen des Wartthurmes reichte, erkannten Land und Leute diese Familie als ihre angestammte Herrschaft.

Die Zeiten der mittelalterlichen Kämpfe waren indessen längst zu Grabe gegangen, aber nicht die Burg, welche Zeugniß von der Macht und dem Reichthum des Geschlechtes gab. Es gehörte zu ihrem Stolze, zu ihrer Lebensaufgabe, sie zu erhalten, wie sie aus fernen Zeiten, stets in jungfräulicher Reinheit, nie erobert, nie besiegt, den späteren Sprossen des alten Stammes war überliefert worden. Reich begütert, wie in der Auvergne, so in der Dauphiné, war die Familie in zwei Aeste auseinander gegangen. Die Güter in der Dauphiné beherrschte die ebenfalls mächtige Burg Arbeque, welche auf steiler Höhe unweit Pont de Royan lag.

Der Ast, welcher sich de Viole de Saint=Flour nannte, bewohnte die Burg dieses Namens in der Auvergne; der andere Ast nannte sich de Viole d'Arbeque und blüthe auf dieser Burg in der Dauphiné.

Als von Genf aus das Licht der Reformation in Frankreich Eingang fand, gestaltete sich hier ein Verhältniß, wie es vielfach sich erwies.

Die Familie de Viole hatte nur noch zwei Repräsentanten, einen Herrn de Viole d'Arbeque und Claube de Viole de Saint= Flour. Jener war nie in die verschlungenen Wege der Wissen= schaft eingetreten. In dem Stolze seines alten Stammes verachtete er die Schätze des Erkennens und Wissens. Ihm galt es nur, den Adel in seiner Reinheit und Würde zu erhalten, in den Kriegen des Königs Fahnen zu folgen, und manchen Ruhm hatte er sich erworben. Gleichalterig mit ihm, war Claube de Viole de Saint=Flour zu anderen Thätigkeiten des Geistes geleitet worden. Der Durst des Wissens drängte ihn, in die Schachte der Wissen= schaften hinabzusteigen, und sein Lehrer hatte ihn früh in die Gebiete der Astrologie eingeführt, welche er später mit besonderm Eifer verfolgte. Noch in den reiferen Jahren, nachdem ihm die Sorbonne ihre Weisheit eröffnet, war er hinüber nach Genf geeilt, und hier hatte der nie rastende Trieb des Erkennens ihm das Evangelium erschlossen, an dessen heiligem Gottesquelle sein Geist die vollste, reichste Befriedigung fand. d'Arbeque war in vielen Beziehungen einer andern Gesinnung ergeben — stolz auf seinen alten Adel, und diese verschiedenen Richtungen hatten die Wirkung hervorgebracht, daß eine unübersteigliche Kluft ihre Herzen trennte. Sie wurden sich völlig fremd, ja noch mehr, ein glühender Haß entzweite sie völlig, der jedoch anderen Wurzeln entwuchs.

Claude de Viole de Saint-Flour war ein Feuerkopf. Die Hand zu einer Ausgleichung zu bieten, war seine Sache nicht. Er bedurfte seines Vetters so wenig, wie dieser ihn nöthig hatte. So blieben sie geschieden.

Claude de Viole lebte auf seiner Burg Saint-Flour, jagte in seinen weiten Forsten und trieb Astrologie, die er in Genf bei einem alten Spanier, welcher Acerebo hieß, eifrig fortgesetzt hatte. Er vertiefte sich in seine Studien so sehr, daß er in Gefahr war, ganz dem Leben und einer, seinen reichen Kenntnissen entsprechenden Laufbahn entzogen und entfremdet zu werden.

Da ereignete sich Etwas, und dies Ereigniß gab seinem Leben eine andere Richtung.

Seine Besitzungen grenzten an die Güter einer andern edlen Familie der Auvergne. Seit Jahren schwebte ein Prozeß über das Eigenthum eines ausgedehnten Waldes. Die von Dubraque bestritten das Recht der Viole's an diesen Wald. Bereits alle Instanzen hatte der Prozeß durchlaufen, und die Kosten desselben, wie eine Reihe von Unglücksfällen, hatten den Wohlstand der Familie d'Dubraque gänzlich untergraben. Nun wurde er vor dem Parlamente zu Paris verhandelt, und alle Aussichten waren dafür, daß Viole ihn gewann. Er selbst eilte nach Paris, um seine Rechte zu vertreten.

Der Glanz und das Feuer seiner Beredtsamkeit, unterstützt von unzweifelhaften Documenten, welche er in dem Archive zu

Saint-Flour gefunden, machten ihn zum Sieger in diesem Rechtsstreit und — leiteten die Blicke des Kanzlers de l'Hopital auf das
eminente Talent des jungen Mannes.

Eines Abends trat ein alter, ehrwürdiger Parlamentsrath in
seine Wohnung.

„Ich komme," sagte der ehrwürdige Mann, „Euch Glück zu
wünschen zu dem glänzenden Siege, den Ihr vor den Schranken
des Parlaments errungen. Ich würde Euch auch zu der bedeutenden Vermehrung Eures Besitzes Glück wünschen, wenn ich könnte."

Viole stutzte.

„Warum könnt Ihr das nicht?" frägte er mit Erstaunen.
„Haltet Ihr es für ein Unrecht, Herr Parlamentsrath?" —

„Das nicht," sagte der Greis, „denn Euere Documente sind
unzweifelhaft. Sie weisen Euch den rechtmäßigen Besitz zu; ich
selbst habe das Urtheil fällen helfen; aber es stürzt einen edlen
Greis in das tiefste Elend. Der alte d'Oubraque ist bettelarm
durch dies Urtheil geworden und vollends durch die ungeheueren
Kosten desselben, die er zu tragen hat. Der würdige Mann ist
gebeugt, wie ich noch nie einen Menschen gesehen habe. Und er
steht nicht allein in der Welt. Sein Unglück zieht sein schuldloses
Kind mit in den Abgrund — oder überliefert es den Lastern des
Hofes, denn Diane von Poitiers, gerührt von der Lage des Mädchens, will es in den Kreis ihrer Damen aufnehmen. Ihr wißt,
was das heißt. — Ein anderer Ausweg ist nicht übrig. Ich habe
heute heiße Thränen in den Augen des Greises und des Mädchens
gesehen." —

Viole stand betroffen da.

„Ihr seid ein Ehrenmann," sagte er; „Ihr wart der Freund
meines Vaters. Ihr wißt, ich setzte Alles daran, mein Recht zu
erlangen, nicht den Wald. Gott hat mich gesegnet. Sagt dem
Greise, daß ich auf den Wald zu seinen Gunsten verzichte und
ihm morgen die Urkunde aushändige. Sagt ihm das. Seine Thränen
würden mir auf der Seele brennen."

Der edle Parlamentsrath du Bourg umarmte den jungen Mann mit tiefer Rührung.

„Ich kannte Euch, Viole," sagte er mit bebender Stimme. „Ihr seid meines Freundes würdiger Sohn. Ich wußte, daß es nur dieser Mittheilung bedurfte, um diese Wendung herbei zu führen. Kennt Ihr d'Oubraque?"

„Nein," sagte Viole. „Ihr wißt, daß der Rechtsstreit eine Kluft zwischen uns bildete, die uns seit länger denn fünfzig Jahren schied."

„Ich weiß es wohl," sagte du Bourg; „aber ist es recht, daß eine solche Feindschaft fortdauere? Wahrlich, nein!"

„Sehr wahr," sagte Viole. „Ich bin bereit, die Hand aus Herzensgrunde zum Frieden darzubieten."

„Auch das hab' ich von Euch erwartet," sagt du Bourg. „So schlage ich denn vor, daß Ihr mich zum alten d'Oubraque begleitet."

Viole widersetzte sich nicht.

Sie gingen. Ihr Weg führte sie nach langem Wandern in eine dunkle Gasse der Cité. In ein unansehnliches Haus leitete der Greis seinen Begleiter. Du Bourg öffnete die Thüre zu einer kleinen Stube, und sie traten ein.

Das Gemach war ärmlich. Bei einer Lampe saßen zwei Personen, ein Mann von etwa sechzig Jahren in unscheinbarem Hauskleid und eine Jungfrau von höchstens achtzehn Jahren. Sittig, aber einfach war ihre Kleidung; aber Viole bekannte sich stille, daß er nie ein weibliches Wesen erblickt, das schöner, nie eins, dessen Züge engelreiner und seelenvoller gewesen. Sie saßen stille da, der Kummer malte sich unverkennbar auf den Gesichtern.

„Ihr bringt die Hiobspost, du Bourg," sagte der Greis wehmüthig. „Sie hat mich schon früher ereilt. — Doch — wer ist der junge Mann, der Euch begleitet?"

„Der Sohn eines Freundes," sagte der Parlamentsrath, — „Claude de Viole de Saint-Flour."

Der Greis erbleichte, und in des schönen Mädchens Augen traten Thränen.

„Du Bourg," rief der Greis, „Ihr wart mir jederzeit ein Freund, aber heute werde ich zweifelhaft. Wollt Ihr meinem Feind einen Triumph bereiten, der mich niederbrückt?"

„Nein," sagte Viole, und die Bewegung seines Herzens klang in seinem Tone durch, „nein; Gott verhüte, daß Ihr so mein Kommen auslegen solltet! Lange Zeit, fast über ein halbes Jahrhundert, hat ein unseliger Rechtsstreit unsere Familien entzweit. Das soll nicht länger sein. Ich komme, Euch anzukündigen, gnädiger Herr, daß ich auf den Wald verzichte, aber um Eure Freundschaft bitte."

b'Dubraque sah fest in des jungen Mannes Auge.

„Ich danke Euch," sagte er, „für Euere Gesinnung! Es soll mir lieb sein, wenn der Hader zwischen Nachbarn endet, aber eine solche Wohlthat anzunehmen, bin ich zu stolz. Behaltet, was rechtmäßig Euer ist."

Du Bourg und Viole begriffen, daß sie sich übereilt. Beide waren verlegen und rathlos.

„Marie," sagte b'Dubraque, „lade die Herren zum Sitzen ein."

In dem Wesen des Greises lag eine Hoheit und Würde, die Viole niederbrückte. Er faßte seine Hand und bat, ihn nicht zu verkennen. Es sei ein Herzenswunsch, sich mit b'Dubraque auszusöhnen.

Der Alte drückte seine Hand. „Ich will nicht mit der Schuld des Hasses beladen vor meinen Richter treten," sprach er „aber redet nie wieder von dem Gegenstande, der unsere Familien entzweit."

Sie setzten sich. Du Bourg gewann seine Fassung wieder.

Er leitete mit der Gewandtheit des Weltmanns ein Gespräch ein, an dem auch Marie Antheil nehmen mußte, und Viole horchte mit angehaltenem Athem, wenn das fein gebildete, schöne Mädchen [sprach]. Sie schieden als Freunde, und Viole nahm einen tiefen Eindruck mit hinweg.

Als sie auf der Straße angelangt waren, faßte Viole des Parlamentsrathes Hand.

„Um Gotteswillen, verhütet, daß dieser Engel an den Hof komme," sagte er mit einer Wärme, daß du Bourg lächeln mußte.

„Wir haben heute einen dummen Streich gemacht," sagte er, „ich will mich hüten, einen zweiten hinzuzufügen. Der alte d'Dubraque ist ein Ehrenmann, aber er versteht keinen Scherz, und sein Zartgefühl hat eine Feinheit, daß es nicht die leiseste Berührung duldet. Seine Selbstständigkeit ist seinem Zartgefühle gleich." —

Viole seufzte. Das Mädchen hatte einen Eindruck auf ihn gemacht, der nicht jenen flüchtigen ihn beizugesellen gestattete, welche der nächste Augenblick verwischt.

Schon nach einigen Tagen besuchte er d'Dubraque wieder. Je mehr er Marien kennen lernte, desto tiefer wurzelte die Liebe in seinem Herzen.

Endlich sagte er zu du Bourg: „d'Dubraque hat meine Verzichtleistung auf den Forst nicht angenommen; nun weiß ich einen Ausweg."

„Welchen?" fragte du Bourg mit Interesse.

„Diesen," sagte Viole — „er gibt mir Marie zum Weib und macht mich zum glücklichsten Menschen."

Du Bourg sah ihn an. „Viole," sagte er, „zum Scherzen seid Ihr zu edel; ist es aber Euer Ernst, so segne Euch Gott!"

Die Freude des Parlamentsrathes war außerordentlich. Er übernahm es, den Sinn des Alten zu erforschen; denn über Mariens Gesinnung glaubte Viole im Klaren zu sein, da er sie beobachtet. Auch du Bourg war bald seiner Sache gewiß, denn d'Dubraque äußerte sich mit ebenso viel Achtung als Wohlwollen über Viole.

Viole ging nun öfter zu Marien und gewann die beglückende

Gewißheit, daß sie ihn liebe. Sie wurde seine Gattin, und der Greis ging mit dem jugendlichen Paare nach Saint-Flour.

Fünf Jahre eines ungestörten Glückes flossen ihnen theils zu Saint-Flour, theils in Paris hin, denn Viole war zum Parlamentsrath ernannt worden. Sein geliebtes Weib, das ihm die Erde zum Himmel machte, schenkte ihm einen Knaben, aber sie kränkelte seit dem Wochenbett und erlag endlich. Der Vater folgte der geliebten Tochter bald, und Viole stand allein mit seinem Kinde, verlassen und arm im Leben da.

In die Mauern von Saint-Flour begrub er sich mit seinem Schmerz, und nur dem Bitten, dem Drängen seiner Freunde gelang es, ihn wieder in den Kreis der Thätigkeit zurückzuführen, aber die Blüthen des Glückes hatte die Hand des Todes abgestreift. Viole war der Freude abgestorben. Seinem Kinde, seinem Beruf und seinen astrologischen Studien waren seine Kräfte und seine Zeit gewidmet. Selten milderte ein Lächeln den tiefen Ernst seiner Züge. Mit der ganzen Kraft seines Wesens gab er sich dem Wirken für seine Glaubensgenossen hin, und dies Streben war es, welches die Katastrophe herbeiführte, welche ihn zwang, aus Paris zu fliehen, seine Stellung, ja sein Vaterland aufzugeben.

Als ein Flüchtling kehrte er nach Saint-Flour zurück, als ein Geächteter. Der Ort, wo er die glückseligsten Tage seines Lebens verlebt, konnte ihm selbst auf die Dauer keine Sicherheit geben. Welch' einen Wechsel des Glückes hatte er im Kreislaufe weniger Jahre durchlebt.

Und es schien, als sei das Maß seiner Leiden noch nicht voll. Durch die Strapazen der Reise erkrankte sein Kind, das letzte Gut, was ihm aus dem völligen Schiffbruche seines Lebens geblieben war.

Tag und Nacht saß er am Bettchen seines Kindes und belauschte jeden Athemzug. Umsonst war das Flehen seines Burgwarts, des treuen Rabaud, daß er sich Ruhe gönne und sich schone. Er wich nicht. Der Schmerz drohte sein ohnehin schwer getroffenes

Herz zu brechen; doch die göttliche Vorsehung erbarmte sich des Vielgeprüften. Die Krankheit des Kindes brach sich, das Fieber schwand. Bald erholte sich das Kind wieder. Jetzt trat die Sorge, ihm den Vater zu erhalten, in den Vordergrund; denn Viole konnte sich über seine Lage nicht täuschen. Es war zu verwundern, daß ihm die Rache seiner Feinde, namentlich der Haß Tavannes', der einst vor dem Parlamente einen Rechtsstreit verlor, dessen Verlust er allein Viole's Scharfsinn und strenger Rechtlichkeit zuzuschreiben hatte, und der ihn deßwegen mit der Gluth eines verworfenen Herzens haßte, so lange Rast und Ruhe auf Saint-Flour ließ.

Mit Rabaud sprach er oft über seine Lage, denn ihm konnte er sich unbedingt anvertrauen. Rabaud war aus der Dauphiné und stand seit den Tagen seiner Jugend in Viole's Diensten, seinem Herrn mit wandelloser Treue ergeben. Auch Rabaud theilte du Plessis-Mornai's Ansicht, daß Viole nach England fliehen müsse; aber da trat die Vaterliebe mit all' ihren heiligen Rechten in den Weg. Sein Kind konnte und durfte er den Mühseligkeiten einer Reise zur Küste, den Gefahren einer Seereise nicht aussetzen. Und ohne Gui — glaubte er das Leben nicht ertragen zu können.

Rabaud schlug ihm vor, Gui ihm anzuvertrauen. „Er wolle," sagte er, „in seine Heimath, in die Dauphiné gehen und Gui für seinen Sohn ausgeben, ihn aber so erziehen, wie es sein Stand erheische."

Viole wußte in seinen Händen den Sohn wohl versorgt — aber sich von ihm zu trennen, konnte er nicht über sich gewinnen. Da entschied schnell ein Brief, den Rabaud aus der Hand eines wandernden Zigeuners erhielt, deren Horden Frankreich durchzogen.

Er war von du Plessis-Mornai.

„Ihr seid keine Stunde mehr auf Saint-Flour sicher," schrieb er dem Freunde. „Man vermuthet Euch dort und trifft Vorbereitungen, Euch dort gefangen zu nehmen. Ihr kennt Tavannes. Er setzt Alles daran, seine Rache an Euch zu befriedigen. Er hat den doppelten Plan, Euch zu verderben, und den giftigen Dolch dadurch um so tiefer in Euer Herz zu bohren, daß er Euren Sohn in dem katholischen Glauben erziehen lassen will. Ihr seid geächtet. Der König hat Dianen von Poitiers Eure sämmtlichen Güter geschenkt. Ihr kennt dies Weib. Sie wird nicht zaudern, Saint-Flour in Besitz zu nehmen. Fliehet so schnell Ihr könnt. Geb' es Gott, daß dieser Brief noch zur guten Stunde in Eure Hand kommt. Vermeidet, wo möglich, Städte und Dörfer auf Eurer Flucht. Man achtet überall auf Euch. Gott schütze Euch!" —

Der Brief trug keine Unterschrift, aber es war die Handschrift Mornai's. Viole kannte sie.

Als er diese Zeilen gelesen, sank er, bleich wie der Tod, in seinen Lehnstuhl zurück. Rabaud ahnte den Inhalt. Er fragte nicht. Viole reichte ihm den Brief.

Als er ihn gelesen, rief er: „Jede Minute ist kostbar, laßt uns schnell und entschieden handeln. Ihr müßt nach La Rochelle fliehen und von da nach England; ich mit Gui nach der Dauphiné. O, vertraut mir Euer Kind an. Gott sei mein Zeuge, daß ich es so erziehe, wie es seinem Stande gemäß ist!"

Er ließ Viole nicht zu Worte kommen, sondern eilte hinweg, die nöthigen Anordnungen zur Flucht zu treffen. Viole kämpfte den schwersten Kampf seines Lebens; aber die Stimme der Vernunft gebot dem Herzen, Rabaub's Vorschlag anzunehmen. Die Lage des Augenblicks, die Noth forderte gebieterisch das Opfer des Herzens, und wie es auch bluten mochte, der klare Blick auf jene Lage entschied.

———

4.

Als die Nacht auf die dunkeln Berge der Auvergne ihren dunkleren Schleier ausbreitete, nahte der gefürchtete Augenblick des Scheidens. Rabaud, der sich schnell des Knaben ganze Liebe erworben, erzählte ihm, sein Vater müsse verreisen, und Viole waffnete sich mit der ganzen Kraft der Selbstbeherrschung, als er den Knaben an seine Brust und den langen Segenskuß auf seine Stirne drückte. Ach, er meinte, das gepreßte Herz müsse brechen; aber er war Mann und riß sich los, und während er den Weg nach La Rochelle einschlug, floh Rabaud mit dem Knaben in der Richtung der Dauphiné. In einen Mantel gehüllt, hielt abwechselnd Rabaud und der Diener den Knaben, und da er bald sanft einschlief, konnten auch sie ihre Reise ungehemmt fortsetzen, und waren, als es tagte, schon weit genug von Saint-Flour und aus jenem Kreise gewichen, innerhalb dessen das Auge des verfolgenden Hasses nach seinen Opfern suchte.

Viole floh in der äußeren Erscheinung eines Pferdehändlers und Roßkamms, einer Rolle, zu welcher er, bei großer Vorliebe gegen das edle Thier, eine besondere Befähigung hatte. Das lange Haar und Bart waren entfernt. Der Kummer und die Erfahrungen der letzten Zeit hatten eine so wesentliche Veränderung in seinem äußeren Menschen hervorgebracht, daß ihn in der dürftigen Kleidung seines Gewerbes Niemand würde erkannt haben. Zudem war sein Pferd ein Thier von der kleinen, aber dauerhaften Auvergnatenrace, und er sprach, aus früheren Zeiten ihm noch eigenthümlich, die Mundart der Auvergnaten bis in ihre feinsten Eigenthümlichkeiten mit einer Gewandtheit und Fertigkeit, die auch den schärfsten Beobachter hätte täuschen müssen.

Er ritt nur Feldwege, soviel es ging, und wenn er die Landstraße benutzen mußte, so geschah es zur Nachtzeit. Bis jetzt war er ungefährdet weiter gekommen, aber es stand ihm eine Gefahr bevor, an die er weniger dachte, als irgendwie. Seine Feinde hatten aber die Zeit wohl benutzt, die sein Aufenthalt in Saint-Flour ihnen gegönnt.

Eines Tages hatte er eine weite Strecke zurückgelegt, und war gegen Abend genöthigt, auf die Landstraße einzubiegen. Nur noch eine glückliche Tagreise — und er war in La Rochelle!

Muthiger schlug sein Herz und rascher trabte er mit seinem Auvergner Klepper einem armseligen Dorfe zu, wo er eine friedliche Schlafstätte und die nöthige Erquickung zu finden hoffte. Plötzlich vernahm er Hufschlag hinter sich. Auszuweichen war nicht möglich.

Die Dämmerung begann schnell hereinzubrechen. Um keinen Verdacht zu wecken, ließ er sein Thier im Schritte gehen, und bald war der Reiter an seiner Seite. Ein Blick, den er beim Gruße des Reiters auf diesen warf, ließ ihn ein Glied der gefürchteten Maréchaussée erkennen. Sein Herz pochte heftig, aber er nahm sich zusammen.

„Ein Roßkamm?" fragte der Reiter.

„Ja," erwiederte Viole im Dialekte des Volkes der Auvergne.

„Was willst Du so weit von Deiner Heimath machen?"

„Geschäfte," entgegnete Viole. „Unser Einer muß oft gar weit herumziehen, ehe er findet, was er sucht."

„Was suchst Du denn?" fragte der Reiter und sein stechendes Auge musterte den Roßkamm, der ihm Verdacht einflößte.

„Darf ich Euch vertrauen?" flüsterte Viole, sich gegen ihn neigend.

„Freilich!" rief der Andere; „Du siehst, daß ich im Dienste des Königs stehe."

„Nun," versetzte Viole, „Ihr wißt wohl, daß die Hugenotten sich unter Coligni rüsten."

„Nein," rief, von der Nachricht betroffen, der Reiter.

„Ihr könnt mir's glauben," fuhr Viole fort; „aber das könnt Ihr auch glauben, daß die Unseren die Hände nicht in den Schooß legen. Der Herzog von Guise sammelt in Lothringen ein Heer.

Da fehlt's an Gäulen und ich und zwei Freunde haben eine Lieferung von hundert guten Thieren übernommen. Ich will hier herum solche aufkaufen, die ich brauchen kann, und der eine meiner Freunde ist nach Languedoc, der andere in die Dauphiné gezogen."

„Da könntet Ihr aber übel wegkommen, wenn Einer mehr kaufte als der Andere," sagte der Reiter.

Viole lachte hell auf. „Ich sehe wohl, Ihr versteht von dem Handel nichts. Denn gesetzt, es kaufte Einer von uns mehr Thiere, so wissen wir schon Rath, sie unterzubringen. Billiger Einkauf und theurer Verkauf ist die Grundlage eines guten Geschäftes."

„Das ist richtig," versetzte der Reiter von der Maréchaussée.

„Hier in der Gegend wirst Du aber schlechte Geschäfte machen," setzte er hinzu.

„Das glaubt Ihr," sagte Viole, „ich nicht. Kommt Ihr übermorgen wieder in das Wirthshaus dort im Dorfe, so werde ich Euch beweisen, daß ich nicht im Trüben fische."

Der Reiter schwieg. So sehr auch Viole auf das Unbefangenste sich zu äußern bemühte, der Andere hielt seinen Verdacht fest. —

Im Wirthshause setzte sich der Reiter in eine bunkle Ecke, um jede Bewegung Viole's zu beobachten. Der Reiter fand in der Haltung Viole's etwas, was ihn bedenklich machte.

Dieser aß sein Abendbrod und unterredete sich mit den Bauern, die an dem Tische saßen.

Da ging die Thür auf und eine Zigeunerin trat herein. Ihre blitzenden Augen überschauten schnell die Gesellschaft. Plötzlich that sie, als erblicke sie jetzt erst Viole. Mit freundlichem, vertraulichem Lächeln trat sie ihm näher.

Viole erkannte die Alte sogleich und hatte Mühe, seine Angst zu bewältigen.

„Ei guten Abend, Pierre Rabaud," sagte sie herzlich. „Seit

wann bist Du hier? Du hast gewiß schon gewittert, daß Giles Rollet zu Domville seinen schönen Schimmel verkaufen will?" —

„Woher weißt Du denn das, Abelma?" fragte Viole, der schnell von seiner Angst befreit war.

„He!" lachte die Alte, „wir wandern hier und da herum und hören da Mancherlei, wie Du weißt."

„Hält er ihn theuer?" fragte Viole halblaut, sich zu der Alten neigend.

„Bah, er ist nicht jünger geworden seit vor zwei Jahren — aber der Herzog von Guise kann ihn noch mit Ehren reiten."

„Pst," zischte Viole und machte ein Zeichen, daß sie vorsichtiger sein solle.

Abelma sah sich besorgt um; als sie keinen Gegenstand zu bemerken schien, der sie ängstlich machen könnte, fuhr sie fort: „Wenn es Dir recht ist, Pierre Rabaud, so will ich ihn einmal aushorchen, was er fordert?" —

„Darüber wollen wir morgen reden," sprach Viole, „für heute bin ich sehr müde und will zu Bett gehen. Gute Nacht!" — Er stand auf und ging weg.

Der Reiter von der Maréchaussée winkte der Alten.

„Kennst Du den Roßkamm?" fragte er.

„Wie sollt' ich nicht," sprach sie lachend. „Wer kennt den Pferdehändler Pierre Rabaud von Crenella nicht? Seine Frau hat mir manche Wohlthat erwiesen, und er begegnet unser Einem gar oft."

Der Reiter sah sie forschend an, weil er immer noch Verdacht hegte.

„Soll ich Euch wahrsagen?" fragte Abelma.

„Geh'," sagte der Reiter, „und suche Dir Andere, die Dir glauben."

„Auch Ihr glaubt mir, was ich Euch sagen werde!" versetzte mit so auffallendem Nachdrucke die Alte, daß der Reiter ihr seine Hand ließ.

„Diese Linie," sagte sie, in die Hand schauend, „weist nach Clermont. Rechts von der Kathedrale, Nr. 187, sitzt in einer kleinen Hinterstube ein Vögelein, das von Saint-Flour ausgeflogen ist! Gute Nacht!"

Sie wollte sich entfernen. „Halt!" rief der Reiter und faßte sie. „Bleibe! Was sagtest Du da?" —

„Ihr habt's ja gehört," erwiederte Abelma.

„Woher weißt Du es?"

„Kennt Ihr den Caß? Caß ist der schlaueste Spürhund. Er hat's gesagt."

„Kann ich mich darauf verlassen?" —

„Mich hat Caß noch nicht betrogen!"

„Alte, Du sollst reich belohnt werden!" rief der Reiter, sprang auf und eilte hinaus. Wenige Minuten später hörte man ihn davon jagen.

Die Alte schien das so theilnahmlos anzuhören, als berühre es sie nicht, und doch jubelte sie innerlich.

Die Stube wurde leer und die Alte kauerte sich in einen Winkel. Sie war oft in dem Haus und zog durch Wahrsagen manche Gäste an.

Allmälig wurde es auch still in dem Haus, und als gegen Mitternacht alle Bewohner schliefen, schlich sie in den Stall, wickelte Stroh um die Hufe des Pferdes, das Biole geritten und führte es vor das Thor. Dann schlich sie an seine Kammer und klopfte leise.

Biole, der nicht schlief, auch sich nicht ausgekleidet, öffnete.

„Schnell," sagte sie und schlich wieder hinab. Er folgte. Sie führte ihn zu seinem Thier und sagte: „Ich erkannte Euch im Wald, als Ihr vorüber rittet und auch die Gefahr auf der Landstraße, denn der Reiter ist ein schlauer Schelm. Nun hab' ich ihn auf eine falsche Fährte gebracht. Ihr müßt schnell fort, denn es ist hier herum nicht geheuer. Wenn Ihr scharf reitet, seid Ihr bis Mittag in La Rochelle."

„Abelma," sagte er, „ich bin Dir ewig verschuldet!" Er schwang sich auf's Roß, drückte ihr ein Goldstück in die Hand und ritt weg.

Wie ein Steinbild stand die Alte da und wog das Goldstück in ihrer Hand. „Gold!" rief sie grimmig. „Ja, damit meinen sie Alles abgethan!" Sie murmelte zürnend fort und kehrte in das Haus zurück, alle Thüren wieder sorgfältig schließend; dann öffnete sie ein Fenster, stieg hinaus, drückte es wieder zu und verschwand in dem Dunkel der Nacht.

Viole erreichte ungefährdet La Rochelle und bestieg schon am andern Tag ein Schiff, das ihn nach Englands Küste brachte.

Es war hohe Zeit für ihn, wie für Rabaud gewesen, daß sie flohen, denn schon am folgenden Tage wurde die Burg Saint=Flour durch Bevollmächtigte Dianen's von Poitiers in Besitz genommen, und da man Viole in der Nähe vermuthete, Alles durchsucht.

Es war ein offenbares Walten der göttlichen Vorsehung, daß Rabaud nicht in die Hände der Verfolger kam.

Nach vielen Mühen und Beschwerden erreichten sie endlich das Dorf, wo Rabaud geboren war. Seine alten Freunde erkannten ihn wohl wieder, aber Niemand wußte um seine Verhältnisse in Saint=Flour, nie war, seit seiner Entfernung, eine Kunde von ihm in die ferne Heimath gedrungen; so wurde es ihm ein Leichtes, Gui für seinen Sohn auszugeben und den Knaben dazu zu bestimmen, daß er ihn seinen Vater nannte. Es fiel keinem Menschen ein, daran zu zweifeln, und Rabaud lebte unangefochten in einem einfachen Hause, das er miethete, sorgfältig die Mittel verheimlichend, die er in seines Herrn Auftrag für Gui gerettet hatte.

Von Tag zu Tag hoffte er auf Kunde von seinem Herrn; aber es blieb todtstille und allmälig gewöhnte er sich daran, ihn als todt zu betrachten. Der Grund dieses Schweigens aber lag in einer teuflischen Berechnung Tavannes', die ihres Zweckes nicht verfehlte.

Als ihm Viole und sein Kind eingegangen waren und durch heimliche Nachforschung die Gewißheit ihm geworden war, daß Viole über La Rochelle nach England entwichen, das Kind aber anderswo geborgen sei, wußte er die Kunde auszusprengen, Gui de Viole sei in seine Hände gefallen und werde nun in einem Kloster erzogen, um als Mönch darin zu bleiben, während Viole's Briefe nie in Rabaud's Hände kamen. —

Du Plessis-Mornai bot Alles auf, über das Kind und seinen Aufenthalt Nachrichten einzuziehen, allein es war vergebens, und so kam es, daß Tavannes' Vorgeben Glauben fand, und um so mehr, je freudiger Tavannes es überall verkündete.

Diese Nachricht fand auch ihren Weg über den Kanal, zu einem Ohre, das es nicht hätte hören sollen. —

Viole war in England glücklich gelandet, aber er wollte nicht seinen Rang geltend machen, nicht in den Regionen leben, die ihm zugänglich gewesen wären. Er zog auf ein Dorf in der Nähe von London und hüllte sich dort in ein Geheimniß, welches kein Auge durchbrang. Er lebte seiner Wissenschaft, der Astrologie, weil er, befangen von den Träumen, die ihre Ausgeburt waren, die Schicksale seines geliebten Kindes, die Schicksale seiner Glaubensgenossen in Frankreich in den Sternen lesen zu können glaubte. Je mehr sein isolirtes Leben ihn dem menschlichen Umgang entfremdete, desto fester wurde er in diesem Glauben, desto in sich zurückgezogener und finsterer wurde sein Wesen. Wohl hatte er mit Rabaud abgeredet, daß er ihm Nachricht gäbe, aber dieser hatte Kunde von Tavannes' Verfolgungen und Nachstellungen erhalten durch einen andern Diener Viole's, einen von denen, die Mornai bei sich behalten. Dieser, Namens Salers, schloß sich nun an Rabaud an und Beide widmeten sich der Erziehung Gui's, aber sie wagten nicht, Nachrichten nach La Rochelle zu bringen, von dem sie so weit entfernt waren, weil der Gedanke sie quälte, es könne der wilde Tavannes sie auffangen. So kam keine Kunde zu Viole und der Gram nagte an seinem Herzen. Er schrieb nach La Rochelle an treue Freunde, und so wurde ihm die entsetzliche Kunde, die Tavannes hatte verbreiten lassen.

Der Schmerz des Vaterherzens war namenlos. Sie führte Viole an den Rand der Verzweiflung und des Grabes zugleich. Dennoch siegte seine starke Natur über die Gewalt der Krankheit, die Macht seines Geistes über die Verzweiflung. Sein Glaube und seine Wissenschaft ließen ihn wieder Hoffnung schöpfen.

Während dieser Zeit setzte Tavannes seine Nachforschungen unermüdet fort und selbst die beiden Getreuen, in deren Händen Viole's Kleinod sich befand, bekamen Nachricht davon und verbreiteten mit Absicht die Kunde, daß Kind sei todt. Auch diese Nachricht vernahm Du Plessis=Mornai und so gelangte sie an Viole. Nun aber legte sich die finstere Nacht des Schmerzes auf Viole's Seele, und in der Einsamkeit vertrauerte er seine Tage, hoffend auf seine Erlösung aus den Banden des Leibes. Seine Theuern waren jenseits, mit dem Leben diesseits hatte er seine Rechnung abgeschlossen.

Die beiden Getreuen, Rabaud von Salers, die engverbundene Freunde waren, lebten indessen in stiller Zurückgezogenheit. Sie hatten nur Ein Ziel ihrer Bestrebungen — des Kindes Wohl, das überall für Rabaud's Sohn galt. Sie suchten ihm vor Allem jene heilige, unerschütterliche Liebe für ihren und seines Vaters heiligen Glauben einzuflößen, der ihre Herzen erfüllte; die Liebe für Alles, was gut war, in sein Gemüth zu legen, und Rabaud ließ es sich angelegen sein, nicht nur seine Leibeskräfte auszubilden, sondern auch ächte, ritterliche Gesinnung ihm einzuflößen.

Die Bilder früherer Erinnerung dämmerten bald und gingen allmälig unter. Er wußte es nicht mehr anders, als daß Rabaud sein Vater und Salers ein Verwandter sei.

Als er heranwuchs, wußte Rabaud einen protestantischen Geistlichen zu gewinnen, welcher dem Knaben Unterricht ertheilte, so in den Glaubenslehren, als auch in dem Wissen, dessen er bedurfte. Erst, als er zum Jünglinge heranreifte, enthüllten sie ihm die Geheimnisse seiner Familie, die Geschicke seines Vaters.

5.

Frisch und fröhlich war Gui herangewachsen, und wurde kräftig und edel und schön an Leib und Seele. Sein größtes Vergnügen war die Jagd. Tagelang konnte er unermüdet in den Wäldern umherstreichen und, reich mit Beute beladen, kehrte er am Abend heim. Stets war einer der Treuen sein Gefährte. So wuchs er kräftig heran. Jahre kamen und flogen dahin in diesem freien Leben, und während im übrigen Frankreich Verfolgungen gegen die Protestanten wütheten, ruhte stiller Friede auf dieser einsamen Gegend. So war Gui zu einem kräftigen Jünglinge herangereift, als Franz II. plötzlich starb und Carl IX. als Knabe einen Thron bestieg, der eines ganzen Mannes bedurfte, und die Zügel der Regierung in die Hand Katharina's von Medicis fielen, deren herzlose schlaue Politik, zwischen den Chatillons und Guisen schwankend, beide benutzte, um ihre höllischen Pläne zur Reife zu bringen.

Condé, dem das Henkerbeil an einem Haar über dem Haupte geschwebt, wurde jetzt befreit, und Katharina sah sich am Ziel ihrer Wünsche — sie wurde Regentin im vollen Sinne des Wortes. Einer der ersten Schritte ihrer Regierung war ein Edict, das den Protestanten die gottesdienstlichen Versammlungen untersagte. Des edlen Kanzlers l'Hopital milde Rathschläge wurden nicht gehört und mit Strenge das Edict durchgesetzt. Erst dann hörte man ihn, als in Languedoc ernstliche Unruhen ausbrachen. Der Hof sah wohl ein, wozu es führen könnte, wenn er mit Fanatismus seine Absichten verfolgte, und l'Hopital's Vorschläge zu einem Religions= gespräche, zur Ausgleichung der Mißverhältnisse in kirchlichen Dingen, fanden Gehör. Viele waren dagegen, fürchtend die siegende Gewalt des Protestantismus; allein der Cardinal von Lothringen, dieser eitle Mann, sah eine Gelegenheit, seine Gelehrsamkeit, seine Bered= samkeit geltend zu machen, und so fand es statt. Aller Augen waren auf die Abtei von Poissy gerichtet; allein dieser, wie so viele ähnliche Versuche, mißlang.

Indessen schienen günstige Sterne dem Protestantismus zu leuchten. Katharina von Medicis neigte sichtbar auf seine Seite — sie ließ ihn in ihren Gemächern predigen; sie schloß sich enger an Condé, an Coligni an, und täuschte Alle — denn offenbar hatte das Bestreben, sich Condé und Coligni zu gewinnen, um dem sogenannten Triumvirat Franz von Guise's, des Connetables und des Marschalls von Saint-André ein Gegengewicht entgegenzusetzen, mehr Antheil an diesem Meinungswechsel, als die Ueberzeugung dieser, ihren Gelüsten nach Macht Alles unterordnenden Fürstin.

Neue Hoffnungen schöpften die Protestanten, und bis in die Thäler der Dauphilté drang die frohe Botschaft, die Rabaud von einer Reise nach Angers mitbrachte.

Neue Hoffnungsstrahlen fielen in Gui's Sohnesherz. Lebt er noch, der theure Vater, sprach zu sich der Jüngling, so wird er wiederkehren, jetzt, wo Alles sich so günstig gestaltet für die Verfolgten. Auf seinen einsamen Streifereien durch die Wälder träumte der Jüngling so schön von der Zukunft, daß oft sein Herz in Entzücken schwamm bei dem Gedanken, den Vater wieder zu umarmen.

An einem schönen Herbsttage wanderte er, wieder begleitet von seinem treuen Hunde, hinaus auf die Jagd. Der Mittag war noch nicht gekommen, und mild fiel der Sonnenstrahl herab auf die Wälder und machte das Wandeln unter ihrem Laubdach überaus angenehm. Der Jüngling versank wieder in seine Träumereien und schritt, ohne die Richtung zu beachten, kräftig fürbaß. Da stand er plötzlich an des Waldes Saum, der eine bedeutende Höhe begrenzte. Vor ihm lag ein Thal mit üppigen Wiesen; in der Entfernung ein Dorf — gerade vor ihm in schwindelnder Höhe ein stattliches, festes Schloß. Er war fremd in dieser Gegend und erkannte es, daß er sich sehr weit von dem Orte der Heimath entfernt. Bald jedoch erinnerte er sich, von dem Schloß Arbeque gehört zu haben, und kein anderes konnte das vor ihm liegende sein. Er war ermüdet. Brennender Durst quälte ihn. Er spähte ringsumher nach einer Quelle. Zu seiner Freude entdeckte sein scharfes Auge balb am Fuße eines nicht weit von ihm liegenden Felsens das Ziel seiner Wünsche, einen klaren, sprudelnden Quell. Er wollte eben sich dahin begeben, als sein Hund Laut gab und, heftig an seinem Riemen zerrend, emporsprang. In demselben Augenblick faßte eine nervige Faust Gui's Arm. Gui fuhr herum, und vor ihm stand ein Fremder. Er war von majestätischem Wesen. Ein grünes Jagdkleid trug er und eine reichverzierte Büchse und ein ähnliches Jagdmesser. Der Mann war längst über die Mittagshöhe des Lebens hinaus — schon an der Schwelle des Alters. Seine Züge hatten etwas Ernstes, Finsteres, das beim ersten Anblick abstieß, doch ein wohlwollender Zug schwebte um den Mund und der Blick des Auges war fest, klar und ruhig.

„Was sucht Ihr hier?" fragte der Fremde streng. „Gehört Ihr etwa zu der — — hier herumstreifenden Zigeunerbande?" —

Die erste Ueberraschung bei Gui wich schnell. Des Mannes herrisches Wesen beleidigte sein Freiheitsgefühl, und ein Stolz regte sich in ihm, von dem er nie eine Ahnung gehabt. Er machte des Fremden Hand bescheiden, aber kräftig los, trat einen Schritt zurück und maß ihn mit festem Blick.

„Ihr habt eine Art zu fragen," sagte er dann scharf, „als ob Ihr Procurator des Parlamentes von Paris gewesen, dem man bekanntlich eine ganz eigene Redeweise zuschreibt — indessen diene Euch zur Nachricht, daß ich Wasser suche, meinen Durst zu löschen, und mit Zigeunern nichts gemein habe. Nun lebt wohl!"

Er wandte sich, nach der Quelle zu gehen; allein der Fremde vertrat ihm den Weg und betrachtete ihn mit argwöhnischen Blicken, indem er sagte: „Wenn Euch, junger Mensch, meine Art zu fragen auffiel, so wisset, daß Ihr hier auf meinem Grund und Boden steht und ich ein Recht habe zu fragen, wer Ihr seid." —

„Das Recht will ich Euch nicht bestritten," sagte Gui, „und darum durstig Euren Grund und Boden verlassen."

Der Trotz, der in diesen Worten lag, mißfiel dem Fremden

nicht. Er ergriff Gui's Hand. „Nein," sagte er, „wer Ihr auch immerhin sein mögt, das sollt Ihr nicht Robert d'Arbeque nachsagen, daß er Euch ohne Erquickung von sich ließ." — Er langte schnell nach einer Feldflasche und reichte sie Gui dar.

„Ich danke Euch!" sagte Gui, und wies sie hinweg.

d'Arbeque maß ihn mit seltsamen Blicken. „Ihr seid sehr trotzig" — sagte er gedehnt. „Ich habe Euch beleidigt und das thut mir leid; laßt uns nicht mit Groll scheiden!"

Diese Worte waren zu gutmüthig, als daß Gui ihnen zu widerstehen vermochte. Er reichte ihm seine Hand. „Ich trinke mit Euch, Herr!" sprach er dann, nahm die Flasche und sagte, indem er sie zum Munde führte: „Auf Euer Wohl!"

Die ungewöhnliche Art und Bewegung schien d'Arbeque zu gefallen. Er versuchte Gui zu entlocken, was ihn hierher geführt. Dieser sagte ihm freimüthig, daß er sich verirrt habe; er nannte ihm den Ort, wo er wohne, seinen Namen Gui Rabaud. d'Arbeque glaubte ihm nicht, so gerade und ehrlich auch Gui sprach. d'Arbeque vermuthete entweder in ihm einen Räuber oder, was bei ihm überwog, einen Jüngling von Stande. Dagegen sprach aber die ärmliche Kleidung, die größtentheils aus Hirschleder bestand, der Stoff, aus dem damals die meisten Landleute der Dauphiné ihre Kleider bereiteten. Gui's Sitten, sein Anstand, selbst das stolze Selbstbewußtsein der Freiheit, das sich in seinem ganzen Wesen, seiner Rede und Haltung ausprägte, widersprachen der eigenen Aussage des Jünglings wieder zu sehr.

d'Arbeque lud ihn ein, mit ihm auf das Schloß zu gehen, da er doch jetzt den Rückweg nach der Heimath nicht mehr wohl antreten und diese vor der Nacht nicht mehr erreichen könne, und die Nacht dort zu weilen. Das Nachtlager schlug Gui bestimmt aus, indessen konnte er, ohne unhöflich zu sein, des Barons Einladung nicht ablehnen. Darum ging er mit ihm. Auf dem Wege zum Schlosse lenkte sich das Gespräch auf die Jagd, d'Arbeque's Lieblingsbeschäftigung. Hier trafen Beide in einem Punkte zusam=

men. Mit Begeisterung sprach Gui von dem Waidwerk und von dem Wilde, das in den Forsten jenseits Pont de Royan sich finde. d'Arbeque hörte mit immer steigendem Wohlgefallen die Reden und Erzählungen des Jünglings. Bei seiner einsamen Lebensweise wurde ihm selten der Genuß, mit einem tüchtigen Waidmanne zu jagen und von der Jagd zu reden. Darum fand er immer größeres Behagen an dem Jünglinge, so daß bald der Wunsch in ihm aufstieg, ihn öfter um sich zu haben; und in der Aufwallung der Freude fragte er Gui, ob er nicht in seine Dienste treten wolle?

Gui's Stirne faltete sich. Eine glühende Röthe überzog sein Gesicht. Ein stolzes Wort schwebte auf der Zunge, doch hielt er es gewaltsam zurück und sagte, mühsam sich selbst bezwingend: „Verzeiht, wenn ich es vorziehe, mein eigener, freier Herr zu bleiben — allein," setzte er begütigend hinzu, „wollt Ihr es gestatten, so soll es nicht das letzte Mal sein, daß ich Schloß d'Arbeque sehe."

Der Baron hätte gern das schnell entschlüpfte, unbedachte Wort zurückgenommen, da in dem Jüngling etwas war, was ihn zwang, ihn anders zu behandeln, als es seine äußere Erscheinung mit sich zu bringen schien, und ihn nöthigte, sich fast jenes Wortes zu schämen. Freudig ergriff er daher des Jünglings Aeußerung, und bat ihn, oft mit ihm die Vergnügungen der Jagd zu theilen. Und nun schilderte er auf ächte Waidmannsart in den größten Hyperbeln den Reichthum seiner Forsten an Wild aller Art. „Wenn mir," setzte er zuletzt hinzu, „die verdammte Zigeunerhorde nur nicht Schaden thut. Dieses heimathlose Volk der Wüste pflegt sich nur zu gern als die Herren der Wälder zu betrachten, und, bietet sich zum Raub und Betrug nicht Gelegenheit, das Wild nieder= zumachen, ohne Rücksicht, ob sie die Jagd auf Jahre hinaus verderben."

„Also war wirklich solch eine Horde in der Nähe, zu der Ihr mich rechnen zu müssen glaubtet?" — fragte Gui neugierig, da dieses Volk mit seiner phantastischen Lebensweise ihn gar sehr interessirte, ohne daß er noch mit ihm irgend je zusammenzutreffen Gelegenheit gefunden.

Gerade in jener Zeit innerer, mannigfacher Spaltung und Zerrüttung hatten sich aus Spanien über die Pyrenäen herüber zahlreiche Zigeunerhorden nach Frankreich gezogen. Man hatte nicht Zeit, auf sie zu achten, und sie benutzten diese günstigen Verhältnisse zu ihren Zwecken, wurden kühner und kecker mit jedem Jahre. Säuberte auch einmal der königliche Statthalter seine Provinz von dem raubenden und betrügenden Gesindel, so zogen sie sich in eine andere. Die damals noch gewaltigen Wälder dienten ihnen zu Schlupfwinkeln, und die Fälle waren nicht selten, daß sie einsame Höfe, selbst Rittersitze und Burgen überfielen, um sie auszuplündern. Dann verschwanden sie spurlos, um in einer andern Gegend wieder plötzlich hervorzutreten. Das Volk fürchtete sie und glaubte doch ihren trügerischen Wahrsagungen unbedingt.

„Allerdings,“ versetzte Jener darauf. „Schon seit acht bis zehn Tagen treibt sich eine bedeutende Horde dieses gottlosen Heidenvolkes hier herum. Sie auszukundschaften war größtentheils meine Absicht; daher heute mein Irrthum mit Euch. Die Horde zählt leicht an hundert bis hundertfünfzig Köpfe, und mir schien's, als hätten sie nicht übel Lust, mir einen Besuch auf Arbeque abzustatten.“ —

„Ihr scherzt,“ sprach Gui, ihn forschend ansehend.

„Nicht doch, mein junger Freund,“ versetzte Jener. „Es wäre nicht das erste Mal, daß sie eine Burg zu überfallen und auszuplündern Miene gemacht. Und ich habe darum meine Leute wohl bewaffnet.“

Unter diesen Reden kamen sie am Thore des Schlosses an, das auf des Herrn Ruf und seiner Hunde Gebell alsobald geöffnet wurde, indem man die Zugbrücke herabließ. Sie traten ein. Wirklich sah hier Alles kriegerisch aus, und in Gui wollte sich eine satyrische Bemerkung eben Luft machen, als aus dem Portale desjenigen Schloßtheils, der die Wohnung des Herrn umfaßte, eine weibliche Gestalt heraus und auf b'Arbeque zuflog, ängstlich nach der Zigeunerhorde fragend.

b'Arbeque lachte. „Sei nur ruhig," sprach er, „sie sind weit weg, Gabriele!"

Jetzt sah Gabriele den Jüngling, der mit glühender Röthe auf den Wangen dastand, im Anschauen der lieblichen Erscheinung vertieft.

Das Mädchen erschrack und sah den Vater forschend an. Als dieser lächelte, fiel ihr Blick wieder auf Gui — aber nicht scheu und mit Widerwillen, sondern vielmehr mit sichtlichem Wohlgefallen.

„Wie soll ich Euch doch eigentlich meiner Tochter vorstellen?" fragte der Vater den Jüngling.

„Als Gui Rabaud, wenn es Euch beliebt," erwiederte mit einer anständigen Verbeugung der Jüngling.

„Ich bringe Dir in diesem jungen Mann einen Gast; ich lernte ihn auf der Jagd kennen und wünschte, daß Du ihn gastlich behandeltest."

Gabriele erröthete leicht, neigte sich und lispelte mit süßem Wohllaute: „Seid mir herzlich willkommen!"

Der Alte führte nun den Jüngling in den Saal, den rings die Bilder der Ahnen des Hauses de Viole zierten. Er führte den Jüngling zu jedem Einzelnen, erzählte dann, welche Ehrenstellen sie an den Höfen der Könige Frankreichs, seit Pipin und Carl dem Großen bekleidet hatten; wie sie sich im Krieg ausgezeichnet, welche von ihnen den Kreuzzug unter König Ludwig VII. und den früheren unter Gottfried von Bouillon, Raimund von Toulouse, Robert von Flandern und den übrigen Helden jenes abenteuerlichen Unter= nehmens mitmachten, und all' das Heer der Thaten, die sie gethan und nicht gethan, mit breiter Ruhmredigkeit und großem Stolze. Nie aber nannte er den Namen „de Viole," weil er ihn an den verhaßten Parlamentsrath, Gui's unglücklichen Vater, erinnert haben würde; und so blieb Gui das nahe verwandtschaftliche Ver=

hältniß, in dem er zu Arbeque stand, unbekannt, da zumal seine Freunde Rabaud und Salers nie dessen Erwähnung gethan. Er war ein aufmerksamer Zuhörer, und das machte ihn dem Baron noch werther.

Einige Zeit darauf lud die liebliche Gabriele zum Mittagmahle, das sie in einem anderen Gemache mit fast verschwenderischer Freigebigkeit bereitet hatte. Gui wußte nicht, wie ihm geschah. Es war das erste Mal in seinem Leben, daß er sich in der Nähe eines so lieblichen Geschöpfes befand. Er vermochte kein Auge von ihr zu wenden, und traf ihr Blick den seinen, dann schlug er ihn doch nieder. Sprach sie, so lauschte er und hielt den Athem an. Er wußte zuletzt kaum mehr, was er that, so hatte ihn Gabrielens liebliches Wesen bezaubert. Sie war aber auch ganz geeignet, solchen Eindruck auf ein reines Jünglingsherz zu machen.

Mit allen Reizen ihres Geschlechtes hatte sie die Natur ausgestattet, und diese schöne Hülle barg ein Herz, rein und klar, wie der Himmel, treu und fromm, sanft und demüthig, und doch war ihr Charakter beinahe männlich fest. Ihr Wesen war unbefangen und natürlich; ohne alle Zurückhaltung — sie war ein Kind der Natur, fern von dem frivolen Leben, das jene Zeit auszeichnete, und gleich fern von jenem formellen, steifen Zwang erzogen, der schon damals die höhere Gesellschaft zu beengen begann. Daß ihr Bild sein Herz erfüllte, daß eine tiefe innige Liebe zu ihr in ihm erwachte, war eine nothwendige Folge ihres beiderseitigen Zusammentreffens, und beinahe ähnlich war es bei Gabrielen. Sie sah in Gui den ersten Jüngling ihres Alters, sah in ihm den vollendeten, schönen Jüngling — und auch ihr Herz liebte. Allein fremd und unbekannt war Beiden dies Gefühl, und darum ergriff es die unbewachten Herzen um so gewaltiger.

Nur mit innerem Widerstreben erhob sich endlich, als schon die Sonne zu sinken begann, Gui, um an die Rückkehr zu denken. Recht aufrichtig und herzlich bat ihn d'Arbeque, zu bleiben. Sein Herz wollte so gerne; aber sollte er die treuen Freunde beängstigen durch sein Außenbleiben? — Dieser Grund bestimmte schnell seinen Entschluß. Mit dem Versprechen, bald wieder zu kommen, und mit Gabrielens Bild in der Seele, riß sich endlich der Jüngling gewaltsam aus den ihn zauberisch umschlingenden Fesseln und eilte flüchtig, wie eine Gemse, den Felsenweg hinab, und in den letzten Strahlen der Sonne sah Gabriele ihn am Saume des Waldes verschwinden.

6.

In einem Zustande, der dem Traum am nächsten verwandt, trat der Jüngling in die Waldesnacht, und in demselben Zustande schritt er, ohne zu bemerken, wohin er ging, fürbaß. Eine tiefe Finsterniß umgab ihn. Hin und wieder fiel mattes Sternenlicht auf ihn herab, wo der Bäume Laubdach es zuließ; allein es war zu schwach, ihn erkennen zu lassen, wo er ging und sich befand. Enger schloß sich der große Hund an seinen Herrn an und ging vorsichtig nur wenige Schritte vor ihm her. Plötzlich stand er und knurrte, und zu gleicher Zeit bemerkte Oni in der Entfernung ein großes Licht, um welches eine rasche Bewegung statt zu finden schien, ohne daß er jedoch zu unterscheiden vermocht hätte, was es sei, da die Entfernung noch zu bedeutend war. Er gebot dem wohl abgerichteten Hunde Schweigen und schritt vorsichtig dem Lichte zu. Als er näher kam, stellte sich ihm ein Schauspiel der allerseltsamsten Art dar. Ein großer, freier Raum lag vor ihm, in dessen Mitte ein großes Feuer flammte. Rings um den Platz lagen auf Matten, oder saßen vielmehr mit unterschlagenen Beinen eine bedeutende Anzahl schwarzbrauner, wildaussehender, phantastisch gekleideter Männer und Frauen reiferen Alters und Kinder. Um das Feuer tanzte eine gleichfalls nicht kleine Anzahl jüngerer Männer und Mädchen in wilden, mitunter äußerst üppigen Stellungen und Gebehrden. Sie hatten das Ansehen von Bacchanten —

Ihr Haar flog los im Wind, und ihre durch das Feuer geröteten Gesichter sahen wild und leidenschaftlich aus. Dreie standen da und regelten den Tanz durch eine ebenso einfache als disharmonische Musik; der Eine bearbeitete den Dudelsack, indeß der Andere ein Schellentambourin schlug und der Dritte auf einer gellenden Pickelflöte eine wilde Weise blies. Alle Tänzer sangen — bisweilen ernst und gemessen, dann wilder und lauter und in schnellerem Zeitmaß, und jedesmal richtete sich der Tanz nach ihrem Gesange.

Das ist die Zigeunerhorde! dachte Gui und hielt dem Hunde, der Laute geben wollte, den Mund zu. Einige Hunde aber, die bei der Horde waren, witterten alsobald den fremden Genossen und schlugen an, und in demselben Augenblicke riß sich Gui's Hund los und fiel jene mit großer Gewalt an.

Die Tänzer stoben auseinander und die ganze Bande erhob sich wie mit einem Zauberschlag, und ehe noch Gui überlegt hatte, was zu thun, faßten ihn schon vier kräftige Arme und rissen ihn rücklings zu Boden, und blitzschnell war er geknebelt und am Feuer unsanft auf die Erde geworfen. Neugierig standen die Mädchen und Frauen um ihn, in einer Gui ganz unverständlichen Sprache sich ihre Gedanken über ihn mittheilend. Eine Weile deliberirte die Bande mit einem alten Manne, dessen gelbbraunes Gesicht den Stempel der Verschlagenheit, List und Büberei trug, und der ihr Hauptmann zu sein schien. Die Mädchen, denen der schöne Jüngling gefiel, lächelten ihn an und legten ihr Fürwort für ihn ein — jedoch vergeblich. Während noch die ziemlich stürmische Berathung dauerte, keuchte eine Alte, deren Haupt eine thurmartige Mütze seltsam zierte, auf ihren Stab gestützt, daher, ergriff einen Feuerbrand und beleuchtete ihn. Während ihr rothes, triefendes Auge ihn belugte, murmelte sie unverständliche Worte in den Bart; dann wendete sie sich zu den Männern, die noch immer im Kreise berathend standen, und rief mit einer krächzenden, widerlichen Stimme, Gui verständlich:

„Laßt ihn los, die Altmutter befiehlt es. Er ist Keiner von der Burg Arbeque, Keiner von der feindlichen Brut, die ihr vernichten wollt.‟

Dieses Wort wirkte zauberisch. Schnell waren Gui's Bande gelöst, und er stand frei unter ihnen.

„Wer gibt Euch das Recht, mich zu fesseln?‟ rief er wild aus.

Die Altmutter sah ihn freundlich an, und die Augen der Mädchen ruhten wohlgefällig auf der schönen Gestalt, die jetzt in der drohenden, gebieterischen Stellung um noch Vieles schöner war.

„Gebt mir meine Büchse und meinen Hund und laßt mich meines Weges ziehen!‟ donnerte er jetzt ihnen zu.

„Still, still, mein Söhnchen!‟ krächzte die Alte. „Du bist jetzt nicht auf Saint=Flour, was ohnedem für Dich verloren ist. Vergiß nicht, daß Du hier nicht gebieten, sondern nur bitten und gehorchen kannst.‟

Gui erbleichte vor Schrecken, das Geheimniß seiner Herkunft aus diesem Munde zu hören.

„Weib,‟ sprach er nach gewonnener, ruhiger Besinnung, „woher kennst Du mich?‟

„Ei, ei,‟ sagte sie in demselben Ton und auf dieselbe widerliche Art, „sollte ich Dich nicht kennen? Habe ich doch in den Bergen von Auvergne zuerst das Sonnenlicht gesehen und seitdem das Land lieb gehabt und oft dort herum mich aufgehalten, wo Deiner Väter Stammsitz ist. Sollte ich Dich nicht kennen, der Du Deines Vaters Abbild bist? Dich nicht kennen, da ich Dich als Knabe fliehen sah mit Deinem Rabaub in die Wälder und von da nach Dauphiné? Hat doch Dein Vater mir noch dies Goldstück geschenkt, als er floh, meinend, ich (hier wurde sie wild und zornig, und ihr Antlitz glich einer Furie), ich, die so oft auf Saint=Flour sich sättigte, so manche Gabe von Deiner Mutter empfing, ich könne ihn verrathen an Heinrichs Bluthund? — Nein, das konnte ich nicht, und es hat mir wehe gethan und ich habe das Sündengeld aufgehoben, bis ich ihn wiedersehe, um es ihm vor die Füße zu werfen. Doch" — setzte sie beruhigt hinzu, nach einer Pause — „ich vergebe es ihm, denn er war in Verzweiflung, Dich zurück zu laffen."

Gui traute den Ohren kaum. — Aber er faßte die dürre Knochenhand der Alten und sagte: „Ist es, wie Du sagst, und wie ich nicht zweifeln kann nach Deinen Worten, so nimm jetzt meinen Dank, Abelma. Leider bin ich arm und kann ihn Dir nicht thätig beweisen."

„Ei, daß ihr Leute doch Alles mit Gold abthun zu können meint!" zürnte die Alte. Hat Dich denn das Elend nicht klüger gemacht? Hast Du denn noch nicht erfahren, daß auch arme" — hier wurde ihre Stimme ernst und feierlich — „heimathlofe, ver= achtete, verstoßene, mißhandelte Menschen Gutes thun können ohne Lohn?" —

Gui drückte ihre Hand — und die frühere Freundlichkeit kehrte zurück auf ihre tief markirten Züge.

„Komm," sagte sie, „setze Dich zu mir und ich will Dir er= zählen von den Zeiten, die Du nicht kennst. Weg da!" rief sie — „ich nehme ihn unter meinen Schutz — er ist eines braven Mannes verstoßenes Kind." — Alle wichen auf die Seite, und die Alte führte Gui zu ihrem Sitz am Stamm einer alten Buche. „Gebt ihm seine Büchse wieder," rief sie, „er ist frei, ich will es!" —

Einer reichte ihm sein Gewehr.

Der Hauptmann der Horde aber trat jetzt zu der Alten und redete wieder heftig mit ihr in unverständlicher Sprache. Sie erwiederte kurz, aber bestimmt, einige Worte, und er zog sich mürrisch und das Haupt mit dem rothen Käppchen schüttelnd zurück.

„Die Narren meinen," sprach sie nun halblaut zu Gui, der durch seine Dankbarkeit und die Erinnerung an die von seinen Eltern empfangenen Wohlthaten ihr ganzes Herz gewonnen hatte, „die Narren meinen, Du könntest die auf Arbeque warnen, da sie morgen die Burg zu überfallen denken, da der alte Robert d'Arbeque uns geschmäht, mißhandelt hat, und sie so eine blutige Rache nehmen wollen; aber sie wissen nichts, als was gestern geschah. Sie wissen nichts von dem blutigen Hasse zwischen Deinem Vater und dem d'Arbeque, der ihn auch bitter gekränkt hat, obwohl er ihm so nahe verwandt."

„Verwandt?" fragte Gui, den die Mittheilungen der redseligen Alten in eine fieberhafte Spannung versetzten.

Die Alte schüttelte den Kopf ungläubig. „Weißt Du denn nicht, und bist doch ein schmucker Junge, daß die d'Arbeque's Deine Blutsverwandten, Deine Vettern sind? Ist es Dir denn unbekannt, daß sie de Viole heißen, wie Du?"

Gui sah sie verwundert an. Das Räthsel konnte er nicht lösen. Nie hatte er davon durch Salers oder Rabaud eine Sylbe vernommen. Ein Gefühl stieg in ihm auf, das er nicht nennen konnte, und der Gedanke tagte in ihm, Gabrielens Retter aus dieser Gefahr zu werden. Schnell stand er klar vor seiner Seele, und eben so schnell war sein Plan entworfen, durch Schmeichelei die alte zu kirren.

„Was Du mir sagst, Mutter," sprach er nach kurzem Besinnen, „ist mir fremd. Nie hat Salers etwas gesprochen von diesem Verhältniß, nie Rabaud. Nie wurde der Name d'Arbeque genannt."

„Abesma kennet der Menschen Herzen, wie die Tage der Zukunft," sprach wieder die Alte. „Weil sie wußten, wie d'Arbeque Deinen armen Vater gekränkt, darum schwiegen sie, um nicht auch Dir den Haß mitzutheilen. Aber, Knabe," fuhr sie in höher steigendem Affecte fort, „vergiß nicht, was ich Dir sage, könnte d'Arbeque Deinen Stamm mit einem Dolchstoße niedermachen, er würde nicht eine Minute zaudern. Doch" — sagte sie, „es gibt vielleicht eine Zeit, wo ich Dir mehr sagen kann, und Du hörst gewiß lieber von Deiner Mutter. — Gui, sie war ein Engel. Nur ihr — — gönnte ich Deinen Vater, den ich — — lache nicht des Alters, Knabe, dem freilich die Gefühle der Jugend — nur einer fernen Heimath ähnlich sind, zu der das Auge mit einem leisen

Heimweh hinblickt, — den ich liebte, weil er eine Zierde seines Ge=
schlechtes war. Damals, Gui, war aber auch Abelma nicht die
alte Here, wie man sie jetzt nennt, damals war sie ein blühendes,
schönes Mädchen, um das mancher schmucke Jüngling warb — nur
Dein Vater übersah sie. Ich haßte ihn damals, denn verschmähte
Liebe ist bitterer als der Tod; und als er Deine Mutter heimführte,
da glich mein Zustand der Raserei, und ich würde sie ermordet
haben; — aber da sah ich sie — sie, die schön war wie ein Engel=
bild, und gut wie ein Engel, und sie nahm mich, die Leidende, auf
das Schloß, und pflegte meiner und haßte mich nicht, obgleich sie
den Grund meiner Krankheit errieth — Gui, da lernte ich ihr
Herz anbeten; und als die Kunde kam, sie sei zu den Vätern ge=
gangen, da weinte Abelma um sie, wie Du jetzt — mein Sohn —
und mein Herz war seitdem der Altar, auf dem ihrem Andenken
oft Opfer der Liebe gebracht wurden. Es war geheilt von der
früheren Thorheit, dieses Herz. —

„Darum aber danke Gott, daß ich Dich heute fand und Dich
vom unvermeidlichen Tode rettete — und daß ich es konnte, Gui —
das ist meinem alten Herzen viel, viel werth, denn ich habe so eine
Schuld der Dankbarkeit abgetragen.“

Gui war innigst gerührt durch die Sprache der Alten. Doch
konnte er nicht begreifen, wie bei solchen wirklich edeln Empfin=
dungen wieder der glühende Haß, ob einer Beleidigung, wohnen
könnte. Er suchte das Gespräch wieder auf die Unternehmung auf
Schloß Arbeque zu lenken — sogleich aber waren wieder alle feind=
seligen Leidenschaften erregt, und er war froh, als die Alte fragte,
wie er doch hierher gekommen?

Er konnte ihr leicht ein Mährlein erzählen und sie glaubte
gern an seine Berirrung. Mit gutem Vorbedacht erwähnte er nun
der Angst und Besorgniß, die Salers und Rabaud um ihn haben
würden.

„Ja, da hast Du Recht,“ sagte die Alte. „Ich kenne sie, es
sind gute Menschen, die Deinen Vater liebten und auch Dich gleicher=

maßen lieben. Darum thust Du wohl, sogleich mit Tagesanbruch heim zu eilen. Jetzt möchte es zu spät sein; denn sieh nur, wie das Volk schläft. Ja, ja, das ist der Fluch des Alters, daß der süße Schlummer sein Auge flieht — doch es findet Ersatz in der langen Vergangenheit, in die es zurückblicken kann, wie in ein verlorenes Paradies."

„Obwohl es spät ist," nahm Gui das Wort, „so möchte ich doch gerne noch in dieser Nacht heim, zur Beruhigung meiner Freunde."

„Du hast Recht," sagte die Alte, „die Angst ist peinlich. Weißt Du denn den Weg von hier aus? Pont de Royan liegt rechts, Arbeque links, und mitten durch in gerader Richtung, etwa zwei Stunden weit, liegt das Dörfchen."

„Ich finde mich leicht zurecht," sprach freudig Gui, der so unerwartet die Richtung vernahm, die er nehmen mußte, um Arbeque zu finden, „und im Falle ich irren sollte, blicke ich zu den Sternen und finde mich."

„Ja, die trügen nicht," sagte ernst und mit einem tiefen Seufzer die Alte.

Sie gebot jetzt denen von der Horde, die noch wachten, sich niederzulegen, und nahm Gui's Hand — sah hinein und sagte dann dumpf — „Du gehst eine blutige Bahn — da stürmt's — hu — wie wild — doch — sei ruhig — das ist das Glücksrad — — geh', geh" — bleibe fromm und treu — und zertrete kein Herz, das Dich liebt — wie Dein Vater. — Leb' wohl!"

Sie drängte ihn, fortzugehen. Er drückte ihre Hand und sagte: „Habt Dank, Abelma! Ihr habt mir Dinge gesagt, die ich nicht wußte. Wohl will ich Eurer Mahnung eingedenk bleiben und stets die Pflicht über Alles stellen!"

„Wohl!" sprach sie, „folge der. Ich sehe Dich wieder. Wie — wo? das weiß ich nicht — doch vielleicht in den ernstesten

Stunden Deines Lebens. Geh', Abelma will Dir wohl — denn Du bist Deines Vaters Sohn und Deiner Mutter Herz schlug über Dir. — Leb' wohl!"

***

7.

In süßem Schlummer lag Gabriele — sie träumte von dem Jünglinge, der so tiefen Eindruck auf ihr Herz gemacht. Ruhiger, als seit den letzten acht Tagen, schlief b'Arbeque, da er von der Zigeunerhorde heute in der Nähe um das Schloß nichts entdeckt hatte. Auch die Wehrmänner des Schlosses genossen der Ruhe. Es mochte Zwölfe vorüber gewesen sein, als Gui die Alte verließ. Eine Weile hielt er die Richtung nach seiner Heimath, um die, die ihn etwa beobachten möchten, zu täuschen; dann aber wandte er sich schnell links, und hielt, so gut er es vermochte, eine gerade Richtung. Lange Zeit wanderte er in der Finsterniß der kühlen Herbstnacht. Er konnte unmöglich entdecken, wo er sich befand. Als aber nun die Müdigkeit sich einstellte und er den Entschluß gefaßt hatte, den Morgen zu erwarten, dünkte es ihm, als würde der Wald lichter. Muthiger schritt er nun fürbaß und hatte bald die Freude, die dunkeln Umrisse der Burg vor sich, und des Wächters Laterne auf dem höchsten der Thürme zu sehen. Vorsichtig stieg er die felsige Anhöhe hinab. Er suchte lange, bis er den Weg fand, der zur Burg wieder am jenseitigen Berge hinauf führte. Nach langem Suchen traf er ihn endlich. Er stieg nun, so leise er konnte, hinan, doch vermochte er das Geräusch, welches durch das Rollen der losen Steine verursacht wurde, nicht zu vermeiden, und es dünkte ihn, als er schon nahe dem Thore war, einen gellenden Ton, wie den einer Pfeife, zu vernehmen. Da fiel unten im Abhange des Berges ein Schuß — und die Kugel pfiff an seinem Ohre vorüber und fuhr schmetternd gegen das Thor. Jetzt pochte Gui heftig. Der Schuß weckte die Wächter; es gab Lärm in dem Schloß; aber ein zweiter Schuß fiel bald in größerer Nähe und die Kugel fuhr in Gui's rechten Schenkel, daß er mit einem lauten Schrei des Schmerzens niedersank. Jetzt kamen Windlichter auf die Mauern — es wurde lebendig im Hofe. Gui's Hund wimmerte, Gui rief mit matter Stimme — aber Niemand öffnete. Wohl vernahmen sie den Ton des Schmerzens draußen deutlich, und einige der Burgmänner waren der Meinung, man solle nach= sehen. Andere dagegen, vorsichtiger und besonnener, wendeten ein, daß es unklug sei, da es leicht eine List der starken Horde sein könne, die Burg mit leichterer Mühe zu überfallen. Der Rath der Letzteren, des ältern Theils der schwachen Besatzung, siegte, und Gui lag derweile, von einem heftigen Blutverlust ermattet, auf einem Felsblock, auf den er hingesunken war. Ohnedem sehr ermüdet, sanken ihm bald die Augen zu. Während in der Burg Alles zur Vertheidigung gerüstet ward und auch b'Arbeque sich eingefunden — schlich leise, Verrath ahnend, ein Zigeuner, der mit einigen seiner Gesellen zur Beobachtung der Burg sich im Gehölz am Abhange des jenseitigen Berges verborgen gehalten und jenen, für Gui so unheilbringenden Schuß gethan, leise heran, den zu suchen, den sein Blei, wie er nach dem Sichverlieren des Klagelautes schloß, getödtet, indem er argwöhnte, es möchte jener Jüngling sein, den Abelma so merkwürdig und auffallend in ihren Schutz genommen — gegen den Willen der Horde und des Haupt= mannes. Gui's treuer Hund lag zu den Haupten seines Herrn. Das treue Thier vernahm den anschleichenden Zigeuner und ließ ihn nahen, bis er nur wenige Schritte von Gui entfernt war — da sprang mit fürchterlichem Gebell das starke Thier mit einem Sprung an des Zigeuners Hals. Panischer Schrecken ergriff diesen als er sich so gefaßt fühlte und rücklings stürzte ihn das Thier nieder, und wühlte mit seinen Zähnen grimmig in der Brust desselben. Bald ermannte sich dieser wieder und kämpfte nun mit dem Thier einen hartnäckigen Kampf. Kaum drang der Schall dieses Streits und das Heulen des Hundes zu den Ohren b'Arbeque's, als er plötzlich den Zusammenhang ahnte. Schnell ließ er das Thor nieder und stürmte hinaus. Der plötzliche Lärm zog den Hund einen Augenblick von seiner Beute ab, und mit unglaublicher Gewandtheit sprang der blutende Zigeuner auf und mit mächtigen Sätzen den Berg hinab, im Dickicht verschwindend. Wüthend rannte das Thier ihm nach — doch bald kehrte es blutend und heulend zurück und kroch zu seinem Herrn, den jetzt d'Arbeque entdeckte.

Er schrie laut auf, als er den bleichen, blutenden Jüngling sah.

„Ha, ich ahne es," rief er, „der Jüngling kannte die Gefahr und wollte mich warnen. Armer, Du würdest ein Opfer Deiner Freundschaft für mich," klagte er.

Die Männer waren jetzt zu Gui heran getreten. „Er ist nicht todt, gnädiger Herr," sprachen sie, „der Blutverlust hat ihn bloß betäubt!"

Dies war eine frohe Botschaft für d'Arbeque. Schnell befahl er, den Jüngling in die Burg zu schaffen, und Alles anzuwenden ihn wieder in's Leben zurück zu rufen. Einige Männer ergriffen ihn und trugen ihn vorsichtig hinweg. Langsam kroch der treue Hund nach, dem das Messer des Zigeuners eine Wunde beigebracht hatte. Im Schloßhof angelangt, wurde sogleich das Thor wieder geschlossen, die Zugbrücke aufgezogen und die Wachen bezogen mit gemessenen Befehlen des Burgherrn ihre Posten.

Gabriele, wähnend, der Kampf tobe schon heftig, fuhr, durch den Lärm und die Schüsse geweckt, aus ihren Träumen empor. Ihre Dienerinnen, ängstlicher als das muthige Mädchen, standen zitternd um die entkleidete Gebieterin und beteten leise. Gabriele sah sie an und erstaunte. „Pfui doch," sprach die Jungfrau, „ihr zittert, wo ihr handeln solltet. Geht und sucht Leinwand zu bereiten, wenn etwa der Unsern einer sollte verwundet werden."

Sie trieb sie weg, kleidete sich schnell an, und eilte dann hinab in den Burghof, wo sie eben ankam, als sie den bleichen Gui hereintrugen. Ein Schrei augenblicklichen Entsetzens entfuhr ihr, und

erbleichend sah sie den bleichen Jüngling. Sie konnte keinen Zu=
sammenhang in diesen Ereignissen finden, und fragte nur, ob er
noch lebe. „Er lebt," sprach froh der Vater, „eile nur und hole
stärkende Essenzen, daß wir den Ohnmächtigen erwecken."

Deren aber bedurfte es nicht. Gui schlug das Auge auf,
blickte um sich, und als er mit deutlichem Bewußtsein inne wurde,
wo er sich befand, reichte er d'Arbeque die Hand, die dieser mit
Rührung drückte.

„Redet nicht," wehrte er; „Ihr seid zu matt!"

Er trieb die Männer an, und bald war Gui im warmen
Gemache, wo allmälig wieder Leben in seine, von der kalten Herbst=
nacht fast erstarrten Gebeine kam. Gabriele flog herbei. Liebend
beugte sie sich über den Jüngling und bestrich ihn mit ihren
Essenzen, die der Vater ihr von Paris hatte kommen lassen. Die
Wunde wurde, nachdem sich die sittige Jungfrau entfernt, unter=
sucht, die Kugel ausgeschnitten, die zum Glücke nicht tief einge=
drungen war, und durch den Verband, den ein vielerfahrener Krie=
ger unter den Wehrmännern des Barons angelegt, fühlte sich Gui
ganz leicht. Er verlangte aufzustehen; doch d'Arbeque litt es nicht.
Gabriele kehrte wieder und war hocherfreut, den Jüngling so heiter
zu finden.

Neugierig, aus seinem Munde den Zusammenhang der Ereig=
nisse zu erfahren, von dem nur dunkle Vermuthungen in den
Gemüthern der Bewohner des Schlosses waren, umgaben sie sein
Ruhebett.

Gui erzählte nun, wie er, sich vom Schloß d'Arbeque entfer=
nend, die Zigeuner gefunden, und was sich dort begeben; wohl=
weislich verschwieg er jedoch seine Unterredungen mit Abelma. „Ich
eilte sogleich hierher," fuhr er fort, „Euch von der Gefahr zu be=
nachrichtigen, die Euch gewiß binnen dieser und der folgenden
Nacht droht. Die Horde mußte jedoch einige von ihren Leuten in
die Nähe des Schlosses zu Wächtern gestellt haben, und einer dieser

vernahm das Geräusch der rollenden Steine und traf mich zufällig mit seiner Kugel."

„Vergebt," nahm d'Arbeque das Wort, „daß wir nicht sogleich Euch zu Hülfe eilten. Hätten wir es ahnen können, daß Ihr es wäret, dann würde Euch schnelle Hülfe geworden sein. Wir aber hielten das Wimmern für eine List des Gesindels, uns leichter zu überfallen. Euer treuer Hund wurde Euer Retter; denn erst als er mit dem Mörder kämpfte, stürmten wir hinaus und fanden Euch. Wie soll ich Euch danken," sprach er dann bewegt, „was Ihr für mich, den Fremdling, der Euch gekränkt, freilich wohl ohne Absicht, thatet? Ihr habt eine große Gefahr entfernt von uns; und nach der Art zu denken und zu handeln, die dieses Gesindel zu befolgen pflegt, habt Ihr mir und Gabrielen — ja uns Allen das Leben gerettet!"

Gui wollte das durchaus nicht gelten lassen; allein d'Arbeque blieb auf seiner Meinung.

„Glaubt Ihr wirklich, daß sie einen Versuch wagen werden?" fragte er den Jüngling.

„Allerdings," entgegnete Gui, „und ich freue mich, daß meine Wunde so unbedeutend ist, daß ich mich dankbar für Eure Wohlthat erweisen kann. Vielleicht noch ehe der Morgen vollends anbricht, werden sie nahen."

Kaum hatte er diese Worte gesprochen, als Schüsse auf Schüsse fielen, und ein wildes Geschrei draußen sich vernehmen ließ.

„Er hat die Wahrheit gesagt," rief d'Arbeque, „sie sind da!"

Und Alles stürmte hinaus auf die Mauern und ließ Gabriele und Gui allein. Die Jungfrau, die bisher den lebhaftesten Antheil an Allem genommen, ohne doch mitzureden — stand in diesem Augenblick unschlüssig da; denn zwei Pflichten stritten in ihrem Herzen um den Vorrang, die mehr dem Manne zukommende, Theil zu nehmen an dem Vertheidigungskampfe, zu der ihr kräftiger, entschiedener Charakter sie hinzog, und die mehr weibliche, Pflegerin des leidenden Retters zu sein. Doch nur einen Augenblick dauerte

jener Streit und die Weiblichkeit siegte. Sie blieb aber in sicht=
barer Spannung. Keins der Beiden war eines Wortes mächtig.
Gui horchte eine Zeit lang, dann schien er seinen Zustand zu ver=
gessen, riß sich empor, sprang vom Ruhebett, auf dem er angekleidet
lag, griff nach seinem Gewehr und eilte zur Thür.

„Um Gotteswillen, bleibt!" rief Gabriele voller Angst. „Wollt
Ihr denn gewaltsam Euern Zustand verschlimmern?"

Kaum aber sprach sie das Wort, so ließ die Ueberspannung
der Kräfte des noch schwachen Jünglings nach, und er taumelte
und sank fast ohnmächtig in die auffangenden Arme des Mädchens,
das, erröthend aus Scham, Furcht und Liebe, ihn krampfhaft hielt
und an ihr Herz drückte. Er sah matt zu ihr auf, aber mit einem
seligen Gefühl, und dieß sprach sich im Blicke klar und deutlich aus.
Schnell ermannte er sich und kehrte, geleitet von Gabrielen, zum
Ruhebette zurück.

Er reichte ihr stumm seine Hand, seinen Dank anzudeuten.
Glühenderes Roth malte ihre Wange — aber sie gab ihm die ihre,
und Gui drückte sie im überwallenden Gefühl an sein Herz.

Schnell aber entzog sie ihm Gabriele — einen fast zürnenden
Blick warf sie auf ihn und eilte hinaus.

Da lag er nun, und bittere Vorwürfe über seine Kühnheit
quälten sein Herz, und die Sorge um Salers und Rabaud, die
Treuen, marterte ihn, und draußen hörte er das dumpfe Toben
eines erbitterten Kampfs — und jenes konnte er nicht gut machen,
das andere für den Augenblick nicht mindern und an diesem nicht
Theil nehmen, da der Blutverlust ihn zu sehr entkräftet und der
Verband ihn zu gehen hinderte.

Und dennoch mußte er in dieser Lage verweilen, noch eine
Stunde, die zu einer Ewigkeit heranwuchs. Jetzt aber, als er
lange diese Pein erduldet, schien es ihm, als verlöre sich das
Getümmel, das Schließen wurde seltener — allein er vernahm den
Ton der Klage, des Bedauerns — auf dem Korridor, der an seines
Gemaches Thüre hinlief, vernahm er schwere Männertritte, sie naheten

— die Thür öffnete sich, und schwer verwundet wurde b'Arbeque hereingetragen.

Gui sah nur ihn, nur die bleiche Gabriele, die keine Thränen weinte — in deren Brust aber der tiefste Schmerz wühlte. Gui sprang von seinem Ruhebett auf, und die Männer legten den Greis darauf. So schwach er war — jetzt fühlte er sich stark. Er untersuchte des Barons Wunde, sie war nicht ohne Gefahr. Er wusch, er verband sie mit vieler Geschicklichkeit. Dann fragte er, wie es mit dem Kampfe stehe? —

„Sie sind entflohen," sagte der Reisigen Einer, „und ihrer Viele decken den Kampfplatz. In den Dörfern läutete man Sturm — da flohen sie in wilder Unordnung, und in wenig Stunden sind sie schon weit weg, und die Gegend ist rein von dem Gesindel."

„Gut," sagte Gui, „so eilt nach dem Dörfchen meiner Heimath und holt meinen Vater hierher; er ist der Heilkunst mächtig und weiß der Kräuter Kräfte!"

Seine Befehle wurden schnell vollzogen.

Gabriele reichte ihm die erquickenden Spezereien, die er mit kindlicher Sorgsamkeit anwandte; und jetzt erst vermochte sie die Worte hervorzubringen: „Ist es gefährlich mit meinem Vater?" Und nach dem Worte perlten die Thränen herab.

„Seid ruhig, edle Jungfrau," erwiederte Gui — „noch ist keine Gefahr, und der Himmel wird sie von dem theuern Haupte fern halten."

Gabrielens Hände falteten sich, und ihr Blick wandte sich verklärt empor. Sie wurde ruhiger und vermochte thätiger zu sein um den theuern Vater, konnte Gui's Bemühungen theilen, und es war, als ob Bruder und Schwester wetteiferten in liebender Sorgfalt um des geliebten Vaters Leben.

Ihre Bemühungen gelangen. b'Arbeque schlug die Augen auf und lächelte sie an — dann reichte er Gabrielen seine Rechte, Gui seine Linke und sprach leise freundliche Worte und fragte dann, schnell sich besinnend, wie es stehe um die Zigeuner?

„Sie sind entflohen,“ antwortete Gui, „und die Wahlstatt decken ihre Leichen.“

Er lächelte und schloß das Auge wieder und schlummerte sanft — doch zuckte manchmal der Schmerz im Schlaf über das Gesicht.

An seinem Lager saßen Gabriele und Gui. Die Sonne hatte gesiegt über den herbstlichen Morgennebel — der Tag schien freundlich und hell durch die Bogenfenster des Gemaches. Bleich waren Gabrielens Wangen. Gui sah dies mit Trauer. Er bat sie, der Ruhe zu genießen, weil er wache an des Vaters Lager.

„Ach,“ antwortete sie, „ich sollte ruhen können? Und Ihr, der Ihr Ruhe bedürftet, selbst verwundet seid, vergeßt Euch selbst über meinen Vater, und ich sollte an mich denken, da ich mich doch stark fühle? — Nein — das verlanget nicht, oder Ihr kennet nicht die Kindesliebe.“

Gui seufzte tief auf: diese Worte berührten eine Saite, deren Ton wehmüthig fortklang im Gemüthe des Jünglings. Selbst in der Nähe des Wesens, das er mit aller Kraft eines reinen, jugendlichen Herzens liebte, konnte er die Wehmuth nicht bannen, die diese Erinnerung weckte, und er versank in tiefes Sinnen. Wo ist er jetzt vielleicht, dachte er, der treue, unglückliche Vater, wenn er noch lebt? Er bedurfte vielleicht meiner in den trüben Stunden eines freudenleeren Daseins, und ich bin fern! —

Es vergingen mehrere Stunden, bis Rabaub kam. Tiefen Ernst, ja eine deutliche Mißbilligung des Vorgefallenen, glaubte Gui in seinen Zügen zu lesen. Er reichte ihm seine Hand mit dem Ausdrucke der treuesten Liebe. „Ich habe Euch Sorge gemacht, mein Vater — verzeiht — es geschah nicht mit Vorsatz, und daß ich Euch nicht noch in derselben Nacht wiedersah, verhinderte die Erfüllung einer heiligen Pflicht!“

Rabaub's Züge erheiterten sich.

„Ich zürne Dir nicht, Gui, ob Deiner That, nicht ob Deines Ausbleibens — wenn ich auch gleich nicht froh sein kann über

das, was geschah. Oft ist ein unbedeutendes Ereigniß das Saat=
korn einer Zukunft, die reiche Kummerernte liefert" — doch diese
Worte schienen ihm unwillkürlich entschlüpft — er sah jetzt
Gabrielen und erschrak.

„Verzeiht, Fräulein," sprach er ernst, „daß ich Euch zu grüßen
versäumte — ich hatte nur Augen und Sinne für Gui."

Nun forschte er nach der Wunde d'Arbeque's. Gui sagte ihm
seine Bemerkung. Gabrielens Augen hingen an seinem Munde,
sie zitterte fieberhaft.

„Ist's also, dann seib ruhig, Fräulein, und bittet Gott, daß
er meine Mittel segne. Ich hoffe, Eueren Vater zu heilen. Und
Du, Gui," fragte er dann — „Du schweigst — wie steht es um
Dich?" —

„Mir ist ja so wohl, Vater," sprach der Jüngling in einem
Doppelsinne, den nur er verstand — den aber Gabriele ahnen
mochte, denn eine leise Röthe flog über ihre bleichen Züge, und
sie entfernte sich.

Leise erzählte nun Gui die Begebenheiten der jüngst verflosse=
nen Stunden. Rabaud empfahl ihm Ruhe und Pflege seiner selbst
und beobachtete dann den Baron. —

„Wir haben große Angst ausgestanden um Dich, Gui," sprach
er dann wieder; „Gottlob, daß sie in einer Hinsicht wenigstens
umsonst war." —

Jetzt schlug d'Arbeque die Augen auf und richtete sie fest und
forschend auf Rabaud. Es war, als suche er in seinem Gedächt=
nisse nach diesen Zügen, die ihm schon irgendwo begegnet seien.

Gabriele war wieder herein getreten.

„Was will der Mensch?" fragte der Baron heftig seine
Tochter.

„Unser Retter hat ihn beschieden zu Eurer Heilung, mein
Vater," sagte sie sanft. — „Es ist sein Vater Rabaud."

Da richtete sich d'Arbeque hastig auf und sah scharf in Gui's
Züge. —

„Euer Vater?" fragte er dann mit einer seltsamen Heftigkeit: „Es ist mir, als sei dieses Gesicht mir begegnet an Orten, die ich nicht liebe, und in der Gemeinschaft mit Menschen, die ich hasse" — stieß er wild heraus.

„Ihr täuscht Euch wohl" sagte sanft Gabriele. „Vertraut Euch ihm an. — Er ist ja der Vater des jungen Mannes, dem Ihr so viel verdankt."

„Du hast Recht, Kind," sprach er dann — „es ist wohl nur ein Fiebertraum."

Und er ließ nun Rabaub die Wunde untersuchen — verbinden — jedoch ununterbrochen fixirte er ihn mit stechenden Blicken.

Rabaub behauptete einen Gleichmuth, der sich durch Nichts irren ließ.

Er that seine Pflicht — empfahl Ruhe und sagte dann — nicht ohne Empfindlichkeit: „Es gibt Züge, gegen die wir oft einen Widerwillen haben, weil sie uns an Begebnisse mahnen — die — — doch, es wird besser sein, ich entferne mich — da ich das Unglück habe, Euch zu mißfallen. Zudem bedarf Gui der Wartung und Pflege; darum werden wir uns heimbegeben, und ich kehre wieder, wenn der Verband neu angelegt werden muß — auf den Fall, daß Ihr es wünschet, gnädiger Herr!"

Gabriele ergriff seine rauhe Hand. „Laßt Euch das bittre Wort nicht verletzen, das vielleicht nur die Fieberhitze sprach. — Ich beschwöre Euch, zu bleiben. Zudem darf Euer Sohn nicht hier weg — wir sind ihm zu hoch verpflichtet." —

b'Arbeque richtete sich auf. „Nein," sagte er — „das kann nimmer geschehen, und auch Ihr solltet nicht mein Wort so scharf nehmen. — Ich bitte Euch, bleibt."

In Gabrielens Auge flimmerte eine Thräne, sie sah Gui so bittend, so flehend an. Gui war in seltsamer Lage. Er blickte forschend in Rabaub's Gesicht, das unverändert den Ausdruck eines finstern Ernstes behielt. Er sah ihn bittend an.

„Wohlan," erwiederte Jener, „Euer Wille geschehe. Erlaubt aber, daß mein Sohn der Ruhe genießen darf."

Gabrielens Antlitz erheiterte sich bei diesen Worten. Sie flog hinaus, für Gui ein Gemach zu bereiten, und bald ging er, gestützt auf Rabaud, dahin.

Rabaud setzte sich zu ihm; aber kein Wort kam über seine Lippe. Er schien nachzudenken über unangenehme Dinge.

Gui war zu begierig, den Zusammenhang dessen zu erfahren, was er ahnte, ohne es sich bewußt zu sein. Er fragte Rabaud. Ganz wider seine Gewohnheit schwieg dieser lange — dann sagte er — „laß das jetzt. Nur so viel wisse — es liegt eine unübersteigliche Scheidewand zwischen uns, Dir und diesem Hause. — Darum" — er faßte des Jünglings Hand und drückte sie mit inniger Liebe — „wache über Dich und Dein Herz! — Dein Name muß ewiges Geheimniß bleiben vor b'Arbeque's Ohren. Es kommt vielleicht bald eine Stunde, wo ich Dir, wenn diese Mauern hinter uns liegen, mehr sagen kann, mehr," setzte er mit tiefer Betonung hinzu, „als Dir und mir lieb sein dürfte."

———

8.

Sie blieben Beide noch acht Tage. Die Zigeunerhorde war verschwunden, der Statthalter der Dauphiné ließ sie verfolgen — aber es schien fast', als seien sie in die Erde versunken; denn nirgends wollte man sie gesehen haben.

Gui konnte nach einigen Tagen wieder gehen. Rabaub's Kunst heilte schnell seine Wunde; auch b'Arbeque genas schneller, als es sonst im höhern Alter der Fall zu sein pflegt. Seit Rabaud in die Burg getreten war, schwebte ein finsteres, unheimliches, Grauen erregendes Wesen über allen, und verstimmte die Gemüther. Nur Gabriele blieb sich gleich, und diese Heiterkeit, diese unverdrossene Thätigkeit, diese liebevolle Aufmerksamkeit zeigte sie Gui in einem immer liebenswürdigern Lichte. Sprach sie mit ihm, dann war sie ernst, gemessen, oft feierlich. Sprach er vom Scheiden, dann umflorte Wehmuth ihren Blick. Bald schwamm sein Herz in einem Meere von Wonne — bald nagten Zweifel an seiner Seele.

Rabaub's klarer Blick sah tiefer, er sah die Liebe keimen, wachsen, und ihn brannte es auf der Burg an die Sohlen. Eine Unruhe, eine Angst sondergleichen trieb ihn um. Auch d'Arbeque ahnte das Geheimniß, das noch tief und unbekannt in Gabrielens Busen lag. Der Stolz des Freiherrn empörte sich gegen diese Liebe zu einem Jünglinge niederen Geschlechtes. Willkommen war ihm darum eines Tages die Erklärung Rabaub's, gegen den er ohnedem einen unbezwinglichen Haß im Herzen trug — daß seine Gegenwart fürder nicht mehr nöthig sei.

d'Arbeque wollte ihn reich belohnen, nicht sowohl um seiner, als seines Sohnes Dienste, dem er Lohn zu bieten durch seine Hochachtung gegen den Jüngling verhindert wurde.

Rabaub sah ihn groß an. „Ich danke Euch, gnädiger Herr," sagt er; „gebt die Summe den Armen; ich bedarf ihrer nicht und diene nicht um Lohn."

Den Baron verdroß der Stolz des Mannes.

„Ich weiß es," versetzte er, „daß Ihr deß bedürft — Ihr seid arm." —

„Ihr irrt," erwiederte Rabaub — „wir haben aus den Stürmen so viel gerettet, daß wir leben können, und der Parlamentsrath be Viole ließ nie einen treuen Diener darben."

Bei diesen Worten erbleichte d'Arbeque. — „So ist es doch wahr," rief er aus, „was ich vermuthete — so dientest Du dem Verhaßten, und ich sah Dich auf Saint=Flour!?"

„Euer Gedächtniß täuschte Euch nicht." fuhr Rabaub ruhig fort; „der Haß sieht scharf. Wohl dem, der so vergelten kann — wie mir sich die Gelegenheit darbot!"

d'Arbeque schwieg. Er unterdrückte den innern Grimm. In diesem Augenblicke trat Gui herein. Sein Auge leuchtete — eine unbeschreibliche Seligkeit lag auf seinen Zügen. — — Er hatte von Gabrielen sich beurlauben wollen — — er fand sie in tiefe Gedanken versunken im Saale, wohin er sich begeben, um noch einmal die Bilder seiner Ahnen zu beschauen; sie fuhr auf, als sie ihn kommen sah. Gui wollte zurücktreten — doch sie bat ihn, zu bleiben. Eine Weile standen sie stumm vor einander. Gui war tief bewegt. „Ich muß Euch Lebewohl sagen, Fräulein," sprach er dann mit zitternder Stimme. „Nehmt den Dank eines — treuen Herzens!" — Gabrielens Thränen rannen — sie gab ihm ihre Hand — sie bat ihn, nichts von Dank zu reden — sie gedachte seiner Hülfe — daß er ihr Retter geworden. — Gui pries sich glücklich — obgleich er bescheiden das Verdienst ablehnte. Er hielt ihre Hand noch, er drückte sie an seine Lippen, an sein Herz. Sein Muth wuchs mit seiner Liebe — er wagte, sie an sein Herz zu ziehen. Da fuhr ein Schauder durch Gabrielens ganzes Wesen — sie schlang ihre Arme um ihn, drückte ihr Haupt an seine Brust — dann riß sie sich gewaltsam los und verschwand durch eine Nebenthüre. Lange stand Gui auf der Stelle wie bezaubert. — Dann ging er mit einem Himmel in seiner Brust auf b'Arbeque's Gemach zu und trat gerade ein, als Rabaud jenes Geheimniß enthüllt.

„Und dieser ist nicht Dein Sohn!" rief b'Arbeque aus — „die Züge sind de Viole's Züge!" —

„Ihr habt auch das errathen!" sprach mit fürchterlicher Kälte Rabaud. „Es ist sein verwaistes Kind — Gui be Saint=Flour."

Da flammte eine wilde Gluth in b'Arbeque's Blicken auf.

„Lebt wohl!" — rief jetzt Rabaud und ergriff Gui's Hand. — „Ihr seid des Dankes überhoben!"

Und rasch zog er den Jüngling mit sich hinweg — durch die Höfe des Schlosses. Als das Thor hinter ihnen sich schloß, athmete Rabaud erst wieder frei auf. Gui war in einem Traume befangen. Er wußte sich das, was er gehört, kaum zu deuten — der Contrast war recht wie ein Maifrost in die Blüthen seiner Liebe gefallen, die sich kaum erschlossen und ihn doch so glücklich gemacht hatten. Er beschwor Rabaud, ihm Rede zu stehen. Dieser aber zog ihn mit sich fort und beobachtete ein hartnäckiges Schweigen.

So mußte er folgen, ohne zu wollen. Nur als sie die Höhe jenseit des Thals erklommen hatten, riß er sich los, um noch einmal nach dem Schlosse zu blicken, das seine Welt umschloß. Da wehte ihm Gabrielens Tuch den Scheidegruß zu, und eine innere Stimme rief ihm zu: das sei der Scheidegruß für diese Welt. Er schauderte. Noch einmal winkte auch er — und des Waldes Dickicht entzog ihn ihren Blicken. Kräftig schritt Rabaud weiter. Kaum vermochte ihm Gui zu folgen. Auf keine Frage gab er eine Antwort, und endlich schwieg Gui unmuthig. Erst als sie schon eine gute Strecke zurückgelegt hatten und eine freie Stelle des Waldes sich ihnen darbot, stand Rabaud still.

„Vergib mir, Gui," sagte er, „mein seltsames Benehmen. Es wird Dir mancher Auftritt der letzten Stunden räthselhaft sein — ich will Dir die Räthsel jetzt lösen." — Er hob nun an, aus dem früheren Leben seines Vaters die Begebenheiten mit d'Arbeque zu erzählen, nachdem er ihm vorher gesagt, wie nahe ihm d'Arbeque verwandt. Gui hörte mit steigendem Interesse, aber auch mit wachsendem Schmerze der Erzählung zu. Als Rabaud geendet, schien es ihm, als schlössen sich des Paradieses Pforten hinter ihm. Rabaud's letzte Worte fielen centnerschwer auf sein Herz.

„d'Arbeque's Haß," hatte er gesagt, „ist ohne Ziel und Ende. Nie vergibt er; darum ist unseres Bleibens in diesen Gegenden jetzt nicht mehr lange, zumal er uns kennt."

„Und wird nicht gerade der Dienst, den ihm des Feindes Sohn geleistet, sein Herz milder stimmen und die Reue über den blinden Haß in ihm wecken?" fragte Gui.

„Kannst Du die Steine hier erweichen?" war Rabaud's Antwort; „kannst Du dem Bache, der dort über die Felsen hinab in den Abgrund stürzt, gebieten, daß er seinen Lauf rückwärts

nehme? Kannst Du den starren Winter umwandeln zum blühen=
den Lenze?"

„Euer Urtheil ist fürchterlich hart; verzweifelt Ihr an der
Möglichkeit der Besserung eines Menschenherzens?"

„Nein, Gui. Ich will glauben, daß der Verbrecher ein edler
Mensch werden kann, aber nimmer, daß d'Arbeque's Haß sich in
Wohlwollen verkehre. Ich kenne ihn, ich weiß, was Dein Vater
that, ihn auszusöhnen — aber es war Alles umsonst. Sein Sinn
ist eisern."

Gui brach ab. Schmerz, bitterer, herber Schmerz erfüllte sein
Herz. Er fühlte zum ersten Male die brennende Wunde in seinem
Innern. Gabriele — war für ihn verloren. Die Träume seines
Glückes, denen er oft in stiller Nacht auf Schloß Arbeque Gehör
gegeben, sie zerrannen.

Finster kehrte er heim. Der treue Salers starrte ihn an.
„Was ist geschehen?" fragte er.

Rabaud winkte ihm Schweigen zu.

„Dir, Gui, habe ich einen seltsamen Gruß," sagte Salers
darauf, sich zu Gui wendend. „Ein Zigeunerweib war hier vor
ungefähr acht Tagen, die alte Abelma, die so oft auf Saint=Flour
war. Sie gebot mir, diese Zeilen Dir zu reichen."

Gui riß das Blättchen auf.

„Sie brausen schon, die Stürme, die ich Dir verkündet,"
schrieb eine fast unleserliche Hand; „noch ist ihr Ende nicht da.
Erst wenn Blutströme um Dich geflossen sind — erst dann kommt
Frieden — er liegt weit, weit von Dir. Das aber hättest Du mir
nicht thun sollen! Ich allein weiß, was geschah, denn ich folgte
Dir. Du hast gebüßt — wüßten es meine Söhne — Du möchtest
fliehen, wohin Du wolltest — ihr Dolch fände Dein Herz. Abelma
zürnt Dir nicht." —

Er hatte die Worte laut gelesen.

„Neue Räthsel!" rief Salers — „woher kennst Du das
unselige Weib?"

Gui erzählte ihnen ohne Rückhalt seine Begebenheiten mit der Zigeunerbande.

„Unseres Bleibens ist nicht länger hier," sprach Salers. „Unser Frieden ist gestört. Gebe Gott, daß nichts Schlimmeres folge!"

Gui erhob sich. „Nicht Euer Friede, der meinige ist gestört. Darum laßt mich ziehen. Dieses unthätige Leben paßt ohnedem nicht mehr für mich. Ihr kennt die Anzeichen eines blutigen Kampfes der Glaubensparteien im Vaterlande. Mein Entschluß ist gefaßt; ich trete in die Reihen der Kämpfer für meinen heiligen Glauben und seine Rechte ein, für die mein Vater mit einem andern, schärfern Schwerte stritt!"

Ein tiefes Feuer leuchtete aus seinen Blicken bei diesen Worten. Rabaud sah ihn erschrocken, aber mit einer innern Freude an. Er schwieg indessen, wie Salers, der endlich äußerte: „Nur nicht zu schnell, mein Gui. Laßt uns als besonnene Männer handeln, wohl erwägen, — dann sei's in Gottes Namen!"

9.

Die Heiterkeit, der Frieden — der sonst in dem engen Häuschen der Freunde gehauset — er schien gebannt, verschwunden für immer. Auf Gui's Herzen lag eine Last, die er nicht abzuwälzen im Stande war, nicht die Freunde, so gerne sie es gethan hätten. Ruhe war in seinem Innern — aber eine kalte Grabesruhe, die Frucht der Resignation auf des Lebens schönstes, der Liebe Glück. So gern auch das jugendliche Herz den Anker der Hoffnung noch faßt und festhält, selbst an der Grenze der Möglichkeit — so gab ihr doch Gui nicht mehr Raum in seinem blutendem Herzen. Rabaub's Worte waren von zu mächtigem Einfluß auf ihn, und jenes dunkle Wort Abelma's, so frei von dem Aberglauben, den die Menschen seiner Tage hegten, besonders von der die Zukunft enthüllenden oder durchschauenden Macht dieses nomadisirenden Volkes auch übrigens Gui's Seele war, übte dennoch seinen geheimnißvollen Zauber aus und fügte neue Wolken zu denen, die bereits seine Seele umnachteten. So floß fortan still und öde das Leben der Drei hin. Nur der Plan Gui's brachte eine Abwechselung in das einförmige Treiben. Dabei fiel indessen wieder eine Last auf seine Seele, die nämlich, welche der Gedanke an die kriegerische Ausrüstung brachte. Sollte er als Landsknecht zu den Truppen der Protestanten, welche Coligni führte, stoßen, so bedurfte er eines Rosses und der nöthigen Waffen. Nach Allem, was er wahrnahm, war er arm, denn der König hatte ihn ja, als er seinen Vater ächtete und für ewig des Landes verwies, ja seinen Namen, als einen dem Galgen Entgangenen an den Galgen auf dem Montmartre schlagen ließ, aller seiner Güter beraubt. Wie sollten es die beiden Alten möglich machen, die Mittel aufzubringen, deren er jetzt bedurfte? Um sie nicht zu kränken, wagte er nicht einmal eine Frage, sondern setzte still voraus, er werde mit seiner schweren Büchse, und wie er gehe und stehe, in Coligni's Lager gehen und seine Dienste anbieten müssen. Daß man ihn bei seiner Jugend und Kraft zurückweise, befürchtete er gerade nicht; allein es lag doch etwas Schmerzliches darin, daß er nicht dort eintreten konnte, wie es sein Stand und sein Herkommen würde unter andern Umständen bedingt haben, — was überwunden sein wollte.

Eines Tages, wo Sturm und Hagel, wie ihn die Tage des April wohl noch einmal zu bringen pflegen, um das Häuschen tobte, saß er still in der Ecke eines Fensters und blickte hinaus in das wilde Toben des unfreundlichen Wetters. — Er war allein in dem Gemache, denn heute waren Salers und Rabaud häufig allein in dem kleinen Raume gewesen, der ihnen zur Schlafstätte diente; sie kramten da viel in Papieren und redeten oft eifrig miteinander. Das hatte er gehört, als er vorüberging, und es war ihm aus dem Grund auffällig, weil sonst eine so tiefe Stille in ihrer Wohnung zu herrschen pflegte.

Jetzt wurde die Thüre geöffnet und Beide traten ein. Unverkennbar lag etwas Feierliches in ihrem Wesen, das so wenig zu der einfach gemüthlichen Weise paßte, welche sie sonst angenommen hatten.

„Gui be Viole be Saint-Flour," hob endlich mit einer bebenden Stimme Rabaud an, „Ihr seid den Kinderschuhen längst entwachsen und in Eurer Seele ist ganz frei und unabhängig der Wunsch entstanden, Euren Arm der heiligen Sache des Evangeliums zu weihen, das seiner bedarf. So ist es würdig des Namens, den Ihr traget, den ein ungerechtes, vom Religionshasse eingegebenes Urtheil wohl schmähen, aber nicht entehren konnte. Jetzt aber, wo es dieser Entschluß fordert, daß Ihr würdig Eures Namens auftretet, thut es Noth, daß Ihr Mittel habet, die Euch das gestatten, und uns, als treuen Dienern, ist es heilige Pflicht, Euch eine Rechenschaft zu geben von dem, was wir Beide gerettet haben in dem Schiffbruche Eures edlen Vaters, den Gott segne, und wie wir es verwaltet haben. Wir legen die Nachweise und Rechnungen hier vor Euch nieder. Prüfet sie!"

Gui stand wie erstarrt vor Rabaud. Er schaute mit einem Gefühl in sein Angesicht, das aus Schrecken und Staunen gemischt war; denn mit einem Male war ja hier Alles anders geworden. Das väterliche Du war einer Anredeweise gewichen, welche die, welche dadurch bisher vereint waren, auseinanderriß und die Scheidewand kalter Lebensformen dazwischenstellte, deren trennende Gewalten er erst recht kennen gelernt, als er mit d'Arbeque zusammentraf.

„Was soll das?" rief er mit dem Ausdruck des Gefühls, das seine Seele erfüllte. „Was soll das? Wollt Ihr mich wegstoßen von den treuen Herzen, die bis jetzt meine Zuflucht und Heimath waren? Was hab' ich gethan, daß ich solches Gutes verlustig geworden bin?" —

In den Augen der beiden Männer zitterten Thränen und Rabaud war zu bewegt, um reden zu können. Salers sagte:

„Der Zeitpunkt mußte einmal kommen, wo das Verhältniß ein anderes werde, wo wir in das Verhältniß der Diener zurücktreten, aus dem uns das Unglück Eures Hauses gehoben hatte.“

Ehe aber noch Salers diese Worte vollendet, lag Gui in Rabaub's Armen. Er bat, er flehte, er drohte, nie wieder zu ihnen zurückzukehren, wenn nicht Alles bliebe, wie es bis heute gewesen. Sein Dank, seine Liebe sprach sich in einer Weise und Fülle aus, daß die Männer davon überwältigt wurden. Lange aber dauerte es, bis sie sich dazu verstanden, einen Entschluß aufzugeben, der aus ihrem Pflichtgefühl erwachsen war. Aber wie glücklich hatte sie das gemacht, was sie eben erlebt? Wie reich war durch Gui's Liebe Alles belohnt, was sie in aufopfernder und hingebender Treue die lange Reihe von Jahren ihm geleistet hatten.

Als endlich die Ruhe in ihre Herzen zurückgekehrt war, bat Rabaub den Jüngling, sich zu ihm zu setzen. Er legte ihm genaue Rechenschaft ab. Da stellte es sich denn heraus, daß er immer noch ein ansehnliches Vermögen besaß, das zwar in keinem Vergleiche mit jenem stand, welches seine Voreltern, ja noch sein Vater, besessen, aber dennoch hinreichte, über die Sorgen des Lebens den Geist hinauszuheben. Rabaub hatte wohl gesorgt, als er Saint-Flour verließ und du Plessis-Mornai ahnete es nicht, daß der treue Salers, der in Manches durch seinen Herrn eingeweiht war, was sonst Niemand wußte, einen Schatz bei sich trug, als er, Paris verlassend, den Sohn seines Herrn aufzusuchen, die Spur seines Freundes Rabaub verfolgte. Das hatten nun Beide in Eins zusammengeschmolzen, treu verwaltet und in sich selbst wachsen lassen.

Mit Erstaunen sah Gui, daß er reich sei!

„Aber was soll ich mit dem, was übrig bleibt, wenn ich mir ein Roß, ein Koller, Pistolen und Schwert gekauft?“ fragte er. „Es sei Euer, Ihr Treuen,“ sprach er. „Eueres Alters Tage sollen nicht von Mangel getrübt werden. Gott weiß es, ob ich je ihm

Stande sein werde, Euch zu ernähren und die Liebe zu vergelten, die Ihr an mir geübt.“

„Verwalten wollen wir es denn,“ sagte Salers, — „denn unsere Bedürfnisse sind klein, und es bewahren für kommende schwere Zeiten.“

Rabaud besprach sich nun mit Gui über seine Ausrüstung und über seinen Eintritt in's Heer.

„Ich will erst genauere Kunde einziehen über die Verhältnisse unserer Glaubensgenossen und ihre Stellung gegen den Hof, ehe wir handeln,“ bemerkte er, und Gui war wohl damit zufrieden.

Indessen nahmen die Ereignisse damals schnell eine ernste Wendung, die Gui's Wünschen sehr zusagte und ihm eine Laufbahn, wie er sie suchte, zu eröffnen verhieß.

Die Hinneigung Katharinens von Medicis zum Protestantismus trug einen Schein der Aufrichtigkeit, der Montmorency und den Marschall von Saint-André mit Furcht und Schrecken erfüllte, die so fanatische Katholiken waren.

Die Proclamation des Edicts von Saint-Germain en Laye mehrte diese Furcht. Sie sahen ihren Fall, den Fall ihrer Macht, ihres Einflusses nahen. Es galt ein schnelles, kräftiges Handeln, den Strom zu dämmen, der brausend sich heranwälzte. Franz von Guise, der Dritte des unheilvollen, fanatischen Bundes, war nicht in Paris. Er weilte seit einiger Zeit in Lothringen, Pläne schmiedend mit dem schlauen Cardinal zu der Ketzer Vertilgung, und des eigenen Hauses Glanzerhöhung und Machtanwuchs.

Ein Eilbote Saint-André's beschied ihn nach Paris, wo seine Gegenwart jetzt unumgänglich nöthig war, denn man wußte, daß Katharina, den Stolz und die Macht des Triumvirats und des Guisischen Hauses fürchtend, an Conbé geschrieben, ihn bringendst gebeten hatte, sich mit Coligni und Dandelot, seinem Bruder, ihrer und des Königs anzunehmen und sie aus den Banden der Guisen zu befreien. Man wußte, daß die Protestanten im Stillen sich rüsteten. Franz empfing diese Botschaft mit Freude. Schnell verließ er Lothringen mit einem bedeutenden Gefolge von Herren, die auf seiner Seite standen und einer nicht unansehnlichen Macht von Soldaten; Montmorency und Saint-André sammelten eine Armee bei Paris, und bei Orleans machten die Protestanten, an ihrer Spitze Condé, Coligni, d'Andelot, Anton von Croi, die Herren von Larochefoucault, Rohan, Genlis und Grammont, Miene, sich zu vereinigen.

Franz von Guise eilte. Es war am 1. März 1562, als er in Vassy, einem Städtchen in der Champagne, eintraf, um dort eine kurze Frist von der angestrengten Reise zu rasten. Der Herzog ließ alsbald in der Kirche des Ortes Messe lesen und sein Gefolge begleitete ihn dahin, jedoch faßte die Kirche die Menge nicht, die mit der Partei der Guisen dahinströmte, und viele derselben mußten außen weilen. Da erschallte unweit davon der Gesang der Protestanten, die in einer Scheune ihren Gottesdienst in heiliger Andacht hielten. Es war eine willkommene Gelegenheit für die fanatisirten Diener und Söldner Guise's sich an den ruhig ihres Glaubens lebenden Protestanten zu vergreifen. Sie störten durch Steinwürfe und beleidigende Worte, durch Lärm und Unzucht den Gottesdienst der Protestanten, die in einer nicht kleinen Anzahl hier vereint waren. Anfangs litten es diese ruhig; aber diese Ruhe erhitzte Jene desto mehr, und bald kam es zu Thätlichkeiten. Die Protestanten mußten Gegenwehr leisten den Angreifenden, und so entspann sich ein erbitterter Kampf, der von Seiten der wehrlosen Protestanten einstweilen nur mit Steinwürfen geführt wurde.

Der Lärmen außerhalb der Kirche endigte die Messe. Guise stürzte heraus und ein heftiger Steinwurf traf ihn sogleich so heftig an die Stirne, daß er fast besinnungslos in die Arme eines der Seinen taumelte und mit Blut bedeckt wurde.

Das war die Losung eines entsetzlichen, wüthenden Kampfes zwischen den erbitterten Parteien. Man ergriff schnell die Waffen, und ein unmenschliches Blutbad erfolgte. Schonungslos wütheten die Guisischen unter den Hugenotten. Sechszig Leichen deckten die

Wahlſtatt von proteſtantiſcher Seite, und über zweihundert Verwundete zählten ſie. Auch die Guiſen hatten gelitten und ihr Verluſt war ebenfalls nicht unbedeutend.

Zitternd trat der Richter von Vaſſy vor den grimmigen Herzog und flehte um Schonung für die unglückſichen Proteſtanten, die ja doch den Streit nicht veranlaßt.

„Seid Ihr auch ein Ketzer!“ fuhr ihn zornig der Herzog an.

„Nein,“ ſprach muthiger der Richter, „ich bin ein Katholik, wie Ihr, gnädigſter Herr — aber mein Herz blutet bei dem Morden; um ſo mehr, da es geſetzwidrig, wie unmenſchlich iſt, und das Edict vom Januar freie Religionsübung den Proteſtanten verheißt.“

Mit rollenden Augen ſah ihn der Herzog an; dann riß er ſein Schwert aus der Scheide und rief: „Dies ſoll jenes verfluchte Edict zerhauen!“ —

Der Richter verließ mit tiefem Abſcheu den unmenſchlichen Herzog. Das Blutbad dauerte fort, bis der Schleier der Nacht die Greuel dieſes Tags umhüllte. Die Proteſtanten flohen in die Berge, in die Wälder, und die ſchreckliche Kunde dieſes Tages von Vaſſy drang mit Windeseile durch Frankreich und zu den Ohren Coligni's. Die Fackel des blutigen Bürgerkrieges war angefacht! Das blutige Loos war geworfen in den Schooß einer unheilſchwangeren Zeit!

———

10.

Auf dem Wege von Grenoble nach Sainte-Marcelline ritt eines Tags in ſpäten Nachmittagsſtunden Gui de Viole auf einem überaus ſchönen und guten Roſſe, das er eben erſt in Grenoble um hohen Preis erſtanden. Die Ausführung ſeines Vorhabens war nahe. Zu ſeinen Ohren waren ſie ſchon gedrungen die Greuelthaten von Vaſſy. — Es war ihm die Rüſtung ſeiner Glaubens genossen bekannt geworden, und Robaud hatte Tags vorher die Botschaft gebracht; es werde für Coligni's Heer der Herr von Maugiron in der Dauphiné. Diese Kunde bestimmte den Jüngling zur raschen Ausführung seines Planes, den er mit seinen väterlichen Freunden erwogen hatte und zu dem ihn, wie sein Herz, so die Lage drängte, in welcher er sich befand. So sehr aber auch die neue Laufbahn des Jünglings-Ehrgeize schmeicheln mochte, so war doch sein Herz tief bekümmert. Auch jetzt wieder war sein Herz bei Gabrielen. Es war so still und einsam in der Gegend, durch die er ritt. Neben ihm am Wege hin, jedoch in einem beträchtlich tiefen Bett, strömte die Isère und ihr Brausen war das einzige Geräusch, das die Stille der Einöde unterbrach, und dieses Brausen wiegte ihn noch mehr in seine Träume ein. Die Vergangenheit lag vor ihm mit ihren kargen Freuden, und die Zukunft dunkel und blutig. Gabrielens Bild schwebte vor seiner Seele. Ihre Liebe war ja der einzige Sonnenblick seines Lebens, und so schnell ging er vorüber, so eisern war die Macht des Verhängnisses zwischen ihre Herzen getreten! Lebhaft wurde der Wunsch in seinem Herzen wieder rege, den er so oft schon bekämpft, sie wieder zu sehen, noch einmal in ihr Auge zu blicken und dann dem Lebensglück auf ewig Lebewohl zu sagen. Schon war er im Geiste bei ihr; schon lag sie an seiner Brust. — In solchen Träumen schwelgte das liebende, hoffnungslose Herz des Jünglings. Er hatte den Zügel auf des Pferdes Hals gelegt und es gehen lassen, wie es wollte, ohne darauf zu achten, daß es nahe am steilen Ufer der Isère hinschritt und nur ein Fehltritt ihn in den Wellen des Stromes begraben konnte.

„Seht Euch vor," rief plötzlich hinter ihm eine starke Stimme, die einem Reiter angehörte, der im sausenden Galopp ihm folgte, „sonst liegt Ihr drunten in der Isère!"

Der Jüngling fuhr aus seinen Träumen auf, ergriff des Pferdes Zügel und riß es mit starker Faust herüber in den Weg, und sah alsbald den Warner an seiner Seite.

„Das hätte leicht so einen Sprung zum Leben hinaus geben können!" scherzte der Reiter, und sah dem Jüngling dabei in das bleiche, schöne Gesicht.

Es war ein junger Mann von etwa acht und zwanzig Jahren, mit militärischem Anzug. Ein breitkrempiger Federhut saß recht unternehmend auf einer Seite, und ließ die langen, braunen Lockenhaare graziös auf die Schulter wallen. Eine himmelblaue Feldbinde schmückte ihn. An seiner Seite hing ein schönes Schwert. Heiterkeit und Frohsinn strahlte aus seinen Blicken.

Gui grüßte ihn mit Anstand und dankte für die Warnung.

„Habt gewiß an's Liebchen gedacht, mein junger Freund!" fuhr lächelnd jener fort.

Gui erröthete, verneinte das aber stotternd, denn die Lüge wollte nicht über die Zunge, und bemerkte: „Es gibt so viele Dinge in unseren Tagen, die wohl geeignet sind, den, der Antheil daran nimmt, in recht ernste Betrachtungen zu versenken.

Der Reiter neigte sich vor und sah scharf in des Jünglings Antlitz, das ihm dieser offen zuwendete. Dies ernste Wort und die Jugend des Redenden schienen jenem so recht nicht zu einander zu passen. — Doch der Blick in Gui's Antlitz schien ihm Vertrauen eingeflößt zu haben.

„Da habt Ihr ein sehr wahres Wort gesprochen, junger Mann," entgegnete darauf derselbe; „es kommt nur darauf an, mit welchen Augen man die Vorgänge ansieht. Habt Ihr von Baffy gehört?"

„Wie sollte mir fremd geblieben sein, was jedes Gemüth empört?" fragte Gui und sah scharf den Fremden an.

„Da habt Ihr sehr Recht," antwortete der; „selbst der gemäßigte Katholik hört's mit Abscheu und Entsetzen. Wie viel mehr der Protestant, der in diesen Vorgängen nur das sieht, was ihn früher oder später treffen wird und unausbleiblich ist" — fuhr er fort, indem er dem Herzen freien Lauf ließ, „wenn nicht wir Protestanten uns selbst schützen und uns die Glaubensduldung und

Gewissensfreiheit erkämpfen, die man uns gutwillig nicht zugestehen will. — Aber sie ist endlich gekommen, die Stunde, wo die Kraft an die Stelle geduldiger Schwäche tritt. Orleans ist Zeuge der Vereinigung unserer Häupter, und es sind Namen, auf die Frankreich stolz zu sein gewöhnt ist."

Gui hatte ihm stille zugehört. Jetzt fragte er: „Und werdet auch Ihr in ihren Reihen fechten?"

„Auf die Frage möchte ich kaum antworten," versetzte hitzig der Fremde; „jedoch Ihr kennet mich nicht. Wisset also, ich heiße Maugiron und werbe hier im Lande für Coligni's und Condé's Heer, in dem ich Hauptmann zu sein, mir zur Ehre rechne."

„Ihr sucht Waffengefährten?" sprach Gui — „wollt Ihr mich dazu, so biete ich Euch hier meine Hand."

Freudig schlug Maugiron ein. „Seid mir willkommen!" rief er aus. „Doch sagt mir nun, da Ihr wisset, wer ich bin, auch Euren Namen!" —

„Gui de Viole," heiße ich.

„Viole?" fragte Maugiron. „Viole d'Arbeque — doch nein, dieser hat ja nur ein Kind, ein bleiches Mädchen, das ich heute noch sah. Aber welcher Viole seid Ihr denn? Ich kenne des Namens Niemanden mehr, in der Dauphiné und Auvergne, die ich weiblich durchstreift."

„De Viole de Saint=Flour," versetzte Gui, dessen Seele von dem Gedanken an Gabrielen ergriffen war, die Maugiron ein „bleiches Mädchen" nannte, die er heute gesehen habe. —

„Gehört Ihr also jenem edlen Parlamentsrath de Viole an — der so muthig für seinen Glauben stritt und seines Freimuths Opfer wurde?"

„Er war mein Vater," sprach wehmüthig der Jüngling.

„So sei die Stunde gesegnet, in der ich Euch fand," rief froh Maugiron; „denn im Sohne wird des Vaters Heldenmuth aufleben und auf solche Streiter darf unsere Sache stolz sein." —

„Erlaubt mir eine Frage" — unterbrach den Strom seiner

Rebe Gui — „Ihr sagtet eben, daß Ihr meinen Vetter d'Arbeque und seine Tochter gesehen; darf ich wohl fragen, wo dies gewesen?" — Gui sprach dies mit einer Hast, die Maugiron aufstel.

„Wohnt Ihr vielleicht zu Schloß Arbeque?" fragte er neugierig.

„Nicht doch" — versetzte Gui — „ich — könnte dann, wenn ich von Euch Gewißheit erhielte, den Ritt dahin ersparen." —

„Ich sah sie jenseit Grenoble, in der Richtung von Paris. — Die Tochter, ein schönes Mädchen, schien krank, sie sah sehr bleich."

Der redselige Maugiron ahnte es nicht, wie er das, ohnedem leidende Herz durch diese Kunde noch tiefer betrübte. Er bemerkte wohl seines Begleiters wachsende Verstimmung und meinte, durch seine Redseligkeit ihn zu zerstreuen. Er begann demnach die Stärke des Hugenottischen Heeres, die Tapferkeit seiner Führer, die Kampf= lust seiner Streiter zu schildern. Es kam ihm dabei nicht darauf an, ob er mit den größten Hyperbeln sich ausdrückte.

Gui blieb ernst und still. Er hörte nicht einmal Maugiron's Gerede, und erst als dieser laut zum zweiten Male fragte, wo er wohne — kam er zum klaren Bewußtsein zurück.

Er sah die Nothwendigkeit ein, Maugiron sein ganzes Ver= hältniß auseinander zu setzen. Mit mehr Geduld, als bei dem beweglichen jungen Manne zu erwarten war, hörte er zu und bezeugte ihm dann seine Theilnahme an tiefem Geschicke. Gui fragte ihn nun genauer um das Resultat seiner Werbung, um den Ort der Versammlung und die Zeit des Aufbruchs, indem er den Wunsch aussprach, recht bald nach Orleans zu kommen.

„Dazu kann Rath werden, mein junger Waffenbruder," sprach zutraulich der Hauptmann. „Euer Name sichert Euch eine nicht unbedeutende Stelle im Heere — darum will ich Euch sogleich zum Führer von hundert Geworbenen machen, die schon beritten sind und in Sainte=Marcelline meiner warten. Mit ihnen mögt Ihr die Reise schon übermorgen antreten. Ich werde erst

später Euch wiedersehen, doch wo möglich noch ehe der erste
Schlag fällt."

Dieß war dem Jüngling sehr erwünscht. Jetzt, wo Gabriele
nicht mehr hier weilte, wo ihn also nichts mehr fesselte, als die
Liebe Salers' und Rabaud's, jetzt wollte er hinweg aus diesen
Gegenden, die die Erinnerung an sein in der Blüthe zerstörtes
Glück ewig wach erhielten, in den neuen Wirkungskreis, und
freudig nahm er darum Maugiron's Anerbieten an. Sie hatten
jetzt Sainte-Marcelline erreicht. Schon standen die Sterne am
Firmament, und über den Bergen von Auvergne ging eben der
Mond in seiner ganzen Fülle auf und beleuchtete ihren Weg. Gui
konnte nicht weiter. Er blieb bei Maugiron und durchwachte mit
ihm die Nacht, die Verhältnisse ihrer Partei besprechend und Abrede
nehmend über den Zug nach Orleans. Beide gefielen sich wohl,
und so schlossen sie innige Freundschaft.

Am Morgen versammelte Maugiron seine Leute. Er stellte
ihnen in Gui ihren einstweiligen Führer vor, gab die genauesten
Befehle zum Aufbruch und ließ sie Gehorsam in Gui's Hand
geloben. Maugiron mußte weiter. Er umarmte Gui, ihm ein
herzliches Lebewohl sagend, nachdem er ihm ein Schreiben an
Coligni eingehändigt, in welchem er über den Erfolg seiner
Bemühungen Rechenschaft gab und ihm Gui empfahl.

Gui eilte nun, nachdem ihn Maugiron verlassen, zu seinen
Freunden. Freude erfüllte sie bei Gui's Nachricht, doch auch
Trauer ob der Trennung betrübte sie wieder.

Rabaud prüfte mit kunstgeübtem Auge Gui's Roß. Er lobte
das edle Thier und ließ es sich nicht nehmen, es selbst zu versorgen. Ungetrennt verlebten sie die wenigen Stunden ihres
Zusammenlebens, die ihnen noch gegönnt waren. Eine tiefe
Trauer war über ihre Gespräche verbreitet. Die beiden Alten
liebten so innig den Jüngling, sie waren so sehr an seine Gegenwart gewöhnt, daß es ihnen unendlich schwer wurde, sich von ihm

zu trennen. Liebend bereiteten sie Alles für ihn vor, und manche Thräne benetzte die grauen Wimpern.

So kam die Scheidestunde. Tief gerührt segneten sie den Jüngling und drückten ihn an ihr Herz. Auch Gui war erschüttert. Er liebte die seltenen Menschen ja auch so herzlich, so kindlich, daß auch ihm die Trennung wehe that, weher als er es selbst geglaubt. Er mußte sich gewaltsam losreißen. Tausend Segenswünsche begleiteten ihn. Er schwang sich auf's Roß und war bald den thränenden Blicken der Alten entschwunden, deren Schmerz allein darin Linderung fand, daß der Jüngling den Weg seines Berufs und seines Ruhmes ging, und ihnen verheißen hatte, recht oft Nachricht von seinen Schicksalen zu geben.

Auch Gui trocknete seine Augen. Auf der Anhöhe vor dem Dörfchen hielt er an. Wehmüthige Blicke sandte er dem Orte, wo er so harmlose und in der letzten Zeit so harmvolle Tage verlebt. Ein tiefer Seufzer entstieg seiner Brust. — Er wandte sein Roß und flog den Weg nach Sainte-Marcelline dahin.

Dort traf er seine Schaar gerüstet und seiner harrend. Ein jubelndes Lebehoch! begrüßte den stattlichen Führer, und ohne Zeitverlust verließen sie den Ort, ihre Richtung nach Orleans nehmend.

11.

Das sehr bedeutende Heer des Triumvirats stand in und jenseits Paris, welches einem ungeheuern Lager ähnlicher sah, als der Hauptstadt eines den Frieden, wenigstens scheinbar, wünschenden Hofs. Obgleich Katharina von Medicis den Prinzen Condé dringendst gebeten, sie und den König aus den Händen der Guisen und ihrer Genossen, des Connetable's Montmorency und des Marschalls Saint-André, zu befreien; obwohl sie sogar den Protestantismus begünstigte, seine Lehren in ihren Gemächern hatte predigen lassen, so war sie doch viel zu sehr Meisterin in der Verstellungskunst, als daß sie dies Benehmen nicht hätte bemänteln, es als ein von der Noth des Augenblickes gegen ihre Ueberzeugung ihr aufgedrungenes, darstellen sollen, um sich die furchtbaren Triumvirn, deren Fesseln sie jetzt trug, wieder geneigt zu machen. Ehe sie die desfallsigen Briefe an Herzog Franz von Guise schrieb, besprach sie sich mit einem Manne, den ihr ein Vertrauter als einen der erfahrensten und bewandertsten Astrologen, die jemals Andalusiens balsamische Luft geathmet und aus den Schachten maurischer Weisheit die Kunst geschöpft, aus den Constellationen des Himmels die Räthsel des Daseins zu lösen, empfohlen. Es war dieses ein finsterer, strenger, sehr leidenschaftlicher Mensch — weniger der Rede zugethan, sich um nichts kümmernd, als seine Beobachtungen und Berechnungen, und nur dann Antheil nehmend an den Ereignissen des Tages, wenn Katharina ihn befragte, was von ihnen die ewige Sternenschrift melde, oder wenn sie in schwierigen Lagen seines Rathes bedurfte. Katharina's Vertrauen war schwer zu erringen, und der finstere Acevedo würde schwerlich jemals es sich erworben haben — hätte nicht des Astrologen imponirendes Wesen, seine Sicherheit und Festigkeit — ja selbst seine genaue Kenntniß der Lage Frankreichs und ihrer selbsteigenen und seine geheimen Warnungen vor Saint=André und Franz von Guise nach seinen ersten Beobachtungen ihm in ihrem Aberglauben einen Freund gewonnen, dessen Einflüsterungen auch ihr nicht so leicht zu besiegendes Mißtrauen unterlag. Darum suchte sie den Meister ganz in ihr Interesse zu ziehen. Sie überhäufte ihn mit Geschenken. Nicht wenig aber erstaunte sie, als er nur einen kleinen Theil derselben behielt, und die anderen mit der Katharina schmeichelnden Bemerkung zurückgab: Er nehme nur so viel, als er bedürfe — ihr Vertrauen sei sein reichster Lohn. Sie ließ ihn genau beobachten. Er hatte mit Niemanden Umgang, der ihr verdächtig war. Er ging nicht aus dem Louvre. — Das Alles ließ nicht länger an des Astrologen Treue zweifeln, und Katharina schätzte sich glücklich ihn gewonnen zu haben, und gab das strenge Beob=

achten auf. Sie war jetzt ihrer Sache gewiß. Sie vertraute ihm ganz.

Die Lage, in welche sie sich jetzt versetzt sah, war so kritisch, forderte so gebieterisch Schlangenklugheit mit dem Scheine der Taubenunschuld, daß sie nicht ohne Acevedo's Rath handeln mochte. Sie beschied ihn daher zu sich.

Bleicher als gewöhnlich, finsterer noch, als sonst, trat er in ihr geheimes Cabinet.

„Ihr seht so bleich, Meister," sprach sie theilnehmend, „fühlt Ihr Euch unwohl?" —

Er verbeugte sich tief, stumm dankend für die Theilnahme der Königin. Nach einer Pause erst sagte er mit einer hohlen Stimme:

„In den Sternen habe ich gelesen in letzter Nacht, und kein Schlaf kam in mein Auge."

„Und das sollte auf Euch so nachtheilig eingewirkt haben, was Euch so oft begegnet?"

„Das nicht!" antwortete Jener, und richtete den durchbringenden Blick des schwarzen Auges fest auf die Königin.

„So waren's die Dinge, die Euch die Gestirne kund gaben?" fragte sie in wachsender Spannung.

„Ich leugne es nicht," sagte Acevedo.

„Und was, sich bitte Euch, was laset Ihr? — was sahet Ihr?"

„Ströme Blutes!" — sprach er grauenhaft feierlich — „die um Eure Majestät flossen, wie ein Meer. Ströme rauchenden Blutes."

„Und ich?" fragte bebend Katharina. —

„Ihr standet auf einem Felsen und das Blut floß um Euch, und Eure Hand war blutig." —

Sie schauderte. „Wurde Euch keine Kunde von dem Ausgange der jetzigen Verhältnisse?" fragte sie nach einer Weile ruhiger.

„Das Schwert wird den Knoten lösen, Tausende bluten — und nichts gewonnen sein." —

„Nichts?? — Und Guise, Saint-André?" —

„Ihr Ziel ist nahe. Ihre Sterne gingen unter, in der Nähe des Mars — schnell — sehr schnell — sie fallen. Guise durch Mörderhand."

Katharina trat zum Fenster, die freudige Bewegung ihres Herzens den Augen Acevedo's zu verbergen.

„Wie aber stand es mit den Hugenotten?" fragte sie nach einiger Zeit.

„Wolken verhüllten mir die Sternbilder. Der Tag war nahe und mein Werk vorüber in dieser verhängnißreichen, wunderbaren Nacht."

Katharina maß jetzt mit raschen Schritten das Gemach. Es war deutlich zu bemerken, wie die Leidenschaften in ihrem Innern tobten, wie sie sich vergebens bemühte, sie zu beschwichtigen. Der Astrolog stand ruhig und fest, wie ein Standbild, da; aber ein stechender Blick folgte ihr überall und beobachtete ihre Züge, und ein hämisches Lächeln flog schnell über die seinen.

Nachdem die Königin einige Zeit so auf- und abgegangen war, ließ sie sich endlich in die Kissen ihres Ruhebettes nieder, dem Astrologen einen Wink gebend, sich unweit von ihr zu setzen.

„Meine Lage ist Euch kein Geheimniß, Acevedo," hob sie, nachdem sie sich gesammelt, an; „Euch sind meine Pläne klar." —

„Trenne und herrsche," sagte er, finster vor sich hinblickend.

Die Königin verzog unwillig die Lippen, doch wollte sie es nicht hören und fuhr fort: „Ihr wißt, daß ich mich in Condé's Arme zu werfen gedachte, den Guisen zu entgehen. Es mißlang. Condé zauderte zu lange. Ihr wißt, welche Opfer es mich kostete, diesen Schritt zu versuchen, daß ich selbst den Schein annahm, den Ketzern gewogen zu sein, den Ketzerglauben, den meine Seele wie die Hölle haßt, in meinen Gemächern predigen ließ. Sie sind umfonst gebracht, diese Opfer, und der Haß Guise's ist der Gewinn. Gebt mir Euren Rath, wie ich dieser Lage mich entwinde."

„Eurer Majestät Einsicht bedarf meines Rathes nicht;" sagte ausweichend Acevedo — „doch noch einmal sage ich, hütet Euch vor Saint=André, Guise und dem alten Connetable."

Katharina schwieg mürrisch. Sie hatte Acevedo's Rath erwartet und sah nun, daß er ausweichen wollte.

„Ihr habt mir sonst Euern Rath nicht vorenthalten, warum wollt Ihr's jetzt?" fragte sie heftig. „Ihr seht es ein, daß meine Lage nicht die günstigste ist. Mir scheint nur ein Weg offen, der — an Guise zu schreiben, ihm meine wahre Gesinnung zu ent= falten. Mit einer Lüge muß ich jenes tolle Hinneigen zum Prote= stantismus bekleiden. Ich muß Guise sagen, daß ich Condé locken wollte."

„Sollte das wirklich eine Unwahrheit sein, meine glorreiche Ge= bieterin?" fragte Acevedo mit einem schlauen Lächeln.

„Laßt das und rathet mir, soll ich jenen Schritt thun?"

„Wenn die ausgesprochene Eurer Majestät wahre Gesinnung ist, wie ich nicht zweifle, da ich mich nicht überreden kann, daß es Euch jemals Ernst gewesen mit Eurer Hinneigung zu den Ketzern, so stimme ich, wenn meine Meinung bei Eurer Majestät Gewicht hat, ganz in die weise Absicht, die Ihr heget."

Katharina sann nach. „Es sei denn!" sprach sie dann ent= schieden. „Kommt nach einer Stunde wieder, Meister — denn Ihr sollt an Guise die Briefe überbringen."

Acevedo neigte sich tief und entfernte sich.

Katharina setzte sich, stützte den Kopf in die Hand — ergriff dann schnell den Kiel und schrieb.

Eine Stunde floß hin, und Acevedo trat wieder in das Gemach der Königin.

Sie reichte ihm die Briefe.

„In Franz von Guise's eigene Hand!" befahl sie, und Acevedo ging, die Briefe in seinem Gewande verbergend.

Aber sein Weg führte jetzt nicht zu Franz von Lothringen — wohl aber in den östlichen Theil des Louvre, wo er seine Wohnung hatte. Er trat hinein, und hinter ihm flog die Thür in's Schloß und ein gewaltiger Riegel raffelte. Zwei ganze Stunden währte es, bis er wieder heraustrat und nun sich zu Franz von Guise begab, der jenseits Paris, doch unweit der Barriere, sich in der Mitte seiner Truppen, umgeben von seinen Offizieren, in einem prunkvollen Ge= zelte befand.

Er ging festen Schrittes durch die Zeltgassen, durch die Reihen der, die seltsam abentehrliche Figur des Astrologen begaffenden und spöttelnden Soldaten auf des Herzogs Gezelt zu.

Ein tumultuarischer Auftritt fand gerade dort statt. Man führte eben einen mit Ketten belasteten Mann in des Herzogs Zelt, das von Offizieren umgeben war. Unweit desselben lehnte an einem Baum ein Knabe von etwa 15 Jahren. Bleich, aber schön waren seine Züge. Reiche Locken flossen um das schöne Gesicht, und heiße Thränen rieselten über die Wange, die noch kein Flaum bedeckte. Acevedo's Blick fiel auf ihn — doch sein Auftrag hatte Eile. Er verlangte zu dem Herzog.

„Ihr müßt einen Augenblick verziehen, Meister," sprach der Marquis von Tavannes, der ihn öfters im Louvre gesehen.

„Mein Auftrag leidet keinen Aufschub, Marquis," sprach er gemessen, „er kommt von der Königin Mutter — meldet mich."

Der Marquis ging in das Zelt und kam bald wieder, ihn ein= zuführen.

Saint=André, Montluc, Poltrot de Mercy mit dem unsteten Blick, der seinen Glauben verlassen, um Guise's Mörder zu werden, standen mit mehreren Anderen umher. Der Herzog saß in einem Feldsessel. In einiger Entfernung stand der gefesselte Gefangene, den man eben eingeführt, mit dem der Herzog in harten Worten sprach.

Acevedo sah ihn an und erschrack. d'Arbequel rief er in sich hinein und wandte schnell den Blick ab, den Herzog gebührend zu begrüßen, der seinen Gruß nachläſſig erwiederte und ihn fragte, was er bringe?

„Mein Auftrag geht an Euch allein, Durchlaucht!" erwiederte Acevedo.

Ein Wink des Herzogs und Alle traten ab — ſelbſt Saint-André, doch mit Zögern.

Acevedo reichte dem Herzog das Billet der Königin.

Er las es flüchtig, dann lächelnd noch einmal.

„Meldet der Königin," ſprach er dann mit herriſchem Stolze, „daß ich die Ehre haben würde, meine Antwort mündlich zu über-bringen, wenn es Ihrer Majeſtät genehm ſei."

„Saint-André!" rief er dann.

Acevedo verbeugte ſich und ging — doch vernahm er noch des Herzogs Worte zu dem Marſchall: „Habt die Güte, der Königin den Vorgang mit dem Ketzer zu melden!"

Acevedo trat aus dem Zelte. Noch ſtand der Knabe an dem Baum und rang die Hände. Das jugendliche, leidende Geſicht ſprach zu Acevedo's Herzen. Er trat zu ihm.

„Warum weinſt Du, mein Sohn?" fragte er ſo ſanft, als es ihm möglich war.

Der Knabe ſah ihn zweifelnd an; doch ſchien er Vertrauen zu faſſen zu dem Einzigen, der ihn hier mit Theilnahme angeredet.

„Ach," ſagte er, „ſie haben meinen Herrn gefeſſelt, wie einen Verbrecher, und werden ihn wohl morden, und ich habe Niemanden, der ſich ſeiner und meiner annimmt in der fremden Stadt!" Er ſprach das ſo rührend, und doch ſo unſicher, ſo beängſtigt, daß es Acevedo jammerte.

„Komm' mit mir, Knabe," ſagte er dann, „vielleicht kann ich etwas für Deinen Herrn thun, und bei mir ſoll es Dir wohl gehen, wenn Du treu und verſchwiegen biſt."

Der Knabe ſah ihn ängſtlich zweifelnd an.

„Ach, ich kann ihn nicht verlaſſen!" ſprach er dann. „Die Ungewißheit ſeines Schickſals würde mich tödten!"

„Es wird ihm nichts geschehen, glaube mir und laß uns eilen, damit ich für ihn thue, was möglich ist."

Er nahm des Knaben Hand und zog ihn mit sich fort. Fast willenlos folgte ihm dieser.

„Wo führt Ihr mich hin?" fragte er ängstlich, als sie schon innerhalb der Mauern von Paris waren.

„In das Louvre," sagte Acevedo, „wo ich bei der Königin für Deinen Herrn sprechen will."

Sie kamen dort an.

„Weile hier!" gebot Acevedo, „ich gehe zur Königin."

Er meldete der Monarchin des Herzogs Antwort, die sie mit Wohlgefallen vernahm, und verließ sie dann schnell, um mit dem Knaben in sein Gemach sich zu begeben.

Dort angelangt, begann er den Knaben auszuforschen, wie b'Arbeque nach Paris gekommen?

Erröthend und stotternd erzählte dieser, daß er die eigentliche Ursache nicht kenne, doch schiene es ihm, als ob er geheime Gründe gehabt, die Dauphiné zu verlassen und nach Paris zu gehen, zumal da der Hof sich auf die Seite der Hugenotten geneigt. An den Vorposten habe man sie angehalten. Montluc habe seinen Herrn erkannt und ihn gefangen genommen und als Verbrecher behandelt.

Thränen entquollen ununterbrochen bei dieser Erzählung den schönen ausdrucksvollen Augen des Knaben, und tiefer Kummer leuchtete aus seinen Zügen.

Acevedo betrachtete ihn forschend. Er schlug das Auge nieder. Acevedo faßte seine Hand — sie war zart und weich. — Er sah schnell in das Geheimniß, und es schien, als erschüttere es sein Gemüth.

„Gabriele b'Arbeque!" sagte er dann, „danke dem Herrn, daß ich Dich fand. Ich kenne Deinen Vater, doch woher? das frage nicht. Das Geheimniß ist mir heilig; mein Arm schützt Dich. Vertraue mir, und Du wirst es nicht bereuen!"

Da sank der Knabe, einer Ohnmacht nahe, vor ihm nieder,

umschloß jammernd seine Kniee und flehte um Schutz zu seinem Herzen.

„Steht auf, Fräulein," sprach Acevedo, „nur vor Gott müßt Ihr knieen."

Dann hob er seine Hand empor. „Gott sieht uns," sagte er feierlich, „zu ihm schwöre ich Euch, daß ich Vaterpflicht an Euch erfüllen will!"

Da drückte das Mädchen seine Hand an ihre Lippen und dankte Gott und dem edlen Retter.

„Hört mich," sagte dann Acevedo, der tief erschüttert war. „Der Boden, auf dem wir stehen, ist gefährlich. Euer Geschlecht muß verborgen bleiben. Du bist mein Diener fortan, Gabriele — meinem Herzen Kind — und ich will träumen — Du seist mein Sohn —!" —

Da lag Gabriele an seinem Herzen, und Acevedo wischte die Thränen aus den Augen.

Er verließ sie nun. Saint-André konnte jetzt bei der Königin gewesen sein. Und während er mit stürmisch bewegtem Herzen zu Katharina ging, lag Gabriele auf ihren Knieen, dem Schöpfer brünstig dankend für die Rettung zur Stunde der höchsten Noth.

Die Königin empfing ihn mit den Worten: „Ihr kommt zur guten Stunde, Meister, Saint-André hat mich eben verlassen. Man hat einen der berüchtigsten Hugenotten gefangen genommen, der an den Unruhen der Dauphiné und des Venaissin den thätigsten Antheil genommen. Der schlaue Fuchs ist selbst in die Falle gelaufen! Saint-André meint, man sollte ein recht gräßliches Beispiel statuiren."

„Ich bin zu fremd in der Dauphiné," versetzte Acevedo, „um ohne genauere Bezeichnung den Mann zu erkennen. Gefällt es Eurer Majestät nicht, mir den Namen zu nennen?" —

„Es ist der Baron de Viole d'Arbeque."

„Es ist doch nicht jener Parlamentsrath de Viole, der einst" —

Die Züge der Königin entstellte bei diesem Namen eine wilde Leidenschaft. —

„Ha! wär' es der!“ rief sie aus — „doch,“ setzte sie hinzu, „der ist dem Urtheil entgangen, geviertheilt zu werden, und bedarf dessen wohl nicht mehr! Nennt mir aber nie den Namen mehr!“

Acevedo lächelte in sich hinein, ohne daß es Katharina sah, und verbeugte sich.

„Und was gedenkt Eure Majestät zu thun?“

„Noch ist nicht mein Entschluß gefaßt. Er sitzt einstweilen sicher in der Bastille. — Doch muß ich den Triumvirn nachgeben.“

„Müssen?“ fragte scharf betonend Acevedo. „Seit wann muß Frankreichs Regentin — ich will nicht sagen — gegen die Gefühle ihres Herzens — doch gegen die Milde, welche eine umsichtige Klugheit erheischt, handeln?“ —

Katharina erhob sich stolz. Sie warf sich in die Brust. „Ihr habt Recht, Acevedo,“ sagte sie — „aber gebietet nicht eben die Klugheit jetzt Nachgeben?“ —

„Ich bescheide mich, Eurer Majestät Vorschläge zu machen,“ versetzte jener, „allein mit keiner Partei brechen, mit keiner in allzu enge Verbindung treten und — Alle beherrschen, das war der Weg, den ich Euch mit hoher Bewunderung so sicher, so energisch gehen sah. Habt Ihr Ursache gehabt, ihn zu bereuen?“

So schlau Katharina war — sie war Weib. Die Schmeichelei war so unabsichtlich gesprochen, kam von einem Manne, der sich nicht um ihre Gunst beworben, darum wirkte sie um so mehr. Ein Lächeln des Beifalls überflog ihr Gesicht, doch nur schnell vorübergehend.

„Ich sehe, Acevedo, Ihr leset nicht allein in den Sternen!“ sagte sie, und ein freundlicher Blick des schwarzen Flammenauges begleitete die Worte. „Wie würdet Ihr in diesem Falle, jenes Ziel verfolgend, handeln?“

Kalt und ernst sprach Acevedo: „Ich würde den Ketzer in die Bastille stecken und ihn dort festhalten, als eine Münze, die früher oder später ihren bedeutenden Werth bei den Hugenotten haben und, zur guten Stunde ausgegeben, einen Schritt näher zum Ziele führen wird. — Dann müssen diese schweigen, und jene werden nicht erbittert. Leicht ist die Ausflucht gefunden. — Die Erklärung, man wolle mit des Ketzers Hinrichtung bis zu einem Zeitpunkte warten, wo solch ein Beispiel kräftiger wirke, muß Guise und Saint-André beschwichtigen."

Katharina stand einige Augenblicke nachdenkend da; dann sagte sie: „Ihr habt nicht so ganz Unrecht, und es wird Euer Rath sein, den ich befolge."

Acevedo hatte seine Absicht erreicht und dankte dem Himmel im Stillen. Katharina's Herz lag zu klar vor ihm enthüllt, er kannte all' die geheimen Triebfedern ihres Handelns zu gut, als daß er nicht mit Gewißheit auf die Erreichung dessen, was er beabsichtigte, hätte zählen können.

Gnädig entließ ihn die Königin, die er um die Erlaubniß bat, vier Tage ungestört seinen Beobachtungen sich hingeben zu dürfen.

„Der Vorabend wichtiger Ereignisse scheint gekommen," sagte er, „es wird darum um so nothwendiger sein, den Schleier der Zukunft zu lüften."

Gerne gestand sie es ihm zu, und er verließ der Königin Gemach. Ueber einen weiten finstern Gang führte der Weg zu seinem Gemache.

In Mitten des Ganges trat ihm leise ein Vermummter entgegen und flüsterte: „Du Plessis-Mornai."

„Gut," erwiederte Acevedo, reichte ihm ein Blatt, das Jener schnell verbarg und dann verschwand.

12.

In einem großen stattlichen Hause des Prevot von Orleans saß der Admiral Coligni an einem großen Tische, der voller Papiere und Briefe lag, in das Lesen derselben vertieft. Ihm gegenüber

faß, mit auf die Brust gesunkenem Haupte, gedankenvoll ein Un=
bekannter, der in der letzten Nacht, man wußte nicht wie, unbemerkt
von den Wachen, in die Stadt gekommen, und nun schon seit drei
Stunden mit Coligni allein war.

Das Gemach, in dem Beide sich befanden, hing mit einem
Vorsaale zusammen, der jetzt der Aufenthaltsort der Offiziere
Coligni's war, die seiner Befehle dort harrten und über das un=
begreifliche Alleinsein des Räthselhaften mit dem Admiral allerlei
seltsame Vermuthungen hegten, ohne doch in's Klare kommen zu
können. Aus dem Gemache, worin sich der Admiral mit dem
Fremden befand, führte eine Thür in den Garten des Prevot, von
wo aus man in eins der winkeligsten Gäßchen der alterthümlichen
Stadt gelangte. Die Fenster des Gemaches gingen ebenfalls nach
diesem Garten, und durch keine gegenüberstehenden Gebäude beein=
trächtigt, verbreiteten sie ein helles, wohlthuendes Licht in das,
durch ein hohes Getäfel von dem kostbarsten Holze, mit allerlei
Schnitzwerk in den seltsamsten Formen, Gewinden und Schnörkeln
ohnedem etwas verdunkelte Gemach.

Coligni war in ein einfaches, grünes Gewand gekleidet, über
welches er seine reichen Waffen und die Feldbinde seiner Partei trug.
Der ihm gegenüber sitzende Fremde hatte ein sehr bizarres Aeußere.
Ein langes, rothbraunes, fast mönchisch geformtes Gewand, das
um den Leib von einer breiten Binde gehalten wurde, floß falten=
reich um die große, vom Alter nicht, wohl aber von Leiden gebeugte
Gestalt. Sein langes, dunkles, hin und wieder erst greisendes Haar
fiel auf das am Halse fest anliegende Gewand, und über die Brust
wallte ein reicher, schöner Bart fast bis zum Gürtel. Das Gesicht
war bleich, die Wangen eingefallen, die Züge starr, der ganze Aus=
druck des Gesichtes kalt und fürchterlich ernst. Das feurige Auge
lag tief in seiner Höhle. Es allein gab dem kalten, starren, man
hätte sagen mögen, steinernen Gesichte Ausdruck und Leben. Man
hätte schwören mögen, daß über diese Züge niemals das Lächeln

der Fremde glitt. Das ganze Wesen des Mannes war fast grauen=
haft, gespenstig anzusehen.

Es herrschte eine tiefe Stille im Gemache. Coligni las ohne
aufzublicken, und der Andere schien den ernstesten Betrachtungen
nachzuhängen.

Als der Admiral, dessen Gesicht, sonst so ruhig, so mild und
wohlwollend, den Ausdruck des Unwillens, ja des Zorns angenom=
men, gelesen, warf er die Papiere heftig auf den Tisch — stand
auf und maß mit großen, hastigen Schritten das Gemach, und
rief dann endlich, in der Nähe des Fremden stehen bleibend, mit
Heftigkeit aus:

„Das ist eine Verworfenheit, deren ich dies Weib nicht fähig
gehalten! Ihre Denkweise hat zwar einen so ächt italienischen An=
strich, daß man ihr wohl schon viel zutrauen darf" —

„Alles" — schaltete, ihn unterbrechend, der Fremde ein mit
einer tiefen, hohlen Stimme.

„Allein," fuhr Coligni fort, „daß sie so mich täuschen würde,
ahnte ich nicht!" Er trat wieder zum Tische, sah aufmerksam in
die Papiere und trat dann schnell vor den Fremden.

„Mensch," rief er, „wenn Du mich hintergingest? Wenn Du
durch Büberei die Fackel des blutigen Krieges anfachtest — welche
Strafe wäre groß genug für Dich?"

„Keine," versetzte der Fremde; aber sein Gesicht blieb sich gleich.
Seine Ruhe blieb dieselbe. Er sah fest in Coligni's Auge. —

Eine Weile stand der Admiral so vor ihm. Sie sahen sich
Auge in Auge. Kein Wort kam über ihre Lippen.

Endlich faßte der Admiral seine Hand. „Meister Acevedo,"
sagte er, „ich fasse Zutrauen zu Euch. Die Züge der Schrift sind
authentisch und es bleibt mir kein Zweifel übrig; allein wie kamt
Ihr dazu?"

„Das ist mein Geheimniß, Herr Admiral; ich habe niemals
Euch nach dem Eurigen gefragt, auch kein Recht, darnach zu
fragen."

„Ihr gebt mir da einen herben Verweis," sprach lächelnd der Admiral; „aber Ihr solltet das nicht. Bedenkt Ihr, wie viel diese Briefe wiegen, jetzt wo Ihr sie in die Wagschale des Völkerwohles legt, dann werdet Ihr die Frage billiger beurtheilen."

„Ihr wißt bereits," antwortete Acevedo, „daß ich das zwei= felhafte Glück habe, Katharina's Vertrauen zu besitzen, daß ich im Louvre in ihrer Nähe wohne, daß ich das einzige Gut, wenn man's so nennen will, das man mir ließ, das arme elende Da= sein, der heiligen Sache meines Glaubens geweiht habe; fragt nun nicht weiter."

„Doch noch eine Frage müßt Ihr mir beantworten: Wie gelangtet Ihr zu diesem Vertrauen?"

„Ich lese in den Sternen die verschlungenen Wege des Ge= schicks," erwiederte er feierlich, „Einer, dem sie vertraut, hat mich ihr empfohlen."

„Und sie fragte nie nach Eurem Glauben?"

„Niemals."

„Nie nach Eurer Heimath?"

„Herr Admiral," sprach mit bitterm Ausdruck der Astrolog, „so viel fragte sie mich nie, als Ihr. Ihr wißt, Euch diene ich nicht. Lohn fordere und verlange ich nicht. Darum schweigt jetzt. Es thut mir weh, Euch das sagen zu müssen; allein ich muß. Mögt Ihr denken von mir, wie Ihr wollt. Selbst der Menschen Meinung von mir ist mir gleichgültig geworden. Einem bin ich Rechenschaft schuldig. Ich habe nichts zu fürchten — zu hoffen — nur das Grab. Lebt wohl!"

Er stand auf.

Coligni faßte seine Hand, ihn zurückzuhalten. Ein tiefes Mit= leid bewegte sein Herz. „Armer Mann," sprach er wehmüthig — „Euch muß ein schreckliches Loos gefallen sein."

„Das schrecklichste, gnädiger Herr," erwiederte der Astrolog — „doch laßt mir meine Geheimnisse." Indessen drang des Admirals mitleidiger Ton wohlthuend in sein Herz. „Lohn' Euch Gott die

Theilnahme an einem Manne, den die Menschheit ausstieß!" sagte
er sanft. Er machte seine Hand aus der des Admirals los und
trat zum Fenster, wie es schien, eine sich seiner bemeistern wollende
Rührung zu unterdrücken. Er versank dort wieder in ein Sinnen,
das ihn völlig theilnahmlos machte, denn er blickte nicht einmal
herum, als nun die Thür sich öffnete und ein Offizier hereintrat,
der leise dem Admiral rapportirte, und als dieser mit dem Haupte
schweigend genickt, wieder abtrat, und bald darauf wieder mit
einem Fremden hereintrat. Der Admiral schien verlegen. Ihm
wäre es lieber gewesen, Acevedo hätte sich entfernt; allein er
dachte zu schonend, dieses wunde Gemüth durch eine derartige
Mahnung zu verletzen.

Mit dem Offiziere trat ein Jüngling herein, der mit edlem
Anstande den Admiral begrüßte und ihm ein Blatt überreichte.

„Ah! Maugiron," sprach dieser laut, als er die Schriftzeichen
sah, „bringt Ihr mir gute Kunde von ihm?"

„Die beste," antwortete bescheiden der Jüngling, den Coligni
wohlgefällig betrachtete; „ich habe ihn gesund, thätig und in seinen
Bestrebungen glücklich verlassen!" —

„Das ist eine frohe, willkommene Botschaft," sagte Coligni,
das Blatt entfaltend, und las dann eifrig.

„Ihr seid warm empfohlen," sprach Coligni nach einer Pause,
in der er den Brief durchgelesen, „und Maugiron's Empfehlung gilt
viel bei mir, junger Mann; Ihr bringt mir wackere Kämpfer und
wohlberitten, wie der Capitän schreibt. Wie viel sind's ihrer?"

—„Hundert, gnädiger Herr," versetzte Jener.

„Und Euren Muth und Arm dazu! Seid mir willkommen!
Habt Ihr schon gefochten?"

„Unter Eurer Führung, gnädiger Herr, hoffe ich zum ersten
Male in meinem Leben den Sieg erkämpfen zu helfen."

Coligni lächelte. „Ihr habt die Schaar ohne Anstand hierher
geführt; seid Ihr mit der Mannschaft zufrieden?"

„Sehr wohl."

„Dann mögt Ihr der Führer bleiben im Feldzug und durch Tapferkeit werdet Ihr mein Vertrauen rechtfertigen!"

„Mein Wille ist gut," sprach feierlich, die Hand auf's Herz legend, der Jüngling.

„Wohl dann Euch," sprach Coligni mit einem Seufzer, „denn der ist des Menschen Himmelreich. — Doch fast hätte ich etwas Wichtiges vergessen, was auch Maugiron in der Eile, womit er diese Zeilen schrieb, vergaß, — Euren Namen?" —

„Gui de Viole de Saint=Flour."

Bei diesen Worten, die der Jüngling laut und vernehmlich aussprach, fuhr, wie von einem electrischen Schlage getroffen — Acevedo herum — der bisher auch nicht die entfernteste Notiz von dem Vorgange genommen, nicht einmal sich nach den Eintretenden umgeschaut hatte. Ein wildes Feuer loderte in seinem Auge. — Er sah den Jüngling an — und er erbebte. Seine Hände falteten sich so krampfhaft, daß alles Blut aus ihnen zurücktrat; sein Blick haftete durchbohrend auf dem Jüngling. Ein tiefer Seufzer arbeitete sich aus der Brust hervor, und sein Herz pochte fast hörbar.

Was mit ihm vorging, sah der Admiral nicht, der ihm den Rücken zuwandte, und Gui war in diesem Augenblicke zu sehr mit sich selbst beschäftigt, um es wahrzunehmen, und der Offizier war abgetreten. Beide vernahmen nicht den Ausruf, den er jedoch auch gedämpft ausstieß: „Großer Gott!!" —

„De Viole de Saint=Flour?" wiederholte der Admiral — „das ist ein Name, der einen hellen guten Klang in Frankreich hat." —

„Er stand am Galgen auf Montmartre!" stöhnte halblaut Acevedo, und ein Schauder durchrieselte seine Gebeine; aber sein durchbohrender Blick wich nicht von dem Jünglinge, sein ganzes Wesen war in einer fürchterlichen Spannung. —

— „Dann seid Ihr ohne Zweifel ein Angehöriger des edlen Parlamentsrathes de Viole, den man so schändlich mißhandelte?" — fuhr Coligni fragend fort.

„Sein einziger Sohn!" sprach Gui, und das freudige Bewußt=
sein, einem edlen Vater anzugehören, hob des Jünglings Brust.

Acevedo's Hände sanken jetzt schlaff herab. — Er sank in einen
Stuhl und seine Brust arbeitete fürchterlich. — Er lehnte sich weit
vor und sah mit unbeschreiblichem Ausbruck in Gui's Gesicht.
Dann fuhr seine Rechte nach dem Herzen und er flüsterte leise:
„Herr, Herr, du thust Großes an deinem Knechte! Gib ihm Kraft,
daß er es trage!" —

— „Dann seid Ihr mir zwiefach willkommen," fuhr freudig
Coligni fort, ihm seine Hand reichend. „Möge des edlen Vaters
Sinn und Geist und Muth in Euch neu aufleben, zu Heil und
Frommen unseres heiligen Glaubens! Ihr habt ihn frühe verloren,
mein Sohn," sprach er wohlwollend — „Frankreich, das undankbare,
sollte blut'ge Thränen weinen am Grabe seines edelsten Sohnes;
vor allen aber muß dies unsere Glaubensgemeinschaft; denn sie
hat in ihm eine ihrer kräftigsten Stützen, einen ihrer muthigsten,
edelsten und beredtesten Vertheidiger verloren. Er hätte sollen
an Beza's Seite zu Poissy stehen, und noch größer wäre unser
Triumph, noch größer des eitlen, herzlosen Cardinals Niederlage
gewesen!" —

Diese Worte des Admirals brachten eine fürchterliche Wirkung
bei Gui hervor. Wohl hatten die Freunde Salers und Rabaub
auch schon die Vermuthung gehegt, die tief betrübende, Gui's Vater
sei nicht mehr; wohl hatte er selbst innig getrauert — aber das
jugendliche Gemüth gibt sie nicht leicht auf, die beglückende Hoff=
nung, und immer trug sie Gui noch im Herzen, dennoch einst den
theuren Vater wieder zu finden. Jetzt traf ihn, so entschieden
ausgesprochen, diese Nachricht unerwartet, und darum um so
gewaltiger.

Coligni's liebevolle Behandlung, die Erfüllung seiner aller=
kühnsten Wünsche, hatten die bleichen Wangen des Jünglings mit
dem Roth der Freude seit langer Zeit zum ersten Male wieder

gemalt — jetzt erblich er, wie eine Leiche, und mußte einen Stuhl faßen, um nicht zu sinken.

„An seinem Grabe? sagt Ihr, gnädiger Herr," — rief er mit bebender, fast erstickter Stimme.

Coligni sah sein Erbleichen und eilte, ihn zu halten. „Was ist Euch?" fragte er besorgt. „Wußtet Ihr nichts von des Edlen Tode?" —

Gui sah ihn starr an und schüttelte das Haupt, gewaltsam die Thränen des Gefühles zurückhaltend, die hervorbrechen wollten.

„O, dann thut es mir sehr wehe, daß ich es gerade sein mußte, der Euch diesen herben Kelch reichen mußte!" klagte Coligni; „allein es ist geschehen und ich kann es nicht widerrufen — er ist nicht mehr, Euer edler Vater; ich habe die sichere Kunde von Pleſſis-Mornai, dem treueſten Freunde Eures Vaters."

Da bedeckte Gui mit beiden Händen das Gesicht und schluchzte laut.

Coligni hielt den Jüngling, den er vom erſten Augenblick an lieb gewonnen, umschlungen, und eine Thräne des Mitgefühles zitterte im Auge des Helden.

Der Aſtrolog war aufgeſtanden. In einer vorgebeugten Stellung ſtand er da, und es schien, als wolle er hinzueilen, um den Jüng= ling an's Herz zu drücken. Sein Gesicht war leichenblaß, seine Lippen zuckten; Thränen standen in seinen Augen, aber es waren keine Thränen des Schmerzes — denn über die bleichen Züge des Mannes war eine Verklärung verbreitet — die aus einer andern Quelle mußte entsprungen sein.

Coligni wandte sich jetzt zum erſten Male wieder zu ihm mit den Worten: „Wahrlich, Meiſter, man möchte den Vater im Grabe beneiden um die Trauer eines wackern Sohnes!"

„Sei ſtark, mein Herz!" sprach leise zu sich Acevedo, der heftig zusammengefahren war, als Coligni ihn angeredet. Mühsam sammelte er sich.

Einige Offiziere mußten den Ton des Schmerzes gehört haben, sie stürzten herein und betrachteten verwundert die Scene, die

beim Gelage Jubelnden — und sein Herz war so voll, so schwer;
sein Gemüth so düster, so wehmüthig seine Stimmung, daß er oft
meinte, das Herz müsse brechen, während er sich bemühte, eine
heitere Miene zu machen. Hier hatte er noch keine Seele gefunden,
der er sein Inneres erschließen konnte. Maugiron war edel und
gut — er achtete, schätzte ihn; allein er stand durch sein reiferes
Alter doch wieder dem Jünglingsherzen mit seinen schwärmerischen
Gefühlen zu entfernt; auch war ihre Freundschaft noch zu jung,
um Ansprüche auf solche gänzliche Hingebung machen zu können.
Allein mußte Gui sein stilles Weh, den doppelten Schmerz, den
der Verlust des Vaters und seiner Liebe seinem Herzen brachten,
tragen. An einem Nachmittage, wo Maugiron ihn gebeten, an
einem frohen Gelage Theil zu nehmen, wo aber auch sein Gemüth
ganz besonders wehmüthig gestimmt war, vermochte er es nicht, in
der Reihe der Fröhlichen zu sein; er sehnte sich zudem nach einer
Stunde im Freien. Er, der dort in der kleinen Hütte bei Salers
und Rabaud nie lange geweilt, beinahe immer im Freien gelebt,
er war nun schon lange in der Stadt, ohne im Freien die
erquickende Luft geathmet und dort Frieden gesucht zu haben für
das vielfach gequälte Herz. Darum eilte er hinaus vor die Thore
Orleans: aber da war Zelt an Zelt und ein wildes, regelloses
Treiben. Eilenden Schrittes ging er durch die Zeltgassen hindurch,
bis er das Freie nun endlich erreichte. Er sah sich nach einem
stillen Plätzchen um und entdeckte in einiger Entfernung einen
Hügel, der, mit Gebüsch bewachsen, eine freie Umsicht versprach.
Die Sonne war schon im Sinken. Gluthroth malte sie der Himmel
und in wundervoller Verklärung lag Orleans mit seiner Häuser-
masse, das Lager mit seinem bunten Leben und die ganze freundliche Gegend mit dem breiten Silberbande der Loire vor ihm da.
Aber alle diese Reize gingen fast unbemerkt für ihn verloren, da
er hier einmal still und ungestört seinen Empfindungen nachhängen
konnte. Seine innere, so gewaltsam erschütterte Welt that sich seinem
Blick auf, und schmerzlich fiel er auf ein einsames Dasein, auf ein

im Lenze der Jugend verödetes Leben. Diese Betrachtungen drückten den Jüngling nieder. Er vermochte die Thränen nicht zurückzuhalten, die den Augen entquollen, und Alles, was ihn umgab, verschwand vor seinem Blick. Allmälig sank die Sonne hinab. Das Gluthroth des Himmels verglomm. Die Tinten wurden immer tiefer und gingen zuletzt in ein dunkles Grau über, das nur noch ein Purpur-streifen säumte. In immer dunklere Schatten sank die Gegend, und der duftige Schleier der Dämmerung hüllte Alles ein. — Wie es außen dunkler wurde, so auch in Gui's Innern. Immer düsterer wurden die Bilder seiner Phantasie, immer beklommener seine Brust — immer tiefer sein Schmerz.

Plötzlich berührte eine dürre Knochenhand die seine.

„Saläm alächum!" sprach eine widrige, krächzende Stimme.

„Wer bist Du; daß Du mich störst?" rief Gui und griff nach dem Schwerte, das an seiner Seite hing.

„Eine schwere Stunde Deines Lebens ist gekommen, Gui de Viole," sagte die alte Abelma. — „Friede sei mit Dir! Das mein Wunsch. Ich halte Wort!"

„Willst Du Dich meines Elendes freuen?" fragte, von einer widrigen Empfindung durchdrungen, Gui.

„Du gleichst Deinem Vater, mein Sohn," sprach die Alte, mit hörbarem Schmerz; „auch Du scheuchst die Herzen von Dir. O, thue es nicht, Gui de Viole! Abelma sollte Dir grollen, denn vielen ihrer Kinder grubst Du ein Grab. Der Sohn der Wüste haßt und rächt sich wild — Abelma nicht. Sohn Deines Vaters, Du hast ihre Liebe geerbt. Sie trauert mit Dir — denn er soll todt sein. Er soll es sein — doch — er ist's wohl auch. — Meine Augen sehen nicht mehr klar und die Todten stehen nicht auf. — Sei stark, mein Sohn," fuhr sie fort, und ihre Stimme verlor das Widerliche — „der Kelch ist bitter. — Ich habe ihn auch getrunken — mein Herz empfand auch einen Verlust unermeßlich groß, und empfand ihn mit einer Gluth, die Dir fremd ist — und keine Hoffnung blühte ihm — wie Dir. Verzage nicht! Verzage nicht!

— Verlaß den Ort hier, man harret Dein!" Das rief sie aus der Ferne schon und der Ton verhallte.

Gui legte die Hand auf sein Herz. Es war ihm — als wäre Frieden ihm gegeben.

Abelma war verschwunden und er kehrte ruhiger heim.

Sein Diener meldete ihm, daß Oberst Mouvans schon zu dreien Malen nach ihm gesendet habe.

Gui verließ sogleich seine Wohnung, um dahin zu eilen.

Er trat in Mouvans' Gemach.

Da saßen drei Krieger noch um ihn — einer mit den Abzeichen der royalistischen Armee, wie Franz von Guise, Saint=André und der Connetable die ihrige nannten. Dies machte Gui betroffen, denn er konnte es nicht begreifen, wie doch Mouvans mit seinem glühenden Religionseifer so traulich bei einem Feinde sitzen könne. Das Räthsel sollte sich bald lösen.

Mouvans und Maugiron traten ihm entgegen.

„Ihr habt lange auf Euch warten lassen," sagte sanft ver= weisend der Oberst, „wo wart Ihr doch?"

„Verzeiht," sprach Gui, „daß ich nicht zu Euren Diensten war — es geschah, ohne daß ich es beabsichtigt. Ich lebte in meiner Heimath stets im Freien, und so ergriff mich heute ein wahres Heimweh nach der freien Luft, die ich in Orleans nicht athmen kann. Auch muß ich um Vergebung bitten, Maugiron, daß ich nicht Wort hielt!"

„Für's erste Mal sei Euch vergeben, wenn Ihr Euch zu bessern versprecht," sagte, seine Hand drückend, Maugiron.

Mouvans nahm wieder das Wort.

„Hier ist ein Edelmann, der sich sehr gesehnt nach Euch, Hauptmann de Viole!" Er führte ihn zu dem Fremden, vor dessen Ehrfurcht gebietendem Wesen sich Gui tief neigte.

„Darf ich fragen, was mich dieser Ehre werth machte?" fragte Gui bescheiden.

Der Fremde antwortete nicht. Mit verschränkten Armen stand

er vor Gui, den das Kerzenlicht beleuchtete. Es schien, als ob eine innere Bewegung ihn am Reden hinderte. Sein forschender Blick ruhte unverwandt auf Gui's Gesicht. Endlich sagte er:

„Ja, es sind die Züge seines Vaters!" — Doch diese Worte sprach er mehr zu sich selbst, und erst nach einer kleinen Pause setzte er bewegt hinzu: „Als ich Euch zuletzt sah, junger Mann, da waret Ihr noch Kind und ein Flüchtling, wie Euer Vater."

Gui sah in scharf an. Es dämmerte eine Erinnerung in ihm. Diese Züge waren ihm so fremd nicht. Die Erinnerung wurde all= mälig klarer, und mit hoher Freude sprach er dann fragend:

„Du Plessis=Mornai?"

„Ja, der bin ich, Deines Vaters Freund!" rief jetzt ergriffen der Fremde, und zog den Jüngling an seine Brust.

Mit leuchtenden Blicken standen die Anderen umher als stumme, aber innigst theilnehmende Zuschauer dieser Scene. Selbst über das düstere Gesicht des anderen Fremden flog der Ausdruck der Rührung.

„Wie entsinnet Ihr Euch doch des Namens noch?" fragte du Plessis.

„Ich sah Euch so oft, und mein Gedächtniß hat mir Euer Bild bewahrt und den Namen meines und meines unglücklichen Vaters Retters grub die Dankbarkeit unauslöschlich in mein Herz," sagte Gui.

Mouvans konnte sich jetzt nicht mehr halten.

„Brav, brav, Viole!" rief er aus; „der verdient es; denn seht, er hat uns bisher so treue Dienste geleistet im Stillen; und jetzt, wo die Entscheidung naht, tritt er öffentlich in unsere Reißen."

Du Plessis zog jetzt Gui an seine Seite. „Zwischen damals und jetzt, zwischen dem Knaben Gui und dem Hauptmanne de Viole liegt ein so bedeutender Zeitraum," sagte er zu Gui, „und so man= ches mir dunkle Ereigniß, das ich wissen möchte, daß ich Euch recht dringend um dessen Mittheilung bitten muß. Vergeßt dabei nicht," setzte er hinzu, „daß auch das Kleinste mir von Bedeutung ist!"

Gui, der sich von der Theilnahme des nahe Befreundeten so wohlthuend angesprochen fühlte, erzählte ihm nun, während die drei Anderen in einem entfernteren Theile des Gemaches mit einander eifrig sprachen, die Ereignisse seiner Jugend bis in das kleinste Detail. Nur eins verschwieg er, und ein tiefer Seufzer füllte die Lücke aus. Liebevoll und dankbar gedachte er der Freundschaft Salers' und Rabaud's.

„Ist denn niemals nach Euch geforscht worden?" unterbrach du Plessis seine Erzählung.

„Nur dunkel entsinne ich mich," sprach Gui, „daß einst Rabaud von Grenoble kam und die Nachricht mitbrachte, daß man unsere Spur suche; sonst nie. Unser Schlupfwinkel lag so verborgen, daß unsere Feinde uns nicht leicht finden konnten. Zudem galt ich für Rabaud's Sohn."

„Eure Feinde?" fragte du Plessis. „Nein, die forschten nicht nach Euch; wohl aber Euere treuesten Freunde, Euer Vater und ich! — Und nirgends entdeckten wir Eure Spur."

„O, mein Gott, mein Gott!" rief Gui schmerzlich aus. „So nahe war mir das höchste Glück meines Lebens — und nun ist's für immer dahin!"

„Nicht für immer, mein Sohn," sprach feierlich du Plessis — „unsere Hoffnung, wenn sie auch hienieden stirbt — reicht über das Grab hinaus!" —

Gui drückte gerührt seine Hand. „Ach," sagte er dann — „erfüllt mir die einzige Bitte und sagt mir, was Ihr von den letzten Schicksalen meines Vaters wißt!"

„Es ist wenig, was ich Euch sagen kann," nahm du Plessis das Wort, „denn meine Kunde reicht selbst nicht weit. Seit Eure Spur sich im Dunkel verlor, wurden die geheimen Nachrichten von Eurem Vater, die ich durch Vermittelung des Carbinals von Chatillon erhielt, seltener. Einmal hörte ich durch eine Zigeunerin etwas von Euch — aber ich mißtraute dem alten Weibe und hielt es für eine bei diesem schlauen Volke so oft vorkommende List."

„O, der hättet Ihr trauen dürfen," sagte Gui, „es war sicher die alte Abelma, die genaue Kenntniß von unserer Familie hat und einen Antheil an mir nimmt, der über meine Erwartung und Begriffe geht."

„Warum wußte ich das nicht!" rief Plessis. „Wie würde diese Kunde ihn beglückt haben!"

Sie schwiegen Beide und versanken in schmerzliche Vorstellungen.

Plessis nahm darauf wieder das Wort und erzählte Gui, wie nun, nachdem Gui nirgends zu entdecken, auch Salers und Rabaud verschollen gewesen seien, auch alle Kunde von diesem gefehlt und selbst der Cardinal von Chatillon, der die wärmste Theilnahme für seinen Vater vielfältig bewiesen, seinen Aufenthalt in England nicht wieder habe ausfindig machen können. Ein Zufall, den er jedoch selbst nicht genau kenne, habe endlich die Kunde von Viole's Tod diesem gebracht.

Mochte Mouvans, wahrnehmend die traurige Stimmung der Beiden, sie dieser entreißen wollen, oder war es das eigenthümliche Feuer seines Temperaments, das ihn in diesem Augenblicke hinriß, er rief plötzlich du Plessis zu, wenn er mit seinem Gefährten noch etwas zu reden habe, müsse er eilen, da er sich entfernen wolle, um morgen zur Reise rüstig zu sein.

Diese Bemerkung unterbrach jenes Gespräch, und erst jetzt erinnerte sich Mouvans, daß Viole nicht einmal wisse, wer jener andere Fremde sei.

„Montgommeri!" sagte er, „ehemals Hauptmann der königlichen Leibwache."

Gui betrachtete jetzt erst aufmerksam diesen und sah ein bleiches, finsteres Gesicht, in das der Kummer seine leserlichen Schriftzüge eingegraben.

„Seht in mir die unglückliche Ursache von König Heinrichs II. schauderhaftem Tode;" sagte Montgommeri zu Gui — „einen

Königsmörder, ohne den Willen zu jener Greuelthat je gehegt zu haben."

Er hatte nämlich bei einem Lustturniere mit seiner Lanze den König tödtlich verwundet, der auch in Folge dieser Verwundung starb. Montgommeri blieb ungestraft, weil willenlos und ohne alle Absicht er des Königs Mörder geworden war. —

Mitleidig sah ihn Gui an. Man sah, jenes Unglück, dessen unschuldige Ursache er war, lag mit Centnerschwere auf seinem Herzen.

Du Plessis zog ihn in ein Fenster und sprach eifrig mit ihm.

„Und wohin geht der Hauptmann?" fragte Gui Maugiron.

„Nach Rouen," sagte dieser. „Condé hat ihm die Vertheidigung des Orts anvertraut. Guise macht Miene, ihn zu belagern."

„Laßt uns mit ihm gehen!" sprach plötzlich Gui eifrig. „Wozu liegen wir hier im trägen Nichtsthun. Laßt uns dort Lorbeeren sammeln! Coligni wird es ja gestatten."

Maugiron legte die Hand an die Stirn und sann nach.

„Wahrhaftig," sagte er dann, „Ihr habt da einen herrlichen Gedanken ausgesprochen. Wer weiß, wann sich uns die Bahn öffnet! Es fehlt Condé noch an Geld und Leuten. Zwar hofft er von dem Mannweib auf Englands Thron Unterstützung — aber es dürfte sich noch in die Länge ziehen, bis sie kommt, obgleich Pohnings bereits Havre und Dieppe besetzt und nun noch Rouen möchte in seine Hände haben. Elisabeth eilt nicht."

Er verließ jetzt Gui und sagte zu Montgommeri:

„Wie wär' es, wenn wir Beide, de Viole und ich, Euch begleiteten? Wollt Ihr uns? Viole sprach den Wunsch eben aus, und ich theile ihn von Herzen."

„Mit Freuden," sagte Jener; allein ohne Condé's und des Admirals Erlaubniß, wißt Ihr, darf ich nicht. Erwirkt Euch die, und Niemand soll mir willkommener sein, als Ihr, wackere Kämpfer!"

Recht freundlich blickte du Plessis auf den Jüngling, und gleicherweise Mouvans.

„Der Wunsch macht Euch Ehre, Viole," sagte er zu ihm, „denn in Rouen gibt es heiße Tage. Ich werde Euch die Stelle bei Eueren Reitern offen halten und will morgen des frühesten bei dem Admiral Euch vertreten — doch nein — Ihr mögt mich begleiten."

Nun schieden sie mit frohen Aussichten. Auf die herzlichste Weise entließ du Plessis den Jüngling.

Früh am anderen Morgen trat Gui mit Mouvans in das Gemach des Admirals, bei dem sie schon Conbé antrafen.

Kurz und bündig trug Mouvans Gui's Bitte vor.

„Ich kenne Eueren Wunsch schon, de Viole," sprach freundlich der Admiral, „und zweifle nicht, daß des Prinzen Hoheit Euch diese Bitte gewähren werde."

„Geht in Gottes Namen!" sprach Conbé, „und kämpft wacker für unsere gute Sache. Haltet Rouen und laßt es Euch nimmermehr nehmen!"

Jetzt war Gui's Wunsch erfüllt, und nach Verlauf mehrerer Stunden ritt er und Maugiron neben Montgommeri an Mouvans' Quartiere vorüber, der ihnen Heil und Sieg wünschte, den Weg nach Rouen.

Schon unterwegs brachten ihnen Kundschafter die Nachricht, daß das royalistische Heer nahe. Schnelle Tagreisen gab es nun; aber sie erreichten Rouen noch zu guter Zeit mit ihren Truppen, ehe noch das katholische Heer sich blicken ließ. Auch Poinings warf noch eiligst eine kleine Anzahl Engländer hinein, zu Montgommeri's Unterstützung, der sich nicht stark genug fühlte, dem mächtigen Heere, das Guise hierher führte, lange zu widerstehen. Eifrig wurde nun an der besseren Befestigung der Stadt gearbeitet. Montgommeri war überall selbst; und wo er war, da begleiteten ihn Gui und Maugiron und theilten seine Arbeiten, seine Mühen und Entbehrungen. Er versagte sich selbst den Schlaf, um seiner Pflicht zu leben und die Stadt in den rechten Vertheidigungsstand zu setzen.

14.

Es war in den letzten Tagen des Monats September 1562, da eben die Arbeiten zur Befestigung Rouens längs den Ufern der Seine unter Montgommeri's Leitung vollendet waren — als flüchtige protestantische Landleute in die Stadt stürzten und die Ankunft des feindlichen Heeres meldeten. — Montgommeri befahl schnell Maugiron und Gui de Viole, in anderen Theilen der Stadt die nothwendigsten Vertheidigungsanstalten zu treffen. Der Jüngling flog dahin, ordnete die Anstalten auf's Vorsichtigste und kehrte, nachdem er sich von Allem selbst überzeugt, an Montgommeri's Seite zurück, der auf dem Walle stand und dem nahenden Heer entgegen sah. Bald zeigte es sich in ziemlicher Nähe. Deutlich sah man, wie die Regimenter vorüber zogen, ihre Stellung in einem bedeutenden Halbkreis einnehmend. Der Klang kriegerischer Musik tönte lustig herüber, und man sah die fliegenden Fahnen. Eine dumpfe Stille lag auf Rouen. Auf allen Gesichtern schwebte ein finsterer Ernst, der jedoch weit von Muthlosigkeit entfernt war. Eine Ahnung künftiger Leiden lag schwer auf allen Gemüthern. Der Bailli, der Prevot, waren bei Montgommeri, an dessen Seite auch der wackere Vertheidiger des Evangeliums, Augustin Marlorat, der angebetete Prediger des protestantischen Glaubens, stand. Unzählige Menschen bedeckten die Wälle und sahen es mit an, wie das Heer der Hofpartei das Lager schlug. Montgommeri's Falkenauge entgingen die Streitmassen nicht, die sich dort entwickelten. Im Stillen erwog er seine Kräfte im Gegensatze jener, und so niederschlagend ihm auch die Einsicht der eigenen Ohnmacht wurde — so war dennoch heute seine Stirne glätter und sein Auge heiterer als je, und er scherzte selbst mit denen, die ihn umgaben.

Aller Blicke flogen von dem Lager der Feinde zu Montgommeri's Antlitz, dort neuen Grund zu Besorgnissen oder Muth zu suchen. Gewiß war des Hauptmanns und Befehlshabers Heiterkeit von dem besten Erfolg in diesen kritischen Augenblicken.

Noch war das Lager der Feinde nicht vollendet, als der Abend sich herabsenkte und manchem angstvoll pochenden Herzen Ruhe verhieß.

In Begleitung Montgommeri's untersuchten Gui und Maugiron die Posten, und kehrten mit ihm zum Stadthause zurück, wo Montgommeri sein Quartier genommen. Dort angelangt, überraschte sie freudig eine Deputation der Bürgerschaft und aller Gewerke der Stadt, die den Commandanten baten, mit den Truppen gemeinschaftlichen Antheil an der Vertheidigung der Stadt nehmen zu dürfen.

Montgommeri nahm mit Vergnügen diese Anträge auf. Er ließ die Vorgesetzten der Stadt zu sich bescheiden. Die Listen der waffenfähigen Mannschaft wurden ihm vorgelegt, und mit Wohlgefallen vernahm der Commandant den bedeutenden Zuwachs seiner Macht. Die Bewaffnung wurde angeordnet, mit Beihülfe der Vorgesetzten der Stadt, die Eintheilung der Bürger bestimmt, ihre Anführer ernannt, und ehe noch der Tag graute, war das Formelle dieser wichtigen Handlung vollzogen. Kurze Rast gönnte sich Montgommeri und genossen seine beiden Freunde Maugiron und Saint-Flour. Der Morgen rief zu neuer Thätigkeit. An Maugiron und Gui de Saint-Flour übertrug nun Montgommeri die Vertheidigung des Stadttheiles, der jenseits der Seine lag und mit der Stadt durch die Seinebrücke in Verbindung stand.

„Gehet dort hin, meine Freunde," sprach er, „wo Eure Tapferkeit ein weites Feld findet. Es mag Euch nicht entgehen, daß gerade dort gewissermaßen die Vorhut der Stadt, also ein gefährlicher, ein um so bedeutenderer Posten ist. Erwäget darnach das Vertrauen, das ich in Euch setze, und die Freundschaft, die ich für Euch hege. Ich lege Alles in Eure Hand, und was Euch, mein theure Viole, an Erfahrung noch abgeht, das ersetzt Maugiron's Umsicht, und somit geht mit Gott an's Werk."

Gerührt von des edlen Mannes Freundschaft schieden sie und nahmen ihre Stelle ein, die ganz das war, was Montgommeri von ihr gesagt; denn gerade in dieser Richtung stand die Hauptmacht der Feinde, und es war zu erwarten, daß bei einem Sturme dort gerade der Angriff am hitzigsten werden würde.

Mit außerordentlicher Schnelligkeit war das feindliche Lager aufgeschlagen worden. Katharina von Medicis, mit ihren Söhnen Carl IX. und dem jüngeren Heinrich, der Connetable und Saint-André und König Anton von Navarra, waren im Lager gegenwärtig. Franz von Guise stand mit einer andern Heeresabtheilung bei Paris, Condé und Coligni, die noch immer in Orleans zauberten, beobachtend und erwartend.

Schon am Morgen dieses Tages erschien als Parlamentär der Marquis von Tavannes an den äußersten Linien der Vertheidigungswerke Rouens und verlangte zu den Befehlshabern. Mit verbundenen Augen wurde er vor Maugiron geführt, der bereits an Montgommeri Gui de Saint-Flour abgesendet.

Montgommeri lächelte, als ihm Gui seine Meldung machte.

„Die Antwort stelle ich in Euren Willen, sagt das Maugiron,“ war seine Entgegnung, und in fliegender Eile kehrte der Jüngling, der nach Thaten sich sehnte, zurück.

„Sagt dem Connetable, der Königin, dem Könige, wir seien treue Unterthanen Seiner Majestät — allein nie werden wir uns freiwillig der Blutgier der Guisen und ihrer Partei unterwerfen,“ sprach Maugiron mit besonderem Trotze zu Tavannes, „und nur über unsere Leichen gehe der Weg nach Rouen. Sagt ihnen,“ wiederholte er, „das Alles auf's Bestimmteste und spart die Wiederkehr.“

Er wandte ihm dann höhnisch den Rücken und sagte zu Gui: „Laßt uns eine Partie Schach spielen, Herr de Viole!“

Tavannes' Auge fiel bei Nennung dieses Namens durchbohrend auf Viole, er zauberte noch.

„Ihr seid entlassen!“ herrschte ihm schneidend Maugiron zu und setzte sich an den Tisch, auf dem das Schachbrett stand. Die

Offiziere, die den Abgesandten begleitet hatten, verbanden ihm die Augen und führten ihn wieder vor die Werke hinaus.

Die Belagerungsarbeiten der Feinde wuchsen riesenmäßig und schnell. Das Landvolk der Normandie wurde zusammengetrieben und mußte Hand anlegen zum Verderben seiner Glaubensbrüder in der Stadt, und bald begann das Feuer des Geschützes den grimmigen Gruß der Stadt zuzubrüllen. Alles, was in Maugiron's Kräften stand, die Arbeiten außen zu hemmen, geschah. Sein wohlunterhaltenes und wohlgeleitetes Feuer zerstörte oft die Arbeiten mehrerer Tage in kurzer Zeit. Häufige Ausfälle thaten den Belagerern heftigen Schaden und steigerten die Erbitternng auf's Heftigste.

Katharina sah es ungern, daß Rouen sollte mit Sturm genommen werden. Sie versuchte Alles, was in ihren Kräften stand. Trotz der Wachsamkeit Montgommeri's und Maugiron's wußte sie dennoch ihre heimlichen Anerbietungen an die Bürgerschaft, die sie durch Montgommeri beherrscht und geknechtet glaubte, gelangen zu lassen; allein sie erstaunte, als ihre Antwort der glich, die Tavannes zurückgebracht hatte. Immer näher rückten indessen die Werke der Belagerer — größer wurde im Innern der volkreichen Stadt die Noth, da alle Zufuhr abgeschnitten war und die Belagerung nun schon einen Monat gedauert hatte. Der Connetable, welcher von dem Herzog von Guise die bittersten Vorwürfe, ob seines Zauderns, empfing — wollte nicht mehr länger zusehen und ordnete einen Sturm an. König Anton von Navarra entriß sich den Armen der buhlerischen Hofdamen Katharina's, um an dem Sturme ritterlichen Antheil zu nehmen. Er begann mit dem grauenden Morgen gerade da, wo Maugiron und Gui befehligten. Mit grimmiger Wuth war der Anfall. Ein mörderisches Geschützfeuer wühlte in den Reihen. Der Wall war schon erstiegen von Tavannes' Leuten, als Gui mit einer Abtheilung Bürger und Engländer sich auf diese stürzte und sie vernichtete. Mit gleichem Muthe stritt man überall, und gegen Mittag zogen sich die Belagerer zurück und ließen eine große Zahl der Ihrigen in den Gräben als Opfer des Wagnisses liegen.

Auch König Anton von Navarra war verwundet worden. Die Wundärzte achteten indessen diese Wunde gering, und Anton, der nun an der Belagerung keinen Antheil mehr nehmen konnte, fand Zerstreuung bei den Hofdamen. Unerwartet verschlimmerte sich seine Wunde, und nach wenig Tagen beschloß er eine Laufbahn ohne Ruhm, und keine Thräne wurde ihm im Lager von Rouen nachgeweint.

Aber seit dem Tode Antons gewann die Belagerung Rouens einen ernsteren Anstrich. Unermüdet thätig war der alte Montmorenci. Die Laufgräben wurden eröffnet; die Minen der Belagerer sprengten die Vertheidigungswerke in die Luft; das Feuer zerstörte sie und brachte den Gebäuden der Stadt unersetzlichen Nachtheil. Mit jeder Stunde wuchs die Gefahr der Belagerten, und die Noth griff mit Riesenarmen um sich. Krankheiten der gefährlichsten Art im Gefolge des Mangels, der Entbehrung, der Unruhe und Angst, wütheten gräßlich, so unter der Bürgerschaft als der Besatzung, und trostloser wurde Rouens Lage mit jedem Augenblicke. Kummervolle Blicke richteten die Befehlshaber in die Richtung von Orleans — aber kein Ersatz, keine Hülfe kam. Unter diesen Umständen ordnete der Connetable Montmorenci einen Hauptsturm an.

Am Abend vor dem Sturme trat spät der Diener Gui's de Saint-Flour in das Gemach seines Herrn, der, erschöpft von den unaufhörlichen Anstrengungen, sich in seiner Rüstung auf das Lager geworfen hatte, einige Stunden der Ruhe zu genießen. So schwer es auch der treuen Seele wurde, des Jünglings tiefen Schlaf zu stören — er mußte — denn ein unbekannter Mensch hatte ihm einen Zettel gegeben, den er sehr wichtig genannt, und ihm befohlen, ihn augenblicklich in seine Hände zu bringen.

Als ihn der Diener rüttelte, fuhr der Jüngling hastig auf.

„Was gibt es!“ rief er dem Diener zu.

Dieser erzählte die Umstände und reichte ihm dann das künstlich geschlossene Billet. Eine feste Hand schrieb:

„Seid auf Eurer Hut! Montmorenci stürmt morgen.

Schont Euer Leben, Viole; Rouen könnt Ihr nicht halten.

Sichert Euch den Rückweg, die Rettung!"

„Wirf ihn in die Flammen des Kamines, den entehrenden Brief!" zürnte der Jüngling und verließ das Lager, um zu Maugiron und Montgommeri zu eilen. Doch kehrte er wieder um, sich genauer nach demjenigen zu erkundigen, der die Zeilen gebracht.

Der Diener konnte ihm jedoch nur Unzulängliches sagen, und unbefriedigt eilte er von dannen.

Noch graute der Tag nicht, da rückten leise und vorsichtig die Truppen des Connetables an. Schlagfertig harrte in tiefer Stille der Theil der Besatzung, der noch waffenfähig war, unter den Befehlen Maugiron's und Gui's. Jetzt, als die Feinde nahe waren, donnerte mit einem Mal ihr Feuer mit entsetzlicher Gewalt unter sie und sie wichen. — Froher Jubelruf ertönte auf den Wällen; aber nur auf einen Augenblick; denn dicht, wie Heuschreckenschwärme, drangen sie wieder an. Die Sturmglocke von der Kathedrale heulte entsetzlich in die allmälig dämmernde Nacht. Das Geschütz brüllte, der Schlachtruf schallte gräßlich von allen Seiten.

„Kein Quartier!" schrieen die Feinde.

„Kein Quartier!" brüllten die Belagerten entgegen. Sie hatten den Wall erstiegen und drangen unaufhaltsam herein. Gräßlich war der Tumult. Da mehrte das in dreien Theilen der Stadt ausbrechende Feuer das Schreckliche ihrer Lage. Wüthend kämpfte Gui und Maugiron.

Ihre Schwerter mäheten furchtbar. Aber der Andrang war zu heftig. Sie wichen gegen die Seinebrücke zurück. Neuer mörderischer Kampf entspann sich da. Ein Wall von Leichen bildete sich um sie — aber ihre Reihen wurden lichter und schmolzen von Minute zu Minute mehr zusammen. Vergebens sahen sie sich noch

Hülfe von Montgommeri, von den Engländern um. Auf allen Seiten Rouens wüthete der Kampf, überall unglücklich für die tapferen Vertheidiger.

Allmälig graute der Tag und ließ sie das entsetzliche Schauspiel erblicken. Bald erleuchteten gräßlich die Flammen den Kampfplatz, bald hüllten dicke Rauchwolken sie ein und drohten sie zu ersticken. Schon waren die Feinde in der Mitte der Stadt — sie war erobert. Noch zogen sich kämpfend Gui, Maugiron und einige ihrer Leute zurück, und trafen in dem Augenblick in der Nähe des Stadthauses ein, als von der andern Seite ein Schwarm Feinde sie im Nacken anzufallen drohte.

Schnell warfen sie sich in das Gebäude und schlossen das Portal, nicht erwägend, daß so ihr Fall um so sicherer war. Jetzt standen die Freunde einen Augenblick da und überdachten ihre Lage.

„Unser Stündlein ist gekommen," sagte Maugiron. „Laßt uns die Seele Gott empfehlen und einen ritterlichen Tod sterben!" In diesem Augenblicke faßte eine unsichtbare Hand Beide.

„Folget mir!" sprach eine hohle Stimme.

Willenlos gehorchten sie.

Mit flüchtiger Eile ging es hinab und hinauf, über lange Gänge, und endlich öffnete ihr Führer eine Thür und zog sie hinaus. Und immer weiter ging es unaufhaltsam. —

Nach einer ziemlich langen Wanderung standen sie am Ufer der Seine. Der Mann, den sie jetzt erst, wo die Sonne blutigroth über dem Greuel der Verwüstung aufgegangen war, deutlicher erblickten, drängte sie in einen Kahn, stieß rasch vom Ufer ab, und dahin glitt der Kahn und war bald, bei der schnellen Strömung des durch herbstlichen Regen angeschwollenen Stroms, außerhalb Rouen.

„Ihr seid gerettet für's Erste," sprach dieser jetzt, und Gui erkannte in ihm jenen Unbekannten, den er einst bei Coligni gesehen.

„Ihr habt Euer Wort herrlich gehalten, edler Mann," sagte er dankbar, „das Ihr mir damals gabt, als ich Euch bei Coligni sah."

Des Alten Auge ruhte wohlgefällig auf ihm. „Schade," sagte er dann, „wenn auch das Leben zweier tapferer Streiter noch in der unglücklichen Stadt hätte verbluten sollen!"

Weiter sprach er nichts mehr. Sein kräftiger Arm ruderte noch immer den Kahn weiter abwärts. In der Entfernung sahen sie jetzt nur noch die Rauchsäulen der brennenden Stadt.

An einer Stelle, wo dichte Waldung sich bis zum Ufer herab= zog, legte Acevedo, denn er war es, den Kahn an's Ufer.

„Ich kann Euch nicht länger dienen," sagte er, „und muß Euch nun Eurer eigenen Klugheit überlassen. Haltet Euch heute noch in dem Walde verborgen und schlagt dann in der kommenden Nacht den Weg gen Orleans ein. Merket Euch die Richtung von Rouen und bleibt möglichst weit von der Stadt entfernt. Gott sei mit Euch!" rief er aus, und sprang, ohne auf ihren Dank zu hören, in den Kahn und ruderte schnell hinüber an's andere Ufer. Noch einen Gruß warf er ihnen zu und verschwand dann im Dickicht, die Geretteten ihrem Nachdenken überlassend.

„Der arme Montgommeri!" das war Maugiron's erstes Wort.

„Er wird wahrscheinlich auch gefallen sein. Schade für ihn — er war ein tapferer Mann, ein Held!"

Die Freunde trauerten um ihn aufrichtig.

Maugiron fragte nach ihrem Retter. Gui erzählte, was er wußte, und das war wenig. Sie dachten nun an ihre Sicherheit und suchten tiefer im Wald ein Dickicht, wo sie sich in einem Zustande großer Erschöpfung niederlegten, und nach den heftigen Anstrengungen einer durchkämpften und durchwachten Nacht, in einen tiefen Schlaf sanken, der sie in seinen Fesseln gefangen hielt und fast einem Zustande der Bewußtlosigkeit glich. Der Abend nahte schon, und noch immer schliefen die beiden Ermüdeten.

Gui erwachte zuerst und fühlte zugleich einen ungemeinen Hunger und Durst. Er richtete sich auf und sah sich um. Alles war dunkel um ihn. Er fühlte nach Maugiron. Der schlief noch fest. Stören mochte er ihn nicht, und so legte auch er sich wieder auf das Moos, das sie weicher dieses Mal gebettet, als das weichste Pfühl.

In diesem Augenblicke dünkte es ihm, als rege sich etwas in seiner Nähe. Er horchte genauer und glaubte keuchende Athemzüge zu vernehmen. Maugiron war es nicht; denn es kam von der andern Seite.

„Gui de Viole!“ rief jetzt eine bekannte Stimme, „bist Du erwacht? — Siehe, ich bin Dir nahe in den gefährlichsten Stunden Deines Lebens!“

„Adelma!“ rief freudig der Jüngling. „Lohne Dir Gott Deine Treue!“

„Stehe auf,“ sagte sie, „und wecke Deinen Gefährten, denn es ist Zeit, daß Ihr eilet. Die Verfolger waren Euch nahe genug.“

„Die Verfolger?“ fragte erschrocken Gui.

„Ja doch,“ entgegnete die Alte. „Meinst Du denn, Eure Flucht sei so unbekannt in Rouen? Ich bin dort gewesen, um, wo möglich, Dich zu retten — aber ich sah Dich nicht. Doch meiner Söhne einer sagte mir, daß Ihr, in Begleitung eines Fremden, glücklich entflohen.“

„Ich eilte hierher, wohl wissend, welchen Weg ihr genommen — aber ich sah Euch nicht, auch Den nicht, der Euch rettete, so sehr ich es gewünscht. Endlich entdeckte ich Eure Spur und fand Euch; aber zu gleicher Zeit schallte auch der Ton vieler Stimmen vom Ufer her. Ich schleiche hin und finde den greulichen Tavannes, der Euch verfolgen will. — Er kennt mich und fürchtet mich, da ich ihm so Manches prophezeiht, was ihm nicht gefällt, und er forscht mich aus. Ich erzählte ihm; meine Horde liege in dem Wald und ich weile schon den ganzen Tag über hier. Sogleich fragte er nach Euch. Da habt Ihr einen Irrweg eingeschlagen, Marquis, sage

ich ihm; denn seht, da drüben am rechten Seineufer liegt im Schilfe
der Kahn, der sie wahrscheinlich rettete — deutlich anzeigend, in
welcher Richtung Ihr sie zu suchen habt. Die Augen des schlauen
Fuchses entdecken das Schifflein, und alsobald leuchtete ihm meine
Weisung ein. Sie setzen über und suchen Euch nun dort. Daran
mögt Ihr sehen, daß Eueres Bleibens hier nicht länger ist."

Gui hatte der Alten mit steigendem Erstaunen zugehört. Er
weckte Maugiron; aber dieser nahm Anstand, sich ihr anzuvertrauen.
Gui verpfändete sein Ehrenwort für die Alte, die sich dadurch
gewaltig geschmeichelt fühlte, und da erst folgte auch Maugiron der
Führerin.

Ihr Weg ging durch Dickicht, über Stock und Stein. Die
Alte humpelte schnell und unermüdet fürbaß; allein schon nach einer
halbstündigen Wanderung erklärte Maugiron, daß er nicht mehr
weiter könne, weil er eine gänzliche Erschlaffung und einen quälen=
den Hunger und Durst fühle.

Die Alte lachte. „Da langet zu," rief sie, und reichte ihnen
ein rauhes Brod, das fast ungenießbar war. Gui fühlte sich gewiß
in eben dem Zustande, wie Maugiron, allein er mochte nichts sagen.
Nun aber griff er hastig nach der Brodrinde, die ihm die Alte
reichte, und aß sie mit einer Lust, als wäre es die köstlichste Speise.

Abelma, die die Gegend genau kannte, schaffte auch Wasser,
und neu gestärkt traten sie dann wieder ihre Reise an. — Doch
der sonst so heitere Maugiron, der in jedem Ungemache scherzen
konnte, war einsilbig und düster. Das Schicksal Rouens, der Tod
Montgommeri's, den er als gewiß voraussetzte, schmerzte ihn tief.

Er äußerte dies gegen Gui, als dieser nach dem Grunde seiner
Verstimmung gefragt hatte.

„Da habt Ihr wohl Ursache zu trauern," sprach in ihrer
gewohnten Art die Alte. „Abelma ist dort gewesen und hat Greuel
der Verwüstung gesehen, vor der ihr schauderte."

„Großer Gott!" rief Maugiron erschüttert aus, „das muß

ſchrecklich geweſen ſein, wenn es ſelbſt ein Zigeunerherz zum Schaudern brachte!"

Die Alte ſchien es zu überhören, oder wollte es nicht hören. Sie ſchwieg.

Gui bat leiſe ſeinen Genoſſen, ſie nicht zu beleidigen. „Sie allein kann uns vor Irrwegen ſichern, uns retten, da wir von Feinden umgeben und des Wegs unkundig ſind. Thut es um meinetwillen, Maugiron," bat er. „Ich bin der Alten hoch verpflichtet."

Maugiron lachte. „Meint Ihr denn, dieſes Zigeunervolk habe ſo feines Ehrgefühl wie Ihr?" ſagte er lachend.

„Das will ich nicht unterſuchen," entgegnete Gui; „allein auch unter der dichten Erdkruſte liegt oft der Diamant, und warum wollt Ihr jeden Einzelnen verdammen, wenn ein Volk ſchlecht iſt?"

„Seid ruhig, Biole; Ihr nehmt warmen Antheil an der Alten; aber glaubt Ihr, daß ſie dort in Rouen, um menſchenfreundliche Zwecke zu erreichen, herum ſtrich oder um im Trüben leichter zu fiſchen?" —

Abelma war weit voraus — ſie vernahm ihre Unterredung nicht. Jetzt blieb ſie ſtehen, um Athem zu ſchöpfen, und Gui mußte ſeine Vertheidigungsrede, die er eben ihr zu halten ſich anſchickte, unterdrücken.

„Glaubt mir," ſagte ſie in ihrer frühern Erzählung fortfahrend, „daß Euere Landsleute in Rouen grimmiger gewüthet als Barbaren. Ich ſah Säuglinge morden, Weiber und Jungfrauen ſchänden, Häuſer anzünden — Greiſe würgen — ich ſah — und mir lief's eiskalt über die Haut, einen Greis von hohem Alter und großem Verdienſte, den edlen Marlorat, am Galgen!" —

„Marlorat!" riefen in düſterm Schmerze Beide wie mit einer Stimme.

„Ja," fuhr Abelma fort, „ſo war es. Und was meint Ihr, daß die Ernte dieſer Saat ſein wird?" —

„Du wirſt uns zuletzt eine politiſche Offenbarung geben

wollen!" rief jetzt Maugiron; "laß das lieber und sage uns, ob Du den Hauptmann Montgommeri kennst?"

"Den, der den König aufspießte im Turnier?" — fragte sie — "ja, den kenne ich — er vertheidigte die Stadt."

"Und weißt Du, was aus ihm geworden?"

"Er ist der Strafe entgangen, die den Hauptmann be Crose traf." —

Maugiron erstaunte über des Weibes Kenntniß; aber eine innige Freude erfüllte sein Herz, da er Montgommeri gerettet wußte.

"Ist es aber auch sicher, Du Alte," fragte er, "daß Montgommeri gerettet ist?"

"Ich lüge nicht, Hauptmann," sagte sie unmuthig. "Es war mein eigener Sohn, mein eilfter sage ich, der ihm durchhalf."

"Möge ihm der Hauptmann reichlich lohnen, da der Lohn des Himmels nicht hell klingt!" rief jetzt heiter werdend Maugiron aus — "wahrlich," setzte er hinzu, "Du Alte hast Verdienste! Wer eilf wackere Söhne der Welt schenkte, die so tapfer die Gefallenen zu entkleiden wissen und mit den mitleidigsten Vögeln, den Raben, von Schlachtfeld zu Schlachtfeld ziehen und mittlerweile Elstern= tugenden üben — der verdient ein Denkmal!!"

"Ihr solltet des Alters nicht spotten, Hauptmann," sprach jetzt scharf verweisend die Alte. "Es ist im minbesten Betrachte nicht edel. An Anderes mag ich Euch nicht mahnen!"

"Nun, nun, Mütterchen, werde mir nicht gram! Sieh', ich biete die Hand zum Frieden, und will Dir sie sogar mit ritterlicher Courtoisie küssen, wenn Du es verlangst. Auch gebe ich einem Deiner Eilfe oder Allen die Erlaubniß, alles Geld, was sie bei mir finden, wenn ich werde gefallen sein, von Rechtswegen zu behalten!"

Die Alte konnte doch ein Lächeln nicht verbergen über den komischen Ausbruch des Hauptmanns, und der Friede war hergestellt.

Während Maugiron mit der Alten scherzte, ging Gui nach= denkend und stille neben ihm her. Er dachte an jenen Haupt=

mann de Crose, den er in einem Ausfall als tapfern und menschlichen Soldaten kennen und achten gelernt hatte. „Was sollte ihm das Todesurtheil zugezogen haben?" fragte er sich selbst und dann laut die alte Abelma.

„Ei," sagte sie, „wißt Ihr denn nicht, daß er auf Condé's Befehl Havre in der Engländer Hände lieferte? Dafür hat ihn der Connetable viertheilen lassen."

Zwischen den Freunden entspann sich nun ein lebhafter Streit über die Rechtmäßigkeit oder Unrechtmäßigkeit des Todesurtheils über Crose. Maugiron war empört über jene Handlung Condé's, er nannte sie frei einen Verrath an Frankreich — ja er stellte den Herzog von Guise gegen Condé, der Frankreich von seinem Erbfeinde befreit hatte, und dieser lieferte ihm einen Hafen von so großer Bedeutung aus, der die Seine beherrschte und ihm den Weg in das Herz Frankreichs bahnte.

Der alten Abelma war nichts, was auf die jetzigen Verhältnisse Einfluß hatte, unbedeutend. Sie horchte begierig auf die Streitenden. Doch wurde ihr Reden endlich zu laut und sie mahnte an die nothwendige Klugheit in ihrer gegenwärtigen Lage, was die beiden wohl einsahen und befolgten.

In gerader Linie hatten sie ununterbrochen ihre Wanderung fortgesetzt, denn Abelma wußte so geschickt die beiden Männer in Zigeuner umzuwandeln, daß auch kein Auge sie zu entdecken vermochte, und nach einer langwierigen und höchst ermüdenden Fußreise erreichten sie endlich Orleans, wo noch immer das hugenottische Heer stand, in gleicher Unthätigkeit wie früher. Es bedurfte eines Ereignisses wie die Eroberung und Zerstörung von Rouen, und die Ankunft deutscher Hülfsvölker unter den Befehlen des Herrn von Andelot, Coligni's Bruder, und des wackern Rochebaussen, um endlich neues Leben in diese todten Massen zu bringen und Energie in das erschlaffte Wesen.

Conbé und Coligni saßen vereint in ernster Berathung über die zu thurnden Schritte, nachdem d'Anbelot angekommen war. Die Ungewißheit über Rouens Schicksal lag schwer auf ihren Herzen. Noch war keine Kunde zu ihnen gelangt über dessen Fall, und sie schmeichelten sich mit dem jetzt möglichen Entsatz, und besprachen die schnelle Ausführung dieses Planes eben, als man zwei Zigeuner meldete, die, wichtige Nachrichten von Rouen bringend, sie nur dem Admiral oder Conbé'n eröffnen wollten.

Sie wurden bald vorgelassen.

„Welche Kunde bringt Ihr?" fragte Conbé hastig. „Kommt Ihr aus der Gegend von Rouen?"

„Aus Rouen selbst," antwortete der Aeltere der beiden Zigeuner, — „das in den Händen des Connetables ist."

„Das lügst Du, Hund!" rief Conbé, aufspringend und auf ihn zueilend, „das ist unmöglich, tapfere Männer vertheidigen die Stadt!"

„Glaubt diesmal dem Capitän Maugiron, den Ihr ja auch tapfer genannt, gnädigster Herr, Rouen ist in Feindes Hand!"

„Maugiron? Ihr?"

„Leider!" sagte der Hauptmann — „leider in schimpflicher Verkleidung und durch eine an's Wunderbare grenzende Rettung entgingen de Biole und ich, und wahrscheinlich auch der tapfere Montgommeri, dem allgemeinen Blutbade — wollte Gott, ich wäre auf Rouens Wällen gefallen!"

Höchst betroffen standen beide Anführer der Hugenotten da. Sie trauten kaum ihren Ohren, als Maugiron nun das erzählte, wovon er Augenzeuge gewesen, und was er von Abelma, deren Wort doch in der letzten Zeit bedeutend an Zuverlässigkeit bei ihm gewonnen, gehört hatte.

Den Admiral betrübte das Ereigniß tief — doch ertrug er es still und männlich. Conbé klagte bald, bald fluchte und schwur er, blutige Vergeltung an Paris zu üben, und Marlorat's und Crosse's Tod furchtbar zu rächen.

Coligni kannte sein Temperament, das von einem Extreme zum andern sprang, und ließ ihn gehen. Im Stillen erwog er den Stand der Dinge, und war nur in so fern mit Conbé einig, daß es jetzt an der Zeit sei, entscheidend zu handeln.

Maugiron und Gui de Viole verloren nichts in den Augen der Anführer. Aus ihren Erzählungen und aus der langen Dauer der Belagerung ging es hervor, daß tapferer Widerstand war geleistet worden.

Einige Tage nach ihrer Rückkehr in's Lager der Hugenotten kam auch Montgommeri an und bestätigte alle ihre Aussagen auf's Getreueste.

Freudig war das Wiedersehen der drei Freunde. Sie hatten sich gegenseitig für todt angesehen und aufrichtig betrauert. —

Als die Nachrichten von Rouen im Heere der Hugenotten bekannt wurden, stieg die Erbitterung gegen die Katholiken furchtbar. Laut verlangte das Heer, endlich in's Feld geführt zu werden, und die Heerführer sahen sich genöthig, dem Wunsche Gewährung zuzugestehen.

Coligni, den kein Ungemach beugen konnte, war unermüdet thätig zur Eröffnung des Feldzuges. Conbé kümmerte sich weniger darum. Sein Gemüth war noch immer in der größten Spannung; und ob auch Coligni ihn noch so sehr bat, nicht des Connetables Grausamkeit mit Gleichem zu vergelten, so vermochte er dennoch den Grimm des Prinzen nicht zu mäßigen über Marlorat's Mord, den er persönlich sehr hoch geschätzt und Crose's Blutgericht, der nur der Vollstrecker der Befehle des Prinzen gewesen. Er ließ öffentlich als Wiedervergeltung den Parlamentsrath Jean Baptiste Sapin, den er in Orleans gefangen hielt, und den ihm in die Hände gerathenen Abt von Gastines, Jean de Troyes, aufknüpfen.

Die Unternehmungen der Hugenotten waren überhaupt von unglücklichen Unfällen begleitet. Rouen war gefallen, nur Lyon und Orleans waren von den bedeutenden Städten Frankreichs noch

in ihrer Gewalt. Die Engländer, mit denen Conbé jenen unglück=
seligen Vertrag geschlossen, und denen er Havre und Dieppe über=
lieferte, erfüllten ihre Versprechungen nicht so, wie sie geleistet
und von Conbé erwartet wurden. — Die Kriegsvölker, die Duras
aus Guyenne heranführte, wurden von dem grausamen Montluc
geschlagen und zerstreut, und nur die Ueberreste sammelte Laroche=
foucauld und führte sie gen Orleans.

Alle diese Mißgeschicke waren aber nicht im Stande, Coligni's
Heldenmuth und den der Seinen zu untergraben. — Höchst erwünscht
waren daher die 8000 Deutschen, die d'Anbelot heranführte, obgleich
auch sie vielfach gelitten, und nur nach unbeschreiblichen Mühselig=
keiten es ihnen gelang, Orleans zu erreichen.

Neuer Muth belebte das Heer, als die Nachricht des baldigen
Aufbruches sich zu verbreiten anfing. Jubel und Frohlocken war
überall. Auch Gui und Maugiron, die nichts wünschten als Krieg,
um die Lorbeeren des Sieges zu ernten, sahen es mit Freuden.

Das hugenottische Heer brach endlich auf und erschien plötzlich
vor den Thoren von Paris, wohin der Hof nach der Eroberung
Rouens zurückgekehrt war. Allgemeiner Schrecken ergriff Paris,
als es die Feinde vor seinen Thoren sah. Der Hof zitterte, indem
er die gerechte Rache der Hugenotten fürchtete und aus Conbé's
Handlungen schließen zu müssen glaubte, was die Hugenotten thun
würden, wenn Paris in ihre Hände fiele. Schnell knüpfte man
Unterhandlungen an, die sich in eine für die Hugenotten sehr nach=
theilige Länge zogen. — Der strenge Winter trat indessen ein. Paris
war ununterbrochen befestigt worden. Sechstausend Spanier waren
zum Heere des Hofes gestoßen, und die Unterhandlungen zerschlugen
sich endlich ganz.

Conbé's Heer hatte viel gelitten. Er sah sich in die Noth=
wendigkeit versetzt, sich in die Normandie zu ziehen, um neue Kräfte
zu sammeln und die englischen Subsidien zu erzwingen.

Kaum aber war Conbé von Paris abgezogen, als die bei
weitem stärkere royalistische Armee ihm auf dem Fuße folgte.

15.

Es war am 19. December, als beide Heere unweit der kleinen, aber alten Stadt Dreux, an den Ufern der Blaise, einander im Angesichte standen.

Coligni und Condé rechneten an diesem Tag auf keinen Angriff; dessenungeachtet stand ihr Heer schlagfertig.

Unvermuthet griffen die Feinde das Heer der Hugenotten an. Auf die Reiterei, die beste Heeresabtheilung der Hugenotten, stürzten sich die Feinde mit stürmischer Gewalt — aber mit Heldenmuth wurde der heftige erste Angriff zurückgeschlagen und die feindlichen Truppen geworfen.

„D'rauf, Kinder!" rief Mouvans freudig, „sie fliehen!"

Gleich dem reißenden Waldstrome stürzte sich Mouvans' Regiment auf die Schweizer, die wie ihre Berge standen und vom alten Connetable von Montmorenci selbst befehligt wurden. Mörderisch wütheten die Hugenotten in den Reihen der Schweizer, die endlich zu weichen begannen. Mouvans' Auge spähte nur nach dem Connetable — jetzt erblickte er ihn. Gui de Viole, der an seiner Seite kämpfte, erhielt schnell den Befehl, sich enger an ihn anzuschließen, und im sausenden Galopp ging's weiter — jetzt war der Connetable erreicht, von Gui's Reitern umzingelt.

„Ergebt Euch!" schrie ihm grimmig Mouvans zu, indem er den Säbel über seinem Haupte schwang.

Der Connetable, wohl einsehend, daß er verloren sei, ergab sich an Mouvans und wurde von Gui zurückgeleitet, der alsobald wieder freudig mit seinen Leuten in das Treffen zurückkehrte. Condé hatte das Mitteltreffen des Feindes gänzlich geschlagen, sein Fußvolk zersplittert — aber allzu hitzig im Verfolgen des Sieges, den er zu seinen Gunsten schon entschieden glaubte, sein Fußvolk selbst entblößt.

Wie ein Tieger stürzte sich Franz von Guise, dies bemerkend, mit seinen Gensd'armes auf dasselbe und schlug es in eine regelloſe Flucht. Saint=André warf ſich jetzt zwiſchen die hugenottiſche Reiterei, die noch das feindliche Fußvolk verfolgte, und die Fuß= völker, unter denen Guiſe mähete mit unerhörter Wuth — und plötzlich ſah ſich Condé im Rücken angegriffen. Seine Reiterei war zerſtreut. Er mit Wenigen allein, ſein Pferd war ohnedem ver= wundet, konnte nicht Stand halten und wurde von dem Sohne des Connetables nach hartnäckiger Gegenwehr gefangen genommen. Der Royaliſten Jubelgeſchrei erfüllte die Luft; der Sieg ſchien ſich auf ihre Seite entſchieden neigen zu wollen.

Coligni, der nie größer war, als im Unglücke, ſammelte hinter einem Gehölze das flüchtige Fußvolk und ſetzte über die Blaiſe, von Neuem bei dem Dorfe Blainville das Heer des Hofs angreifend. Mouvans kämpfte noch immer muthig mit Saint=André und zog ſich kämpfend auf das Dorf zurück, wo Coligni ſich mit ihm ver= einigte und ein neuer heftiger Kampf ſich entſpann, der hartnäckig bis in die Nacht dauerte. In dieſem Kampfe fiel Saint=André.

Mit Einbruch der Nacht zog ſich Coligni zurück. Der Sieg war unentſchieden, der Verluſt gleich groß auf beiden Seiten. Das Schlachtfeld war weithin mit Todten und Verwundeten bedeckt. Auch Gui lag ſchwer verwundet unter ſeinem Roſſe, das zu gleicher Zeit mit ihm tödtlich verwundet worden war.

Die Nacht ſenkte ſich kalt über das Schlachtfeld herab, die ſchreckliche Lage der Schlachtopfer noch durch ihre Kälte vermehrend.

Auch die Royaliſten hatten ſich zurückgezogen und die Verwun= deten ihrem Schickſal überlaſſen.

Hell und glänzend waren die Sterne heraufgezogen. Ein ſchneidender Oſtwind blies über das Schlachtfeld hin, wo der Tod in tauſend Geſtalten ſeine Opfer geſucht und gefunden, und gräßlich tönte das Wimmern und das Aechzen der Sterbenden und Verwundeten.

Haufenweiſe krochen ſie zuſammen, die Unglücklichen, Freunde und Feinde, und ſuchten Wärme in der ſchrecklichen Nachtkälte, und

Mancher, für den noch Rettung möglich gewesen wäre, starb einen
gräßlichen Tod.

Gui lag besinnungslos unter seinem Roß. Er war schwer
verwundet. Nur einmal kam er zur Besinnung, aber der Schmerz
raubte sie ihm bald wieder — denn ein feindlicher Säbel hatte
einen furchtbaren Hieb über seinen Schädel geführt, und nur durch
die Wendung der Klinge auf der Hirnschale war er dem augenblicklichen Tod entgangen. Dadurch aber war gerade die Wunde fürchterlich groß und breit geworden. In dem Augenblicke der Besinnung
zog er die Decke seines Pferdes über die klaffende Wunde und fiel
wieder in Ohnmacht, und den Jammer der Unglücklichen deckte der
dunkle Schleier der Nacht, die sich in anderer Weise auf Manchen
für dieses Leben herabsenkte.

———

16.

Eine sehr wahre Bemerkung war es, die Maugiron einst über
das halbwilde, heimathlose Volk der Zigeuner gemacht hatte — es
folgte in den kriegerischen Zeiten, wie der Raben Schwärme, den
Schlachtfeldern, um die Gefallenen zu berauben. Ihr seltsamer,
durch finstern Aberglauben gleichsam geheiligter Umgang mit den
Menschen, ihr herumschwärmendes, regelloses Beduinenleben weihte
sie bei ihrer Schlauheit in die tiefsten Geheimnisse ein, machte sie
den Menschen weniger, als die Menschen und ihre Verhältnisse
ihnen bekannt, und so hielten sie gewöhnlich auf des Todes Erntefeld eine Aehrenlese, die ihrer Arbeitscheu und Trägheit oft auf
lange Zeit hinaus Vorschub leistete. Hauptsächlich im südlichen
Frankreich und in den baskischen Provinzen sich aufhaltend, durchzogen sie von da ganz Frankreich und kehrten mit reicher Beute
in ihre pyrenäischen Schlupfwinkel zurück. Adelma's Horde, eine
der muthigsten und stärksten, die damals Frankreich durchzogen,
folgte in ruhiger Ferne dem Heere der Hugenotten. Lüstern nach

Beute, harrten Alle einer Schlacht. Die Alte allein verwünschte sie. Menschlicheren, ja edleren Gefühlen hatte einst das leidende Herz des Mädchens auf Saint=Flour sich geöffnet, wo die vollen= dete Weiblichkeit mit dem hohen Reichthume der sanftesten und reinsten Tugenden und Gefühle in Gui's Mutter als Vorbild ihr leuchtete. Und der Nachklang dieses reinen Tones klang, wenn auch nicht ununterbrochen — doch stark durch ihr ganzes Leben fort. Sie allein dachte mit Schrecken an eine Schlacht, in welcher Gui, ihr Liebling, ihrer Wohlthäterin Sohn — der Sohn des Mannes, den einst ihr Herz mit aller süblichen Gluth geliebt, Schaden nehmen konnte. Sie hatte von den Anhöhen von Montfort die Schlacht beobachtet. Kaum sah sie das Zurückziehen der Heere, kaum fiel der schwarze Schleier der Nacht über das schreckliche Gemälde — da brach die Horde auf und nahte sich durch das Ge= hölze, das sich von den Anhöhen von Montfort bis Blainville und zu dem Ufer der Blaise herabzog, dem Schlachtfeld, um die Beute zu sammeln.

Mit einer Fackel in der Hand eilte sie über das Schlachtfeld. Eine bange Ahnung schnürte ihre Brust so fest zusammen, daß sie fast nicht athmen konnte, und doch mußte sie dem unbegreiflichen innern Drange folgen und eines ihrer Todtenlieder halblaut singen. Schauerlich klang die düstre schwermüthige Melodie, langsam und abgemessen gesungen, von der häßlichen Stimme der Alten. Sie achtete nicht auf das Treiben der Leute ihrer Horde. Sie beleuchtete jeden Todten, jeden Verwundeten, und irrte so in allen Richtungen über das Schlachtfeld. Schon zu verschiedenen Malen war sie an der Stelle vorübergegangen, wo der unglückliche Gui lag, und hatte ihn nicht entdeckt. Jetzt kam sie zum dritten Male dahin und zog die Decke hinweg, die über seinem Haupte lag — und — erkannte ihn. Einen lauten Jammerschrei stieß sie aus und warf sich dann jammernd über den Jüngling hin. Einige Leute ihrer Horde eilten herzu, meinend, es sei der, von Allen geehrten, Aelter= mutter etwas Schlimmes zugestoßen. Staunend sahen sie ihren

Schmerz. Es kostete sie Mühe, die Alte von dem Körper zu trennen. Sie untersuchten ihn, und Einer sagte dann: „Besinnt Euch, Mutter, der, um den Ihr trauert, ist nicht todt. Zwar ist er schwer verwundet, fast ist sein Kopf gespalten; laßt uns ihn verbinden."

Die Alte wurde ruhiger. Sie untersuchte selbst den Jüngling. Matt schlugen die Pulse — er lebte noch. Sie ließ ihn aufheben, ließ ihm etwas Wein einflößen, ihn schnell verbinden, so gut es möglich war, und lud ihn dann den beiden Männern auf.

Sie wanderten nun über das Schlachtfeld hin, durch die Blaise, an der Stelle, wo eine Furt den Durchgang möglich machte, und kamen nach langer Wanderung bei ihren Zelten an, die bei Montfort im Walde waren.

Dort angelangt, wurde Gui in der Nähe des Feuers so gut gebettet, als es möglich war, und nun von der Kunst, deren Mutter Noth und Natur war, verbunden. Der Aeltermutter standen einige Mädchen, ihre Urenkelinnen, mit sorglicher Treue bei, indeß die Männer in fliegender Eile zu dem Schlachtfelde zurückkehrten.

Den angestrengtesten Bemühungen der Alten gelang es, den Verwundeten in's Leben zurückzurufen. Matt schlug er — aber erst gegen Morgen, das Auge auf, und erkannte bald die Alte.

Sie jubelte, als sie es sah, daß er in's Leben zurückgekehrt sei.

„Siehst Du, Gui," sagte sie freudig, „die alte Abelma hält ihr Wort. Sie ist Dir nahe in den schwersten Stunden Deines Lebens. O Dank dem Himmel, daß sie es kann!"

Gui drückte matt ihre Hand und deutete nach Oben.

„Nein, Du stirbst nicht!" rief sie aus. „Du darfst nicht sterben. Deine Bahn ist noch nicht am Ziele!"

Er schloß sein Auge wieder. Die Mädchen sorgten für stärkende Brühen, die Abelma ihm einflößte, und so schlummerte er wieder ein.

Ein allgemeiner Unwille war indeß bei dem männlichen

Theile der Horde rege geworden, als sie die Anwesenheit eines Verwundeten vernahmen, den Abelma unter ihre Obhut genommen.

Ihr Sohn, der Hauptmann der Horde, machte ihr die bittersten Vorwürfe.

„Undankbarer!" rief sie, „Du bist nicht werth, daß Dich Deine Mutter unter dem Herzen trug. Des Jünglings Mutter rettete mich vom Wahnsinn und Tod, und Du willst, daß ich ihr Kind dem Tode preis gebe!"

Er schwieg beschämt. Dann sagte er: Wie willst Du ihn fortbringen? — Wir müssen schnell nach der Dauphiné aufbrechen und so zwischen beiden Heeren hindurch ziehen; denn dort links steht das Heer Guise's, und Coligni zog sich nach der Normandie zurück. Die Beute ist ungeheuer, die wir gemacht. Wie wollen wir sie fortbringen und den Verwundeten dazu — da hier keine Sicherheit für uns ist?"

„So ziehet hin und laßt mich hier bei ihm!" sagte Abelma bitter, und bei diesen Worten war ein Blick, in dem sich Verachtung und Vorwurf aussprach.

Der Zigeuner ging stille hinweg, erst außerhalb des Zeltes wagte er es, murmelnd seinem Herzen Luft zu machen; allein er hatte den Muth verloren, weiter zu protestiren. „Flechtet eine Bahre von Reisern," befahl er zwei Jünglingen, die alsbald gehorchend an's Werk gingen.

Eilig wurden die Zelte abgebrochen, die Beute aufgepackt und Alles machte sich reisefertig.

Der Hauptmann trat nun mit den Jünglingen und der Bahre zu Abelma. Ausgesöhnt durch ihres Wunsches Erfüllung, sah sie jetzt wieder freundlich auf ihren Sohn; ehe noch eine halbe Stunde verflossen war, suchte man umsonst eine Spur von den wandernden Söhnen der Wüste.

Ein Eilbote Guise's brachte eine Siegesnachricht im vollen Sinne des Wortes nach Paris. „Conbé ist gefangen, die Hugenotten vernichtet!" schrie jubelnd der fanatische Pöbel der Hauptstadt. Das Geläute aller Glocken verkündete den Sieg der trunkenen Stadt, und Tausende strömten zum hohen Portale von Notre=Dame hinein, ein Te Deum zu singen für den Sieg über die gemorbeten Brüder.

In seinem einsamen Gemache saß an einem Folianten der Meister Acevedo und las eifrig. Der schöne, bleiche Knabe Gabriel saß, das Köpfchen in die Hand gestützt, an einem Fenster, und schien trübe Erinnerungen an der Seele vorüberziehen zu lassen, denn das klare, schöne Auge schwamm in Thränen. Da schlug der Ton des Geläutes an sein Ohr.

„Hört," rief er plötzlich aufspringend — „alle Glocken läuten, was bedeutet das?!"

Acevedo horchte. Er faltete dann seine Hände und rief schmerz=voll: „O Gott, das ist die Siegesfreude Frankreichs auf dem Grabe seiner Kinder!"

Ein kalter Schauer rieselte durch seine Gebeine und es schüttelte ihn wie Fieberfrost.

Gabriel stürzte herzu. Angstvoll fragte er: „Was ist Euch?"

„Kind," sagte der Alte, „Du hast einen Vater im Gefängniß — wie wäre Dir's, wenn Du hörtest, die Gefangenen werden ge=richtet, oder sie sind es wirklich?"

Gabriel erbleichte. „Großer Gott, es wäre schrecklich!"

„Siehe, so ist es mir," fuhr Acevedo fort. „Dort haben Menschen gefochten, die mir unendlich theuer sind. Leben sie noch? Wer kann mir Gewißheit geben?"

„Ach," sagte Gabriel, „Ihr leset ja in den Sternen — fraget sie!"

Acevedo seufzte tief. „Ach," sagte er dann, „der Tag ist noch so lang — und es ist eine schwere Aufgabe, das eigne Geschick zu erforschen!"

Er stand auf, denn eine peinliche Angst und Unruhe verfolgte ihn.

Da klopfte es leise an der Thüre des Gemaches. Schnell öffnete Acevedo. Eine Hand reichte einen Zettel herein und zog dann die Thüre schnell zu, so daß der Alte es nicht einmal sehen könnte, wer es gewesen.

Hastig trat er zum Fenster und las.

Darauf trat er zum Kamin und warf den Zettel hinein — aber seiner Stirne tiefe Falten glätteten sich nicht.

Schweigend verließ er das Gemach.

Gabriel legte die Hand auf's Herz. „Er ist so gut," sagte er leise, „und leidet doch auch so viel, der Arme, und die Welt muß ihm viel genommen haben. Ach, mein Vater! mein — — Gui!" seufzte er und sank wieder in seine Träumereien zurück.

Zur Königin begab sich der Meister.

„Kommt Ihr, mir Glück zu wünschen, Acevedo?" — fragte mit triumphirendem Lächeln Katharina.

„Nein," sprach fest Acevedo —. „denn anders ist das Loos gefallen."

„Wie?" rief die Königin, „Ihr wolltet an dem Siege zweifeln, den Paris mit Jubel verkündet? — Ihr?" —

„Ich," sagte, sich gleichbleibend, Acevedo. „Zwar noch hörte ich nichts von der Botschaft, die Ihr wahrscheinlich von dem Herzoge werdet erhalten haben; allein mag er Eurer Majestät melden, was er will — die Sternenschrift lügt nicht."

„Und was meldet sie?" fragte halb enttäuscht Katharina.

„Condé ist in Eurer Gewalt — Montmorenci in der Coligni's. Saint-André hat sein Geschick erreicht, wie ich Euch verkündigt — aber es fehlen sieben Tausende in dem Heere Guise's!" —

Katharina starrte ihn an. „So lügt der Siegesbericht; das ist kein Sieg Guise's — obwohl es ein Sieg für mich ist." —

„Wohl," sprach Acevedo, „denn Saint-André ist nicht mehr, und der, der Euch — vergebt, Majestät, daß meine Zunge das

Gräßliche ausspricht, — der an Eure geheiligte Person frevelnd seine Hand legen wollte, Euch in der Seine ersäufen zu wollen aussprach — er folgt bald seinem Bundesgenossen. Also spricht der Sterne Wort."

Katharina's Züge nahmen einen erschütternden Ausdruck an. Alle Leidenschaften, deren ihr Herz fähig war, standen leserlich darauf geschrieben. Krampfhaft bebte und zuckte ihre Lippe — aber sie schwieg. Sie verstand den Astrologen, der so kalt, so ruhig dastand, als ob tiefer Frieden in seinem Innern sei. — Der Aufruhr i h r e s Innern ging vorüber. Sie wandte sich lächelnd zu Acevedo: „Und wie wird es dann werden?" —

„Katharina wird Frankreich beherrschen," sagte Acevedo. „Euer eigenes Herz bestimmt das W i e!"

Eine Glorie verbreitete sich bei diesem Gedanken über Katharina's Züge.

„Was wisset Ihr von Conbé's Geschick?" — fragte sie darauf.

„Eure Majestät vergißt es nicht, wie nahe ihr Conbé steht. Ihr vergebt ihm den Fehler der Uebereilung, zu dem ihn Parteihaß trieb." —

„Und wenn ich ihn nun hinrichten ließe, weil er Havre an Elisabeth verrieth?" fragte mit höhnendem Stolze die Königin.

„Der Herr leitet wie Wasserbäche der Könige Herzen," sagte Acevedo, „Conbé fällt nicht durch Eure Hand!" —

„Was trieb Euch dann aber zu mir?" fragte sie nach einer Weile.

„Die Bitte, daß Ihr mir es gestatten wolltet, in das Lager Guise's zu gehen, um Euch sichere Kunde zu bringen!"

„Es sei, Acevedo!" rief sie aus; „doch seid klug. Ich lohne königlich, vergesset es nicht."

Acevedo's Miene verzog sich spöttisch. Er entfernte sich schnell.

Er ging zu Gabriel. „Kind," sagte er, „bleibe Du hier — doch nein, Du magst mich begleiten! — Mein Herz will Ruhe und Frieden!"

„Und wohin führt unser Weg?"

„Weit, mein Sohn," sagte Acevedo. „Du möchtest hier nicht sicher sein; denn ich werde längere Zeit weilen in der Ferne."

———

17.

Und weit und immer weiter hinab nach der Auvergne und Dauphiné zogen die Zigeuner und in ihrem Gefolge der immer gefährlicher erkrankende Gui.

Die alte Abelma verließ ihn nicht mehr. Wäre Gui eines ihrer Kinder gewesen, größere Liebe hätte das Mutterherz nicht üben können.

Alle Sorgfalt schien indessen fruchtlos bleiben zu wollen. Das Reisen in dieser Jahreszeit war dem Leidenden sehr nachtheilig, und doch traute die Horde nicht, sich lang aufzuhalten. Der Unwille über des Kranken Anwesenheit wuchs mit jedem Tag. Abelma selbst befürchtete zuletzt eine Frevelthat. Und so faßte sie den Entschluß, den Jüngling zu Rabaud und Salers zu bringen. Wer malt aber die Freude und den Schrecken der treuen Freunde, als der geliebte Jüngling jetzt plötzlich wieder zurückkehrte in die stille Hütte und — dem Tode nahe war? —

Sie boten Alles auf, sie wetteiferten mit einander, mit Abelma, die noch weilte bei dem Liebling. Ihren vereinten Anstrengungen gelang es, ihn in einen bessern Zustand zu bringen. Der Wundarzt von Grenoble, den Rabaud holte, sprach von zweifelhafter Hoffnung, weil die Wunde sehr versäumt und gefährlich geworden sei.

Als Gui zum ersten Mal aus der todtähnlichen Bewußtlosigkeit erwachte und Rabaud und Salers sah und die bekannten Räume der Hütte — da schien es ihm Fiebertraum, und nur schwer überzeugte er sich von der Wirklichkeit des Verhältnisses.

Seine Leiden waren groß, und weit hinaus schob sich die immer noch ungewisse Wiedergenesung.

————

Die Nachtheile der Schlacht von Dreur zu verhüten, vereinigte sich Coligni mit den Engländern in der Normandie. Seinem Bruder d'Andelot trug er die Vertheidigung des wichtigen Platzes Orleans auf, und dieser warf sich mit einer nicht unbeträchtlichen Macht hinein. Mouvans und du Plessis waren mit ihren Regimentern bei dieser Heeresabtheilung. Beide und der Dritte im Bunde, der wackere Maugiron, waren höchst betrübt über den Verlust Gui's de Saint-Flour. Keiner von ihnen hatte ihn fallen sehen — darum deutete ihnen sein räthselhaftes Verschwinden auf nichts Anderes als Gefangenschaft.

Mouvans war unerschöpflich im Lobe seiner Tapferkeit, die er an seiner Seite bewiesen, und um so mehr bedauerte man seinen Verlust. Doch beruhigten sie sich schneller — da sie als Gefangnen wohl — aber ihn doch sicher wußten und die Hoffnung hegten, ihn wieder zu sehen.

Anders sollte es sich nach kurzem Zwischenraume gestalten.

Kaum war d'Andelot in Orleans eingezogen, als Franz von Guise, nun alleiniger Befehlshaber des Heeres, vor Orleans erschien, um die Belagerung mit allem Eifer zu beginnen; zu Schloß Cornée hatte er sein Hauptquartier, und von hier aus leitete er die Belagerung der Stadt, die d'Andelot mit ritterlicher Tapferkeit vertheidigte.

Von Guise's Treiben zu Schloß Cornée sprach man im Heere viel Seltsames und Ungereimtes. Ein geheimnißvoller Mensch, ein Sterndeuter, hielt sich bei ihm auf, sagte man laut, und er habe ihn eingeweiht in die Geheimnisse dieser unseligen Kunst. Es war nichts Unwahres, was man sprach. Seit einiger Zeit war Acevedo bei Guise, und manche Stunde der Nacht brachte er bei dem weisen Meister zu. Acevedo hatte sich ganz seines Vertrauens bemeistert.

Eines Abends, wo sie wieder in ihre tiefsinnigen Betrachtungen sich vertieft hatten, sprach Guise den schon oft berührten Wunsch aus, einige Zeilen in des Connetables Hände zu spielen, der von d'Andelot in Orleans gefangen gehalten wurde. Was er schon einigemal abgelehnt, nahm dieses Mal der Meister auf.

„Ich will es übernehmen,“ sagte er, „schützt mir den Knaben hier, und schon morgen bin ich in Orleans.“

„Wie aber wollt Ihr das vollbringen?“ fragte der Herzog.

„Dafür laßt mich sorgen,“ entgegnete der Astrolog. „Ich habe in Orleans gelebt, als der Hof sich dort aufhielt, und weiß Wege, die vielleicht Hunderten in Orleans fremd sind.“

Der Herzog war froh, dies zu vernehmen, und schon mit der einbrechenden Nacht trat Acevedo seine gefahrvolle Wanderung an.

Nach Orleans zu kommen, wo er wußte, daß du Plessis war, hatte Acevedo lebhaft gewünscht; allein seine Klugheit ließ es nicht zu, dem Wunsche des mißtrauischen Herzogs schnell zu begegnen. Jetzt endlich sah er sich am Ziele, und leicht gelang es ihm, der so genau hier bekannt war, in die Stadt zu kommen.

Der edle du Plessis saß allein in seinem Gemach und dachte den unglücklichen Folgen der Schlacht von Dreux nach, als seine Thüre sich öffnete und, in einen langen und weiten Mantel gehüllt, ein Mann hereintrat, den er im ersten Augenblicke nicht erkannte; als er aber den Mantel abwarf, flog Acevedo an seine Brust. Sie hatten sich lange nicht gesehen, darum war er innig und freudig, der Empfang.

„Bringst Du mir Kunde von Gui?“ fragte du Plessis den Freund, und in dem Worte sprach sich der herzlichste Antheil aus, den er an dem Jünglinge nahm.

Acevedo erschrack. „Gui?“ fragte er gedehnt — „von Dir erwarte ich sie!“ —

„Großer Gott!“ rief, von banger Ahnung bewegt, du Plessis — „ist er nicht unter den Gefangenen?“

Acevedo stützte sich auf die Lehne des Stuhles. Seine Kniee wankten.

„Ich habe sie Alle gesehen, ich habe alle Verwundete gesehen, alle Todte auf dem Schlachtfelde betrachtet mit angsterfülltem Herzen, aber ich sah ihn nicht!" Das sprach er mit zitternder Stimme.

Da faltete du Plessis die Hände.

„So weiß Gott allein, wo er ist und was ihn traf," sagte er bewegt, „denn er verschwand im Gefechte, nachdem er helden=müthig an Mouvans' Seite gekämpft und mit ihm den Connetable zu Gefangenen gemacht; und erst, als die Nacht kam, denn früher verließ er nicht seinen Obersten, seinen Freund Maugiron, verschwand er."

„O mein Sohn, mein Sohn!" rief herzzerreißend Acevedo, „so fand ich Dich, um Dir unbekannt zu bleiben und Dich wieder zu verlieren!"

„Sei Mann, Viole," sprach Plessis, eine Thräne zerdrückend, und schloß den Freund an seine Brust. — „Gerade das Räthsel=hafte seines gänzlichen Verschwindens gibt einen Schimmer von Hoffnung."

Aber es war umsonst, den Greis zu trösten. Tief und erschüt=ternd war der Schmerz. Er verließ das Gemach du Plessis' nicht und hing ganz seinem Schmerze nach, der durch den Vorwurf, daß er sich dem Jünglinge nicht zu erkennen gegeben, unendlich gesteigert wurde.

Am andern Tage gewahrten die Belagerten eine ungewöhnliche Bewegung im feindlichen Lager. Alle waren eines Angriffes gewärtig — aber er erfolgte nicht. Erst in der Nacht löste sich das Räthsel gräßlich durch Kundschaften.

An dem mildklaren Februartage war Herzog Franz von Guise aus dem Lager vor Orleans nach seinem Quartiere, dem Schlosse Cornée, geritten. In Mitten des Weges lauerte auf ihn des Meuchelmörders frevlerische Hand. Poltrot de Meray war es, der, von fanatischem Eifer erfüllt, scheinbar zu den Katholiken sich hingeneigt und, um die Mordthat an dem gefährlichsten Gegner seines Glaubens zu verüben, zu dem Heere der Katholiken übergegangen war. Er ersah den günstigen Augenblick, wo der Herzog, von einer Anhöhe sich umzuschauen, sein Roß anhielt, und traf mit tödtlichem Blei Guise's Brust so sicher, daß er wenige Tage darauf seinen Geist aufgab.

Diese Nachricht weckte den unglücklichen Acevedo aus seiner Lethargie.

„Lebe wohl!" sprach er zu du Plessis, „ich muß zurück in's Lager, noch eine Pflicht zu erfüllen — zurück nach Paris. Ich fühle, der mürbe Bau dieser Hülle bricht bald und der Bewohner kehrt zum Lande des Friedens heim."

Trauernd entließ ihn der Freund, nachdem er Alles versucht, ihn zum Bleiben in Orleans zu bereden.

Acevedo kehrte in's Lager zurück, wo Gabriel in unsäglicher Angst seiner geharret.

Er sah des Mannes tiefen Schmerz und forschte liebevoll.

„Ach," sagte er, „ich habe das letzte Erdengut verloren — ich bin ein Fremdling hier!"

„Laß uns nach Paris zurückkehren," sagte er zu Gabriel, und so verließen sie das Lager.

<hr>

So weit entfernt auch eine Ausgleichung der Parteien zu sein schien; ja ob sie gleich nach den Begebnissen der letzten Zeit selbst jenseits der Grenzen der Möglichkeit zu liegen schien, so war sie doch näher, als man dachte, und Conbé, der sich den Reizen des üppigen Hoflebens hingegeben, bot die Hand dazu dar. In Orleans wurden die Verhandlungen angeknüpft und nahmen einen so günstigen Fortgang, daß sie bald ihr Ende erreichten und von beiden Parteien bestätigt wurden. Die Vergünstigungen, die Katharina, die sich nun von zweien ihrer gefährlichsten Feinde befreit sah, den Protestanten zugestand, beruhigten diese, und gerne boten sie ihre Hand zur Befreiung von Havre, das noch immer in den Händen der Engländer war. Nur der edle Admiral und sein Bruder waren unzufrieden mit Conbé's Handlungen. Sie zogen sich von der Unternehmung gegen Havre aus edlen Beweggründen zurück. Aufrichtig meinte es Katharina von Medicis nicht. Es galt ihr nur für den Augenblick Ruhe zu gewinnen. Andere Pläne bewegten ihre Seele. Sie fürchtete Conbé's Theilnahme an der Regierung, da er nach dem Tode des Königs von Navarra, seines Bruders, Ansprüche zu haben schien. Klug berechnend die Umständen, ließ sie durch das Parlament von Rouen Carl IX. in seinem vierzehnten Jahre mündig erklären. Die größten Wünsche waren ihr erfüllt. Ihr Herz frohlockte, und Acevedo, der so hoch in ihrer Achtung, als sie niedrig in der seinigen stand, wagte es zum ersten Male, für Arbeque's Befreiung zu wirken. So erstaunt auch Katharina über diese Bitte war, sie schien nicht abgeneigt, sie zu gewähren, da Acevedo ihr das Vortheilhafte dieser Handlung der Milde in's klarste Licht setzte.

Aber dieser Wunsch sollte ihm nicht erfüllt werden.

Arbeque, durch vielfache Leiden aufgerieben, kränkelte im Gefängniß, und sein Zustand ließ eine baldige Auflösung erwarten.

Acevedo, der dies erfuhr, wußte sich die Erlaubniß, ihn zu sehen, unter der Versprechung zu erwirken, ihn zum Katholicismus bekehren zu wollen.

Arbeque wußte seine Gabriele sicher bei dem menschenfreundlichen Manne, den er nicht kannte. Acevedo hatte sich Gelegenheit zu verschaffen gewußt, ihm diesen Trost schriftlich zu bringen.

Jetzt eilte er mit der trostlosen Gabriele zu dem Vater, der seiner Auflösung mit schnellen Schritten entgegen ging.

Erschütternd war der Augenblick, da Gabriele an des Vaters Brust lag —. keiner Beschreibung fähig. Schmerzlich ergriff sie den edlen Acevedo, dessen Herz gebrochen war. Dieses Wiedersehen griff den Kranken so heftig an, daß er dem Tode näher kam, als es vielleicht andern Falls jetzt noch geschehen wäre.

Gabriele verließ ihn nicht wieder, und Acevedo kehrte oft zu ihm zurück. Der Hof trat indessen jene für die Protestanten unheilvolle Reise durch Frankreich an, die das Edict von Roussillon gebar, das dem kaum geschlossenen Frieden den Todesstoß zu geben verhieß.

Acevedo, den Katharina so gerne bei sich gehabt hätte, blieb in Paris zurück, seine wankende Gesundheit vorschützend, eigentlich aber nur bei Gabrielen zu bleiben, wenn der Tod den Vater von ihrem Herzen risse.

Still und trübe flossen nun seine Tage dahin. Sein Auge blickte oft in den stillen Abendstunden sehnsüchtig hinauf zu der Gestirne Bahnen. Dort, im Lande des Friedens, war sein Alles, diese Welt bot ihm nichts mehr. Nur die Sorge um Gabriele, die seinem Herzen theuer geworden war, gab seinem Leben Reiz, und der Gedanke, b'Arbeque's Haß in Liebe zu verwandeln, Versöhnung zwischen ihm und sich zu stiften, beseelte ihn.

So wandelte er denn auch einst wieder zu dem Leidenden. Weinend empfing ihn Gabriele. Er ahnete, was ihr Herz bewege, und ein Blick auf b'Arbeque zeigte ihm, wie nahe die Scheide=stunde sei.

Der leidende Greis faßte seine Hand.

„Ich fühle es," sprach er matt, „mein Stündlein ist nahe. Ach, ich wollte gerne die Welt verlassen, — aber Gabriele ist hülflos." —

„Nein, das ist sie bei Gott nicht," rief Acevedo — „sie ist meinem Herzen theuer, und sie soll mein Kind sein, wenn Ihr sterbet."

Da verklärte sich b'Arbeque's Gesicht.

„Lohne es Euch Gott, was Ihr an meiner Verlassenen thut!" sagte er; „Gabriele sagte mir, wie Ihr sie beschützt, wie Ihr liebevoll für sie gesorgt, und das gibt mir die Hoffnung, daß Ihr sie nicht verlassen werdet!"

Acevedo hob seine Hand empor. „Bei Gott und seiner Gnade, die ich hoffe, schwöre ich es Euch, sie soll mein Kind sein!"

Da drückte krampfhaft der Kranke seine Hand.

„Gott segne Euch!" sagte er mit tiefer Rührung. „Ihr hebt eine Last von meinem Herzen; ach! sie war so schwer, und frieblich kann ich sterben."

Da ergriff's mächtig das Herz Acevedo's. — „b'Arbeque!" rief er, „Du stehst nahe an der Pforte des Grabes, auch mir ist sie nicht ferne. — Der Schleier falle — ich bin Viole de Saint-Flour!" —

b'Arbeque richtete sich auf. Er zitterte heftig. „Du!" fragte er, und sein Auge ruhte forschend auf de Viole. „Du, de Viole?" wiederholte er; aber nicht der Haß, den er sonst gefühlt, erfüllte sein Herz.

„Und Deinen Sohn habe ich fortgestoßen, als er mein Leben gerettet und Gabrielen, und ihre Herzen, die sich liebten, habe ich auseinander gerissen — und Du willst Vater meines Kindes sein? Kannst Du mir vergeben, Du Edler? O," rief er, „gib mir Deine Hand!" —

de Viole zitterte. Er reichte ihm seine Hand.

Gabriele kam herein. „Kind," rief der Vater, „komm' — sieh', ich scheide freudig, denn Friede ist zwischen uns — er ist Dein Vater, mein Freund! O, komm' an mein Herz!"

Da lagen sie an seiner Brust, und das selige Gefühl der Versöhnung zog durch Viole's Brust. —

Als er sich aufrichtete — sah er b'Arbeque's bleiche Züge — er sank zurück auf's Lager — er war nicht mehr!

Und ohnmächtig sank Gabriele in Viole's Arme.

Er brachte sie nach dem Louvre vermittelst einer Sänfte. Still ließ er b'Arbeque bestatten.

Gabrielens Schmerz war namenlos. Viole (wie wir ihn jetzt nennen wollen) verließ sie nicht. Sein Herz fand Frieden bei

Gabrielens Schmerz, und sie Trost bei ihm. — Sie hatten ja Beide Alles verloren, und nur noch sich selbst. Aber lange, lange dauerte es, bis die Zeit Gabrielens Schmerz milderte, bis sie im kindlichen Vertrauen dem, der jetzt ihr Vater, ihres Gui's Vater war, alle jene Begebenheiten, so weit es die jungfräuliche Scham zuließ, vertrauen konnte, die b'Arbeque berührt hatte, und die Viole unbekannt waren. Auch er fand Beruhigung in der Mittheilung seines Geschicks; aber er verschwieg Gabrielen den wahrscheinlichen Tod Gui's. Muthig und stark trug ihn der edle Mann. Er erkannte es, daß diese Mittheilung ihr Herz ganz brechen würde; aber er weihte sie ein in seine Geheimnisse, und höher achtete sie ihn noch und inniger, da sie die erhabenen Zwecke seines Wirkens erkannte.

18.

Den harten, schweren Kampf des jungen, unverwüsteten, kräftigen Lebens gegen des Todes Gewalt kämpfte Gui lange Zeit. Eine gefährliche Krankheit gesellte sich zu seinem Wundfieber und dem Schmerze seiner Wunden. Lange blieb dieser Kampf unentschieden. Alle Anstrengungen der Heilkunst blieben fruchtlos lange Zeit. Endlich, als des Frühlings mildes Wehen neues Leben der Natur einhauchte, und frische Kraft durch alle Pulse der Schöpfung wallte, da auch wurde des Jünglings Zustand besser, und seine kräftige Natur entwand sich den Fesseln des Todes.

Aber seine Kräfte kehrten nur sehr langsam wieder. Es vergingen Monate, ehe er wieder kräftig in den Wäldern umherstreifen konnte.

Seines Herzens innige Sehnsucht zog ihn zu dem Orte hin, wo er die glücklichsten Stunden seines Lebens gelebt hatte, nach Schloß Arbeque. Hier hoffte er Kunde von der Geliebten zu erhalten. — Doch er täuschte sich.

Er kam eines Tages auf das Schloß. Ein mürrischer Alter

öffnete, der ihn nicht kannte; als er aber sich zu erkennen gab, da erinnerte sich der Greis des Jünglings wieder, und mit aller breiten Redseligkeit des Alters erzählte er von seines Herrn unglückseliger Reise; von Gabrielens Thränen nach Gui's Entfernung, deren Ursache man nicht gekannt; von ihrem Widerwillen gegen jene Reise nach Paris und endlich von des Barons Tod, und wie b'Arbeque, auf den Fall seines Todes, ihm die Verwaltung des Guts und der Burg für Gabrielen anvertraut.

„Wißt Ihr des Fräuleins Aufenthalt?" — fragte Gui mit all der namenlosen Angst, die ihm ihre Lage, ihr Alleinstehen in der gefährlichen Hauptstadt einflößte.

„Leider kenn' ich den nicht," sprach betrübt der Greis; „allein sie selbst hat mir des Vaters Tod gemeldet, und die nöthigen Weisungen ertheilt."

„Und woher?" fragte eifrig der Jüngling.

„Aus Paris," antwortete der Greis. „Näheres aber sagte sie nicht. Sie nur in Person wird Rechenschaft von mir fordern. Auch weiß ich nicht, wo sie meine Nachrichten treffen sollten, da sie ihren Aufenthalt nicht weiter angab."

„Wer wird ihr beistehen, wer sie schützen?" rief Gui mit bangen Ahnungen aus. „Ich will nach Paris und sie aufsuchen!"

„Seid Ihr jemals in Paris gewesen?" fragte theilnehmend der Greis.

„In Paris war ich nie, obgleich ich mit Coligni's Heere davor stand."

„Dann will ich mich nicht wundern, daß Ihr's für so leicht haltet, dort Jemanden auszukundschaften," versetzte Jener. „Glaubt mir, junger Herr," fuhr er fort, „hielt ich es für so leicht wie Ihr, ich würde heute noch aufbrechen, um meine junge Herrin zu suchen; allein Paris ist mir nicht fremd, und darum habe ich den Wunsch aufgegeben, der oft zum Vorsatz werden wollte. Auch täuscht Ihr Euch, wenn Ihr glaubt, es ginge ihr schlimm. Sie beruhigt mich ihretwegen; sie spricht von edlen Menschen, die sich ihrer väterlich angenommen. Es müssen also nothwendig Gründe obwalten, die die Verborgenheit ihres Aufenthaltes wünschenswerth machen, und diese zu erforschen, habe ich oft schon umsonst mich angestrengt." —

Gui verließ tief bekümmert den Ort. Sie lebt; der Gedanke erheiterte sein Gemüth, und wie ein freundlich tröstender Engel zog die Hoffnung in sein Herz, mit ihr aber auch die Sehnsucht, dorthin zu ziehen, wo die Geliebte sich aufhielt, um, vertrauend auf den himmlischen Schutz treuer, engelreiner Empfindungen — nach ihr zu suchen.

Auch diesem Wunsche nahte Gewährung, obgleich von einer andern Seite.

Die Freunde Rabaud und Salers kannten keinen sehnlichern Wunsch, als den, ihren Liebling, Gui, im rechtmäßigen Besitze der Burg seiner Väter zu sehen. Bisher war Saint=Flour noch immer Eigenthum des Staates gewesen, nachdem die verstoßene Diane de Poitiers die Burg hatte zurückgeben müssen.

Jetzt, wo der Frieden geschlossen war, wo der Hof geneigt schien, alle Mißhelligkeiten auszugleichen, wo Coligni sich in Paris aufhielt und des Jünglings Schritte unterstützen konnte, wo ein edler Mann, wie der Kanzler l'Hopital, sein Gewicht in die Waag=schale des Rechtes legen konnte; jetzt schien der günstigste Augen=blick gekommen. — Darum bestürmten sie auf's Neue den Jüngling mit ihren Bitten und Vorstellungen, händigten ihm alle die wichtigen Dokumente ein, die Rabaud's Umsicht zu der Zeit der Flucht de Viole's gerettet, und ließen nicht nach, bis Gui zu handeln sich entschloß.

Gui war nun hergestellt. Seine Kräfte hatte er wieder; aber jene Frische der Gesundheit, jenes blühende, jugendliche Wesen war noch nicht wiedergekehrt und blaß waren seine Wangen noch. Allein sein männlich schönes Gesicht erhielt dadurch einen leidenden Aus=druck, der es anziehender machte. Die warme Jahreszeit war wieder gekommen — ohne Gefahr konnte er die Reise unternehmen, an deren Ziel die Hoffnung so viel Erwünschtes verhieß.

Gui trat diesesmal wieder, von den geretteten Schätzen aus besseren Tagen ausgerüstet, die Reise nach Paris an. Der alte Rabaud wollte selbst ihn begleiten, allein dies gab Gui nicht zu, weil er zu schwach war, und so zog der Jüngling allein des Weges mit einem Herzen voll schöner Träume.

Der Hof hatte eine Reise durch Frankreich unternommen. Katharina gab vor, den jungen König seinem Volke zeigen zu wollen, und dadurch die Bande der Liebe zwischen König und Volk fester zu knüpfen; aber gewiß lagen andere Beweggründe tief in diesem Herzen verborgen. Sie versäumte es nicht, den König auf die verwüsteten Gegenden, auf die zerstörten Kirchen und Städte aufmerksam zu machen, und alle Schuld auf die Protestanten häufend, des Königs Haß gegen die Ketzer nur mächtiger zu entflammen. Ueberall trug sowohl Carl IX. als die Königin Mutter, die offenbarste Abneigung gegen die Ketzer zur Schau. Es war die günstigste Gelegenheit, den Samen, der in der Bartholomäusnacht so gräßliche Frucht trug, auszustreuen in Carls Gemüth, und nichts wurde von allen seinen fanatischen Umgebungen versäumt, was zu dem Zwecke führen konnte. Mit den schrecklichsten Entwürfen trug man sich und Katharina nährte sie heimlich, wenn sie auch wohl hin und wieder den Ketzern einen freundlichen Blick gönnte. Nicht Milde war es, die sie bestimmte, jenem Bündnisse, das zwischen dem Papste, dem Kaiser, Spanien und Frankreich zur Ausrottung der Ketzer hatte geschlossen werden sollen, nicht beizutreten, sondern eine wohlberechnende Politik, die nur auf sich selbst sich stützen wollte. Ihrem Ketzerhasse bot sich eine bessere Gelegenheit in Bayonne dar, wo die königliche Familie mit Elisabeth, Philipps II. sanfter Gemahlin, zusammen kam. Aber nicht den Ergüssen der heiligsten Empfindungen mütterlicher und kindlicher Liebe waren die Tage geweiht. Alba, der in so naher Wahlverwandtschaft mit Katharina stand, der gräßliche Blutrichter, der alten

Gesetzen der Menschlichkeit Hohn sprach, war hier ihr steter Gesell=
schafter. Während der Hof in üppigen Genüssen schwelgte, besprach
sie mit ihm das Problem, das zu lösen ihr beiderseitiger Wunsch
war, die Ausrottung der Protestanten. Alba legte den Grund eines
umfassenden Plans in ihre Seele. Gewaltsame Unterdrückung mit
einem Schlage, das war sein Grundsatz. Nicht gerade stimmte ihm
Katharina bei, aber dennoch faßte seine Idee Wurzel, und sein
Wort: „Daß der Kopf eines Lachses mehr werth sei, als alle
Frösche in den Sümpfen," blieb in ihrem Andenken.

Allein jene geheimen Unterredungen blieben nicht geheim.
Heinrich von Navarra erfuhr das Geheimniß, und der zwölfjährige
Knabe vertraute der hochherzigen Mutter, was er vernommen.

Schaudernd begriff die edle Johanna den schrecklichen Plan.
Ihre Warnungen schreckten Condé aus seiner Ruhe auf und machten
den Admiral Coligni aufmerksamer auf die Wege der Feinde. Doch
zu offner Widersetzung war kein Grund vorhanden, jetzt wenigstens
nicht. Der Hof schien frieblich. Katharina nahm ihre Maske vor,
und jene Versöhnung der Häuser Chatillon und Guise war ein
verächtliches Spiel, das den Haß tiefer in die Gemüther senkte,
indeß äußerlich das Heiligthum des Menschenherzens, Freundschaft,
erheuchelt wurde. — Katharina, je mehr sie die Lage Frankreichs
erwog, je mehr sie einsah, daß ihre Verschwendung und die Ueppig=
keit des Hoflebens es entkräfteten, begann nur im Kampfe der
Parteien ihr Heil zu sehen. Er bot Gelegenheit zur Einziehung von
Gütern, bot Gelegenheit, ihrem Lieblingssohne Heinrich, Herzog von
Anjou, eine wichtige Stelle, den Oberbefehl der Armee, zu über=
tragen, und dem glühenden Ehrgeize desselben die Bahn des Ruhmes
zu eröffnen. Das neugeschlossene Bündniß mit dem Papst und den
katholischen Kantonen der Schweiz, die Annahme von 6000 Schwei=
zern in französischen Sold zeigten den Protestanten, was sie zu er=
warten hatten. Sie blieben nicht unthätig. So rüsteten sich beide
Parteien.

Katharina's Klugheit hatte leicht einen Vorwand für ihre

Rüstungen gefunden. Alba führte ein mächtiges Heer nach den Niederlanden, dort zu thun, was Katharina beabsichtigte. Scheinbar äußerte man Besorgniß ob dieses Heerzugs an den Grenzen des Königreiches. Die Klugheit rieth, ein Beobachtungsheer zusammenzuziehen, und dies geschah, indeß der Franziskanermönch Hugo nach Madrid eilte, die wahren Gründe Philipp. II. zu melden, der seine Rolle mit Sicherheit und Virtuosität spielte.

So standen die Sachen, als eines Tages Gui de Saint=Flour in den Hof des Schlosses Chatillon einritt, wo Coligni sich aufhielt. Bei ihm waren Mouvans und du Plessis. Die üble Gestaltung der Verhältnisse für die Sache ihres Glaubens machte den Gegenstand ihrer Unterredung aus.

Gui wurde gemeldet.

Alle sahen sich erstaunt an, als sein Namen von dem Diener genannt wurde.

„Es geschehen Dinge, die an's Unglaubliche grenzen," sagte Coligni — „sogar die Todten stehen auf!"

Er hatte diese Worte noch nicht ausgesprochen, als Gui hereintrat, die Herren mit jenem edlen Anstande begrüßend, der ihm eigen; mit jener Hochachtung, deren sie würdig, und mit jener Herzlichkeit, zu der ihn seine Liebe zu ihnen hinzog.

Die Ehrerbietung vor dem Admiral hielt allein Plessis und Mouvans zurück, dem Trieb ihres Herzens Folge zu leisten und den Jüngling an ihre Brust zu drücken.

Der Admiral trat ihm entgegen und reichte ihm mit väterlicher Huld seine Hand. „Gottlob, daß Ihr lebt, Herr de Saint=Flour," sprach er mit Gefühl, „wir haben Euch Alle als todt betrauert; und der Verlust eines so tapfern jungen Mannes, dessen Leben und Ruf so fleckenlos, hat meinem Herzen wehe gethan. Mit Freuden heißt es Euch darum willkommen!"

Der Jüngling drückte mit Rührung die Hand dieses großen, edlen Menschen.

Jetzt aber konnte sich der stürmische Mouvans nicht länger halten.

„Komm heran," rief er, „Du wackrer Freund, der Du so ritterlich treu an meiner Seite kämpftest, den ich mit Schmerzen verlor!"

Da flog der Jüngling in des Mannes geöffnete Arme und aus ihnen in die des sanfteren du Plessis.

Als das herzliche Bewillkommen vorüber, sprach der Admiral:

„Setzt Euch nun an meine Seite, Herr de Viole, und theilet uns umständlich Eure Begebnisse seit jener unseligen Schlacht bei Dreux mit. Sie müssen seltsam sein — denn Euer Verschwinden war so räthselhaft, als nach so langem Zwischenraume Euer plötz=liches Erscheinen ist." —

Gui ließ sich nieder. Sechs Augen hingen an seinem Munde erwartungsvoll. Alles, was zwischen jener Stunde seiner Verwun=dung und der lag, wo er die Freunde wieder sah, erzählte er ihnen nun mit Offenheit und Treue.

Voll Erstaunen hörten sie zu, machten ihm aber dann bittre Vorwürfe, daß er so lange her schon nichts habe von sich hören lassen.

Gui entschuldigte sich, so gut es gehen mochte.

Angelegentlich fragte er dann nach den jetzigen Verhältnissen, die ihm in seiner Einsamkeit unbekannt geblieben.

Coligni übernahm das unwillkommene Geschäft, den Jüngling einen Blick in die verworrenen Verhältnisse thun zu lassen, und ihm die feindselige Stellung des Hofes zu zeigen, dessen Treulosigkeit keinen Glauben, kein Zutrauen mehr verdiente.

Wie schmerzlich sah sich Gui getäuscht. Alle seine Hoffnungen sanken nun zusammen. Er äußerte seine Vorhaben, nach Paris haben gehen zu wollen, dort die Zurückgabe von Saint=Flour zu betreiben.

Der Admiral lächelte wehmüthig.

„Diese Hoffnung müßt Ihr aufgeben, Herr de Viole," sprach der Admiral; „denn des Hofes feindselige Stellung deutet genugsam ax, wie wenig man Eure gerechte Forderung beachten würde; aber auch den Fall angenommen, der Hof wäre unseren Glaubens= genossen günstig, dennoch würdet Ihr nur eine trügliche Hoffnung nähren, da Katharina den Schatz, der ohnehin durch die Kriege und die Verwüstungen, die in seinem Gefolge sind, erschöpft ist, noch mehr durch ihre unselige Reise und ihre Verschwendung in üppigen Hoffesten erschöpfte. — Wie wolltet Ihr da hoffen, daß sie eine so reiche Besitzung, als Saint=Flour ist, zu= rückgäbe?" —

Diese Gründe waren zu einleuchtend, als daß sie hätten widerlegt werden können. Gui ergab sich in sein Geschick; aber jener andere Gedanke, der seine Seele beherrschte, wurde so leicht nicht aufgegeben.

Das Gespräch wandte sich nun auf die nothwendigen Rüstungen der Hugenotten. Der Admiral theilte nun mit, was bereits ge= schehen und wie viel noch geschehen müsse.

„Und zu dem, was ich thun muß," fuhr er fort, „bedarf ich treuer, muthiger und unternehmender Männer, wie die sind, in deren Mitte ich jetzt stehe.

„Ihr, du Plessis und Oberst Moupans, kennt schon die Auf= träge, die Ihr zu erfüllen Euch entschlossen; Ihr aber, be Viole, noch nicht. Auf Euch rechne ich, und darum wünsche ich, daß Ihr in meiner Nähe bleibt; wollt Ihr das?" —

Ein Schmerz zog durch des Jünglings Brust — aber er richtete sich männlich auf und gab feierlich sein Wort, zu jeder Unternehmung bereit zu sein.

Coligni drückte seine Hand. „So kannte ich Euch," sagte er, „und mein Vertrauen, das mich oft täuschte, hat sich in Euch herrlich bewährt, und diese ist eine von den freudigen Erfahrungen, an denen das Leben nicht eben reich ist."

Bis tief in die Nacht blieben Moupans und du Plessis in Chatillon — dann aber verließen sie den Admiral; Gui blieb in seiner Nähe und mußte den Plan, den sein Herz entworfen, für jetzt aufgeben. Zu dem Vater über den Sternen betete er, und seinem Schutz empfahl er die Geliebte vertrauensvoll, und Frieden kam, des Gebetes reicher Segen, in seine bewegte Brust.

Katharina's Kundschafter umgaben mit Argusaugen den Admiral sowohl als Condé, der sich damals zu Noyers in Aurerrois aufhielt, und hinterbrachten ihr jeden Schritt. — Damals wurde zum ersten Mal am Hof und im Kabinete Katharina's der Namen eines jungen Mannes genannt, der Katharina's wildes Herz durch die Erinnerung, die er heraufrief aus der Vergangenheit, in stürmische Bewegung brachte. Gui de Viole de Saint = Flour nannte man als Coligni's Vertrauten, als den, der die geheimen Aufträge nach Noyers zu dem Prinzen Condé bringe, der selbst in der Nähe Johanna's von Navarra zu Nerac sei erblickt und von ihr ausgezeichnet worden. Man schilberte ihn als einen der muthigsten Männer der Hugenotten, der, noch Jüngling, in der Schlacht bei Dreux mit Mouvans den Connetable zum Gefangenen gemacht, und durch seine Tapferkeit in jener Schlacht dem königlichen Heere beträchtlich geschadet. Es war wirklich an dem. Unbedingtes Vertrauen schenkte der Admiral dem jungen, fähigen Manne, und die Klugheit, womit er sich der wichtigsten Aufträge entledigte, der nie rastende Eifer für die Sache seines Glaubens, stellte ihn noch täglich höher in des Admirals Achtung und Werthschätzung.

Es war zu Monceaur en Brie, wo sich damals der Hof aufhielt, und wo Katharina, bei dem sich allmälig mit Wetterwolken umlagernden Horizont, das in ihrem finstern Aberglauben wurzelnde Bedürfniß fühlte, den ihr so treu ergebenen Astrologen Acevedo, der noch immer in Paris in fast klösterlicher Einsamkeit lebte, wieder um sich zu haben, und den sie darum zu sich beschied.

Acevedo verließ ungern Paris, aber er, der durch die Nachricht von Gui's Wiedererscheinen, die ihm insgeheim du Plessis mitgetheilt, ein neues Leben gewonnen, er sah jetzt, wie nothwendig es sei, seine Stellung zu behaupten, und sich tiefer in das Geheimniß zu hüllen, das ihn bisher verbarg; und so folgte er dem Rufe der Königin, das Wiedersehen des geliebten Sohnes bessern Tagen übergebend.

Er wußte ihn ja jetzt am Leben; er wußte die an's Wunderbare grenzende Erhaltung des Jünglings, und seine dankbare Seele schwur auf's Neue, sich der heiligen Sache seines Glaubens zu weihen, und im Dunkeln die Blitze abzuleiten, die ihm Verderben drohten. — Gabriele sah freudig die Aenderung des Wesens bei dem Manne, der jetzt ihr Vater war, den sie so innig verehrte und liebte. Sie fragte ihn nach dem Grunde seiner erneuten Lebenslust, die ihr um so weniger begreiflich war, da sie durch ihn die sich immer mehr verfinsternden Aussichten für die Glaubensgenossen kannte.

Gabriele war ja das einzige Herz, das in Liebe ihm nahe war, in aufopfernder Kindesliebe — ihr erschloß er sein Herz und sagte ihr, wie der Sohn, um dessen Tod er getrauert, lebe und wiedergefunden sei. Er sprach jetzt begeistert von seinem Vaterglück, und von der Hoffnung, endlich ihm nahe stehen, ihn an's Vaterherz drücken zu können. Jener früheren Ereignisse seines Lebens gedachte er nicht, aus Schonung für Gabrielen, da er nothwendig des lieblosen Benehmens ihres verstorbenen Vaters hätte gedenken müssen, und so blieb es ihr unbekannt, wie nahe ihrem Herzen dieser Gui stand, dessen Namen ihrem Herzen so schmerzlich süße Erinnerungen zurückrief und das Bild des Jünglings, den sie liebte, in dem ganzen Farbenschmuck der ersten Liebe zurückzauberte — den ihr Vater so hart, so undankbar von sich gestoßen, und nie ihr gesagt, warum.

Viole blickte mit unaussprechlicher Liebe auf das Mädchen. Er sah, wie bei der Nennung des Namens „Gui" eine Flammenröthe ihr schönes Antlitz überzog.

Dann forschte er leise und vorsichtig, ob wirklich Gui's wahre Verhältnisse ihr fremd seien. Er nannte den Namen „Rabaub" wie zufällig und beobachtete sie. Eine unaussprechliche Verwirrung bemeisterte sich Gabrielens. Sie beugte sich tief herab, denn sie fühlte, daß Acevedo's Auge auf ihr ruhe.

Nachdem sie ihre Fassung wieder gewonnen, fragte sie anscheinend gleichgültig, aber mit zitternder Stimme, nach dem alten Rabaud, der einst ihres Vaters Wunde geheilt.

Viole der jetzt genug wußte, sagte leicht hingeworfen, der Alte lebe noch in der Dauphiné. Ein tiefer Seufzer arbeitete sich aus des Mädchens Brust herauf; aber sie schwieg.

———

19.

Die Hugenotten sahen mit jedem Tag ihre wachsende Gefahr mehr ein, denn immer bedeutender wuchs das Heer des Hofes an, und immer deutlicher trat das Mährlein von einer Beobachtungsarmee an's Licht. Zu Vallery und zu Chatillon hatten sie bereits zahlreiche Versammlungen gehalten, worin beschlossen wurde, eine kräftige Stellung anzunehmen. Im engern Rathe zu Chatillon war ein Plan entworfen worden, der besonders Condé, Mouvans und andere feurige Häupter der Hugenotten für sich hatte, und da er am sichersten zum Ziele führen konnte, auch zuletzt des Admirals Beifall erhielt, der nämlich, den Hof in der Stille in Monceaux en Brie, wo Carl IX. die Freuden der Jagd genoß, aufzuheben, was um so leichter war, da Monceaux nicht befestigt, also auch um so sicherer einzunehmen war. Zu diesem Schritte wurde nun Alles in der Stille vorbereitet.

Gui de Viole war in dieses Geheimniß eingeweiht, und war von dem Admiral ersehen, die Kunde davon nach der Picardie zu bringen, wohin sich du Plessis-Mornai begeben, um Truppen zu werben und den protestantischen Adel der Picardie für die neuen Unternehmungen zu gewinnen.

Mit den nöthigen Schriften versehen, die er heimlich auf

seinem Leibe trug, verließ Gui Chatillon, und trat, bloß von seinem Diener begleitet, die Reise an, die bei dem immer mehr wachsenden Mißtrauen und bei der jetzt sich mehr und mehr anfachenden Gluth des Fanatismus viele Umsicht forderte, wie sie auf der andern Seite nicht ohne große Gefahr war. Mit den aufrichtigsten Segenswünschen entließ ihn der Admiral, dessen Herz doch ein wenig pochte bei dem Gedanken, wie doch ein unangenehmer Zufall das Geheimniß enthüllen könnte.

Die reizende Lage des Schlosses Monceaur en Brie, mehr aber noch der große Reichthum der das Schloß umgebenden herrlichen Buchenwälder an Wild aller Art, fesselte Carl IX. mit fast unauflöslichen Banden an diesen Ort. Wie König Carl Alles, was er ergriff, mit großer Heftigkeit und Leidenschaftlichkeit ergriff, so war die Jagd ihm wahrhaft zur Leidenschaft geworden. Ueber ihr vergaß er Alles. Sie nahm ungetheilt sein ganzes Wesen so sehr ein, daß er durch sie selbst zum Schriftsteller wurde. Katharina von Medicis wußte gar klug diese Leidenschaft ihres königlichen Sohnes zu befriedigen, und ihn so von den Regierungsgeschäften entfernt zu halten. Daher ertrug sie gerne die traurige Einförmigkeit, die der Aufenthalt in Monceaur für sie haben möchte — indem sie klug den kleinen Verlust des größern Gewinnes wegen trug.

Schon lange hielt sich der Hof in Monceaur auf, und noch immer war keine Aussicht der Rückkehr nach Paris, da Carl vom frühen Morgen bis zum späten Abende die Freuden der Jagd genoß, und selbst oft die Damen des Hofes zu diesen Freuden, so unweiblich sie auch sein mochten, hinzog. Vor Allen gefiel sich Margarethe von Valois, Carls Schwester, in diesen Vergnügungen. Heiter und lebensfroh, im Mai ihrer Tage stehend, geschmückt mit der reichsten Fülle weiblicher Schönheit, fand sie Ersatz für die Einförmigkeit Monceau's in diesen Zerstreuungen, da ihr Sinn an die immer jungen Freuden des galanten und üppigen Hoflebens gewöhnt war.

Es war am Ende Septembers, als Carl eine große Hetzjagd angeordnet hatte, zu der die verschwenderischsten Vorbereitungen gemacht worden waren, an der der ganze Hof Theil nehmen sollte. Einer der freundlichsten Herbsttage lächelte dem wilden Feste. Frühe schon, denn im Walde sollte das Mittagsmahl in einem prachtvoll geschmückten Zelt eingenommen werden, sammelte sich das Jagdgefolge im Hofe des Schlosses. Die Herren des Hofes wetteiferten in Galanterie gegen die Damen, die in den reichsten und anmuthigsten Jagdkleidern, auf den zierlichsten Zeltern sitzend, des Hofes Krone, die schöne Margarethe, erwarteten. Einer der schönsten schneeweißen Araber harrte, kostbar aufgezäumt, der lieblichen Reiterin, die endlich an ihres königlichen Bruders Hand aus dem Portale des Schlosses trat. Ein allgemeines Ah! der Bewunderung wurde laut, als die Herrliche hervortrat im grünen Jagdkleide, von goldner Stickerei überdeckt. Sie war heute schöner als je, das gestand selbst die eitle, gefallsüchtige Lustrac, Saint-André's schöne Wittwe. Ein leichtes Roth malte die Wangen der lieblichen Prinzessin, und das dunkle Gewand hob recht die blendende Weiße ihrer Lilienhaut.

Selbst Carls dunkles Auge blickte mit Wohlgefallen auf die schöne Schwester, die sich so leicht, so anmuthig auf das schöne, stolze Thier schwang, und rief dem Marschalle von Tavannes zu:

„Unsere Jagd muß heute glücklich sein, Marquis, denn seht nur die reizende Göttin der Jagd, Diana selbst, begleitet uns!" —

Lauten Beifall und einmüthigen erhielt die Galanterie des Königs. Höher färbten sich Margaretha's Wangen; die Hörner erschallten in lustigen Fanfaren, und des Königs Aufsitzen gab das Zeichen zum allgemeinen Aufbruch. Katharina stand auf dem Balcon und weidete ihre Blicke vielleicht seit langer Zeit zum ersten Male mit reiner mütterlicher Freude an der Tochter Liebreiz, der mit zauberischer Macht Aller Augen auf sie zog. Sie allein nahm nicht Theil und der Liebling ihres Herzens, Heinrich von Anjou, der eine Unpäßlichkeit vorgeschützt. Bald war das Jagdgefolge der königlichen Geschwister dem Blick entschwunden, und nur noch aus der Ferne klangen lustig die Hörner zum Schlosse herüber, und bald verlor sich in reizendem Decrescendo der liebliche Klang, dem Katharina gelauscht, und sie verließ den Balcon, sich in ihre Gemächer zu begeben, um über wichtige Dinge mit Heinrich von Anjou zu verkehren.

Alba's Saat, ausgestreut in den stillen Zusammenkünften zu Bayonne, begann zu keimen. Katharina's Gemüth hatte den Funken aufbewahrt, den der Würger so leicht in dasselbe geworfen, als handle es sich um ein Würfelspiel. Oft sah man sie seit jenen Tagen brüten über finsteren Gedanken, öfter verkehrte sie mit dem fanatischen und grausamen Heinrich, dem Vertrauten ihrer blutigen Entwürfe.

Auch die Stunden dieses ungestörten Tages wollte sie mit ihm verbringen in vertrauter Berathung.

Sie war kaum in ihr Closet getreten, als der hochfahrende Prinz, der in Carls schwächlicher Gesundheit die Hoffnung künftiger Thronfolge sah, auch schon hereintrat und sich zur Mutter setzte.

Ihr Gespräch drehte sich für's erste um den nahen Ausbruch der Feindseligkeiten. „Gedenkt wirklich Carl dem Connetable das Commando zu?" fragte er die Mutter mit einem Tone, der nur zu deutlich das Mißvergnügen an dieser Idee des Königs aussprach.

„Urtheile nicht unbillig, Heinrich," erwiederte Katharina; „er muß dem Alten seine Gerechtsame lassen. Gedulde Dich nur eine kurze Frist — ich weiß es, daß sein Ziel nahe ist."

Heinrich sah sie erstaunt an.

„Acevedo," fuhr sie fort, „hat ihm das Horoskop gestellt — er endet schnell, wie er behauptet, vielleicht in der ersten Schlacht."

Heinrichs Antlitz erheiterte sich. „Und was gedenkt dann meine theuere Mutter zu thun?" fragte er.

„Du bist dann am Ziele Deiner Wünsche — Du erhälst dann den Oberbefehl, und Tavannes und Cossé stehen mit ihren reichen Erfahrungen Dir zur Seite und winden die Lorbeern zu Deinem Siegerkranze."

Voll dankbarer Freude küßte der Prinz der Mutter Hand.

„Ihr sollt Freude erleben," sprach er, „denn ich will sie hetzen, die Ketzer, wie des Waldes Thiere, die Carl jetzt hetzt, während er die Ketzerbrut gewähren läßt nach ihrem verstockten und verruchten Sinn."

„Säße ich an Carls Stelle auf Frankreichs Thron, anders sollte es sich gestalten, und bald sollte Frankreichs Boden kein Ketzer mehr entweihen und unsere heilige Kirche uneingeschränkt herrschen, so weit Frankreichs Zunge gehört wird."

„Du sprichst mir aus der Seele," sagte vertraulich die Königin. „Zu einseitig, zu kraftlos war bis hierhin das Verfahren. Schlagt der Schlange den Kopf ab, sagte Alba in Bayonne, und ihr zertretet das ohnmächtige Thier mit einem Tritte. Viel zu sehr habe ich nachgegeben, und durch diese Milde, die ich unzeitig nennen muß, sind sie so kühn geworden, daß sie trotzen unserer Macht."

Heinrich ballte wild seine Faust. „Mit einem Tritte sie vernichten, das wäre allein der Weg zum Heile; denn so wachsen sieben neue Köpfe, wenn einer vom Schwerte gefällt wird."

Die Königin lächelte teuflisch in sich hinein: „Das ist Alba's Meinung. Sie locken an einen Ort und sie niedermachen, die Häupter, und dann durch Frankreichs Statthalterschaften, die vorher mit vertrauten Leuten besetzt werden müßten, ein Gleiches thun — so wäre kurz und schnell das gute Werk vollbracht."

„Vergeßt es nicht," sprach besonnen der Prinz, „daß, so lange l'Hopital Kanzler ist, sein eiserner Sinn und seine Neigung für die Ketzer Euch indirect hemmend im Wege stehen wird."

„l'Hopital?" fragte die Königin und ein Zug bittern Hohns

um den Mund wurde sichtbar; „wer hält ihn, wenn Deine Mutter will, daß er falle? — Wer aber wäre geeignet, seine Stelle nach unserem Sinne zu vertreten?"

„Morvilliers!" sprach der Prinz. „Seine Gesinnung ist die meine und die Eure." —

„In der That, Heinrich, Deine Wahl ist gut," sagte nach einigem Besinnen die Königin, „und den Namen werde ich nicht vergessen. Ueberhaupt werde ich das, was wir hier besprochen, wohl erwägen. Es wird sich ein günstiger Zeitpunkt finden, wo der Plan zur That wird."

„Gebraucht Ihr indessen einen tüchtigen Menschen, dessen Gewissen so weit ist, daß die Sünden von ganz Frankreich es nicht füllen — so gedenkt des Namens Maurevel!"

Eine Hofdame, die jetzt nahte, unterbrach das Gespräch, das ohne Zweifel die höllischen Pläne noch weiter würde ausgesponnen haben, indem sie melbete, eben sei Meister Acevedo von Paris angekommen und wünsche Ihrer Majestät Befehle zu vernehmen.

„Laß mich allein mit ihm, Heinrich," bat freundlich die Mutter, und der Prinz entfernte sich. Im Vorsaale begegnete er dem Meister, der ihn ehrerbietig grüßte. Leicht erwiederte der stolze Heinrich den Gruß. Sein blitzendes Auge ruhte auf Gabriels schönem Gesichte, der erröthend das Auge senkte. Der Prinz blieb stehen, sah noch einmal um und verließ dann erst den Saal, indem er unverständlich etwas in den Bart murmelte.

Acevedo trat in der Königin Gemach. Sein Gruß war ernst, aber ehrerbietig. Sein durchbohrender Blick faßte die Königin so scharf, daß sie fast verwirrt ihr Auge niederschlug.

„Seid mir willkommen, Meister," sprach sie freundlich; „lange wart Ihr fern, zu lange für meine Wünsche. Was hielt Euch doch so fest in Paris?"

„Die Last der Jahre drückt Euren Diener nieder, und der Fluch der Kreatur, des Alters Leiden und Wehe sucht ihn heim;" — also sprach Acevedo mit hohlem, fast geisterhaftem Tone.

Die Königin maß ihn mit ihren Blicken. „Ihr seid so rüstig noch," sagte sie.

„Könnt Ihr es dem Baume ansehen, wenn sein Mark faul und sein Herz verdorrt ist?" fragte er.

„Ich hoffe nicht, daß Eure Krankheit Euch in Euren Beobach= tungen störte?" fuhr die Königin fort, „denn gar Manches hat sich ereignet, seit ich Paris verließ, über das ich den Willen des Schicksals zu befragen wünschte."

„Ich gleiche der Nachteule," erwiederte Acevedo; „die Nacht ist meine Zeit des Wirkens — aber wie des Käuzleins Ruf nur Unheil verkündet — so auch ich! Fraget nicht weiter, meine Gebieterin!"

Die Königin erschrak heftig. Acevedo's Rede hatte ihre Neu= gierde auf's Heftigste erregt.

„Also Unglück weissagen die Sterne — Unglück mir!? — Redet, Acevedo! Ich bin Weib — aber meine Seele ist stark, sie kann auch Schreckliches tragen und hat es getragen bereits."

Wohlan, Euer Wille geschehe," sprach Acevedo. Er richtete das brennende schwarze Auge fest auf die Königin. Seine Stellung war imponirend; ungewöhnliche Gluth übergoß sein Gesicht, und seine Rechte war erhoben. „Hört, was die Sterne sagen: Frank= reichs Königin," sprach er mit prophetischem Feuer, und seine Stimme schien aus einer Grabeshöhle zu kommen; „Frankreichs Königin, Blut — Blut — Bürgerblut — umwallt Dich in rauchen= dem Strom, und es schreit um Rache zu dem Herrn, der ein Vergelter ist alles Thuns! Blut düngt Frankreichs Boden — aber keine Saaten sprießen, wo unschuldig Blut floß. — Mutter — Dein Stamm erlischt — schrecklich! — ein Ast dorrt ab nach dem andern — und ist der Stamm gefallen, fällt des Meuchlers Dolch auch den letzten Sprößling, der Todesengel wird sein Schwert über Tausende ausrecken, und sein Schwert bist Du! — Und Wüsteneien werden sein, wo blühende Fluren sind, und rauchende Trümmer, wo die friedliche Hütte steht — und von Süden her wallet der Blutstrom! — Du — Du — tödtest ihn! — Wehe! Wehe! — ruft die warnende Stimme! — der Fluch folgt, wo der Mensch frevelt in seinem grevlichen Wahn!" —

Katharina hatte vor ihm gestanden und sich auf einen Lehnstuhl gestützt. — Ihr Wesen war in einer fast fieberhaften Spannung. Ihr Blick hing begierig an seinem Mund, und alle Seelenkräfte schienen in dem Sinne des Gehörs sich concentrirt zu haben. Der Anblick des Mannes, wie er jetzt so vor ihr stand und das lange Gewand so lose um die dürre Gestalt hing, der schneeweise Bart über die Brust herabwallte und das Auge aus seiner tiefen Höhle so zermalmende Blitze schoß, war der Art, daß ein unheimliches Grauen sie ergriff, das sie gewaltsam unterdrücken wollte, aber nicht zu verdrängen vermochte. Als er aber jetzt langsam und dumpf — die Worte — Blut — Blut — Bürgerblut aussprach, und seine Stimme mit jedem Augenblicke mehr hob, also daß sie gegen das Ende seiner Rede wie dumpfer Donnerton rollte, — da durchfuhr eine Todeskälte ihr ganzes Wesen — das Blut wich aus ihrem Gesicht, ihre Zähne schlugen wie in fieberischem Frost an einander — ihre Hände zitterten, ihre Kniee wankten — sie sank, einer Ohnmacht nahe in den Lehnstuhl und bedeckte ihre Augen mit den Händen — indem sie mit verzweifelndem Tone rief: „Schweig, schweig, Du Schrecklicher!"

Acevedo blieb wie starr in seiner Stellung. — Und als nach einem langen Zwischenraume Katharina mühsam ihre Fassung wieder errungen, stand er noch so da, und auf's Neue ergriff sie Furcht und Entsetzen.

„Geht in's Vorzimmer," rief sie ihm zu — „Euer Anblick tödtet mich!" —

Acevedo drehte sich um und verließ, ohne ein Wort zu reden, das Gemach, und überließ Katharina sich selbst und ihrem furchtbar erregten Gewissen.

Aber wie er draußen im Vorsaal an das Fenster trat — da

faltete er seine Hände und sein Auge blickte empor zum Himmel, indem er leise sprach: Herr vollende Du! —

Eine Stunde floß hin, ohne daß sich in Katharina's Gemach etwas regte. Acevedo mochte sich nicht entfernen; er kannte sie zu gut, um nicht auch berechnen zu können, was nun erfolgen würde.

Sie kämpfte einen furchtbaren Kampf. So war noch nie die Hölle in ihrem Innern erwacht, als durch des Astrologen fürchter= liche Worte. So oft sie auch meinte, gefaßt zu sein, so ergriff sie das Zittern wieder. Sie versuchte, was sie in ähnlichen Fällen mit Glück angewendet, mit Sophistereien des innern Richters Stimme zum Schweigen zu bringen; aber es gelang nicht. Auch das kalt spottende Hinwegsetzen über das Gerede des Mannes blieb erfolglos — denn zu mächtig hatte er sie erschüttert, zu genau hing seine Rede mit dem eben erst unterbrochenen Gespräche zwischen ihr und Heinrich von Anjou zusammen.

Endlich gelang es doch der Erfahrenen, ihrer selbst, wenn auch nur scheinbar, Herr zu werden. Sie trat vor den Spiegel und suchte ihren Zügen eine ruhige Fassung zu geben. — Dann rief sie den Astrologen zurück, allein fast hätte sein Anblick das mühsam erkünstelte Werk wieder vernichtet.

„Ihr waret Zeuge einer augenblicklichen Schwäche," hob sie nach einer Weile an, „deren ich mich schäme." —

Acevedo sah sie scharf an und murmelte in sich hinein: „Du täuschest mich nicht, Heuchlerin!"

„Laßt uns," fuhr sie fort, „unsere Zwiesprache fortsetzen. Sagt mir, was von der nächsten Zukunft Ihr wisset!" —

„Wenig," erwiederte Acevedo, „wenig ist es, was ich Euch sagen kann — nur das Eine, daß Euch vielleicht eine nahe Gefahr droht." — —

„Welcher Art und von wannen?" — fragte sie mit bebender Stimme, die es klar erwies, in welchem wilden Aufruhr ihr Inneres war.

„So weit reicht meine Kunde nicht," versetzte der Astrolog,

„doch gestattet mir, daß ich heute und morgen der Himmelszeichen Lauf beobachte, und vielleicht ist es möglich, Euch genauere Kunde zu geben." —

„Gut," sagte Katharina — „thut das."

Sie rief nun eine ihrer Hofdamen und ließ dem Astrologen ein Gemach anweisen, das ganz nahe an ihre Gemächer stieß.

Acevedo verließ sie nun und ging mit Gabriel in das angewiesene Gemach.

Katharina aber beschied ihre Frauen zu sich, um im leichten Scherz und in flüchtiger Unterhaltung das erregte Gewissen zur Ruhe zu bringen und in einer Gesellschaft sich selbst wiederzufinden.

Einsamkeit konnte sie jetzt nicht ertragen, da der Hölle Furien sie erfaßt hatten.

Eine Stunde rechts von Monceaux breitete sich der herrliche Hochwald aus, in dem Carl jetzt mit all' der ihm eigenen Leidenschaftlichkeit seine Lieblingsvergnügungen genoß. Am südlichen Saume desselben zog sich die Heerstraße hin, die nach der Picardie führte. An einzelnen Stellen trat der Hochwald bis an die Heerstraße vor, an anderen begrenzte sie bloß ein hohes Gebüsch, indeß auf der andern Seite Fruchtfelder und saftige Wiesen eine reizende Fläche bildeten. Recht warm für die herbstliche Zeit schien die Sonne, und der Himmel war ungewöhnlich klar. Fernhin hörte man das wilde Toben und Treiben der Jagd; friedliche Stille lag auf der Ebene.

Still ritt auf der Heerstraße ein Jüngling daher auf einem gar schönen Rosse, nur von einem in anständiger Entfernung folgenden Diener begleitet. Sein Aeußeres verrieth adelige Herkunft — allein es war weit entfernt von jenem eitlen Prunk und Flittertand, wie ihn die jungen Edelleute am Hofe Katharina's liebten. Kein Ab= oder Feldzeichen verrieth, ob er der Partei der Chatillons oder Guisen angehöre. Einfach, wie seine Kleidung, waren auch seine Waffen; aber in der ganzen Erscheinung des

Jünglings lag etwas Hohes, Ehrfurchtgebietendes. Es war eine männlich schöne Gestalt; allein jene frische Blüthe der Jugend ging ihm ab; vielmehr trug sein Gesicht einen Ausdruck eines leidenden Gemüthes, und der tiefe Ernst, der aus dem dunkeln, geistvollen Auge sprach, hatte für seine Jahre etwas Frembartiges. Alle Unterhaltung mit seinem dies ungern sehenden Diener verschmähend, hing der Jüngling ernsten Betrachtungen nach, und schien es nicht einmal wahrzunehmen, daß der Rappe, den er ritt und dem er nachlässig den Zügel auf dem schönbemähnten Halse ruhen ließ, einen recht gemächlichen Schritt ging.

Aufmerksam horchte der Diener dem bisweilen näher schallen= den Jagdgetöse, und wartete ungeduldig auf die Gelegenheit, seinem Herrn seine Meinung darüber zu sagen. Der schien es nicht zu hören.

Endlich konnte er es nicht länger ertragen und sagte:

„Ihr scheint heute gar keinen Antheil an dem zu nehmen, was Euch umgibt!"

Der Jüngling sah, ohne zu antworten, ihn an.

„Dort geht es lustig zu," fuhr der Redselige fort — „König Carl hat eine große Jagd."

„Woher weißt Du das?" fragte jetzt aufmerksam sein Herr.

„Man sprach in unserer heutigen Herberge davon," fuhr der Diener fort, „daß heute eine der glänzendsten Jagden in diesem Forste gehalten würde." —

„So sind wir wohl nahe bei Monceaur?" fragte wieder der Jüngling.

„Das mag höchstens eine Stunde links abliegen," versetzte der Diener, „und wenn Ihr Lust tragt, dort Euch umzusehen, so möchte wohl jener Waldweg, den Ihr dort seht, sicher dahin leiten."

„Dazu fühle ich eben keine Lust," antwortete Jener, „und es wäre mir weit lieber gewesen, Du hättest mich davon unterrichtet, daß dieser Weg so nahe bei Monceaur vorüber führe, da Du der

Gegend kundiger bist als ich, der ich zum ersten Male hier vorbei komme.“

Dieser scharf ausgesprochene Tadel brachte den Diener wieder zum Schweigen.

Der Jüngling faßte des Rosses Zügel, und der Sporn trieb das Pferd zu raschem Lauf. Es schien, als wolle er gerne schnell aus dieser ihm unheimlichen Nähe. Die alte Stille trat wieder ein. Das stille Hinbrüten des Jünglings machte aber jetzt einer wachsamen Aufmerksamkeit Raum. Er warf von Zeit zu Zeit spähende Blicke nach dem Wald und trieb sein Pferd immer wieder auf's Neue an.

Er lauschte jetzt selbst aufmerksam dem Jagdgetöse.

Plötzlich aber hielt er sein Roß mitten im Lauf an; denn ein gellender Schrei schnitt durch sein Gehör.

„Was war das?“ fragte er den Diener, der auch mit offenem Munde horchte und sein Roß anhielt.

„Das schien der Nothschrei eines Menschen,“ antwortete er — „und wenn mich mein Gehör nicht täuschte, von einer weiblichen Stimme herzurühren.“

Kaum hatte der Diener geendet, als ein wildes Rauschen in den Zweigen gehört wurde und ein heftiges Schnaufen.

In dem Jünglinge regte sich die Jagdlust. Er spannte seine scharfgeladenen Pistolen, indem er sagte:

„Das ist sicher ein verfolgter Hirsch.“

Er sah mit gespannter Aufmerksamkeit auf die Gegend, woher das Geräusch kam, das jetzt immer deutlicher zu vernehmen war.

„Es ist kein Hirsch“ — sagte der Diener, „wohl aber das Schnaufen eines wild gewordenen Rosses!“

In demselben Augenblicke bestätigte sich diese Vermuthung. Ein schneeweißes Roß flog wild aus dem Walde heraus. Die Mähne flatterte und in gestrecktem Galopp flog es dahin über die Ebene.

„Da ist ein Unglück geschehen,“ sprach der Jüngling — „denn

das Roß ist reiterlos! Der Reiter ist gestürzt, und von ihm kam der Schrei."

„Ihr wollt sagen," belehrte der Diener, „die Reiterin sei gestürzt, denn das schöne Thier trägt einen Damensattel." —

„Das ist Eins," rief jetzt der Jüngling, „jage Du dem Rosse nach und suche es einzufangen, derweilen ich den Verunglückten suche."

„Das ist kein leichtes Stück Arbeit!" brummte der Diener, indem er das Pferd ärgerlich herumwarf und ihm nachjagte.

Der Jüngling ritt nun selbst schnell in den Wald hinein, in der Richtung, in welcher das Roß herausgekommen. Bald jedoch mußte er sein Pferd anbinden, denn es war durch das Dickicht unmöglich gemacht, reitend vorwärts zu kommen. Daher suchte er nun nach der Spur mit aller Sorgfalt. Allein dies Bemühen war sehr fruchtlos, da bei der Dürre des Pferdes flüchtiger Huf kaum eine Spur im Moose, das den Boden bedeckte, zurückgelassen. Je mehr indessen die Schwierigkeiten sich häuften, desto stärker wurde der Zug seines menschenfreundlichen Herzens. Vorsichtig knickte er auf seinem Wege die Zweige, damit er nicht nur den Rückweg finden, sondern auch sein Diener ihn nicht verfehlen möchte. Ehe er noch eine Spur der Verunglückten entdeckt hatte, vernahm er schon das Selbstgespräch seines Dieners, der, stets laut zu denken gewohnt, vernehmlich des eingefangenen Rosses wundervolle Schönheit lobte.

Eine bedeutende Strecke mochte wohl der Jüngling schon suchend fortgeschritten sein, als er durch das Gebüsch etwas Weißes schimmern sah. Die Zweige auseinander theilend, entdeckte er ein weibliches Wesen, das in einem reichen goldgestickten Jagdkleide ohnmächtig am Fuße einer Buche lag. Der weiße Schleier war mit Blut befleckt. Das Gesicht konnte er nicht sehen.

Ein Sprung über das Strauchwerk — und er stand an der Seite der Ohnmächtigen. Seinen Mantel breitete er schnell auf das weiche Moos und ergriff dann mit starken Armen die schlanke, schöne Gestalt des Mädchens, und legte sie auf den Mantel nieder. Sie war nur leicht am Halse von einem Dorn geritzt. Schnell wickelte er den seinen Schleier um den schönen Hals, nachdem er vorher mit demselben das Gesicht vom Blute gereinigt hatte. Züchtigen Sinnes verhüllte er die jungfräuliche Brust und pfiff nun dem Diener. Dieser war nahe. Der Befehl seines Herrn trieb ihn an, Wasser zu suchen, um die Ohnmächtige damit in's Leben zurückzurufen.

Jetzt erst warf er einen prüfenden Blick auf die Jungfrau und erstaunte über ihre blendende Schönheit. Solche Reize hatte er noch nie in einem weiblichen Wesen vereint gesehen. Sie wurden noch erhöht durch die reizende Unordnung, in welcher ihrer Locken reiche Fülle um den schönen Kopf und auf den vollen, sich nur leise hebenden Busen wallte. In süßes Anschauen versank der Jüngling.

Der Diener kam zurück mit frischem, klaren Wasser, womit der Jüngling nun die Dame anwusch, und dann dem Diener gebot, sich zurückzuziehen.

Bald darauf schlug die Schöne die Augen auf. Sie starrte den Jüngling an und rief, sich aufrichtend:

„All' ihr Heiligen! wo bin ich?" —

„Beruhigt Euch, Fräulein," sprach ehrerbietig der Jüngling, „Ihr befindet Euch in dem Schutz eines Edelmannes, der die Gesetze der Ehre heilig achtet, und weiß, was er den Frauen schuldig ist!"

Er hatte die Hand auf's Herz gelegt, und der Ton, mit dem er sprach, war so treu, so rührend herzlich und wahr — daß der Jungfrau Blick jetzt heiter und ruhig wurde.

„Ich vertraue Euch!" sagte sie matt.

„Sagt mir nun vor allen Dingen," fuhr der Jüngling angelegentlich fort: „fühlet Ihr irgendwo Schmerzen? — Ihr seid gestürzt, und Euer flüchtiges Roß verrieth mir, daß ein Unglück geschehen."

„Nein," sagte sie mit zauberischem Liebreiz ihm zulächelnd, „ich fühle keinen Schmerz, außer in meiner Hand, die wahrscheinlich beim Falle litt, und hier am Halse brennet es."

„Ihr habt Euch bloß geritzt, und ich hielt es für gut, Euern Schleier als Verband anzulegen."

Eine glühende Röthe überflog jetzt ihr Gesicht, und eine peinliche Verlegenheit bemeisterte sich ihrer.

„Erlaubt mir, daß ich Eure Hand untersuche!" bat er, und erröthend reichte sie ihm die schön geformte, blüthenweiße Hand dar.

Fast zitternd nahm sie der Jüngling in die seine und untersuchte sie.

„Gott sei Dank!" sagte er darauf, „ich finde keine Verletzung."

Die Jungfrau sah seine Verlegenheit. Ihr Herz sagte ihr, daß ihre Reize den Jüngling bewegten, und sie selbst nahm es wahr, welch ein wohlgebildeter schöner Mann ihr menschenfreundlicher Retter sei. Jedes weibliche Wesen freut sich seiner Triumphe, und auch die Jungfrau empfand eine leise Freude über die gemachte Bemerkung.

Nach einer kleinen Pause sagte der Jüngling:

„Ueber Euer Roß könnet Ihr gebieten, und ich bin Eurer Befehle gewärtig, wohin ich Euch bringen soll; denn Ihr bedürfet jetzt der Ruhe."

„So bringet mich nach Monceaux en Briel" bat die Jungfrau.

Auf des Jünglings Befehl rüstete der Diener die Pferde.

Er bot der Jungfrau seinen Arm. Sie stützte sich fest auf ihn und wollte mit ihm nach der Landstraße gehen, als das Jagdgetöse sich näherte.

„Laßt uns bleiben," sprach das Fräulein, „denn mir scheint, daß des Königs Jagdgefolge meine Spur entdeckt hat und mich aufsucht."

Bald darauf sprengte wirklich ein Jäger durch das Dickicht. Es war ein reich gekleideter, junger, hagerer Mann. Seine

Stellung war etwas stark vorgebeugt, ein Zeichen einer sehr schwachen Brust. Ein schwarzes, großes, durchdringendes Auge schoß Blitze. Sein Gesicht war gelblich und bleich, sein Haar rabenschwarz. Der Eindruck, den er machte, war keineswegs angenehm.

Er erblickte kaum die Gruppe der Jungfrau und des Jünglings, als er sich vom Pferde schwang, es einem der schnell folgenden Herren überließ, und mit den Worten vor ihnen stand:

„Hast Du Schaden genommen, meine Schwester?" —

„Dankt es Gott und diesem edlen jungen Manne, daß Ihr mich so heiter sehet, mein königlicher Bruder," sprach Margaretha von Valois zu Carl IX. „Außer einer kleinen Verrenkung bin ich glücklicher gewesen, als es zu erwarten stand."

„Du bist also wirklich gestürzt?" fragte weiter der König.

„Soviel weiß ich noch," antwortete Margaretha — „laßt Euch das Uebrige von meinem Retter sagen, der mehr davon weiß, als ich selbst."

Der König wandte jetzt seinen durchdringenden Blick auf den Jüngling, ließ ihn eine Weile auf ihm ruhen, wo er denn von Secunde zu Secunde mehr von seiner starren Härte verlor und freundlicher wurde. — Dann fragte er:

„Wer seid Ihr, junger Mann?"

„Eurer Majestät getreuer Unterthan, Gui be Saint=Flour." —

„be Viole?" fragte rasch Carl, und sein Mund verzog sich auf eine höchst abschreckende Art.

„Eure Majestät nennt den Namen meiner Familie," versetzte Gui.

„Die scheint nicht sehr bedeutend mehr!" sprach mit einem höhnenden Lächeln Carl.

Eine dunkle Röthe des Unwillens flog blitzschnell über Gui's Gesicht. Er richtete sein Haupt empor und sah muthig dem König in's Auge, und sagte dann mit Nachdruck:

„Sie war es einst, mein König und Herr, und ihre Verdienste

nicht Klein um König und Vaterland, und wo man die Namen Montmorenci, Montesquieu, Croi und Rohan nannte, da vergaß man der Viole's nie!" —

Der König sah ihn zornmüthig an. Seine Augenbrauen zog er finster herab, und unheilverkündend blitzte das Auge. — Doch ein Blick Margarethen's, die, ihm nahe tretend, die Hand wie bittend auf seinen Arm legte, — verscheuchte das drohende Unwetter.

„Wenn Ihr auch nichts sonst von Eurem Vater geerbt habt," sprach Carl scharf, „so scheint's doch der Mangel an Achtung und Ehrerbietung in der Nähe Eures Königs zu sein!"

Er drehte sich um und ging dem allmälig sich einfindenden Gefolge entgegen.

Margarethe war bleich. Man sah, es schmerzte sie tief, daß der König so schonungslos gegen den Jüngling war, der ihren wärmsten Dank und — ihr Wohlgefallen sich erworben. Sie sah Gui mit rührender Freundlichkeit an, gleich als wolle sie das harte Benehmen ihres Bruders vergüten.

Aller Augen waren auf den König gerichtet. Margarethe nahm dies wahr und trat Gui näher:

„Vergebt es seinem leidenschaftlichen Gemüthe," flüsterte sie zutraulich. „Nicht jedes Herz ist undankbar. Ihr begleitet uns doch nach Monceaur?" —

Gui wußte nicht, was er thun sollte. Die Bitte war so herzlich — er konnte nicht wohl widerstehen.

„Eurer Bitte widersteht Niemand!" sagte er, sich neigend.

Margarethe erröthete. Sie war der Schmeicheleien gewohnt — aber aus diesem Munde schien sie ihr mehr zu sein.

Allmälig war das ganze Gefolge angelangt. Jeder drängte sich zur Prinzessin — ihr sein Bedauern zu bekunden. Ein dichter Schwarm umgab sie. Gui stand allein.

Der alte Connetable Montmorenci, der sich durch Carls Wunsch hatte bestimmen lassen, Theil an der Jagd zu nehmen, trat nun auch herzu und mit ihm der König. Montmorenci hörte eben von Margarethen die Worte: „Diesem wackern Edelmanne danke ich meine schnelle Herstellung!" indem sie auf Gui deutete, und blickte jetzt auf ihn.

Schnell verließ der alte Held die Prinzessin und trat zu Gui, dem er mit Achtung seine Hand bot:

„Grüß' Euch Gott, junger Held!" sprach er zu ihm. — „Ich freue mich, daß wir uns noch einmal begegnen."

Gui erglühte und neigte sich ehrerbietig vor dem Greise, der ihn mit Wohlgefallen ansah.

„Ihr kennt den jungen Mann, Montmorenci?" fragte neugierig und, wie es schien, seine frühere Härte bereuend, der König.

„Sehr gut," erwiederte Montmorenci. „Zweimal schon hat mir der junge Mann tapfer gegenüber gestanden, bei Rouen und Dreur. Bei Dreur gab ich mein Schwert in seine Hand — und sie war nicht unwerth, das Schwert des Connetables zu empfangen, denn Tapferkeit, Muth und Edelsinn verdient auch am Feind Achtung und Ehre!"

„Wahrlich!" rief plötzlich, wie von einer Rührung ergriffen, der König, „wer so fremdes Verdienst ehrt — auch am Feinde, der verdient dreifach des Ruhmes Lorbeerkrone!"

Und zu Gui wendete er sich freundlicher:

„Ich hoffe, Ihr vergeßt das Frühere und begleitet uns nach Monceaux."

Gui verbeugte sich: „Eurer Majestät Wunsch ist mir Befehl!" sagte er, das bittere Gefühl unterdrückend.

Gui's Diener brachte Margarethens Pferd. Sie schwang sich leicht in den Sattel, lächelte Gui freundlich zu und sprach zum König:

„Gestattet es, mein königlicher Bruder! daß mein Retter an meiner Seite reite?"

„Das ist der Platz, den er verdient," antwortete der König, und winkte Gui, der alsbald sich in den Sattel seines Rappen schwang, und die ehrenvolle Stelle an der Seite der liebreizenden Margaretha einnahm.

Unter Hörnerklang begab sich die Gesellschaft zum Zelte, wo das Mahl ihrer harrte. Gut durfte Margarethe nicht verlassen. Ununterbrochen wechselte sie wohlwollende Worte mit ihm, und es schien, als finde Margarethe den Jüngling aus mehr als einem Grund ihrer Dankbarkeit und ihres Wohlwollens werth, denn ihr Blick ruhte so wohlgefällig auf ihm, und sie suchte, so ungezwungen als möglich, das Gespräch mit ihm zu unterhalten.

„Ihr werdet doch einige Tage in Monceaur weilen?" fragte sie, als die Tafel ihrem Ende nahe war.

„Ihr macht, daß ich mit schwerem Herzen diese Frage verneinen muß," antwortete der Jüngling.

„Hat Eure Reise solche Eile, daß Ihr diesen Wunsch mir abschlagen müßtet?" fragte sie mit herzgewinnender Freundlichkeit.

Gut blickte in das schöne blaue Auge der Prinzessin, und es war ihm, als sei er in einen Zauberkreis von diesem Wesen gebannt.

Ein Seufzer hob seine Brust. — Ein glühendes Roth übergoß seine Wangen. Er fühlte, es koste ihn Ueberwindung — aber heiligere Pflichten lagen ihm ob. Und doch mußte er lügen, um seinen Zweck zu erreichen.

„Vergebt, Prinzessin," sprach er, „daß ich, so wehe es mir thut, Euch dennoch nicht zu Willen sein kann; die heiligste aller Pflichten, die Kindespflicht, ruft mich nach Paris."

„Dann muß mein Wunsch schweigen," sagte Margarethe. „Habt Ihr etwa einen kranken Vater dort?"

„Wollte Gott!" antwortete der Jüngling mit Wehmuth. „Solch ein glücklich Loos ist mir nicht gefallen. Ich stehe allein in der Welt — fremd — ohne Theilnahme!" —

„Sagt das nicht so allgemein!" flüsterte halblaut Margarethe. —

Da durchzuckte ein seltsames Gefühl den Jüngling, und sein Auge traf mit Feuer die Prinzessin, die das ihre niederschlug. —

Der König hob jetzt die Tafel auf. —

„Unsere Jagd war glücklich, den einzigen Unfall unserer theuern Schwester ausgenommen," sagte der König — „und da sie der Ruhe bedarf, so kehren wir nach Monceaur zurück."

Gui hörte das nicht. Ein ihm unbekanntes Gefühl durchbebte ihn bei dem Gedanken an Margarethens Worte, die ihr so unbewacht entfahren waren, daß sie selbst höchst verlegen seinen Anblick mied.

Man brach auf. Gui nahm ungeheißen die Stelle auf Margarethens linker Seite ein. Er bot ihr die Hand beim Aufsteigen — und ein freundlicher Blick des schönen Auges lohnte reich. Kaum aber begriff er wenige Augenblicke später seine Kühnheit. Der Jüngling war ein Gegenstand allgemeiner Neugierde und mitunter des Neides. So mancher junge Mann hatte sich um einen Blick der Huld von der sonst so stolzen Schönheit beworben und vergeblich sich bestrebt, und dieser erhielt so sichtbare Beweise ihrer Huld, ohne daß er sich sonderlich darum zu bewerben schien, und war dazu ein Ketzer! und doch war ihm eine Ehre vom alten Montmorenci widerfahren, die selten einem so jungen Manne wurde.

20.

Die sich schon neigende Sonne begrüßte eben das Schloß Monceaur über die Waldwipfel herüber, als sich die Jagdgesellschaft dem Schlosse näherte. Der Hörner froher Schall rief Katharina auf den Balcon. Fernher grüßte schon Margarethe und der König. Katharina ging ihnen bis zum Portal entgegen. Heiter hüpfte ihr Margarethe entgegen.

„Bald hättet Ihr mich lebendig nicht mehr geschaut," sprach sie lächelnd zur Mutter. „Denkt nur, mein Araber warf mich ab."

Die Mutter forschte ängstlich, ob sie Schaden gelitten.

„Beruhigt Euch," — sagte sie zu Katharinen, „es fehlt mir nichts. Ein junger Edelmann wurde mein Retter!"

Sie rief nun laut: „Herr de Biole!"

Bescheiden trat Gui hervor.

„Seht, theure Mutter, hier meinen Retter, Ihr dankt ihm gewiß für das, was er an Eurem Kinde that!"

Ein freudiger Schreden durchbebte Katharinen, als Margarethe den Namen des Jünglings aussprach. Das war ja der Vertraute Coligni's, der so unvermuthet in ihrer Gewalt war. Schnell übersah ihr Scharfsinn die Vortheile, die ihr aus diesem Umstand erwachsen konnten. Jetzt galt es, den Jüngling zu gewinnen.

Alle ihre Freundlichkeit bot sie auf, ihm zu danken. An ihrer Hand mußte Gui die Treppe hinaufsteigen und dort an ihrer Seite niedersitzen.

Margarethens Antlitz strahlte die Freude über diese Behandlung Gui's zurück, die ihr Herz empfand. Sie ahnte nicht die Arglist, die hinter dieser Freundlichkeit lauerte.

Katharinen mußte Gui Alles auf's Genaueste berichten. Unvermerkt kam sie auf den Zweck seiner Reise. Verlegen wiederholte Gui noch einmal die Unwahrheit, die er Margarethen gesagt. Katharinen entging diese Verlegenheit nicht, und ihr Argwohn hatte neue Nahrung. Sie wußte, daß du Plessis-Mornai in der Picardie warb. Sie witterte bald den Zusammenhang, und ob sie gleich keine Gewißheit hatte, so war doch eine lebhafte Vermuthung in ihr rege, Gui müsse Briefschaften bei sich tragen, die für sie von Wichtigkeit seien.

Margarethe mußte den dringenden Bitten nachgeben und sich in ihre Gemächer zurückziehen, so ungern sie es that, da ihr Herz sie an die Nähe von Gui zu fesseln begann. Sie bat ihm vorher, wenn er durchaus morgen Monceaux verlassen müsse, ja nicht zu frühe sich zu entfernen. Gui versprach's, und so begab sie sich hinweg, in dem Scheideblick allen Zauberreiz ihrer Freundlichkeit vereinigend. Lange indessen floh der Schlaf das jungfräuliche Lager. Gui's Bild umschwebte sie, und es wand sich in alle süßen Bilder des Traums — als der Schlaf endlich sie besiegte.

Ehe man zur Abendtafel sich begab, zog sich die Königin auf eine kurze Zeit zurück, die Gui im Gespräche mit dem Connetable, der ihn noch immer ehrenvoll auszeichnete, hinbrachte.

Kaum war Katharina in ihrem Gemach angelangt, als sie ein geheimes Gefach aus einem Schranke herauszog, ein weißes Pulver zurecht legte, und dann eine ihrer vertrautesten Hofdamen, die Frau von Martignac, zu sich beschied, von der sie wußte, daß sie selbst ein Verbrechen zu begehen bereit sein würde, wenn es Katharina verlange.

— „Ohne Zweifel wißt Ihr," redete sie die Eintretende an, „was sich mit Margarethe und dem jungen de Viole zutrug?" —

Die Martignac bejahte.

„So wisset, daß dieser junge Mensch der Vertraute Coligni's ist, daß er geheime Papiere bei sich trägt, die zu erhalten für mich von dem größten Vortheile sein wird. Mischt ihm das Pulver geschickt in seinen Wein. Es ist ein betäubendes, doch unschädliches Mittel. Er wird dann ungemein fest schlafen, und es wird dann leicht sein, ihm die Papiere zu entwenden."

Die Martignac war willig zu diesem Bubenstück. Sie nahm das Pulver und entfernte sich schnell, die günstige Gelegenheit wahrzunehmen.

Die Tafel begann. Gui fühlte sich bei weitem behaglicher in diesem Kreis, als er es sich gedacht hatte; denn nicht die entfernteste Andeutung über religiöse Gegenstände wie über die politischen ließ man fallen; vielmehr flog heiterer Scherz umher, und fröhliche, leichte Unterhaltung vergnügte Alle.

Seltsam aber war es Gui, daß er gegen das Ende der Tafel eine so unbezwingliche Neigung zum Schlafe fühlte, daß er kaum das Ende erwarten konnte.

Katharina sah triumphirend die Wirkung ihres Mittelchens.

Gui begab sich sogleich zur Ruhe, und kaum war er in seinem Gemach, als er auch so heftig vom Schlaf überfallen wurde, daß er sich, ohne sich auszukleiden, auf das Bett warf.

Er mochte etwa eine Stunde geschlafen haben, da öffnete sich leise eine geheime Tapetenthür, und ein Mann schlich vorsichtigen Trittes herein. Er nahte sich dem Bett. Noch war die Kerze im Brande, die Gui nicht einmal zu löschen vermocht. Der Mann untersuchte nun Alles an ihm genau, fand aber nichts; endlich entdeckte er eine mit einer Schnur am Halse befestigte seidene Tasche. Darin waren Schriften. Diese nahm er heraus, steckte unbeschriebenes Papier hinein, schloß sie und knöpfte das Kleid wieder zu. Darauf entfernte er sich wieder eben so leise, und brachte Katharinen die Schriften, ihr berichtend, wie und wo er sie gefunden.

Die Königin lohnte reich das Bubenstück. Der Mensch entfernte sich, und sie setzte sich zu der Kerze und las. Aber mit jedem Athemzuge wurde ihr Auge glühender, ihr Gesicht blässer. Fast stockte ihr Athem. Als sie die Schriften gelesen, warf sie sie wüthend auf den Tisch und schritt heftig auf und nieder. Bald aber legte sich ihre Wuth und Freude nahm ihre Stelle ein.

„So hätte ich also die Falle ergriffen, worin Ihr uns fangen wolltet!" rief sie triumphirend. „Das wird Euch nicht gelingen!"

— „Aber welche Schändlichkeit!" rief sie nach einer Weile wieder. —

Sie klingelte nun.

„Ruft mir Acevedo!" sprach sie zur Hofdame, „und sagt einem Herrn, er solle dem Könige melden, ich müsse ihn noch sprechen diese Nacht!"

Nach einigen Augenblicken kam Acevedo.

„Ihr habt mir Wahrheit gesagt, Meister," sprach die Königin, „eine ungeheure Gefahr drohte dem König und mir — die Hugenotten wollten uns heimlich hier aufheben."

Acevedo sah sie zweifelnd an. „Woher wißt Ihr das so sicher?" —

„Ist Euch denn das Ereigniß von heute so unbekannt? — Margarethe von Valois stürzte im Wald. Ein junger Edelmann ritt nahe vorüber, sah das reiterlose Pferd und rettete sie. Und wer, meint Ihr wohl, daß dieser sei?" —

„Ich kenne zu wenig die bedeutenden Leute der Hugenotten!" sagte Acevedo.

„Der Vertraute Coligni's," fuhr eifrig und freudig die Königin fort — „Gui de Saint-Flour — der Sohn jenes verruchten Ketzers de Viole." —

Ein heftiger Schrecken durchfuhr Acevedo. Er zitterte. Zum Glück fiel der Schatten des Schirmes von Katharinens Kerze auf ihn, und sie gewahrte es nicht und fuhr fort: „Mir ahnte, daß er im Auftrage Coligni's nach der Picardie ziehe, wo du Plessis-Mornai ist, und daß er Schriften von Wichtigkeit mit sich führe. Die Martignac mischte einen Schlaftrunk in seinen Becher, und so wurde es mir leicht, ihm die Schriften mit leeren Papieren verwechseln zu lassen. Denkt Euch nur, es sind eigenhändige Briefe Coligni's und Conbé's, worin sie du Plessis von dem Plan unterrichten, den Hof in der Stille zu Monceaux aufzuheben, und ihn dann zu Allem zu zwingen, was sie wünschten!"

Acevedo faltete seine Hände und sagte mit bebender Stimme, obgleich nur mit dem Gedanken an Gui: „Es ist entsetzlich! Weiß es der König schon?"

„Nein," versetzte Katharina, „ich wollte mich erst mit Euch berathen."

„Meiner Meinung nach," entgegnete Acevedo, „ist nichts Klügeres zu thun, als morgen in der Stille eine Abtheilung oder alle Schweizer des Obersten Pfyffer nach Monceaux zu ziehen, und unter ihrem Schutze nach Paris zurückzukehren."

„Das wird aber," versetzte die Königin, „noch mehrere Tage erfordern." —

„Ihr sagt ja selbst, daß Saint-Flour in Euren Händen ist — er kann also auch unmöglich die Kunde zu du Plessis bringen — und es scheint mir, daß sie ohne diesen nichts unternehmen wollen."

„Gut," sprach Katharina zum Fenster tretend, „geht jetzt wieder zu Euren Beobachtungen, denn der Himmel ist hell und klar."

„Ihr habt mich darinnen eben gestört" — sagte Acevedo.

„Geht nur," versetzte sie, „Ihr sollt heute nicht wieder gestört werden."

Acevedo entfernte sich; aber er ging hinab in das Souterrain des Schlosses, wo er Gui's Diener bei einer Flasche Weines eingeschlummert fand.

Er weckte ihn und zog ihn bei Seite.

„Deinem Herrn droht große Gefahr," sprach er heimlich, „könntest Du Eure Pferde, ohne Aufsehen, etwa einige hundert Schritt vom Schlosse hinbringen und sie schnell zur Flucht bereiten?" —

Der Diener sah erschrocken den Astrologen an. „Das ließe sich thun, wenn es Noth hat — denn die Ställe liegen entfernt und die Knechte sind trunken."

„Aber wie würdest Du sie ohne Geräusch herausbringen?"

„Dafür laßt mich sorgen," antwortete der Diener, „ich um=wickle die Hufe, so geht es."

„So eile," befahl Acevedo, „in einer halben Stunde bringe ich Deinen Herrn."

„Wohin denn?" fragte der Diener.

Acevedo bestimmte den Ort und ging wieder unbemerkt hinauf in sein Gemach.

„Gabriele," sprach er da, „wir haben ein wichtiges Werk zu verrichten. Ein hugenottischer Jüngling ist im Schlosse, dem Todes=gefahr droht. — Er muß gerettet sein. Man hat wichtige Papiere bei ihm gefunden!"

„Wie heißt er?" fragte mit bangen Gefühlen das Mädchen. —

„Gui Rabaud," erwiederte Acevedo, „er ist Coligni's Vertrauter!"

Gabriele wankte. Ein tödtlicher Schrecken ergriff sie.

„Was ist Dir?" fragte innigst bewegt der Greis.

„Ach," stotterte sie; „es ist der Sohn — des Mannes, der einst meines Vaters Wohlthäter wurde; er selbst rettete uns einst von dem Tode!"

„Dann danke Gott, daß er Dir Gelegenheit gibt, zu vergelten!" sagte Acevedo. „Doch laß uns eilen. Rüste die Blendlaterne — hülle Dich in einen Mantel und komm!"

Er selbst ergriff einen weiten Mantel für sich und ein Gebund Schlüssel, und so folgte das zitternde Mädchen dem Manne.

Sie kamen an Gui's Gemach. Es war Alles in diesem Hintertheile des Schlosses todt und still, wie im Grab. Acevedo löschte die Lichter aus, die auf den Gängen brannten. Er öffnete des Jünglings Thüre. Noch lag er unausgekleidet in tiefem, bewußtlosem Schlafe.

Gabriele leuchtete ihm in's Antlitz. „Ja, er ist's!" sprach sie leise, und betete dann: „Herr, laß es wohl gelingen!"

Acevedo rüttelte den Schlafenden leise, dann heftiger. Vergebens. — Er erwachte nicht.

„Großer Gott!" rief er dann halblaut, „der Schlaftrank ist stark. Wie wird das werden!" — Doch besann er sich nicht lange — er faßte den Schlafenden; auf seine Schultern lud er ihn, und so schritt er vorsichtig mit seiner theuern Last dem bebenden Mädchen nach. — Sie waren bald über die Gänge und gewannen nun die Treppe nach dem Garten. Eilenden Schrittes gingen sie durch die verschlungenen Wege des Gartens. Jenseit der Gartenpforte wartete der Diener mit den Pferden; aber ein neues Hinderniß stellte sich ihnen hier dar. Wie sollten sie den noch immer Betäubten fortbringen? —

Acevedo versuchte auf's Neue, ihn zu wecken. Erst als er ihn mit kaltem Wasser besprengte — erwachte er. Gabriele hüllte sich tief in ihren Mantel. Ihr Herz pochte hörbar, und die Hand vermochte kaum die Laterne zu halten.

„Ihr seid in großer Gefahr," sprach jetzt eifrig Acevedo, „flieht, so schnell Ihr könnt, nach Chatillon zurück, und sagt Coligni, der Plan, den Hof aufzuheben, sei verrathen! Wie das zuging, werdet Ihr finden. Man hatte Euch einen Schlaftrunk gegeben. In einigen Tagen bricht der Hof nach Paris auf. Eilt jetzt, so schnell Ihr könnt. Trinkt dies, setzte er noch hinzu," indem er ihm eine kleine Phiole reichte, „es wird Euch munter erhalten."

Gui drückte dankbar seine Hand, schwang sich auf sein Roß, und bald waren sie im Walde verschwunden.

Acevedo hatte noch nicht lange das Gemach der Königin verlassen, als sie sich zu ihrem Sohne, dem Könige begab, der sie mit Sehnsucht erwartete. Sie legte ihm die erbeuteten Papiere vor.

Sein Zustand grenzte an wahnsinnige Wuth, als er sie gelesen. Er schwur Tod und Verderben allen Ketzern. Katharina ließ diese Stimmung nicht vorübergehen, ohne sie gehörig auf den Punkt zu leiten, den sie mit Anjou besprochen. Doch hatte sie den Muth noch nicht, mit dem ganzen höllischen Plane hervorzutreten, fürchtend, es möge sich in Carls Brust, durch die allzu große Verworfenheit desselben, das Gegentheil erzeugen von dem, was sie wünschte.

Carl wollte Gui de Saint-Flour sogleich ergreifen und in Fesseln schlagen lassen. Er war um so ergrimmter gegen ihn, da er sich noch der Kühnheit erinnerte, welche Gui gegen ihn bewiesen.

„Dazu ist morgen noch eben wohl Zeit," sprach die Königin, „er liegt noch in halb bewußtlosem Schlafe, denn ich ließ ihm einen Schlaftrunk reichen, und gelangte auf diese Weise zu den Schriften."

„Er soll schrecklich bestraft werden!" rief Carl.

„Laßt uns von Anderm reden, mein Sohn," nahm Katharina das Wort: „Was denkst Du von unserer Abreise?" —

„Je eher, je sicherer und besser," meinte der König.

Katharina entwickelte ihm Acevedo's Plan, den sie natürlich als die Frucht eignen Denkens darstellte.

Carl gab ihm Beifall.

Noch vieles wurde nun über die vergebliche und unzeitige Milde gegen die Ketzer gesprochen. Katharina schien leise auf l'Hopital zu deuten, als den Urheber dieser milden Gesinnungen und Maßregeln. Ueber l'Hopital's eigene religiöse Denkart ließ sie einigen Zweifel blicken. Carl achtete den trefflichen Mann hoch; allein er wußte zu gut, daß l'Hopital allerdings immer für Milde stimmte, und schon manches drohende Unwetter von den Häuptern der Hugenotten abgeleitet, als daß nicht diese Andeutungen in seinem so leicht erregbaren Gemüthe den Argwohn gegen den Kanzler hätten erregen sollen; jedoch ließ er sich jetzt nicht weiter darauf ein, und die Königin-Mutter verließ ihn — aber sie sandte diese Nacht noch Eilboten an Pfyffer.

In der Frühe des kommenden Morgens traten bewaffnete Gardes-du-Corps vor Gui's Gemach. Die Königin hatte es, nach ihrer Rückkehr von dem Könige, von Außen sorgfältig verschließen lassen. Es wurde jetzt geöffnet, und — es war leer.

Katharina wurde der unerwartete Vorfall sogleich gemeldet. Sie erschrack heftig und eilte selbst, sich von der Wahrheit der Sache zu überzeugen. — Der König war außer sich, und gab seiner Mutter allein die Schuld des Mißglückens. Das ganze Schloß wurde durchsucht. Nirgends entdeckte man eine Spur. Die Reit-knechte wurde vernommen — ihnen war es unbegreiflich, wie Gui's Rosse hatten entkommen können. Von ihrem Rausche, der Folge eines Bacchanal's, schwiegen sie weislich.

Katharinens stiller Verdacht fiel auf Acevedo; allein sie wagte nicht, ihn laut werden zu lassen. Sie brauchte den Astrologen zu nothwendig, darum mochte sie auch nicht einmal den Schein eines Verdachts auf ihn laden. Sie wollte ihn prüfen, und ließ ihn zu sich bescheiden.

Acevedo erschien.

Sie suchte fein und listig ihn zu fangen, aber ihr Bemühen blieb fruchtlos. Die vollkommenste Ruhe zeigte er, und sein Auge blickte so frei, so sicher auf sie, daß sie den gehegten Argwohn wieder aufgab. — Sie fragte ihn nach seinen Beobachtungen in letzter Nacht.

„Sie waren sehr begünstigt durch den klaren Himmel," versetzte der Meister.

„Was wisset Ihr mir davon zu sagen?" fragte sie.

„Ihr werdet glücklich Paris erreichen" — versetzte er, „aber was ich Euch gestern gesagt, schrecklicher noch bot es sich mir von Neuem dar."

Davon wollte die Königin nichts weiter hören, und so verließ er sie.

Auf Niemanden wirkte Gui's Flucht schmerzlicher, als auf Margarethen von Valois. Sie konnte es kaum erwarten, ihn wiederzusehen, und ihre Seele nahm sein Bild ein. Das gestand sie sich selbst — nie habe ein Jüngling ihr Herz in dem Grade bewegt, als Gui — und nun wurde ihr die seltsame, sie erschüt= ternde Kunde. Eine Thräne zerdrückte sie im Auge, als sie seine Flucht vernahm. Ihre Wangen blieben mehrere Tage hindurch bleich. — Doch ihr Leichtsinn vergaß bald das schöne Bild wieder, sich anderen flüchtigen Eindrücken öffnend.

<hr>

21.

Es lag eine finstere Nacht über der Umgegend von Chatillon. Der Wind pfiff kalt über die Felder und in Massen stürzte der Regen herab. In dem Schlosse des Admirals Coligni war ein reges Leben. Die hohen Fenster des großen Saales, der in der Mitte des Gebäudes lag, waren erhellt, und man sah von Außen sich viele Gestalten bewegen. Viele der Häupter der Hugenotten waren darin bei Coligni, denn immer näher kam der Plan des Feldzugs zur Reife.

Da trabten in diesem entsetzlichen Wetter zwei Reiter in den Hof des Schlosses, und bald wurde Coligni gemeldet, Gui de Saint-Flour wünsche ihn zu sprechen.

„Da ist ein Unglück vorgefallen!" rief Coligni, und eilte ihm entgegen und führte den durchnäßten Jüngling in sein Gemach. Hier erst betrachtete Coligni das bleiche Gesicht, das vor ihm stand, und die fast gebeugte Gestalt, die sonst so stolz aufgerichtet dazustehen pflegte.

„Was ist Euch begegnet?" fragte mit aufrichtiger Theilnahme der Admiral. „Ihr seht sehr bleich. — Ihr waret unmöglich bei Plessis noch?" —

„Ich war in Monceaur!" erwiederte mit kalter Verzweiflung der Jüngling.

„In Monceaur — Ihr?" fragte mit neuem Erschrecken der Admiral. „Und die Papiere?" —

„Hört mich ruhig an, gnädiger Herr," sprach Gui — „dann richtet, dann — entzieht mir Euer Vertrauen, wenn ich es nicht mehr verdiene, und laßt mich als einen Verräther erschießen." —

Coligni faßte ihn bei beiden Schultern und sah ihm in's Auge. — „Junger Mensch!" rief er aus, „seid Ihr wahnsinnig geworden? — Redet deutlicher, ich ahne Entsetzliches."

Gui erzählte seine Begebenheiten bei Monceaur — im Schlosse selbst; erzählte von dem Schlaftrunke, von seiner Rettung durch Acevedo, der sicher genauer über die Sache unterrichtet sein müsse, und nun sprach er die schändliche Verletzung des Gastrechts an ihm, die Entwendung der Papiere aus.

Gui rechnete auf einen wilden Ausbruch des Zornes bei Coligni, auf ein hartes Urtheil, wenigstens auf Entziehung seines Vertrauens, seiner Achtung. —

Coligni stand eine Weile mit verschränkten Armen vor ihm.

„Ich bin schuldig," sprach er zu ihm — „richtet mich, auch

die härteste Strafe will ich tragen — nur — verachtet mich nicht!" —

Coligni lächelte wohlwollend. „Nun, mein Sohn," sprach er — endlich ruhig, „nicht Du trägst allein die Schuld. — Zwar Du hättest genauer Dich erkundigen sollen — allein wer ahnte solche Verworfenheit? Du thatest, was Du Dir als Mann zu thun, und als Edelmann doppelt zu thun schuldig warst, und mich freut die Ehre, die Dir Montmorenci erwies — sie hebt Dich hoch empor. Es sollte so sein," fuhr er fort. „Es war der Wille des Himmels. Nimm hier meine Hand zur Versicherung, daß Du dadurch nichts in meiner Achtung, nichts in meinem Vertrauen einbüßest."

Da ergriff der Jüngling des großen Mannes Hand und drückte sie an seine Lippen, und eine heiße Thräne träufelte darauf herab. Reden konnte Gui nicht, sein Herz war viel zu sehr ergriffen.

„Jetzt kleidet Euch um," sprach der Admiral, dann tretet heitern Muthes vor die Männer, die ich bei mir zu sehen die Freude habe, und Ihr werdet keine Mißbilligung in ihren Blicken sehen."

Mit einem freundlichen Nicken des Hauptes verließ ihn der Admiral und trat in den Kreis der neugierigen Freunde.

Er theilte ihnen das Ereigniß zu Monceaur mit. Allgemeiner Unwille über die Schändlichkeit und Undankbarkeit dieses Verfahrens, aber durchaus kein Tadel des Jünglings. Im Gegentheil wünschte Jeder aus seinem Munde den Hergang zu vernehmen. Er trat nun endlich leichtern Herzens unter sie, und als er die allgemeine Theilnahme sah, da wurde sein Gemüth wieder frei und heiter. Nach kurzer Berathung eilten, trotz der schrecklichen Nacht, einige der jüngeren Herren von bannen, um die Verhaltungsbefehle zu überbringen, und einer begab sich nach Vallery zu Condé, ihn vom Hergang in Kenntniß zu setzen.

Frankreich hatte seit dem letzten Vertrag einen Anschein von Ruhe gehabt, aber ruhig wandelten die Sorglosen über dem brennenden Vulkan. Kaum war die Nachricht von dem verrathenen

Plane, den Hof in Monceaux aufzuheben, unter den Protestanten bekannt, als auch mit einem Mal alle Heerstraßen Frankreichs von Bewaffneten wimmelten. Es waren Edelleute mit ihren Dienern und Vasallen, die nach Vallery und Chatillon eilten, die Macht ihrer unglücklichen Brüder zu vermehren.

Der Hof vernahm diese Kunde und erschrack. Er verließ schnell Monceaux und eilte nach Meaur. So sehr sich auch der edle l'Hopital dem Plane widersetzt hatte, die Schweizer nach Meaur kommen zu lassen, um nicht zuerst die Fackel des Krieges zu schwingen, so geschah es doch, und sie erschienen Abends nach einem angestrengten Marsch am Ende Septembers in Meaur. Um Mitternacht brach in Eile der Hof auf, denn es war Kunde gekommen, daß Condé mit Bewaffneten sich habe in der Nähe blicken lassen. Bald bestätigte sich diese Botschaft als Wahrheit. Condé erschien bald mit seiner Reiterei, und schien zum Angriff des Hofes bereit, der sich in der Mitte der Schweizer befand, die ein Viereck geschlossen hatten und sich so langsam fortbewegten.

Kaum erblickte man Condé's Reiterei, als man Halt machte und sich zum Kampfe bereitete, der unausbleiblich schien. Condé's Reiterei theilte sich in drei Haufen, deren einen er selbst, den andern der Herr von Andelot, des Admirals Bruder, und den dritten der heldenkühne Larochefoucault befehligte. Sie schwärmten unaufhörlich um den Zug herum, eine günstige Gelegenheit zum Angriff erwartend; kleine Scharmützel fielen vor, aber zu einem Kampfe kam es nicht.

König Carl war in unaussprechlichem Grimm. Er wollte sich durchaus nicht abhalten lassen, die Ketzer anzugreifen, und die Königin-Mutter und Montmorenci mußten Alles aufbieten, ihn zu besänftigen. So kam die Nacht, und noch war Paris ziemlich entfernt.

Durch die immerwährende Erwartung eines Angriffs war die Bewegung des Zuges sehr gehemmt worden.

Man bestürmte den König mit Bitten, unter dem Schutze der

Nacht den Schweizern voraus nach Paris zu eilen, weil er so sicherer dort eintreffen würde.

Hier fand man in Carls Ehrgeiz ein heftiges Hinderniß. „Es ist Flucht," sprach er, „feige Flucht, und Frankreichs Könige dürfen nicht fliehen!"

Alle aber bestürmten ihn mit ihren Bitten, stellten die Gefahr ihm riesengroß dar, und da endlich, als man ihm die Nothwendig=keit in's Licht setzte, sich für Frankreichs Wohl zu erhalten, als der tapfere Nemours selbst bat, sich ihm anzuvertrauen, gab Carl nach, und so ging der Hof unter einer kleinen Bedeckung, die Nemours befehligte, von den Schweizern ab, denen die Hugenotten, je näher sie Paris kamen, desto mehr zusetzten. Der Hof erreichte unter dem Schutze der Nacht glücklich Paris.

Unerwartet schnell standen die Hugenotten vor Paris. Muthig und kühn, wie immer, benahmen sie sich auch hier. Mit großer Umsicht schloß Condé Paris ein. Ihre Absichten gingen dahin, ohne Blutvergießen den König zu nöthigen, ihnen freie Religions=übung zu gewähren. Katharina, die Schlaue, nahm ihre Zuflucht zu Unterhandlungen, die jedoch nicht zu Stande kamen, um so weniger, da die Vorschläge der Protestanten überspannt, und ihre Beschwerden in beleidigenden Ausdrücken abgefaßt waren — wenig=stens nach den Ansichten des Hofes. — Der König sandte einen Herold nach Saint=Denys, der die Häupter der Hugenotten zur Unterwerfung auffordern, und, im Weigerungsfalle ihnen die härtesten Strafen drohen sollte. Sie antworteten muthig und fest, und machten ihre alte Forderung auf's Neue. Eine Ausgleichung war unmöglich, und der zaudernde Connetable Montmorenci rückte Condé bei Saint=Denys entgegen. Obgleich das Heer der Huge=notten sehr im Nachtheile stand gegen das königliche, da es an Zahl viel geringer war als jenes, und dabei noch alles Geschützes ermangelte, so stellte es sich doch muthig entgegen; und in den Tagen des kalten Novembers wurde bei Saint=Denys eine Schlacht geliefert, die, obwohl sie den Hugenotten den Sieg nicht, doch aber einen Ruhm unerschütterlicher Tapferkeit brachte. Sie war die letzte, die Montmorenci kämpfte — er fiel, der alte Held, im achtzigsten Jahre seines thatenreichen Lebens.

Katharina konnte nun frei aufathmen. Sie waren nun alle gefallen, die Männer, die sie einst fürchtete und fürchten mußte, und Heinrich von Anjou, der erbittertste Feind des Protestantismus, sah sich am Ziele seiner Wünsche — Katharina erhob ihn zum Generalstatthalter des Reichs, und gab ihm den Oberbefehl über das Heer, unter Cossé's, Aumale's und Tavannes' Mitwirkung.

Hoch klopfte Heinrichs Herz. Die Bahn des Ruhmes war ihm nun geöffnet, und er brannte vor Begierde, seinen Muth an den Protestanten kühlen zu können.

Das Heer dieser war durch Johann Casimir's von der Pfalz Hülfsvölker jetzt bedeutend angewachsen. Von Lothringens Grenzen, wohin sie sich nach der unglücklichen Schlacht bei Saint=Denys zurückgezogen hatten, rückten sie in Frankreich ein und begannen die Belagerung von Chartres. Paris und der Hof zitterte, und man sah sie schon im Geiste vor den Thoren der Hauptstadt. Zu ihrem alten Hülfsmittel, das sich so oft bewährte, nahm Katharina auch jetzt wieder ihre Zuflucht. Sie eröffnete ihre Unterhandlungen, die bald zum Frieden führten; diesen Frieden, der zu Longjumeau zu Stande kam, nannte man den „kleinen Frieden," weil er kaum ein halbes Jahr dauerte.

Coligni war sehr mißvergnügt mit diesem unreifen, unzeitigen Frieden. Er zog sich nach Chatillon zurück und mit ihm Gui de Saint=Flour, der ihn in allen den bisherigen Kämpfen treu, wie sein Schatten, begleitet hatte.

Was Coligni befürchtete, traf ein. Es war, wie mit allen Friedensschlüssen, auch mit diesem nicht Ernst. Kaum war das hugenottische Heer auseinander gegangen, als auch schon wieder die gräßlichsten Verfolgungen über die Protestanten ergingen. Im Laufe eines Vierteljahres wurden an verschiedenen Orten an zwei tausend der friedlichsten Protestanten auf's Grausamste durch Feuer und Schwert hingerichtet. Und der Hof wußte es, duldete es, freute sich und schwieg. Auf's Tiefste empörte dies Verfahren Coligni. Er sah seine Vermuthungen gerechtfertigt, und machte Condé heftige Vorwürfe wegen seiner Leichtgläubigkeit. Bald aber sollte Condé selbst Erfahrungen machen, die ihn selbst zur Reue führten.

22.

Es war am 18. März 1568, als in aller Frühe der Admiral Coligni mit seiner Familie die Reise nach Noyers antrat, dem Prinzen Condé daselbst einen freundschaftlichen Besuch abzustatten. Gui de Viole, der die Stelle eines Adjutanten bei Coligni versah, war diesmal nicht in der Nähe des von ihm hochverehrten Helden — da eine Unpäßlichkeit ihn in Chatillon zurück hielt. Sich allein überlassen — gab sich der Jüngling ernsten Betrachtungen über die jüngste Vergangenheit hin. Jene Vorgänge in Monceaur en Brie schienen ihm schnell vorübergehende Traumbilder gewesen zu sein — und wirklich hatten sie durch die Schnelle und das seltsame Zusammentreffen der Ereignisse, der Gefahr und Rettung durch den, ihm von dem ersten Zusammentreffen bei Coligni noch erinnerlichen, ihn damals schon so unbegreiflich anziehenden, in seinem Wesen so seltsamen Astrologen — etwas Traumartiges und Wunderbares. Nur Eins hatte er sich dabei vorzuwerfen, jenes augenblickliche Wohlgefallen, jenes Aufblitzen einer Neigung zu der schönen Margaretha von Valois. Ihm erschien es als Untreue gegen Gabrielen. Er fühlte sich dadurch erniedrigt. Sein Gemüth war in sich selbst zerfallen, und eine tiefgefühlte Scham drückte ihn nieder. Gabrielens Bild trat in seiner himmlischen Reinheit und Unschuld wieder vor seine Seele, und er bat es um Vergebung ob der augenblicklichen Verirrung. — Doch — wo war sie? Lebte sie noch, und wie und wo? Ach, er hatte ja nichts gethan für sie, nichts, sie aufzufinden! Heftige Vorwürfe machte er sich. Er ertrug biefen Seelenzuftand nicht. Sein Entfchluß war fchnell gefaßt, er wollte nach Paris — obwohl heimlich — er wollte zu Acevedo feine Zuflucht nehmen, und vereint mit dem Greife, der fo wohlwollend ihm fchon einigemal nahe getreten — mit Hülfe feiner Kunft die Geliebte auffuchen, ehe denn wieder auf's Neue des Krieges Fackel loberte, wie der Admiral glaubte. Was biefen Gedanken in ihm noch mehr beftärkte, war die gewiffe Kunde, daß Abelma's Horde in der Nähe fei. Die Alte wollte er auffuchen, und mit Hülfe derfelben unentdeckt nach Paris kommen, da er es öffentlich nicht durfte; denn der Admiral wußte aus ficherer Quelle, daß ihm dort Tod und Verderben drohte — und das hatte er ihm gefagt.

Gui fetzte fich fchnell und fchrieb an den Admiral mit der Offenheit und dem Vertrauen des Sohnes an den Vater. Er legte ihm klar fein Verhältniß zu Gabrielen an den Tag, was er mündlich nicht würde gekonnt haben. Er bat ihn bringend, ja nicht feine Unpäßlichkeit als einen Vorwand anzufehen, da vielmehr erft das Alleinfein und das ftille Nachdenken über fich felbft ihn an feine Pflicht gemahnt und die Sehnfucht feines Herzens auf's Lebhaftefte geweckt habe, der er nicht länger widerftehen könne. Zuletzt fprach er die Hoffnung aus, durch Acevedo vielleicht manches wichtige Ergebniß der Politik des Hofes erfahren zu können, und verfprach in der kürzeften Zeitfrift zurückzukehren.

Ein Eilbote brachte dem Admiral biefe Zeilen, und Gui, im Voraus von der Gewährung feiner Bitte überzeugt, befahl feinem Diener, fein Roß zu fatteln. Noch war es nicht Mittag, als Gui fchon, den Weg von Chatillon nach Paris einfchlagend, mit Windeseile dahin flog. Die Stimme feines Herzens fprach jetzt fo ftark, fo lebhaft, daß die Schnelle, womit fein Roß dahin eilte, ihm zu langfam bünkte. Als er in die Gegend kam, wo er die Horde Abelma's vermuthete, fragte er jeden Vorübergehenden nach ihr. Endlich wies man ihm einen weithin fich ausdehnenden Wald —

als den momentanen Wohnort des wandernden Völkchens, und dahin richtete er seinen Weg.

Er war noch nicht weit in den Wald hinein geritten, da vertrat ihm schon ein baumstarker Zigeuner den Weg, indem er kaltblütig seine Flinte spannte.

„Wo ist Abelma, Eure Aeltermutter?" fragte er ihn heftig.

„Kennt Ihr die?" fragte mißtrauisch darauf dieser. „Was wollt Ihr bei ihr?" —

„Schweig!" donnerte ihm der Jüngling zu. — „Wo ist sie?",

Der Zigeuner setzte erschrocken das Gewehr zum Fuß und sagte kleinlaut: „Wendet Euch dorthin und reitet in stets gerader Richtung fort, so könnt Ihr nicht fehlen."

Ohne sich nach ihm umzusehen, warf Gui sein Pferd herum und jagte dahin, wohin ihn der Zigeuner gewiesen.

Wirklich sah er nach kurzer Frist einen Haufen Zelte auf einem freien Raume des Waldes, und sein scharfes Auge erkannte sogleich die alte Abelma, wie sie auf einem Polster saß mitten im Kreise jüngerer Frauen und Mädchen.

Staunend blickten Alle den schmucken Reiter an. Abelma erkannte ihn und streckte ihre gelbe, dürre Hand nach ihm aus.

„Hast Du Dich verirrt, oder suchst Du endlich einmal die Menschen auf, die es wohl mit Dir meinen?" rief sie ihm entgegen.

„Ich suche Euch!" antwortete Gui.

„Dann sei mir dreimal gesegnet!" rief sie, und eine ungetrübte Heiterkeit flog über die schroffen Züge ihres abschreckenden Gesichtes.

„Was suchst Du denn bei mir, mein Sohn?" fragte sie zutraulich.

Gui blickte im Kreise der sie noch gaffend umstehenden Weiber und Mädchen umher. — Abelma verstand ihn.

„Geht Kinder," sagte sie, „laßt mich mit ihm allein."

Gehorsam zogen sie sich zurück. Gui band sein Pferd an und setzte sich dann zu der freundlichen Alten.

„Du hast mir einen sauern Gang erspart," hob sie an, „und ich danke es Dir; denn zwischen heute und dem Vollmonde, der in zwei Tagen eintritt, mußte ich Dich in Chatillon sprechen."

„Wußtet Ihr denn, daß ich dort war?" fragte er erstaunt.

„Mein Auge begleitet Dich allerwegen mit treuer Sorgfalt — Du entgehst ihm nicht. Nur einmal kam ich zu spät, Dich zu warnen — Du warst schon in Monceaur en Brie — schon im Garn einer Schlange und — einer Buhlerin." —

„Einer Buhlerin?" fragte Gui mit Staunen. „Wen nennt Ihr so?"

„Margarethen von Valois, die stolze Schönheit, die so leicht besiegbar ist, wenn das Geheimniß ihre Wege einhüllt. — — Doch laß das, wie ging es Dir in Monceaur, und wie entkamst Du der Gefahr?"

„Kanntet Ihr sie?"

„Ich wußte, warum Du nach der Picardie gingst — ich vermuthete es wenigstens, und ahnete, wie man mit Dir dort handeln würde. Du warst glücklich bei Margarethen — man sagte, Du habest ihr gefallen."

„Schweigt!" sagte ernst Gui, in dessen Innerm wieder ein bitteres Gefühl erregt wurde. Sie sah ihn seltsam an. —

„Nun, so sage mir doch, wie Du dort entkamst?"

„Wie aus Rouen — dieselbe Hand rettete mich!"

„Dieselbe?" fragte Abelma und versank in Nachdenken. „Dieser Mann" — — fuhr sie dann langsam fort — „trügt mich mein Gefühl nicht — steht Dir sehr nahe, Gui. Ich sah ihn noch nicht — doch vorübergehend, und geschickt weiß er meinem Blick auszuweichen."

„Er ist ein edler Mensch, Abelma!" versetzte Gui, „sei er, wer er wolle. Laßt uns abbrechen und sagt mir, wie ich unerkannt nach Paris komme."

„Was willst Du dort?" — fragte sie.

Gui wurde verwirrt. — „Mich zieht ein geheimes Geschäft dorthin," sagte er.

„Das Herz? Gui! Sei offen, mein Sohn. Sollte Margarethe? — doch nein, Du bist zu edel, zu gut." —

„Nennt mir den Namen nicht wieder, wenn Ihr nicht wollt, daß ich sogleich Euch verlasse!" rief er heftig.

„Gottlob dann!" sagte sie. „Aber was denn sonst? Die Gefahr ist groß für Dich. Carl wüthete, als Du entflohen. Abelma kann Dich nach Paris führen, aber — ob sie Dir heraushelfen kann, das weiß sie nicht."

„Dafür laßt mich sorgen, ich muß." —

„Aber wenn nun eine nähere, heiligere Pflicht Dich nach Noyers oder Chatillon triebe?" —

„Es gibt jetzt keine heiligere, als die mich nach Paris zieht!" —

„Lies diesen Brief erst, Gui be Viole," sprach Abelma, ihm ein erbrochenes Schreiben reichend — „und dann sage mir, was die Pflicht Dir gebeut!"

Hastig ergriff es Gui.

Er las:

„Die Jagd ist bereit; der Hirsch im Netze. Coligni geht dieser Tage nach Noyers zu Condé; dort nehme ich sie Beide gefangen.   Tavannes."

Gui erbleichte. Es waren Tavannes', des Statthalters von Burgund, Schriftzüge unverkennbar. Der Brief war an einen seiner Freunde in Paris gerichtet.

„Wie kommt Ihr zu den Zeilen?" fragte er.

„Gehst Du noch nach Paris?" fragte lächelnd Abelma.

„Nein, jetzt nicht — ich darf ja nicht!" rief Gui — „antwortet mir — wie kamt Ihr zu dem Briefe?" —

„Einer von der Horde, ein wilder Bursch," erzählte Abelma, „strich umher. Da sah er einen Reiter die Straße eilend nach Paris, nach dessen Geldbeutel es ihn gelüstete. Er hielt ihn an.

Der Bursche scherzte nicht und schoß nach ihm. Das reizte den Grimm des wilden Sohnes der Wüste, und er legte ihn in's Gras. Auf seinem Leibe trug er diese Zeilen, die er mir brachte, da die ganze Horde den warmen Antheil kennt, den ich an Deinen Glaubensbrüdern nehme. In Deine Hände mußte er kommen, das sah ich, und ich war entschlossen, ihn Dir selbst zu bringen — da kamst Du!"

„Dank Euch!" rief er aus. „Jetzt muß ich eilen, ehe es zu spät ist! O, mein Gott!" rief er schmerzlich in halber Selbstvergessenheit aus, „warum kann ich denn nie meinen heißen Wunsch befriedigen und ihre Spur aufsuchen!"

Abelma blickte ihn forschend an.

„Warst Du denn so sicher, sie zu finden?" fragte sie.

„Wen?" — forschte der Jüngling, und eine dunkle Röthe ergoß sich über sein Antlitz.

„Gabrielen d'Arbeque," sagte Abelma.

„Weib," rief Gui — „kennst Du der Herzen Tiefe?" —

„Das Deine, mein Sohn, kenne ich, und freue mich, daß Du treu bist der ersten Liebe Deiner Jugend. Bleibe Du treu — vielleicht ist's der Wille des Himmels, daß Du sie wieder siehst. Ich will nach ihr forschen, und glaube Du mir, Du hast es einem treuen Herzen vertraut, was das Deine bewegt. Findet sie Abelma nicht, so suchst Du vergebens. Nun gehe mit Gott, Du mußt eilen!"

Gui schwang sich auf sein Roß und jagte wieder den Weg, den er gekommen, doch jenseit des Waldes nahm er die Richtung von Noyers. Das angestrengte Reiten ermattete sein Roß, und als die Nacht kam, vermochte es nicht weiter. Ein einzelner Hof nahm ihn gastlich auf. Er pflegte das müde Thier. Sich selbst gönnte er keine Ruhe. Er hatte noch vier Stunden bis Noyers. Der Mond ging indessen auf, und als das Pferd einige Stunden gerastet, zog es Gui hervor und trat die Reise wieder an. Er mußte

jetzt aber seine Eile mäßigen, um das edle Thier nicht ganz un=
brauchbar zu machen.

Es war lange schon Mitternacht vorüber. Der Mond schien
hell und klar. Gui ritt eine Anhöhe hinan, und entdeckte zu seiner
größten Freude nahe vor sich die Thürme von Noyers. Bald
erreichte er es. Im Schlosse Condé's lag Alles in des Schlafes
Fesseln — aber Condé war nicht sorglos wie Coligni zu Chatillon.
Die Wächter riefen ihn an, sobald er sich dem Schlosse näherte.
Gui gab sich zu erkennen. Bald wurde er eingelassen, und den
Wächtern sein müdes Roß übergebend, eilte er in das Schloß und
ließ sogleich Coligni und Condé wecken. Die Noth brang auf Eile.
Er ließ sich im Saal auf einen Sessel nieder und überdachte die
wunderbaren Wege des Geschickes, das ihn zum Retter Coligni's
bestimmte aus dieser großen Gefahr. Er dankte dem Lenker der
Schicksale, und legte die heißen Wünsche seines Herzens in seine
Vaterhand demüthig und vertrauensvoll, und das süße Bewußtsein,
der Pflicht des Herzens Wünsche geopfert zu haben, gab ihm
Frieden.

Nach einiger Zeit trat Coligni herein. Er staunte den Jüng=
ling an.

„Viole," sprach er dann ernst, „Ihr seid mir ein Räthsel ge=
worden, das ich nicht lösen kann. Heute früh schreibt Ihr mir, Ihr
müßtet nach Paris, und jetzt seh' ich Euch in Noyers?"

„Vergebt mir, gnädigster Herr!" rief der Jüngling. „Ich
folgte nur der unbezwinglichen Sehnsucht meines Herzens, und es
war —"

„Darüber table ich Euch nicht. Ich war jung, Viole, wie
Ihr, und habe geliebt wie Ihr — darum nur möchte ich Euch
tadeln, daß Ihr so unbeständig in Euren Entschlüssen seid."

„Es war Euer und des Prinzen und der Eurigen Glück, daß
ich jenem Zuge meines Herzens folgte, nur dadurch war es mög=
lich, daß ich Euch vom Verderben retten konnte. Leset dies und
urtheilt dann."

Condé fand sich nun auch ein.

„Was habt Ihr denn Wichtiges, daß Ihr unsere Ruhe stört, Hauptmann Biole," sagte er halb mürrisch. „Euch hätte ich wahrlich heute eher in den Armen Eurer Geliebten gesucht, als in Noyers!" setzte er jedoch, in Scherz übergehend, hinzu.

Der Admiral hatte das Billet gelesen und Tavannes' Handschrift sogleich erkannt. Er reichte es Condé mit den Worten:

„Wenn wir nicht eilen, so sind wir verloren!"

Condé durchflog das Blatt. Der Schrecken bleichte seine Wangen.

„Wo habt Ihr das Blatt her?" rief er Gui zu.

Dieser erzählte nun, wie er dazu gekommen sei, und jeder Zweifel schwand. Aber die Verlegenheit war groß, in welcher sie sich befanden, denn sie waren in diesem Augenblicke nicht gerüstet zu einer Flucht.

Coligni allein behauptete die ihm eigene Ruhe und Festigkeit.

„Laßt uns die Unserigen und uns retten und la Rochelle zu gewinnen suchen, das ist das einzige Mittel."

Er gab Gui, dem er dankbar die Hand drückte, den Auftrag, so schnell als möglich, Alles zur Flucht zu bereiten. Die Leute des Prinzen wurden geweckt, aber es war eine Unordnung unbegreiflicher Art in dem Schlosse, da Einer gegen den Andern rannte, und Alle den Kopf verloren hatten, indem sie sich die Gefahr so nahe dachten, daß man ihr nicht mehr entgehen könnte. Gui war überall: Er fühlte keine Müdigkeit. Er brachte Ordnung in das Ganze. Die Wagen des Prinzen und des Admirals wurden reisefertig gemacht; alle Diener bewaffnet. Gegen Morgen war Alles im Stande, zur Abreise bereit, und mit dem kommenden Tage verließ der Zug Noyers. Gui war das Haupt der Bedeckung. Er war überall, sorgte, wirkte, ermunterte.

Nur langsam konnte sich der Zug fortbewegen, und auch in der Wahl der Wege mußte große Vorsicht angewendet werden, um nicht Aufsehen zu erregen und dadurch in Tavannes' Hände zu gerathen. Condé hatte eine Klageschrift über das treulose Benehmen des Hofes an den König eiligst noch von Noyers abgesendet, worin er zu verstehen gab, daß es ihm lieb sei, des Königs Antwort in Noyers zu erhalten. Dies täuschte Katharina. Sie hielt ihren Plan für gelungen und triumphirte schon, Condé, Coligni und die Königin von Navarra, die Montluc gefangen nehmen sollte, in ihrer Gewalt zu haben.

Condé und Coligni erreichten indessen glücklich Rochelle, wo bald darauf auch Johanna von Navarra mit ihrem Sohne Heinrich von Bearn anlangte, die durch ein Schreiben von unbekannter Hand aus Paris, von der Gefahr unterrichtet, glücklich den Nachstellungen Montluc's entging.

Grenzenlos war die Wuth Katharina's, so gänzlich sich in ihren Erwartungen getäuscht zu sehen. Sie ahnte Verrath in ihrer Umgebung, und doch wußte sie nicht, auf wen sie ihren Verdacht werfen sollte. Da fiel ihr Acevedo ein. Sie überdachte sein Benehmen, und jene sie so fürchterlich erschüttert habenden Worte in Monceaur fielen ihr ein, Gui de Viole's an's Wunderbare grenzende Flucht aus dem Palaste bestärkte ihren Verdacht auf's Neue. Doch der Astrolog hatte in ihrem finstern Aberglauben einen zu beredten Vertheidiger; er hatte schon so oft ihr Beweise von Treue und unparteiischer Ergebenheit gegeben, daß sie nicht leichthin sich eines so wichtigen Mannes berauben, sondern erst prüfen und beobachten, dann aber um so entschiedener handeln wollte, wenn ihr Verdacht sich irgend rechtfertigen würde. Sie bestellte daher vertraute Leute, die auf allen Schritten und Tritten ihn beobachten mußten. Außer ihm zog der edle, biedere, vorurtheillose Kanzler l'Hopital ihren Verdacht auf sich, der um so schwerer war, da der Haß gegen ihn ihm zur Seite stand.

Diese Treulosigkeit des Hofes weckte auf's Neue die Protestanten. Ueberall loderte wieder die wilde Flamme des Bürgerkriegs, und unmenschliche Grausamkeiten wurden verübt von beiden Setten; besonders zeichneten sich aber Ludwig von Bourbon, Herzog von Montpensier, Tavannes und Montluc durch ihre Wildheit und Grausamkeit gegen die Protestanten aus.

In einer Berathung bei dem Könige kam dies zur Sprache. l'Hopital sprach mit edler Entrüstung über solch schändliches Verfahren. Da konnte sich Katharina nicht halten.

„Ist es Euch vielleicht unbekannt, Herr Kanzler!" rief sie in heftigem Zorne diesem zu, „was d'Acier in Languedoc und Dauphiné verübt? Wisset Ihr nichts davon, daß er die Katholiken mordet, die Mönche martert, die Kirchen niederreißt und die Orte niederbrennt? Ist Euch noch nichts zu Ohren gekommen von dem Halsband aus Mönchsohren, das Briquemont trägt?"

l'Hopital hörte ruhig zu.

„Eure Majestät," sagte er dann, „vergessen, daß fortgesetzte Unterdrückung und Grausamkeit auch den Sanftmüthigsten wild machen kann!"

Katharina wollte aufbrausend antworten. Carl bat sie, ruhig zu bleiben.

„Gebt Eure Siegel ab" — sprach er zu l'Hopital, „Ihr seid Eurer Würde enthoben."

l'Hopital verbeugte sich. „Gott gebe Eurer Majestät einen treuern Diener," sprach er und ging dann stolz hinweg, mit dem Bewußtsein eines reinen Herzens. Morvilliers, der schmiegsame fanatische Bischof von Orleans, nahm seine Stelle auf Katharina's Empfehlung ein. —

Er war nun auch entfernt, der Mann, dessen Rechtlichkeit bisher durch die Achtung, die sie König Carl einflößte, eine große Gewalt über ihn geübt, und oft das Gegengewicht gegen Katharina's Arglist gewesen war.

Ihre Spione meldeten ihr von Acevedo, daß er oft den Louvre verlasse und in Paris verweile, doch könne man nicht entdecken, wo er sich hinbegebe, da er mit außerordentlicher List die verworrensten Wege gehe. Sie wollte ihn genauer prüfen, und brachte darum balb darauf das Gespräch auf die Lage Frankreichs und der Hugenotten.

Acevedo, zu viel vertrauend auf seine Macht über der Königin Gemüth, sprach zu warm für die Unterdrückten. Katharina entließ ihn kalt. Sie war jetzt überzeugt, er müsse wenigstens Antheil an dem Verrath ihrer Geheimnisse haben, und auch sein Loos war geworfen.

23.

Abelma war eingedenk des Versprechens, das sie Gui gegeben. Dieses und eine auch ihr besonders wichtige Angelegenheit zog sie nach Paris. Nur einmal und zwar schnell vorübergehend sah sie einst Acevedo.

Ihr schien der Mann bekannt — sie sah ihn genauer an, und sie fand Züge, die dem Parlamentsrath be Viole glichen, den sie einst mit der ganzen Gluth ihres Herzens geliebt hatte; aber zu schnell verschwand der Astrolog, als daß sie hätte ihre Vermuthung vergewissern können. Seitdem verfolgte sie der Gedanke, daß Viole noch lebe, daß Acevedo es sei. Die Theilnahme an Gui, seine zweimalige Rettung durch ihn — das Alles machte ihr die Sache gewisser, glaublicher. Sie ging oft nach Paris, sie wußte sich selbst Eingang in den Louvre zu verschaffen; aber Acevedo hatte sie erkannt und entzog sich ihrem Anblicke, da er noch das Geheimniß nicht enthüllen durfte.

Auch jetzt trieb sie dies nach Paris noch mehr, als die Nach=forschungen nach Gabrielen, die ihr ohnedem in ihrer ganzen Schwierigkeit erschienen. Die Zigeuner hatten ihre Verbindungen in Paris, wo sie die Beute zu verkaufen pflegten. Es waren die Schlupfwinkel des Lasters und der Verworfenheit — allein sicher vor dem Auge der Gerechtigkeit, das ohnedem in jenen Tagen innerer Zerrissenheit und gesetzloser Willkür blind geworden.

Auf ihren Stab gestützt, stand sie im Hofe des Louvre, überlegend, wie sie am sichersten ihre Absicht erreichen möchte.

Unterdessen ereignete sich in Acevedo's Gemach etwas Unerwartetes: — Schon längst hatte Anjou's Späherblick in dem Acevedo stets begleitenden Knaben das reizende Mädchen entdeckt, und den glühenden Wunsch gehegt, sie zu besitzen. Acevedo durchschaute das Gewebe der Bosheit, das man angelegt, Gabrielen zu verderben. Es war eine schwer zu lösende Frage, wie er das Mädchen in Sicherheit bringen möge und wo? — Er hatte zwar an du Plessis' Freunden Freunde, aber ihnen durfte er sie nicht anvertrauen. Da begegnete ihm einst ein Mensch, der ihm bekannt schien. Er betrachtete den alternden, ärmlich gekleideten Mann genauer, und nun erkannte er in ihm einen seiner frühern treuen Diener, der in Paris zurückgeblieben war. Er folgte dem Manne von Ferne bis zum Marais, wo er in eine ärmliche finstere Wohnung trat. Es war die seine. Acevedo's Ankunft erschreckte den armen Mann. Als er aber sich ihm zu erkennen gab, wäre er fast vor ihm niedergefallen. Eine höhere Freude konnte es für die treue Seele nicht geben, als seinen alten, geliebten Herrn wieder zu sehen. Bei ihm war Acevedo's Geheimniß sicher. Mit ihm sprach er wegen Gabrielen. Gerne verstand sich der treue Alte dazu, sie verborgen zu halten, bis Viole sie zurückfordern würde.

Freudig kehrte er zu Gabrielen zurück und schilderte ihr die drohende Gefahr. Eine unnennbare Angst ergriff die Jungfrau. Sie bat unter Thränen, je eher je lieber sie aus dem Louvre dorthin zu bringen.

„Laß nur den Abend kommen," sagte Acevedo, „dann führe ich Dich unbemerkt dorthin;" allein kaum daß dies Wort über seine Lippen gegangen, da klopfte es heftig an die Thüre. Nicht ohne eine geheime Angst öffnete Acevedo, und seine Furcht war gerechtfertigt.

Montesquiou, der Hauptmann der Schweizergarde des Herzogs von Anjou, begleitet von vier bewaffneten Schweizern, trat herein.

„Ihr seid mein Gefangener im Namen der Königin," sprach er barsch zu dem Astrologen; „folget mir!"

Montesquiou's Blicke ruhten lüstern und durchbohrend auf Gabrielens schöner Gestalt. Sie erbleichte, wankte und sank ohnmächtig in einen Stuhl.

„Ich folge Euch, Herr Ritter," sagte gefaßt Acevedo, „nur gestattet mir, daß ich mich meines Sohnes annehme, dessen Zustand Ihr seht."

„Das ist eine Ohnmacht, wie sie Knaben sonst nicht eigen ist," erwiederte Montesquiou. „Er ist stark und wird schon zu sich kommen. Da er unschuldig ist, werde ich ihn der Gnade der Königin empfehlen," setzte er mit einem Satyrlächeln hinzu. „Gebt mir den Schlüssel Eurer Thüre, damit ich sie verschließe — es möchte dem Knaben sonst vielleicht gar eine Gefahr drohen!"

Acevedo sah ein, daß hier nichts zu ändern war. Er gab ihm den Schlüssel und sagte: „Ich rechne auf Eure Ehre, Herr Ritter."

„Das dürft Ihr," antwortete der Malthefer, und jenes satanische Lächeln schwebte wieder um seinen Mund.

Er schloß sorgfältig die Thür ab und steckte den Schlüssel zu sich.

„Herr Ritter," hob Acevedo an, „eine Bitte gewähret mir, führt mich zur Königin!"

„Das kann nicht sein," herrschte ihm der Malthefer zu und führte ihn nun schnell über die Gänge aus dem Palaste.

Abelma stand draußen und erblickte nun plötzlich den Gefangenen. Sie erschrak. „Ja, es ist Viole!" rief sie in sich hinein.

Auch Acevedo sah und erkannte sie. Eine dunkle Ahnung, als könne sie Gabrielen vielleicht nützen, bemächtigte sich seines Gemüths. Er zog schnell den Trauring seiner verstorbenen Gattin vom Finger, ließ ihn vor ihr unbemerkt fallen, und sagte zu ihr gewendet:

„Liebe Abelma, nimm Dich meines Sohnes Gabriel an!"

Montesquiou blickte auf die Alte und schlug eine laute Hohn=
lache auf. „Da habt Ihr Euch einen wackern Vormund bestellt,
Meister!" rief er aus.

Sie traten nun aus dem Hofe des Louvre und waren dem
Blick Abelma's entzogen.

Diese stand bebend noch auf derselben Stelle. Sie hatte
den Ring aufgehoben, ihn an ihre Lippen gedrückt, denn sie
erkannte ihn.

„O," rief sie freudig aus, „er hat noch Vertrauen zu mir!
— Ach," setzte sie hinzu, „hättest Du früher einmal „liebe Abelma"
gesagt, der Himmel wäre in diese Brust eingezogen, und das arme
Herz hätte doch eine schöne Erinnerung gehabt. Der Auftritt hatte
sie so sehr ergriffen, daß sie nicht im Stande war, von der Stelle
zu gehen. Sie dachte ihm nach. Gabriel? fragte sie sich. Gui
war doch sein einziger Sohn. Sollte er noch einmal geheirathet
haben? — Diese Worte Viole's waren ihr unerklärlich. So viel
aber sah sie ein, sie müßte noch hier weilen. Sie setzte sich auf
die Stufen des Portals, vielleicht eine Gelegenheit zu entdecken,
wodurch sie genauere Kunde erhalten könnte.

Gabriele erwachte aus der Ohnmacht und fand sich ein=
geschlossen. Ihr erschien ihres Pflegevaters Gefangennehmung genau
mit Anjou's verworfenen Plänen zusammenzuhängen. Ein tödt=
licher Schrecken bemeisterte sich ihrer. Was sollte sie thun? —
Hier konnte, hier durfte sie nicht bleiben, mochte auch ihr Schicksal
sein, welches es wollte — schlimmer als das, welches hier ihrer
wartete, konnte ja keines sein. — Sie erinnerte sich, daß Acevedo
allerlei Schlüssel besaß. Sie suchte sie hervor. Sie lagen unter
Papieren. Diese Papiere könnten ihm schaden, dachte sie in diesem
Augenblicke. Sie warf sie in die Flammen des Kamins — dann
versuchte sie die Thüre zu öffnen. Es gelang zu ihrer unaus=
sprechlichen Freude. Schnell steckte sie das wenige Geld, was sie
in Acevedo's Habseligkeiten fand, zu sich, warf sich auf ihre Knie
und betete inbrünstig für ihn und für sich, und eilte dann, in einen

Mantel gehüllt, aus dem Louvre, völlig ungewiß, wohin sie ihre Schritte lenken sollte.

Sie eilte über den Hof weg. Sie hörte nicht, daß ihr Jemand nachrief. Erst vor dem Hofe, wo sie stille stand, einen Augenblick zu überlegen, wohin sie ihre Richtung nehmen sollte, gelang es Abelma, den flüchtigen Knaben zu erreichen.

„Heißt Du Gabriel?" fragte sie zutraulich — „dann habe ich einen Auftrag von Acevedo, oder besser von de Viole an Dich."

Gabriele erschrack. Sie sah die Alte und wollte ihr entfliehen — da seit jenen Tagen auf Arbeque der Name Zigeuner schon ihr fürchterlich war. Die Alte ergriff sie jedoch.

„Kind, fliehe nicht, ich bitte Dich!" sagte sie. „Siehe hier Acevedo's Ring, er ist das Zeichen, daß Du mir vertrauen darfst."

Gabriele erkannte den Ring, und sie dachte, daß doch vielleicht die Alte nicht löge.

Als sie ihr aber in das abschreckende Gesicht blickte und die krächzende Stimme mit ihrem widerlichen Ton an ihr Ohr schlug, da erbebte die vielfach Geängstigte wieder.

Abelma betrachtete den Knaben, die feine, schöne Gestalt, und sie begann an dem Geschlechte desselben zu zweifeln. „Vertraue Dich mir an, mein Kind," sagte sie so herzlich, als sie nur konnte. „Du bist verlassen hier, und was wolltest Du ohne Hülfe beginnen in der gefahrenreichen Stadt, in dem wildbewegten Lande. Viole kennt mich, mir rief er, als die Schweizer ihn vorüber führten, zu: Abelma, nimm Dich meines Sohnes Gabriel an! Kind, ich bin ihm hochverpflichtet — sage, wohin ich Dich bringen soll!" —

„Wo ist Viole?" fragte Gabriele jetzt, wie wenn ihr seine Gefangennehmung erst jetzt zum klaren Bewußtsein käme.

„Das kann ich Dir nicht sagen," versetzte Abelma, „da ich auf Dich wartete, konnte ich ihm nicht folgen; doch das wollen wir auch erfahren."

Sie ergriff nun Gabrielens zarte Hand und zog sie mit sich fort bis zu einem Durchgange, wie sie sich in Paris häufig finden, wo man nämlich durch ein Haus von einer Straße in die andere gelangt. Hier blieb Adelma keuchend stehen. Es war dunkel geworden. Gabrielens Gemüth, so furchtbar erschüttert durch die Ereignisse dieses Tages, schloß sich jetzt mit mehr Furcht als Vertrauen an die Alte an.

„Kind," fragte diese, „hast Du Jemanden in Paris, zu dem ich Dich bringen könnte?"

„Ach!" rief angstvoll Gabriele, „ich kenne hier Niemanden, nicht einmal den Ort, wo meines Vaters Grab ist."

„Deines Vaters Grab?" fragte Adelma gespannt. „Viole nannte sich Dein Vater."

„O, das ist er auch der Waise geworden, die ohne ihn verloren war."

„Wo ist denn Deine Heimath?" fragte wieder die Alte.

„In der Dauphiné," antwortete Gabriele.

Ohne daß sie sich eines Vermuthunggrundes bewußt gewesen wäre, sprach die Alte: „Vielleicht zu Schloß Arbeque? — Nicht wahr, Du bist Gabriele d'Arbeque?"

„Kennst Du mich?" fragte ängstlich Gabriele, die kaum ihrer Besinnung mächtig war.

„O, ich kenne Dich, Mädchen," sagte darauf freudig Adelma, „und weisest Du nicht kalt und stolz ein treues Herz zurück, so sollst Du in mir eine mütterliche Freundin gewonnen haben, die Dir in dieser drangsalvollen Lage Alles leistet, was in ihren Kräften steht."

Gabriele drückte dankbar ihre Hand. Allmälig vertraute sie der Alten. Je ruhiger sie zu werden begann, desto mehr erkannte sie das Hülf- und Trostlose ihrer gegenwärtigen Lage und die Nothwendigkeit, sich der ehrlich scheinenden Zigeunerin hinzugeben.

Nachdem Adelma ausgeruht, setzten sie ihren Weg fort und erreichten spät eine elende, schmutzige Hütte in einem finstern Gäßchen. Von einem wild aussehenden Menschen wurden sie freundlich aufgenommen. Gabriele konnte nichts genießen, und sank bald auf einem harten Lager, über welches sie ihren Mantel gebreitet, in tiefen Schlaf.

Als sie am Morgen erwachte, saß Abelma an ihrem Bett.

Freundlich grüßte sie die Erwachende. Gabriele fühlte neue Kraft.

„Wir wissen jetzt schon so viel, als vorerst möglich, über Viole," hob sie an; „er ist in eins der minder harten Gefängnisse gebracht worden, und wir können für's erste ruhig sein."

Diese Nachricht erleuchtete Gabrielens Gemüth. Sie konnte jetzt ruhiger ihre Lage überdenken, die dennoch nichts an ihrer Trostlosigkeit verlor.

„Könnte ich nur auf das Schloß Arbeque kommen, dann wäre ich geborgen!" sagte sie zu Abelma.

„Da kannst Du hinkommen, Gabriele," antwortete ihr Abelma. „Nur darfst Du unser wildes, unstetes Leben nicht fürchten. Wir ziehen mit unserer Horde dahin."

Gabriele legte die Hand an die Stirn und sann nach.

„Dein Namen und Dein Geschlecht muß ein Geheimniß, und Du selbst stets in meiner Nähe bleiben, dann bist Du gerettet," setzte Abelma hinzu.

„Es sei," sagte sie endlich mit Festigkeit. „So sehr ich es wünschte, hier zu bleiben, um bei Viole zu sein, ich sehe es ein, daß es unmöglich ist."

Sie verließen nun Paris und erreichten bald die lagernde Horde. Bald darauf brach diese nach der Dauphiné auf, wo damals b'Acier mit Tavannes und anderen Häuptlingen der Katho= liken sich herumschlug, und wild mit den Feinden verfuhr. Dort, wo Unordnung und Gesetzlosigkeit waltete, war dieses Volkes Erntefeld.

24.

Die Festung la Rochelle besaß und genoß das für die damaligen Zeitumstände unschätzbare Vorrecht, keine königliche Besatzung ohne den Willen der Bürgerschaft einnehmen zu müssen. Condé und Coligni waren dort glücklich angekommen nach mancher Drangsal und Gefahr. Auch Johanna von Navarra mit dem fünfzehnjährigen Prinzen Heinrich von Navarra und der dreizehnjährigen Katharina, unter Bedeckung von dreitausend treuen Bearnern, war daselbst eingezogen, trotz Montluc's Nachstellungen. Danbelot, des Admirals wackrer Bruder, führte dreitausend Bretagner nach la Rochelle. Johanna's Geldzuschüsse, Englands und Deutschlands bereitwillige Hülfe hoben den Muth der Hugenotten, und bald standen sie schlagfertig im Felde.

Immer höher stieg die Noth der Bedrängten in Frankreich. Nach l'Hopital's Entfernung und Morvillier's Amtsantritt hatte die fanatische Gesinnung des Cardinals von Lothringen und Katharina's von Medicis ein weites freies Feld der Thätigkeit vor sich. Jetzt wurde den Protestanten ein Eid abgefordert, der sie zur Treue gegen den König verpflichtete, und ihnen die Bewaffnung und Leistung von Geldbeiträgen zu den Unternehmungen Condé's und Coligni's untersagte, und ihnen die Verbindlichkeit auferlegte, Alles, was von gefährlichen Anschlägen gegen die Regierung bekannt würde, anzuzeigen.

Bald darauf erfolgten rasch auseinander die Bekanntmachungen von drei feindselig gegen die Protestanten gerichteten königlichen Edicten, deren eines immer heftiger als das andere war, bis zuletzt das Bekenntniß des Evangeliums bei Todesstrafe verboten wurde, und man keine andere Religionsausübung duldete, als die römische.

Dies Alles reizte die Erbitterung auf's heftigste. Die Protestanten sahen es ein, es gelte jetzt einen Kampf auf Leben und Tod. La Rochelle wimmelte jetzt von Heeresmannen, und täglich wuchs die Anzahl.

Gui sah mit Begierde dem Kampf entgegen. Er, wie so viele, schwur, nicht eher das Schwert in die Scheide zu senken, bis Glaubens= und Gewissensfreiheit erkämpft sei. Das Vertrauen, welches Coligni in ihn setzte, und die wohlwollende Auszeichnung, womit der Admiral ihn behandelte, zog ihm die Achtung der ange= sehensten Häupter der Hugenotten zu, und selbst Johanna, die edle Königin von Navarra, sah es sehr gerne, wenn Gui in der Gesell= schaft des Prinzen Heinrich von Bearn war, um so lieber sah sie es, da der Ruf einer unbescholtenen Sittlichkeit von Jedermann ihm beigelegt wurde. Aus diesen für ihn angenehmen Verhältnissen riß ihn der eröffnete Feldzug. So sehr es Heinrich von Bearn wünschte, ihn bei sich zu behalten, so rief dennoch die Pflicht und die Ehre, und Gui folgte.

Bei Jarnac fiel die erste Schlacht vor — aber wieder unglück= lich für die Protestanten. Diese Schlacht, in der Gui zum ersten Mal als Oberster an der Spitze eines Regiments leichter Reiterei kämpfte, war sehr unheilbringend, obwohl die Protestanten Wunder der Tapferkeit thaten; dadurch aber war sie dies besonders, daß Louis, Prinz von Condé, sein Leben im neun und dreißigsten Jahre seines Alters auf eine unerhörte Weise verlor. Schon bei dem Anfange der Schlacht verwundete ihn das Pferd des Grafen de Larochefoucault durch einen Schlag am Schenkel. Er stürzte sich aber dennoch in das tiefste Kampfgetümmel, als die Seinen zu weichen begannen. Er stürzte von dem Pferde mitten im ärgsten Kampfgewühl, und konnte sich, ob jener Verwundung, nicht wieder erheben. Knieend kämpfte er noch eine Weile mit Löwenmuth; aber seine Kräfte sanken, keine Hülfe kam — und Herr d'Argence, ein Edelmann des royalistischen Heeres, setzte ihm heftig zu. Ihm ergab er sich, und dieser sicherte ihm Pardon zu, obwohl Anjou bestimmt den Befehl gegeben hatte des Prinzen auf keine Weise zu schonen.

d'Argence wollte eben den Prinzen nach dem Hauptquartiere bringen, als der tückische Montesquiou vorüber jagte. Kaum sah er den Prinzen, so riß er das Pistol hervor und schoß Condé eine Kugel durch den Kopf. d'Argence war wie vom Donner gerührt. Montsquiou aber schlug eine teuflische Lache auf und eilte schnell von dannen. So eine Schandthat wurde nie geahndet. Der Tod des Prinzen wurde schnell unter den Hugenotten bekannt und trieb sie zu fast wahnsinniger Flucht. Vergebens ermahnte, beschwor Gui seine Reiter zum Stich halten. Vergebens drohte er, den Ersten, der es wage auszureißen, niederzuhauen. Seine Stimme, die dem Donner gleich daher brauste, verhallte, und — sie flohen.

In Saintes sah er den Admiral wieder. Grimm und Kummer zeigte sein Angesicht. Er vermochte fast nicht zu reden.

Coligni reichte ihm die Hand und sagte: „Seid ruhig, mein wackrer Viole — wir leben noch und unser Muth, und der über uns verläßt uns nicht! — Ihr habt wacker gefochten, und Eure Erhebung, wäre sie Euch nicht als Lohn früherer Tapferkeit geworden, sie würde und müßte Euch jetzt werden!

Obgleich ihm dieses Anerkenntniß wohl that, so konnte doch Nichts seinen Unwillen vernichten.

Ein gehaltener Kriegsrath legte in Coligni's Hände den Oberbefehl des Heeres. Er zog sich auf einen Heerhaufen, den d'Acier befehligte und welcher keinen Antheil an der Schlacht von Jarnac genommen, zurück, und traf weise Anstalten gegen die nachtheiligen Folgen der verlornen Schlacht. In die festen Plätze warf er schnell hinlängliche Besatzungen, und ließ dann die Häupter, seiner Partei in Tonnai-Charente zusammen treten. Die Prinzen Heinrich von Bearn und Heinrich von Conbé, des Gemordeten ältester Sohn, in Gesellschaft der edlen Königin von Navarra trafen auch daselbst ein.

Als Alle versammelt waren, trat die erhabene Fürstin in den Männerkreis, an ihrer Seite die Prinzen. Von hoher Begeisterung erfüllt, hielt sie eine so kräftige, einbringende Anrede, daß jedes Herz ergriffen wurde und ein lauter Jubel erscholl, und Alle schwuren zu kämpfen, bis das Ziel ihrer Wünsche, Freiheit des

Glaubens und des Gewissens, errungen sei. Der Mutter hohes Wort war verklungen, der Jubelruf verhallt, da trat Heinrich von Bearn hervor. Sein Auge strahlte, indeß innere heftige Bewegung seine blühenden Wangen bleichte. Er erhob seine Hand zum Schwur und sprach mit einer Festigkeit, die bei dem sechzehnjährigen Jüngling in Erstaunen und Verwunderung versetzte: „Ich schwöre, die Religion zu vertheidigen und bei der gemeinschaftlichen Sache zu beharren, bis entweder Tod, oder Sieg uns Allen die gewünschte Freiheit verschaffen wird!"

Da donnerte ein Lebehoch! dem Edeln. Da erklärten sie ihn und Heinrich Condé einmüthig zu Häuptern der Hugenotten. Voll ritterlichen Stolzes und mütterlicher Wonne schloß Johanna den Sohn an ihre Brust, und der alte, ehrwürdige Coligni leistete ihm zuerst den Schwur der Treue, und nach ihm Alle mit gleichem Enthusiasmus. Es war ein erhebender Augenblick, der neuen Muth in jedes Herz ergoß. Nicht weniger erhebend war der, als die Prinzen dem versammelten Heere zu Cognac vorgestellt wurden. Hier zitterte die Luft ob des Jubels der Huldigung.

Günstiger als je gestalteten sich jetzt die Verhältnisse der Protestanten, denn der heldenkühne Wolfgang von Zweibrücken führte ihnen sechstausend Reiter und fünftausend Lanzknechte zu. Nicht zum günstigsten war die Lage der königlichen Armee. Der Schatz war geleert, die Finanzen zerrüttet. Schon ein ganzes Vierteljahr blieb der Sold aus, und täglich schmolz das Heer. Katharina kam selbst zu ihrem Sohne Heinrich von Anjou in das Lager von Limoges. Sie versprach Alles. Sie tröstete das Heer mit den Unterstützungen aus Deutschland, Italien und den Niederlanden, und hob auf diese Art den gesunkenen Muth.

Heftig brach nun der Krieg in Poitou aus. Heftiger aber wüthete man in anderen Gegenden gegen die Protestanten. Vorher hatte zu zweien Malen Coligni, um ja Alles versucht zu haben, Bittschriften dem Könige vorgelegt, worin er um Freiheit der Religionsübung und Zurücknahme der verfolgenden Edicte bat, und versprach, sogleich die Waffen niederzulegen, wenn die Bitte erhört würde, allein man erwiederte mit Grausamkeiten, vor denen die Menschheit schaudert, diese Vorstellungen. Ja das Parlament von Paris setzte einen Preis von 50,000 Goldgulden auf den Kopf des Admirals — sein Bildniß wurde vor dem Rathhause von Paris verbrannt und er seiner Admiralswürde entsetzt.

Der Admiral, zu groß, um sich dadurch gekränkt zu fühlen, lächelte über die Luftstreiche der Ohnmacht; nicht so seine Freunde, die dadurch auf's wüthendste empört wurden. Ruhig verfolgte man Coligni, der den Oberbefehl fort behielt, seinen Plan. Die Unternehmungen des Admirals gegen Poitiers führten nicht zum gewünschten Ziel, aber dagegen war Montgommeri in Bearn glücklicher. Anjou zog sich vorsichtig zurück, da auch sein Heer viel gelitten, und Coligni folgte ihm. Er vermied zwar eine Hauptschlacht, da das königliche Heer durch die Deutschen, Italiener und aus den Niederlanden verstärkt worden, allein immer allgemeiner und stürmischer sprach sich der Wunsch seines Heeres aus, gegen den Feind geführt zu werden. Bei der Stadt Montcontour trafen sie am 3. October 1569 zusammen. Vier Stunden lang wüthete ein gräßliches Geschützfeuer. Um zwei Uhr Nachmittags rückten die Königlichen unter Montpensier vor, und es gelang ihm, die Reiterei unter Moui, le Noue und Gui de Viole zu trennen. Der Scharfblick des Admirals erkannte die Gefahr und eilte schnell zu Hülfe. Er selbst that Wunder der Tapferkeit, und würde, da ihn eine Kugel in die linke Wange traf, gefangen worden sein, wenn nicht Mansfeld, der nach Wolfgang's Tod (der wahrscheinlich, wie des Admirals edler Bruder, Dandelot, Gift erhalten hatte) die Deutschen befehligte, schnell ihm zu Hülfe geeilt und die Massen Montpensier's in die Flucht geschlagen hätte. — Anjou stürzte sich nun auf Mansfeld. Muthigen Widerstand leistete er; aber auf die Dauer würde er es nicht vermocht haben, wenn nicht der Graf von Nassau Anjou's Truppen geworfen und zersprengt hätte. Jetzt wurde das Treffen allgemein und gährend. Ohne Parden wurde

gemordet. Tavannes und Cossé jedoch gaben den Ausschlag zu
Gunsten der Katholiken. Die geringere Macht der Hugenotten
unterlag nach dem muthigsten Kampfe der feindlichen Uebermacht.
Zehntausend Todte und Gefangene hatten sie verloren, und zwei=
hundert Fahnen zierten als Trophäen dieses Sieges die Kathedrale
von Notre=Dame. Der Sieg war vollkommen. Paris jubelte
und feierte Freudenfeste —, denn die Ketzerbrut war ja vernichtet.
— So meinte man. Collgni aber glich dem Phönix. Er zog
über Niort nach Montauban; de Piles, der Held von Saint=Jean
d'Angeli, stieß zu ihm. Von allen Seiten strömten Streiter seines
Glaubens ihm zu, die Verluste zu ersetzen, und noch ehe das
Jahr 1569 hinabsank, rückte er neu gestärkt nach Burgund vor,
behauptete sich muthig gegen das überlegene feindliche Heer, und
errang selbst Vortheile über dasselbe. Der Hof war des Krieges
müde, der Frankreich verwüstete und die Staatskräfte verzehrte.
Er erkannte des Feindes immer neue Furchtbarkeit an und wünschte
Frieden — um Kräfte zu sammeln — und endlich dennoch die
Ketzer zu vernichten.

* * *

25.

Nach vielfachen und verwickelten Unterhandlungen kam endlich
der Friede in Saint=Germain en Laye zu Stande; alle vorher=
gehenden Friedens=Edicte wurden bestätigt und jenes nachtheilige
von Roussillon aufgehoben. Den Protestanten bewilligte man vier
Sicherheitsplätze: La Rochelle, la Charité, Montauban und Cognac,
die Hugenotten wurden aller Aemter und Würden fähig erklärt und
ihnen freie Religionsübung zugestanden. —

Der Frieden war zu günstig für die Protestanten, darum
mißtrauten Viele der Aufrichtigkeit des Hofes, der schon so oft sie
betrogen, und durch anscheinende Versöhnlichkeit sie gelockt hatte.
Die da mißtrauten, sahen tiefer als Collgni, der sich ganz der

schönen Hoffnung hingab, seinem theuern Vaterlande den Frieden zurückgegeben zu sehen.

Katharina aber meinte es,— wie immer, auch jetzt nicht treu. Jener Höllenplan, den Alba begründet, den Anjou gefördert, dem selbst Carl IX. in der Aufwallung der Leidenschaft zugethan schien, den endlich Tavannes und Retz als das einzige Mittel, zum Ziele zu gelangen, priesen — er lebte jetzt auf's Neue in ihr auf.

Acevedo schmachtete indessen noch immer im Gefängnisse, nichts Geringeres als seinen Tod erwartend. Nichts schmerzte ihn, als die Unbekanntschaft mit Gui's und Gabrielens Schicksal. Ruhig sah er dem Tod entgegen, denn sein Herz war frei von den Vorwürfen, die, wie Harpyen, des Sünders Inneres zerfleischen. Sein Glaube wies ihn hin auf das einige Verdienst seines Heilandes, als des Retters und Erlösers der Sünder. In seinem Erlösungstode ruhte seine Hoffnung und der Sieg über die Schrecken des Grabes. Tief aber betrübte ihn der Jubel über die Siege von Jarnac und Montcontour, und doch lag die erheiternde Vorstellung ihm wieder nahe, droben, im Reiche des Lichts, die wieder zu finden, die er hier verloren oder die er zurücklassen mußte.

Hätte er gewußt, daß Gabriele den Netzen Anjou's entgangen, daß dieser wüthend über ihren Verlust mit Montesquiou gehadert, daß Gui glücklich und mit dem Lorbeerkranze des Sieges und der Tapferkeit aus den beiden Schlachten hervorgegangen, eine höhere Freude würde das Vaterherz hienieden erquickt, und die Seele der Erbe dennoch wieder zugewendet haben, die nur mit Himmlischem beschäftigt war.

Katharina hatte Acevedo's Papiere genau untersuchen lassen, ja theilweise selbst durchforscht. Jener glückliche Gedanke Gabrielens, die wichtigeren zu verbrennen, entzog ihn einem Verdachte, der ihn würde das Leben gekostet haben. Katharina fand nichts Verdächtiges. Nur Berechnungen und seltsame Figuren, die sie nicht verstand, waren da. Selbst jenes Schlüsselbund war von Gabrielen entfernt worden, das der Königin sicher würde die Augen geöffnet haben. Sie hatte bisher den Astrologen sehr vermißt. Ihre Sehnsucht, mit kühnem Auge in die verborgenen Wege und Pläne des Geschickes zu blicken, fand keine Befriedigung, zumal sie jetzt mehr als je erwachte, da ihr Plan der Reise nahte. Sie bereuete es, den Astrologen eingekerkert zu haben. Nur die Rücksicht auf Anjou, der ihn aus Ursachen, die sie nicht begriff, glühend haßte, hielt sie bis jetzt ab, ihn seiner Haft zu entlassen, die für sie schon so lange gewährt.

Endlich konnte sie nicht länger widerstehen, und wurde bei sich einig, den Astrologen vor Anjou zu verbergen. Sie ließ ihn in der Nacht nach dem Louvre in ihre Gemächer bringen, wo sie mit ihm ganz allein war.

Acevedo erwartete seine Sterbestunde, als zu so ungewöhnlicher Zeit seines Kerkers Thüre sich öffnete. Auf's höchste überraschte ihn das Wort: „Ihr seid frei!" So sehr er auch sich mit dem Gedanken an den Tod bekannt und vertraut gemacht hatte — die Liebe zum Leben, die der Schöpfer in das Menschenherz gepflanzt, die auch den Greis im Silberhaare noch nicht verläßt, sie regte sich dennoch jetzt stark — und eine aufrichtige Freude erfüllte sein Gemüth, als Freiheit statt Tod ihm verkündet wurde.

Man brachte ihn zu Katharinen. Sie trat ihm entgegen so freundlich, so wohlwollend, als ob nicht Monate einer engen Gefangenschaft, durch sie verhängt, zwischen der Gegenwart und der Vergangenheit lägen. Acevedo's Gesundheit hatte gelitten, er sah kränklich aus. Die Königin reichte ihm ihre Hand zum Kuß. —

Acevedo sah sie fest an. Seinen Blick konnte sie nicht ertragen.

„Warum habt Ihr mich wie einen Verbrecher eingekerkert? — Nennt mir meine Schuld!" sprach er würdevoll.

„Es genüge Euch," sagte sie mild, „daß ich Euch für unschuldig erkläre an dem Verdacht der Untreue, den man auf Euch lud. Vergebt mir mein Unrecht. Ich will es gut zu machen suchen. Erkennt es, Acevedo, Frankreichs Königin — bittet Euch um Vergebung."

„Könnt Ihr mir die Zeit des Kummers und des Elends nehmen, die ich durchlebt, oder sie in Freudentage umwandeln?" — fragte er bitter.

„Das kann ich nicht, Acevedo," erwiederte sie — „aber vergeßt nicht, daß so leicht der Mensch irren kann."

„An erprobter Treue sollte er nie zweifeln."

„Wohl, allein den falschen Zungen ist Vieles möglich!"

„So nennt mir sie, meine Königin!"

„Das kann ich nicht, Acevedo, ich sagte es Euch schon. Ohnedem würde es ja auch das Geschehene nicht ungeschehen machen. Verzeiht, und meine ganze Werthschätzung, mein ungetheiltes Vertrauen soll Euch entschädigen."

„Es sei," sprach Acevedo — „doch eine Frage müßt Ihr mir beantworten: Wo ist Gabriel, mein Sohn?" —

Katharina schlug den Blick nieder. „Man sagte, es sei ein Mädchen?" sprach sie kleinlaut.

„Und wenn sie das gewesen, und wenn ich mein Kind in Männerkleidung barg, um sie vor den teuflischen Nachstellungen Eurer Edelleute — ja Eures Sohnes — sichern zu können — was that das? — wo ist sie?"

„Gott weiß es. Sie verschwand, wie Anjou mir sagte, und nur so viel konnte ich erfahren, daß eine alte Zigeunerin sie mit sich fortgenommen, aber dann mit ihr spurlos verschwunden sei."

Da kam Frieden in des Greises Herz. Sie war gerettet, das wußte er nun mit Gewißheit.

Katharina that Alles, was sie vermochte, ihn zu gewinnen.

Sie ließ sich nun mit ihm in ein Gespräch über den jetzigen Stand der Verhältnisse ein, und sprach ein Project aus, das ihre Seele schon längere Zeit beschäftigte, nämlich Margarethen von Valois mit Heinrich von Bearn zu vermählen, und dadurch die Hugenotten in ihr Interesse zu ziehen.

Acevedo, von dem Wunsche beseelt, dem für seine Glaubens=
brüder so sehr günstigen Frieden alle mögliche Dauer zu verleihen
— bestärkte sie in dieser Ansicht. Sie bat ihn, er möge doch ja
genaue Beobachtungen anstellen, um zu erfahren, ob dies gelingen
würde.

Er bezog nun sein altes Gemach wieder, nachdem er
versprochen, sich den Augen Anjou's zu entziehen. Sein erstes
Geschäft war, dem gütigen Lenker des Geschicks für Gabrielens
Rettung zu danken, und dann Gelegenheit zu suchen, ein Schreiben
an du Plessis=Mornai zu richten, über Gui's Verhältnisse unter=
richtet zu werden. Er wußte dieses Schreiben durch jenen wieder
gefundenen alten Diener glücklich zu du Plessis=Mornai zu bringen,
und bald erfreute ein Schreiben des Freundes, voll Lobes von
Gui und mit der Nachricht, wie hoch geehrt er sei und wie ihn
Heinrich von Bearn achte, und er stets um die Person des Prinzen
sein müsse, wenn nicht sein Beruf ihn fordere — des Vaters dank=
bares Herz. Nur von Gabrielen konnte er nichts erfahren. Doch
traute er fest und sicher der Treue Abelma's, und Ruhe kehrte
wieder in sein Herz. Er gab sich nun wieder ganz seinen Lieb=
lingsbeschäftigungen, den astrologischen Studien hin, die Gesund=
heit, die im Kerker so viel gelitten, stellte sich wieder her, und
frohere Aussichten öffneten sich ihm für den Abend des Lebens.
Keine Ahnung hatte er von dem Höllenplane, den Katharina hegte,
den sie so klug zu verbergen wußte.

Indessen wurden die Unterhandlungen mit der Königin von
Navarra eröffnet wegen der Verbindung Heinrichs und Marga=
rethens. Frankreich schien ruhig. Jede Brust athmete wieder
einmal frei, und Carl IX. leitete ebenfalls Unterhandlungen
mit dem Kaiser Maximilian II. ein, die mit der Vermäh=
lung zwischen Carl und des Kaisers Tochter Elisabeth endeten.
Froher Jubel erfüllte Paris. Ueberall gab man sich den schönsten
Hoffnungen hin, und nur die Erfahreneren trauten der Windstille
nicht, die so oft schon wüthende Stürme geboren hatte.

Selbst der Admiral, schon seit längerer Zeit Wittwer, hegte noch einmal die süßen Gefühle jugendlicher, weit über seinem Alter hinausliegender Empfindungen. Jacobine von Entremont, eine sehr reiche Dame Savoyens, innigst zugethan dem reinen Evangelium, war von hoher Achtung und Verehrung gegen den Admiral Coligni, den größten Mann und edelsten Helden seines Zeitalters, den muthigen Vertheidiger der heiligsten Rechte der Menschheit, erfüllt. Ihr Herz, schwärmerisch Alles ergreifend, was Interesse für sie hatte, wurde von der innigsten Liebe zu ihm erfüllt, der doch um so vieles älter war, als sie. Sie bot dem Admiral ihr Herz und ihre Hand. Das Seltsame dieser Handlung, die erhabene Gesinnung, welche sie aussprach, gewannen des Admirals Herz. Er veranstaltete eine Zusammenkunft, und hier knüpfte sich das Band unauflöslich.

Der Herzog von Savoyen suchte diese Verbindung zu hintertreiben. Er zog Jacobinens Güter ein. — Dennoch blieb sie treu und verließ heimlich ihr Vaterland, verließ ihre Reichthümer und wurde in Rochelle des Helden Gattin. Alle unheilbringenden Ereignisse schienen sich in die glücklichsten aufzulösen — alle Segnungen des Friedens blühten. Coligni segnete den Liebesbund seiner Tochter Luise mit dem edlen Teligni, obwohl er nur ein armer Edelmann war. — Heinrich von Conbé vermählte sich mit Marien von Cleve. — Nur des ehrgeizigen Anjou's Plan, Englands Elisabeth die Seine zu nennen, mißlang zu seinem Grimm, und nur ein Staatsbündniß war in dem Körbchen, das er erhielt — magerer Ersatz für Vernichtung seiner ehrgeizigen Absichten. Die Vermählung Heinrichs von Bearn mit Margarethen von Valois, mit welcher ihre Herzen vollkommen übereinstimmten, kam allmälig ihrer Erfüllung nahe zur Freude der Hugenotten, die sich jetzt im Besitze des Gutes, wofür so viel Blut geflossen, glücklich fühlten.

Die frohe Aussicht der Vereinigung der beiden Parteien in Heinrich und Margarethen, und die ihm heimlich vertraute Absicht des Königs, an Spanien den Krieg zu erklären, und dadurch den

Niederländern nützlich zu werden, und ihm den Oberbefehl zu übertragen; dies und sein eigenes, so herrlich aufblühendes häusliches Glück, nahm des Admirals Herz ganz ein. So oft er auch schon von dem Hofe, der keine Treue kannte, hintergangen worden war; jetzt traute er zuversichtlich und lächelte oft, ja zürnte sogar, wenn man Bedenklichkeiten äußerte und Zweifel an der Aufrichtigkeit des Hofes.

Er wurde jetzt von Carl IX. eingeladen, an den Hof zu kommen, um die Angelegenheiten wegen des Krieges mit Spanien eifrig zu betreiben. Freudig eilte Coligni nach Paris. Sein Empfang von Seiten des Königs war sehr herzlich. Jedermann bemühte sich, ihm seine Achtung zu beweisen. Der König versicherte ihm: dieser Tag sei der glücklichste seines Lebens. Coligni wurde in alle seine Aemter und Würden wieder eingesetzt; ja Carl gab ihm eine Stelle im Staatsrath und ein Geschenk von hunderttausend Livres, und überließ ihm ein ganzes Jahr lang die Einkünfte der Pfründen seines in London verstorbenen Bruders, des Carbinals von Chatillon, der als Opfer des Fanatismus gefallen war. Alles wurde versucht, den Admiral so in die Netze des Hofes zu verstricken, daß er nicht mehr entrinnen konnte, da er ohnedem mit unbegreiflicher Verblendung sich hingab, und alle Warnungen verachtete.

Mitten unter den freudigen Vorbereitungen zu der Vermählung des Prinzen Heinrich starb Johanna von Navarra, das große, edle Weib, und dieser Verlust war groß für die Protestanten; allein dieser Todesfall änderte Nichts in dieser Angelegenheit.

Heinrich von Navarra, in dessen Nähe Gui de Saint-Flour war, eilte nach Paris. Sein Einzug war glänzend, und jetzt jubelte Paris auch dem Ketzer entgegen. Margarethe von Valois empfand für den schönen Heinrich wirklich Zuneigung; sie sah ihm mit Sehnsucht entgegen. Da erblickte sie in seiner Nähe den Mann wieder, für den sie einst geglüht, Gui de Saint-Flour, und ein freudiges Gefühl durchbebte sie. Diese Neigung war in ihrem leichtsinnigen Herzen jetzt wieder erwacht und überwog, selbst die Neigung zu ihrem jungen Gatten. Sichtbar bewies sie ihre Zuneigung zu Gui de Biole. Alle besseren Gefühle in Gui's Herzen widerstrebten, und er fühlte eine tiefe Verachtung gegen Margarethen, die die Absicht zu haben schien, mit ihm in eins jener verworfenen Verhältnisse zu treten, wie sie damals am Hofe Sitte waren. Er zog sich von allen Festlichkeiten zurück und lebte fast ein Einsiedlerleben unter den Freuden des Hofes.

Acevedo beobachtete den geliebten Sohn. Margarethens unreine Liebe zu ihm war ihm kein Geheimniß, desto mehr freute ihn Gui's Zurückgezogenheit. Er achtete selbst Heinrichs von Navarra Vorwürfe nicht und lebte nur in der Verbindung mit Coligni, hoffend auf den Ausbruch des Krieges mit Spanien, wo sich ihm das Feld des Ruhmes wieder zu öffnen versprach. Acevedo sah er nur selten, so sehr ihn auch sein Herz zu ihm hinzog. Es war eine sichtbare Verstimmung in seinem Wesen. Düster war sein Sinn. Niemand errieth das Geheimniß, als Coligni und Acevedo. Er forschte nach Gabrielen, und all sein Forschen war fruchtlos. Dies war es, verbunden mit jener unheiligen Empfindung der jungen Königin von Navarra, was ihm den Aufenthalt in Paris zur Last machte.

Du Plessis-Mornai gab seiner Thätigkeit eine neue Richtung.

„Die Zeitumstände sind günstig," sagte er, „Heinrichs von Navarra Wohlwollen für Euch, des Königs milde Stimmung, Alles verheißt Euch ein erwünschtes Ziel, wenn Ihr jetzt Euere Güter in der Auvergne zurückfordert."

Gui erkannte die Richtigkeit dieser Ansicht. Er that nun ernstliche Schritte, und hatte die Freude, daß er seiner Wünsche Ziel wirklich nahen sah. — Man versprach Alles. — Selbst Coligni legte es dem König an's Herz. Carl neigte sich so sichtbar zu Coligni, daß er endlich das Gesuch genehmigte und Gui in den Besitz seiner Güter setzte. Gui wollte sogleich nach der Auvergne eilen. Nur Coligni's Bitten hielten ihn noch zurück.

In einer vertrauten Zusammenkunft Coligni's mit dem König sollte ihm Coligni vor, wie ruhmvoll es für ihn sei, der Sache der unterdrückten Niederländer sich anzunehmen und selbst den Feldzug zu leiten. Er deutete darauf hin, daß Katharina ihn bei den früheren Kriegen bloß darum zurückgehalten, selbst ritterlich zu kämpfen, um den Herzog von Anjou bei der Nation beliebt zu machen und ihn, den König, desto besser zu beherrschen. Carl mochte die Wahrheit dieser Andeutungen fühlen. Er sah, daß Coligni es redlich meine, und es war nahe daran, daß Coligni ein bedeutendes Uebergewicht über den König erhielt. Katharina ließ dies Gespräch belauschen. Ihr Haß gegen Coligni kannte nun keine Grenze mehr. Immer fester wurde die Absicht, ihn, wie alle in Paris versammelten Hugenotten, hinzumorden. Dies aber ging nicht ohne des Königs Mitwirken, und das mußte schnell gesichert werden, ehe Coligni ihn noch mehr für sich einnahm.

Katharina kannte ihren Sohn zu gut, um nicht die schwache Seite zu kennen, bei welcher sie ihn fassen mußte. Sie nahm einen Zeitpunkt wahr, wo sie ihn allein traf. Sie zog ihn mit sich in ein einsames Kabinet und brach in die heftigsten Vorwürfe aus. Mit einer Mischung von mütterlicher Zärtlichkeit und bitterm Unwillen rief sie ihm Alles in's Gedächtniß zurück, was sie als treue Mutter für ihn von der Kindheit hülflosen Tagen bis zu diesem Augenblicke gethan, geduldet, geopfert. Und nun wende er sich von ihr zu den Menschen, die ihn glühend haßten, nur sein Verderben wollten; ließe von ihnen sein Herz bestricken und abwenden von Mutter und Bruder.

Ihre Thränen rannen. Sie affectirte eine wilde Verzweiflung. „Was soll aus mir, was aus Anjou werden, wenn sie Dich in ihre Netze locken und an die Spitze der Staatsgeschäfte treten? Laß mich nach Florenz zurück eilen, und dort laß über dem Kummer, einen Sohn verloren zu haben, mein Herz brechen!" Das rief sie in erschütterndstem Ton aus.

Carl stand betäubt vor ihr. Soligni's Bemerkungen waren noch unverwischt in seinem Andenken. Er wußte sich schuldig. Er flehte die erzürnte, so tiefbewegte Mutter um Vergebung an und gelobte Besserung, gelobte, ihr in allen Stücken zu folgen.

Freudig sah Katharina ihres Versuches Gelingen; allein sie hatte gelernt, sich zu beherrschen und zu verstellen. Statt sich mit Carl auszusöhnen, rang sie verzweifelnd die Hände und eilte davon.

Carl war außer sich. Er folgte der Mutter, wie sie es berechnet hatte, in ihre Gemächer, wo er Anjou, Gaudy=Netz, Tavannes und Sauve, die Vertrauten ihrer Mordpläne, bei ihr antraf.

Carl starrte sie an und erbleichte. Er fürchtete seine Mutter und den Herzog von Anjou mehr, als die Hugenotten. Ihr Zusammensein mit diesen fanatischen Männern, deren Gesichter alle den Ausdruck der tiefsten Betrübniß und Sorge zur Schau trugen, ängstete ihn unbeschreiblich, und er ahnte für sich die nach= theiligsten Folgen.

Fast zitternd bat er sie nun, ihm doch die neuen Verbrechen der Protestanten bekannt zu machen, da er sie ja gar nicht kenne.

Da war ihr Wunsch erfüllt; da begannen sie mit glühenden Farben die Verbrechen der Protestanten zu schildern, von denen diese nichts wußten; da sagte man dem König, daß sie mit der freien Uebung ihrer Religion nicht zufrieden seien, sondern die Ver= tilgung der katholischen beabsichtigten; daß sie sich rühmten, den König ganz nach ihren Absichten lenken zu können; daß besonders der Admiral sich geäußert habe, blutige Rache wegen seiner Achts= erklärung nehmen zu wollen.

Es lag nicht in Carls heftiger Gemüthsart, etwas ruhig zu prüfen, um Wahrheit von niedrigem und höllischem Blendwerke der Lüge scheiden zu können. Auch jetzt loderte seine Hitze auf. Man wußte sie bis zum rasendsten Zorne zu steigern, und er schwur, dies den Protestanten nicht zu vergessen.

Jetzt hatte man den König da, wo man ihn haben wollte. Man kehrte nach Paris zurück. Katharina und Anjou mißtrauten der Dauer des königlichen Zornes, darum nahmen sie einen andern Ausweg — Coligni's Ermordung. Aber auch hier erscheint Katharinens teuflische List. Ihr Bestreben ging darauf hinaus, die Mordthat auf das Guisische Haus zu laden. Teuflisch klug wählte sie ein Haus, das dem Erzieher der Guisischen Prinzen gehörte, zum Mordplatze. Dort mußte sich der Mörder verbergen.

Es war am 21. August 1572, als Abends spät noch Acevedo sich zur Königin begeben wollte, um sie zu warnen, da Schreckliches sich bald ereignen müßte, seinen Beobachtungen zufolge. Die seltsame Erregtheit Katharinens, das heimliche Wesen, die glühenden Blicke, die er beobachtet — das Alles deutete dem scharfen Beobachter auf nichts Gutes und nichts Gewöhnliches.

Er kannte seinen Einfluß auf die Königin und hoffte durch denselben vielleicht Uebels von seinen Glaubensgenossen abzuwenden.

Als er sich dem königlichen Gemache näherte, trat Nicolas Louviers de Maurevel, der Mörder des tapfern Moni — ein Auswurf der Hölle, einst in Diensten des Herzogs Franz von Guise, heraus, und die ganze Hölle sprach aus seinen Zügen.

Ein kalter Schauder ergriff Acevedo bei dem Anblick dieses Menschen, und eine bange Ahnung durchzuckte ihn. — Statt sich zur Königin zu begeben, eilte er aus dem Louvre nach dem Hôtel Saint-Pierre, in der Straße Betisy, unfern des Louvre, wo Coligni wohnte. Er verlangte stürmisch den Admiral zu sprechen. Doch dies war jetzt nicht möglich, da er bei dem König war. —

Gui aber traf ihn.

„Oberst Biole!" rief der Vater dem Sohne zu, „beschwört den Admiral, Paris zu verlassen, es droht seinem Leben Gefahr. Auch Ihr seid nicht sicher. Verlaßt um Gotteswillen Paris, und eilt auf Eure Güter nach Saint-Flour!"

Gui erschrak. Er zog den Astrologen auf die Seite. Er forschte nach Allem, und Acevedo theilte ihm das mit, was er wußte, und verließ ihn dann schnell, um vielleicht dem beabsichtigten Bubenstück näher auf die Spur zu kommen.

Coligni kehrte spät heim.

Gui theilte ihm sogleich das mit, was er gehört, und beschwor ihn, Paris zu verlassen.

„Ihr vergeßt, Oberst," antwortete Coligni ruhig, „daß mich die Pflicht gegen König und Vaterland fesselt. Ihr vergeßt, daß wir alle in Gottes Hand stehen und sein Schutz uns bewahrt. Von Euch hätte ich solche Aengstlichkeit nicht erwartet!" — Und ruhig legte er sich zu Bett.

Am andern Tage, Freitags den 22. August, begab er sich frühe nach dem Ballhause, wie er es dem König zugesagt. Gui begleitete ihn dahin, und Mauvans und Teligni. Gegen eilf Uhr kehrten sie nach der Wohnung Coligni's zurück. Der Admiral ging einige Schritte voraus und las amtliche Papiere durch. Als er in die Nähe des Klosters Saint-Germain l'Auxerrois kam, fiel plötzlich ein Schuß. Die Kugel riß des Admirals Zeigefinger an der rechten Hand weg und drang in den linken Oberarm. Ruhig wies Coligni nach dem Hause, woher der Schuß gekommen. Wüthend rissen Mauvans und Gui die Schwerter aus den Scheiden und eilten dahin. Sie durchsuchten das Haus — es war leer. Maurevel war durch die Vorstadt Saint-Antoine bereits entflohen. Sie kehrten nach fruchtlosem Suchen zu Coligni zurück, den sein Schwiegersohn Teligni bereits nach seiner Wohnung gebracht.

Als Gui in das Gemach trat, wo der Held lag, da reichte er ihm die verwundete Hand. Ein wehmüthiges Lächeln schwebte über die edeln Züge, und er sagte: „O, hätte ich der Stimme warnender Freundschaft gefolgt! Nun ist es zu spät."

Mit der Fassung des wahren Christen und dem Muthe des Helden ertrug er die schmerzhafteste Operation.

Der König war außer sich, als er es erfuhr. Katharina eilte zu ihm, ihren Abscheu und Groll gegen die Guisen zu äußern, auf welche sie, da alle Umstände sich dazu vereinigten, die Schuld dieser

Schandthat bürdete. Der König verordnete die Verhaftung des jungen Herzogs von Guise; doch dieser war entflohen. Carl äußerte wirklich aufrichtigen Abscheu gegen das Verbrechen, und suchte auf alle mögliche Weise diesen zu beurkunden.

Kaum verbreitete sich das Gerücht des Meuchelmords an Coligni, als alle protestantischen Edelleute zu Coligni eilten. Allgemein war der tiefe Schmerz, allgemein die grenzenloseste Wuth und Erbitterung. Heinrich von Navarra, Condé und Teligni waren es, die sich aus den besten Absichten, den Frieden nicht auf's Neue zu brechen, da der Mordversuch Privatsache sei, dem Antrage des Bidome von Chartres, Jean de Ferrières, Paris sogleich zu verlassen, widersetzten. Coligni, welcher ohnedem schon seiner Wunde wegen eine Reise vermeiden mußte, trat ihrer Meinung bei und äußerte das unerschütterlichste Vertrauen in die Rechtlichkeit seines Königs. Am Abend desselben Tages wurde noch eine Berathung an Coligni's Bett gehalten, die gleichen Erfolg hatte.

Gui, der auf's Heftigste empört war, erhielt am Mittage noch einmal ein Schreiben von Acevedo's Hand, das ihn beschwor, sogleich Paris zu verlassen. Er warf es erbittert hin. „Nein!“ rief er aus, „und sollte auch ich fallen, ich kann und darf den Mann nicht verlassen im Unglücke, der mein Vater, mein Freund war im Glück!“ Und er blieb.

Am Nachmittag nach dem Mordversuch erschien, auf des Admirals Bitte, der König, begleitet von Katharina von Medicis, Heinrich von Anjou und dem Marschall von Retz, am Siechbette des Helden. Alle sprachen die herzlichste Theilnahme und den größten Unwillen über das Verbrechen aus. Carl sprach allein mit Coligni.

Katharinens Gewissen regte sich — die Furcht — der Sünde Sold, marterte sie. Sie drang auf dem Rückweg in ihren Sohn, den Inhalt dieses Zwiegesprächs ihr zu eröffnen. Ihren dringenden Bitten gab endlich der König nach und sagte, er habe ihn zur Selbstständigkeit ermahnt und vor der Abhängigkeit von Andern gewarnt.

Katharina biß sich in die Lippen. — —

Carl hatte verlangt, man solle Coligni in den Louvre bringen. Heftig widersetzten sich indessen die Aerzte diesem Vorschlage. Mehr Beifall fand Heinrichs von Anjou Vorschlag, eine Wache vor Coligni's Hause aufzustellen, um etwaige Anschläge der Guisen zu vereiteln. Auch fand der Antrag Beifall, daß alle protestantischen Edelleute Quartier in der Nähe des Coligni'schen Hauses beziehen sollten, um sogleich bereit zu sein, wenn Gefahr drohe. Es mußten Quartiere bereitet werden für sie, die sie am andern Tage bezogen. Niemand ahnte, welche fürchterliche List dies war. Niemand dachte daran, daß dies nur darum geschah, um die zu Mordenden ja alle recht nahe beisammen zu haben, und gleichsam mit einem Streiche sie alle zu fällen! —

Am Morgen des 23. August begab sich Heinrich von Anjou in Katharinens Gemächer. Er traf die Königin in gewaltsamer innerer Bewegung.

„Jetzt hat die Stunde geschlagen, Heinrich!" rief sie aus, „wo unser Plan ausgeführt werden muß. Ich habe bei den Aerzten des Admirals geforscht, und sie behaupten, seine Wunde sei gefahrlos, er werde bald wieder hergestellt sein. Was werden wir von ihrer Rache zu erwarten haben, die Jean de Ferrieres, der Bidome von Chartres, laut schwur im Kreise der Seinigen?!" —

„So laßt uns schnell ihr zuvorkommen. Sie bieten uns selbst durch ihre zahlreiche Versammlung bei Coligni die Hand."

„Wie so?" fragte die Königin.

„Es ist ja ohne alle Schwierigkeit, den König zu überzeugen und das Gerücht in ganz Paris zu verbreiten, daß sich die Protestanten verschworen hätten, blutige Rache zu nehmen für den Mordversuch."

„Der Gedanke ist vortrefflich — aber wie ihn ausführen?"

„Dafür laßt mich Sorge tragen. Birague, Tavannes und Retz werden es an nichts fehlen lassen. Dadurch wird der König erzürnt werden, und es wird uns leicht sein, diesen bis zur Raserei zu steigern, wo er sicher seine Zustimmung nicht versagen wird."

„Wann aber wollen wir dieses Werk ausführen?" —

„Morgen um Mitternacht, wenn das schon verabredete Zeichen mit der Glocke von Saint=Germain l'Auxerrois gegeben wird, wird des Admirals letzte Stunde schlagen und mit ihm die aller Protestanten in Paris. Ich werde schnell die gräßlichsten Gerüchte aussprengen lassen, die geeignet sein werden, Freund gegen Freund, Nachbar gegen Nachbar zu bewaffnen — und frei werdet Ihr, werden wir Alle athmen, wenn die Sonne des 25. August über den Gräbern und Leichen unserer Feinde aufgeht! Aumale und Guise mit ihren Leuten sind verborgen und harren der Stunde und des Zeichens, um ihren Haß im Blute der Ketzer zu tränken. Thut Ihr das Eure, theuere Mutter, und bereitet Carl leise vor — dann wird Alles gelingen."

„Heinrich von Navarra und Condé schonen wir," sprach nun Katharina. „Ich will Margarethen Befehle geben, in ihres Gemahles Zimmern zu bleiben."

„Nur noch nicht!" rief Anjou — „nur vor morgen Abend nicht, sonst ist's verrathen. Ihr kennt den Leichtsinn Margarethens. Sie hat Leute unter den Hugenotten, die ihr werth sind, die sie gerne retten möchte — wenn sie es wüßte, und so sehet Ihr wohl, wäre Alles verloren."

Er verließ die Königin, bei der sich bald der Marschall von Retz einfand, mit dem sie jetzt noch das Weitere besprach.

Acevedo war nun schon zu dreien Malen in Katharinens Vorzimmer gewesen. Ihn trieb eine namenlose Angst um. Er sah an Allem, es war etwas Entsetzliches im Werk, über dem ein dunkles Geheimniß schwebte. Er kannte die Verhältnisse, er wußte, daß es den Protestanten gelten würde. Er warnte sie. Vergebens aber waren seine Warnungen. Man schlug sie in den Wind. Er wollte Katharinens Gemüth erschüttern, aber sie ließ ihn nicht vor. Mit jedem Augenblicke stieg seine Angst, denn er sah nur Anjou und die übrigen fürchterlichen Fanatiker bei Katharinen. Ihm war es klar, es gelte nichts Geringeres als Ermordung der

Protestanten. Was er zu thun vermochte, that er; allein es war umsonst. An so Entsetzliches glaubte man nicht.

Am 23. August endlich hatte er die Freude, du Plessis-Mornai, der auf die Nachricht von des Admirals Verwundung von seinen Gütern nach Paris geeilt war — zu sehen. Er zog den Freund bei Seite. Ihm vertraute er seine schrecklichen Ahnungen. Aber auch Plessis glaubte daran nicht, und dies brachte den Alten fast zur Verzweiflung. Er kehrte zurück in den Louvre und suchte sich selbst zu überreden, er irre — und doch konnte er die Angst seines Innern nicht beschwichtigen. Selbst das Gebet gab ihm keinen Frieden.

26.

Der Abend des 24. August, des Sanct-Bartholomäustages 1572, war gekommen und eine schwüle Nacht sank herab mit undurchdringlicher Finsterniß auf die Riesenstadt, in der eine grausenvolle Stille herrschte, die nur hin und wieder durch Waffengeräusch unterbrochen wurde. Von diesem Geräusche beängstigt, eilte Gui an des Admirals Lager — es diesem mittheilend und ihn auf die verschiedenen Warnungen Acevedo's aufmerksam machend. Coligni wurde ernst.

„Geht nach dem Louvre, Oberst Viole," befahl er ihm, „und fragt den König in meinem Namen, was es zu bedeuten habe?" —

Gui ging sogleich. Alles war ungewöhnlich still.

Nur hin und wieder begegnete er bewaffneter Bürgermiliz, was ihn noch mehr mit Sorge erfüllte.

Gui blieb auf seinem Weg einigemal horchend stehen — denn es schien ihm, als begleiteten ihn schon vom Hôtel Coligni's aus drei Männer, deren einer sich durch ein langes Gewand auszeichnete. Blieb er stehen, so thaten sie dasselbe. Ging er wieder, so folgten sie ihm von Ferne. Endlich griff er an's Schwert und trat zurück, um sich genauer zu überzeugen, aber er fand nichts und schämte sich einer Anwandlung von Furcht.

Ohne fürder sich umzublicken, schritt er nun rasch zu und erreichte den Louvre.

Er ließ sich sogleich bei dem Könige melden und wurde in einen Salon geführt, wo nach wenigen Augenblicken der König sich einfand.

Gui erschrak vor seinem Antlitz. Es war wild, bleich, verstört. Das feurige Auge war schrecklich anzusehen. In seinem ganzen Wesen zeigte sich eine Hast, eine Unruhe, eine Ueberspannung aller Kräfte, die auf eine fürchterliche Erregung aller Leidenschaften bei ihm schließen ließ.

Gui begrüßte den Monarchen mit edlem Anstand und Würde; doch erwiederte der König seinen Gruß nicht. Finster sah er ihn an und fragte:

„Was ist Euer Begehren?“ —

„Ich komme im Namen des verwundeten Admirals,“ sprach Gui fest, jedoch ehrerbietig, „bei Eurer Majestät unterthänigst um Erklärung der kriegerischen Bewegungen in der Stadt zu bitten, da sie den Admiral beunruhigen.“

Da wurde plötzlich des Königs Gesicht grinsend freundlich.

„Geht hin,“ sagte er mit anscheinender Ruhe, „und sagt dem Admiral, es geschehe auf meinen Befehl, und meine Absicht sei bloß, mögliche blutdürstige Unternehmungen der Guisen zu vereiteln. Bittet ihn in meinem Namen, ruhig zu sein.“

Er machte eine Bewegung mit der Hand und ging wieder nach der Thür, aus welcher er getreten. Im Blicke noch sah Gui Katharina und Anjou. Mehrere standen noch umher, die er jedoch nicht mehr erblicken konnte, weil Carl die Thüre schloß.

Beruhigt, doch nicht ganz ohne Sorgen, verließ Gui den Louvre und trat in den Hof desselben. Hier war Alles todtstill. Er blieb einen Augenblick stehen und horchte in die Ferne; — dann trat er durch das eiserne Thor hinaus. Kaum aber hatte er den Fuß über die Schwelle desselben gesetzt, als ihn vier starke Arme faßten und ihn rücklings zu Boden rissen. Vergebens war die Gegenwehr seiner jugendlichen Kraft. Er wurde gefesselt, der Mund ihm verstopft und so fest gebunden, daß er sich nicht regen konnte, trugen ihn in lautloser Stille die beiden Männer eine Strecke, dann warfen sie ihn auf einen leichten Wagen der bereit stand, und nun ging's rasch von dannen. Lange Zeit fuhren sie ihn, dann wurde er abgeladen, in ein niedriges Haus gebracht, wo man ihn schonungslos in eine finstere Kammer warf, die Thür abschleß und ihn gefesselt liegen ließ.

Vergebens bemühte sich Gui, sich zu regen. Er war so fest geknebelt, daß er regungslos liegen mußte. Auch schreien konnte er nicht, denn der Mund war ihm verbunden. Er hörte an dem dunkeln Orte, wo er lag, durchaus nichts; nur dann und wann schien es ihm, als vernähme er ein leises Flüstern im vordern Gemach. Er mochte vielleicht eine Stunde in dieser Lage zugebracht haben, die höchst schmerzhaft für ihn war, da ließ sich wieder Geräusch hören. Man vernahm schwere Tritte, und ein zweiter Gefesselter wurde in gleichem Zustande hereingebracht.

Vor Gui's Seele traten nun Acevedo's Warnungen. Ihm war es gewiß, daß sein Tod ihm nahe sei, und ruhig ergab er sich in das Unabwendbare, die Stunde erwartend, wo die Mörderrotte seiner Bahn ein Ziel setzen würde.

In des Königs Kabinet waren Katharina, Anjou, Tavannes, Retz, der Herzog von Nevers und Birague, der an Morvillier's Stelle getreten war. Hier gestand man es dem König, daß nicht Guise, sondern Katharina und Anjou die Mörder Coligni's seien; daß die Ursache dieser That nur die Rücksicht auf das Wohl des Staates sei, indem die Protestanten die allerschändlichsten Absichten gehegt, und man sie entweder gewaltsam unterdrücken, oder auf's Neue die Schrecken eines wüthenden Bürgerkriegs über das entnervte Vaterland bringen müsse, was jetzt noch sicherer zu erwarten stehe — wenn nicht Alle vertilgt würden. Katharina wendete alle ihre Verstellungskunst, alle ihre Kunstgriffe an, ihres Sohnes leidenschaftliche Wuth zu erregen, und alle Anwesenden, zu denen noch Graf Angouleme gekommen war, vereinten ihre Kraft in Lüge und Verleumdung, so daß endlich, auf's Aeußerste gebracht, Carl ausrief: „Par la mort de Dieu! man tödte, weil Ihr es für gut findet, den Admiral; aber ihn nicht allein, sondern alle Hugenotten, damit nicht Einer übrig bleibe, der uns beunruhige! Fertigt schnell die Befehle aus!"

Tavannes erklärte nun, daß er bereits Alles gethan, die Milizen habe wehrhaft gemacht. Es fehle nur noch, sie mit dem Zwecke bekannt zu machen.

In diesem Augenblicke wurde dem König der Obrist Viole de Saint-Fleur gemeldet. Alle erschracken. Der König trat heraus, und Katharina legte ihr Ohr an die Spalte der Thüre, die nur angelehnt war.

Freudig vernahm sie des Königs Verstellung, und berichtete es heimlich ihren Genossen.

Tavannes entfernte sich bald nach des Königs Rückkehr, und ließ die Vorsteher der Bürger vor den König kommen, wo er ihnen befahl, die Bürgercompagnien um Mitternacht vor dem Rathhause zu versammeln.

Mit Entsetzen fragten sie nach dem Zweck.

Da enthüllte ihnen Tavannes die höllischen Pläne.

Bleich vor Schrecken sahen sich die wackeren Bürger an, und der Muthigste unter ihnen nahm das Wort, erklärend, sie könnten mit gutem Gewissen zu solchen Schandthaten ihre Hand nicht bieten.

Wüthend sprang Tavannes gegen ihn und sprach fürchterliche Drohungen aus. Es gelang ihm, sie einzuschüchtern, und sie endlich geneigt zu machen. Er sagte ihnen nun, daß ein Schuß vom Louvre aus und das Läuten der Glocke vom Kloster Saint-Germain l'Auxerrois das Zeichen zum Anfang des Mordens geben solle. Hierauf müßten sogleich Lichter und Fackeln vor die Fenster gestellt, die Straßen mit Ketten gesperrt und auf allen öffentlichen Plätzen Pikete ausgestellt werden. Zum Kennzeichen sollten die Katholiken weiße Kreuze an ihren Hüten und weiße Tücher um ihren linken Arm tragen. Der Herzog von Guise und der Graf Angouleme, des Königs natürlicher Bruder, übernahmen, nachdem Ersterer aus seinem Schlupfwinkel hervorgekommen war, des Admirals Ermordung mit wilder Lust. —

Alles ordnete sich im Stillen. Alle Vorbereitungen wurden auf's Zweckmäßigste getroffen. Unbegreiflich und unerklärbar war die Unachtsamkeit der Protestanten. Coligni, durch Acevedo noch einmal gewarnt, schnell sein Haus zu verlassen, beunruhigt durch Gui's Ausbleiben, sandte noch einmal Teligni zum König, und dieselbe beruhigende Antwort, welche Gui erhalten, empfing und brachte er dem Admiral. Nur aus einer Ursache läßt sich der Protestanten Ruhe bei so häufigen Warnungen, bei so zweideutigen Ereignissen, wie sie diese Nacht bot, erklären. — Ihr edler Sinn und ihre rechtlichen Herzen faßten solche Verruchtheit nicht; sie war ihnen undenkbar. Sie trauten zu sicher auf das königliche Wort, zu fest auf Treue, wie sie zu üben gewohnt waren.

Schrecklich sollten sie erwachen aus dem ruhigen Schlummer, in den sie der Glaube an die Menschheit gewiegt.

Selbst die, die man liebte, gab man als Opfer hin; und Carl, der die aufrichtigste Zuneigung zu dem heitern Larochefoucault hegte, ließ ihn dennoch seinem blutigen Loos entgegengehen.

Im Erbgeschosse des Louvre befand sich Katharina, Carl, Anjou und die meisten der erwähnten Genossen der höllischen Pläne. —

Carls ganzes Wesen war in fieberhafter Unruhe — Alle in einer entsetzlichen Spannung — natürlich —! — der Teufel selbst mußte schaudern vor solcher That! — Katharina — und wessen ist ein Weib nicht fähig, wenn alles Heilige aus ihrem Herzen gewichen ist?! — Katharina sprach dem Könige, sprach den Männern Muth ein, rühmte das Gottgefällige der Ketzervertilgung.

Mit aller Gewalt, die sie über ihn hatte, nöthigte sie ihn — als zwölfmal der Hammer schlug zur Stunde, wo nach altem Volkswahn der Hölle Pforten ihre Scheusale ausspeien — den schrecklichen Befehl zu dem Zeichen zum Beginnen des Blutgerichtes, das schrecklicher kaum jemals die Welt sah — zu geben. Schaubernd gab er ihn — — — ein Pistolenschuß — wurde gehört, und bald schrillte die Glocke von Saint=Germain l'Auxerrois greulich in die Nacht hinein. — Da faßte sie Alle die Hölle! da trat kalter Todes= schweiß auf ihre Stirnen; da klapperten ihre Zähne an einander in wilder Verzweiflung; da rieselte Todesschrecken durch ihre Gebeine und ihr Haar sträubte sich — da bereuten sie, an des Welten= richters Vergeltung denkend, den Brudermord; da sandten sie an Guise, an Angouleme, nach dem Rathhause Boten, die Einhalt gebieten sollten. Umsonst! Umsonst! — Die Pforten der Hölle sind geöffnet, die Teufel wüthen — nichts hemmt ihre Bahn — ihre Dolche rauchen schon von Christen=, von Brüder= blut! — — —?

Als die Todtenglocke von Saint=Germain l'Auxerrois den ehernen Mund zum ersten Schrei öffnete — da flog Guise und Angouleme mit dreihundert bewaffneten Mördern nach Coligni's Hause. Der wüthende Cosseins fordert mit heftigem Poltern die Oeffnung der Thür. Bei Coligni waren in religiösem Gespräche der wackere Cornaton, der Wundarzt Thomas und der evangelische Prediger Merlin. Cornaton hört das Geschrei, sieht beim Fackelscheine die Mörderrotte und ruft Coligni zu: „Die Stunde ist da, wo uns der Herr zu sich ruft!"

Coligni ahnte das Schreckliche.

Heitern Antlitzes spricht er: „Sein Wille geschehe!" Und nun drängt er die Treuen zur Flucht.

Sein Hausmeister öffnet unten des Hauses Thür, und sinkt durchbohrt auf die Schwelle. Man schleudert den Leichnam hinweg, Guise wagte es nicht, den Mord selbst zu vollbringen; aber er hatte ihn in eine geübte Faust gelegt. Ein Böhme war sein Stallmeister, mit Namen Dianowicz, gemeinhin le Béme genannt. Er ist der Erwählte. Le Béme, Sarlabour, Attin, Petrucci, gleich Katharinen und Birague, eine Frucht Italiens, nebst Scharfschützen, bringen in Coligni's Gemach.

Der verwundete edle Mann war mühsam aufgestanden und erwartete sie mit der Ruhe des Frommen, der den Richter nicht fürchtet.

Le Béme herrschte ihm zu: „Bist Du Coligni?"

Coligni spricht ruhig — aber empört von des Menschen Frechheit: „Ja ich bin's — aber junger Mann, Du solltest Achtung haben vor meinen grauen Haaren!"

Der Unmensch hohnlacht und stößt ihm das vom Blute des Hausmeisters rauchende Schwert in den Leib und dreht es wüthend um. Und als ob Jeder nach der Ehre geize, diese Schandthat zu theilen, durchbohren ihn Alle und führen Hiebe nach dem Haupte des bereits Entseelten, und wer dies nicht kann, schießt seine Pistole auf ihn ab — als ob tausend Leben in ihm wären.

Da ruft mit einer Stentorstimme der Graf von Angouleme herauf: „Ist es vollbracht!" — Es währte ihnen zu lange.

Da faßt le Béme den Leichnam bei den Haaren und schleppt ihn zum Fenster, die Genossen helfen, und sie stürzen ihn zum Fenster hinaus.

Ein Jubelruf begrüßt den gemordeten Helden. Guise wischt das Blut von dem Gesichte Coligni's, um des Todes des Gehaßten gewiß zu sein. Nun weidet er sein Auge an den Zügen dieses edlen Gesichts, das jetzt der Todeskampf kaum zu entstellen vermocht hatte. Er läßt den Kopf abhauen und als Trophäe nach dem Louvre bringen. Den Rumpf wirft man in den Stall, wo des Helden Pferde stehen. Aber schon bald nachher bemächtigt sich seiner eine wilde Rotte, verstümmelt ihn entsetzlich, schleift ihn jubelnd durch die Straßen von Paris, und hängt ihn endlich bei den Beinen auf Montfaucon auf.

Carls Höllenangst wich jetzt einer Höllenwuth, als das Schreck=

liche zu verhüten zu spät war. Verzweiflung war ihre Mutter. Mord=
geschrei, Waffengetöse, Wüthen und Jammergeschrei reißen ihn völlig
zur Wildheit hin. Er selbst schießt auf die unglücklichen Protestan=
ten, die Rettung im Louvre suchen, wo die Schweizer, gleich Schlächtern,
morden.

Von dem Hause des Admirals, in dessen Nähe die meisten
Protestanten wohnten, zieht sich, nachdem diese abgeschlachtet waren,
das Morden nach dem Louvre zu, in dessen Umgebung allein zwei=
hundert protestantische Edelleute gemeuchelt werden.

Viele, zu denen das Wuthgebrülle der Verzweiflung drang,
oder die man blutdürstig verfolgte, flohen nach dem Louvre, ver=
trauend dem gegebenen Worte des Königs und des Gesetzes heiliger
Schutzwehr. Schreckliche Täuschung! Dort unter den Augen des
Königs, wie hier in den schrecklich durch Fackellicht erhellten Straßen
und in den friedlichen Häusern floß das Blut der unglücklichen
Protestánten stromweise, und es war kein menschliches Gefühl, keine
geheiligte Gewalt, keine Macht des Gewissens mehr — die da
gehemmt hätte die bluttriefenden und nach Blut nur lechzenden
Mörderhorden. Zu den bestallten Henkern gesellten sich allmälig
nun die Freiwilligen, der zügellose, längst schon fanatisirte Pöbel
der Hauptstadt, und der Greuelthaten war kein Ende, sie mehrten
sich von Stunde zu Stunde in dieser entsetzlichen Nacht. Selbst
Kinder spielten und warfen sich mit den Gliedern der Ermordeten,
und man sah Weiber des Hofes und des Volkes Schandthaten voll=
bringen, vor denen auch ein männlicher Barbar zurückgeschaudert wäre.

Im Louvre wurden in den Vorgemächern, auf den Gängen
und Stiegen protestantische Edelleute niedergestoßen, selbst vor den
Augen Margarethens von Valois, der Neuvermählten Heinrichs
von Navarra, so daß das Blut der Gemordeten, die sie nicht zu
schützen vermochte, ihre Gewänder besprißte. Katharina von Mediçis,
nachdem die erste Regung des Gewissens niedergekämpft war von
den Leidenschaften des verruchten Herzens, sah mit Begierde das
Morden, und mit einem Wohlgefallen, das mehr als teuflisch war.

Heinrich von Navarra entging mit dem jungen Conbé kaum der Ermordung. Er mußte Zeuge sein, wie man seine Glaubensbrüder schlachtete, und konnte sie nicht retten. Dies Bewußtsein brachte ihn fast außer sich.

Carl IX. ließ ihn gegen Morgen zu sich bescheiden mit Conbé, und rief ihm, als er erschien, zu, daß er jetzt Coligni und alle Häupter der Protestanten habe ermorden — ihm und Conbé nur darum habe Gnade angedeihen lassen, daß sie Beide ihrem Ketzerthum entsagten — dazu — setzte er mit außerordentlichem Zorn und Grimme hinzu, gebe ich Euch drei Tage Bedenkzeit; dann aber — — er brach schnell ab und wendete ihnen den Rücken und entließ die Erschütterten, denen die Wonnetage ihres ehelichen Lebens schrecklich vergällt worden waren.

Niemand wüthete anhaltender, unermüdeter und grausamer gegen die armen unglücklichen Protestanten, als Tavannes und die Herzoge von Nevers und Montpensier. Mit dem bluttriefenden Schwert in der Hand schrie Tavannes in entsetzlichem herzzerreißenden Spotte: „Lasset den Ketzern zur Ader! die Aerzte versichern, es sei im August so gesund als im Mai." Solch Beispiel entflammte immer wieder von Neuem.

Wenigen Protestanten gelang es, durch die Flucht sich zu retten. Die Meisten wurden ergriffen und niedergemacht, die ein Gleiches versuchten; aber nicht bloß politischer und religiöser Fanatismus schwang das Mordeisen — Haß jeder Art und jeden Ursprungs gebrauchte die Begünstigung einer Zeit des gesetzlosen und rechtlosen Zustandes zu seiner Befriedigung, und lang gedämpfter Leidenschaften Gluth loderte auf. Alte Beleidigungen wurden gerächt; Gläubiger von den Schuldnern erschlagen, und Neid und Eifersucht waren so blutgierig wie der Fanatismus. Doch nur und einzig nur Protestanten waren die Schlachtopfer, nur sie mußten sterben, und nicht Alter, nicht Tugend, nicht Würde, nicht Schönheit, nicht Geschlecht konnte das Dasein nur eine Minute fristen.

Der Tag brach endlich an. Die Sonne umhüllte mit dichtem Gewölk ihr Allen lachendes, Alle erquickendes Antlitz vor den Greueln, die menschlicher Wahn verübt. Man möchte die Möglichkeit bezweifeln, daß auch bei dem hellen Tageslichte nicht Schauder und Entsetzen die Tigerherzen ergriffen — und doch blieben sie sich gleich; ja noch schrecklicher wurde ihr Blutdurst, da der lang genährte jetzt weniger Opfer fand. Aber es hatte jetzt auch neuen Reiz erhalten, das Morden, da man seine Opfer erst suchen mußte. Ohne Maß, ohne Schranken waren die Greuelthaten der Nacht und des Tags.

Erst gegen Abend gebot ein königlicher Herold, daß Jeder ruhig nach Hause gehen und das Morden einstellen sollte.

Vielleicht wollte man den ermüdeten Kannibalen Ruhe gönnen, damit sie nach dem wohlvollbrachten Werke ruhen und dann des andern Tages neue Thatkraft geschöpft hätten!? — Umsonst war dies Gebot. An Gehorsam war in diesem Aufruhr aller Leidenschaften nicht zu gedenken. Im Gegentheile betrachtete man es als einen neuen Aufruf, und es wurde zum Sporne zu neuen Greuelthaten. Der König versuchte auch nicht weiter, sie zu hemmen. Es wurde ihm immer einleuchtender gemacht, welch ein gottgefälliges Werk er verübt, und sein Eifer wuchs also, daß er am 28. und 30. August erneuerte Befehle an die Statthalter der Provinzen erließ, die Protestanten ohne Schonung zu würgen, damit auch nicht Einer übrig bliebe.

Sieben Tage ununterbrochen dauerte das Morden in Paris. Nur in den letzten Tagen geschah es mit Mäßigung, aber auch mit desto raffinirterer Bosheit. Man war ermüdet, übersättigt, und nothwendige Erschlaffung folgte der Ueberspannung. Dreißig Tage hindurch dauerte aber das Morden noch in den Provinzen.

Dreitausend Protestanten starben in diesen Tagen in Paris; dreißig tausend innerhalb der Grenzen des Reichs.

Aber auch schöne Beispiele des Edelsinns und christlicher Liebe bewiesen einzelne Katholiken in dieser entsetzlichen Zeit. Ehre ihnen, den Edlen, die den Muth hatten, Gott mehr zu gehorchen, als dem Gebot eines entmenschten Königs! Die Statthalter Tendes in der Provence und de Goldes in der Dauphiné, und mehrere andere Statthalter und Städtevorsteher versagten den Blutbefehlen des Königs muthig den Gehorsam und schützten das Leben und das Eigenthum der Verfolgten, lieber den Zorn des Monarchen auf sich ladend, als die schreckliche Schuld ihrem Gewissen.

Schnell verbreitete sich die Nachricht dieser Greuel der Bartholomäusnacht in allen Richtungen, und höchst verschieden nahm man sie auf. Während man ihnen zu Ehren in Madrid Freudenfeste feierte und Stiergefechte hielt, während Cosmo, der Herzog von Toscana, Carl und Katharinen Glück wünschen ließ zur vollbrachten Blutarbeit, und auch ganz Paris mit seiner Königsfamilie Gott dankte — — erfüllte Zorn und Unwille die deutschen Fürstenherzen, und der edle Marimilian II. erklärte laut die Bartholomäusnacht für das gräßlichste Brandmal in der Regierung seines Eidams Carl IX. Allen Sophistereien der französischen Gesandten an den deutschen Höfen gelang es nicht, das Abscheuliche, nach französischer Weise, in ein gefälliges Gewand zu hüllen.

Wie das Volk urtheilte, das durch keine gefärbte Brille der Politik sah, ist begreiflich, und Niemand erfuhr dies empfindlicher, als Heinrich von Anjou, den die Wahl auf den polnischen Thron rief. Als er durch Deutschland reiste, verfolgte ihn Abscheu, Hohn und Verachtung überall; und als er gar vor den edeln Kurfürsten Friedrich den Dritten von der Pfalz mit frecher Stirne trat im Schlosse zu Heidelberg — da hielt sich der edle deutsche Fürst für berufen, das Sünderherz des Franzosen zu erschüttern. Und er that's. Und der Leichtsinn und die Verstockung wich. Der innere Richter erwachte schrecklich, und die Furien der Hölle peitschten ihn bis nach Krakau, wo er endlich, unfähig, länger sein Inneres zerreißen zu lassen, seine Schuld bekannte, und durch das Bekenntniß eine Ruhe zu gewinnen suchte, die ihm fremd blieb bis zum letzten Augenblicke, wo er unter des fanatischen Clements Dolch seine Seele ausröchelte.

* * *

27.

Noch war der Morgen des 25. August nicht angebrochen, noch schien er nicht in die enge Kammer, in welcher Gui und sein Genosse noch immer gefesselt und geknebelt lagen in der schreck= lichsten Pein einer immerwährenden Todeserwartung, als gewaltsam die Thüre derselben aufgerissen wurde und Acevedo, von dem leuch= tenden alten Diener, des Hauses Besitzer, begleitet, hereinstürzte, ihre Fesseln zu lösen befahl, dann aber überwältigt von all' dem Entsetzlichen, dessen Zeuge er gewesen, ohnmächtig niederstürzte.

Der Diener löste Gui's Fesseln, und dieser erkannte in seinem Genossen erst jetzt den edeln du Plessis=Mornai.

Als auch er seiner Fesseln ledig war — reichten sich Beide die Hand und eilten dann, den Zusammenhang ahnend, zum ohnmächtigen Acevedo, ihm beizuspringen.

Erst nach vielfältigen Bemühungen gelang es ihnen, ihn in's Leben zurückzurufen. Er starrte sie fast bewußtlos an.

„Lebt Ihr wirklich noch, lebe auch ich noch, oder sind wir ihr schon enthoben, dieser sündigen, verruchten Welt!?" — rief er heftig und doch freudig bewegt aus.

„Fasse Dich, Freund!" sprach sanft du Plessis, „wir leben und Du lebst; aber so vieles Räthselhafte und dunkle liegt auf den letzten Stunden und der seltsamen Behandlung, die wir erfuhren, das Du allein, wie ich ahne, zu lösen vermagst, und was wir von Dir erwarten können."

Acevedo's Bewußtsein kehrte zurück. Er stand auf und sah sie Beide an, und sein Herz floß über, und die Thränen rannen über seine Wangen. Er breitete seine Arme aus und rief innigst ergriffen:

„Kommt an mein Herz, o Ihr, die ich ja allein noch hienieden habe — und Du vor Allen, mein Sohn!"

Gui wußte nicht, wie ihm geschah. Ein inneres, gewaltiges Gefühl zog ihn an des Greises Brust, und doch war es nur ein dunkles Gefühl — aber ein so beseligendes, wie er es noch nie empfunden.

Er sank an des Greises Brust.

„Ja, Ihr seid mein Vater!" rief er mit Rührung, „denn Ihr habt mir das Leben ja gerettet!"

Lange hielt ihn der Greis umschlungen in stummer Rührung, während du Plessis lächelte, und doch auch Thränen über seine Wangen rannen, deren eine die andere jagte.

Endlich ließ Acevedo den Jüngling los und umarmte den Freund.

„Wir sind quitt!" rief er ihm zu, „Du hast einst mir und jetzt habe ich Dir das Leben gerettet!"

Dann trat er vor Gui und besah ihn mit liebevoller Zärtlichkeit.

„Hinweg, Du Verhüllung!" rief er dann aus, „mein Werk ist zu Ende. Jetzt kann ich nichts mehr Gutes stiften in Dir! Gui — ich bin Dein Vater, Dein vielgeprüfter, vielverfolgter Vater!"

Da sanken des Jünglings Arme wie gelähmt herab; aber nur einen Augenblick — dann leuchtete das Auge, dann glänzte es im Thränenthau der Freude, und mit den Worten: „So log doch mein Herz nicht!" lag er in des seligen Vaters Armen.

du Plessis faltete seine Hände und blickte dankend gen Himmel. Weinend stand der alte treue Diener da und fragte leise du Plessis, ob dem also sei?

Als die ersten Wallungen des Herzens vorüber waren, ergriff du Plessis die Hand des alten Viole und sagte:

„Gib nun Rechenschaft von den letzten Stunden!"

Da rief Viole: „Grausamer! warum mischest Du das Gift in den Freudenbecher?" —

du Pleſſis ſah ihn ſtaunend an. Er begriff ihn nicht.

Da ſetzten ſich Alle, und Viole erzählte die ſchauderhaften Vorgänge der Nacht, die noch ungemindert fortdauerten, ob es gleich in dem fernen Winkel, wo ſie ſich jetzt befanden und wo man keine Proteſtanten wußte, ſtill und friedlich ausſah. Er ſchilderte mit gräßlicher Wahrheit die Mordſcenen.

Bebend fragte Gui nach Coligni.

„Seinen Rumpf ſchleppte das Volk in den Straßen umher und hing ihn endlich bei den Beinen an den Galgen auf Mont= faucon auf.“

Da bedeckte der Jüngling mit beiden Händen ſeine Augen und rief in herzzerreißendem Schmerze:

„Warum ließet Ihr mich nicht an ſeinem Lager, vielleicht hätte ich das edle Leben gerettet!“

„O, gib mir den Vorwurf nicht, mein Sohn,“ ſprach Viole — „Du konnteſt ihn nicht retten. Es war umſonſt, es war zu ſpät. Ihr waret Alle Verblendete. Ihr hörtet nicht auf meine War= nungen — darum mußte ich Euch hierher ſchleppen laſſen, daß ich Euch retten konnte; denn dort wart Ihr ſicher verloren.“

Da ſanken ſie ſich auf’s Neue an die Bruſt.

Und du Pleſſis ſprach: „Wir ſind durch Gottes wunderbare Fügung gerettet, laßt uns ſein nicht vergeſſen. Ihm ſei die Ehre!“

Da ſanken ſie auf ihre Kniee und dankten ihm bewegten Herzens.

Gui ergriff nun des Vaters Hand und bat ihn um die Erzählung ſeiner Begebenheiten.

„Nein, Gui,“ verſetzte der Alte, „jetzt nicht. Wir haben jetzt Ernſteres zu erwägen. Wenn wir einſt glücklich bei Rabaub und Salers auf Saint=Flour ſind — dann, ja dann will ich erzählen. Doch, wie kommen wir dahin? Ueberall wüthet der Glaubenshaß und mordet.“

„So ſind wir jedenfalls hier ſicherer in der Wohnung dieſes braven Mannes, als dort, wo wir zur Zeit noch Fremdlinge ſind,“

meinte du Plessis; auch Gui bat, in Paris zu bleiben, so dringend, daß man sah, er hatte noch etwas auf dem Herzen, was er ausführen wollte; allein weder seinem Vater, noch du Plessis sagte er etwas davon, bis er eines Abends spät vermißt wurde. Vergebens suchten sie ihn und ließen ihn suchen; wo er war, das ahnten sie nicht.

Ohne die Gefahr zu berechnen, die ihm drohte, schritt Gui indessen auf Montfaucon zu. Die Nacht war finster — der Weg unbekannt. Oft mußte er stehen bleiben und sich umsehen, ob er noch die Richtung habe, die der alte Diener, bei dem er mit seinem Vater und du Plessis sich aufhielt, ihm bezeichnet hatte.

Endlich erreichte er nach mühevoller Wanderung die Höhe; da stand der Galgen mit Coligni's Körper, an dem schon Raben nagten.

Gui war in einer entsetzlichen Spannung. In seinen Tiefen war sein Gemüth, sein ganzes Wesen erschüttert. Er sank kraftlos an dem Galgen nieder.

Nachdem er eine ziemliche Weile gelegen, vermochte er erst sich zu erheben. Er versuchte es, an dem Galgen hinaufzuklettern. Nur nach vieler Anstrengung gelang es ihm, den Leichnam abzuschneiden.

Es war Mitternacht geworden über dieser Arbeit. Eine Todtenstille herrschte auf der einsamen Höhe von Montfaucon, die nur das Gekrächze der Raben und ihr schauerlicher Flügelschlag unterbrach. Eiskalt überlief es den Jüngling an diesem Orte des Schreckens, wo jeder Tritt, den er that, in den Todtengebeinen der hier gerichteten Verbrecher rasselte. Es war allmälig sternenhell geworden, die Wolken, die den Himmel bedeckt hatten, verloren sich, und diese magische Helle vermehrte das Schauerliche des Ortes. Jetzt eben wollte Gui den Leichnam des unglücklichen Admirals auf seine Schultern laden, um mit ihm nach dem Schlupfwinkel zurückzukehren, wo er Sicherheit in der Mordnacht gefunden — als eine schwarze Gestalt langsam heranschlich. Gui wollte sich

eiligſt entfernen, allein es war zu ſpät, er vermochte nicht mehr
den Blicken des Kommenden zu entgehen. Raſch zog er ſein
Schwert und ſtellte ſich neben Coligni's Leichnam, den im Tote
zu vertheidigen, den er im Leben nicht hatte retten können.

„Wer Du auch ſeiſt,“ ſprach jetzt eine höchſt widerliche Stimme,
„hebe Dich hinweg von dem Orte des Schreckens.“

„Abelma!“ rief Gui, und eine freubige Rührung durchbebte
ſeine Bruſt. Auch ſie erkannte ihn.

„Biſt Du es wirklich, Gui?“ fragte ſie. — „O, Gottlob,“
ſetzte ſie hinzu, „ich glaubte auch Dich verloren und trauerte um
Dich; aber ſage mir, was willſt Du hier beginnen?“

„Ich richte die Frage an Dich, Abelma, was ſuchſt Du hier?“

„Den Leichnam des Admirals!“ ſagte ſie.

„Er iſt in meiner Gewalt,“ ſprach Gui, „und meine Pflicht
iſt es, ihm ein Grab bei ſeinen Vätern zu Chatillon zu bereiten.“

„Gott ſegne Dich für den Entſchluß, mein Sohn!“ rief ſie
freudig aus.

„Haſt Du es aber auch ſchon bedacht,“ fuhr ſie fort, „wie Du
ihn dorthin bringen willſt?“

„Das nicht,“ verſetzte Gui. „Doch läßt mich Gott mein
Werk ſo weit bringen, ſo läßt er mich es auch vollenden — und
Du, Abelma, könnteſt mir behülflich ſein!“

„Es ſei!“ ſprach ſie, und pfiff ſchneidend in die Nacht hinein.

Der Pfiff ſchnitt fürchterlich durch Gui's Gehör. Unwill=
kürlich hielt er ſeine Ohren zu.

Abelma lächelte. Sie ſtand da wie eine Norne — furchtbar
anzuſchauen — allein über ihre häßlichen Züge glitt ein Lächeln,
das aus dem Bewußtſein, etwas Gutes zu thun, erzeugt war.

Aus der Nacht hervor traten zwei athletiſche Geſtalten.

„Wlasko!“ rief Abelma, „kommt hierher. Nehmt den Leich=
nam und folgt uns in der Entfernung von zwanzig Schritten.
Gebt wohl auf das Acht, was ihr hören werdet!“

Dann faßte ſie Gui's Hand. „Komm, mein Sohn!“ ſprach

sie sanft, „komm nun in Gottes Namen. Ich ahne, wohin Du mich führst; die Todten sind auferstanden. Gui — hast Du schon am Vaterherzen Kindesglück gefühlt? — Er war Dein Retter, ich ahne es, und Abelma will Euch Alle retten aus dieser Mördergrube!"

Sie schritt rasch vorwärts.

Gui wollte reden.

„Schweig' jetzt," gebot sie, „denn unserer droht Gefahr!" —

Still schritten sie nun durch entlegene Gassen.

Plötzlich stand Abelma.

„Führe Du mich nun," sagte sie, „denn ich weiß nicht, wo er ist."

Gui leitete sie nun, und bald hatten sie den Versteck erreicht.

Gui hatte den Leichnam des Admirals in seinen Mantel geschlagen. Die Zigeuner ließen ihn auf dem Vorplatze des Häuschens, und blieben dabei stehen.

Gui trat in das schwach erhellte Gemach.

Alle die Sorgen des Vaterherzens lösten sich bei seinem Anblick in Wonne auf, doch den Vorwurf konnte es nicht bergen:

„Wo warst Du? Und warum thatst Du uns das?"

„O, tadelt mich nicht, mein Vater?" sprach erschüttert der Jüngling. „Ich konnte nicht ruhen, so lange ich den Leib des edelsten Mannes am Schandpfahle wußte, und will nicht eher an meine Rettung denken, bis er in der Gruft seiner Väter ruht!"

„Du warst auf Montfaucon?" rief Viole, und drückte ihn mit Hochgefühl an sein Herz. „Gott lohne Dir die That!"

du Plessis umarmte ihn. „O, Du hast längst Sohnesrechte in meinem Herzen gehabt, Gui!" rief er begeistert aus — „jetzt bist Du auch mein Sohn!"

„Nehmt mir ihn nicht ganz," sprach jetzt eine in Rührung gebrochene Stimme, die von der Thüre herkam, wohin der Schatten der Ampel fiel.

Seltsam ergriff der Ton den alten Viole.

„Abelma!" rief er, „führt Dich der Himmel wieder zu uns?" —

Er trat zu ihr und faßte ihre bebende Hand. Sie war keines Wortes mächtig.

Stumm reichte sie ihm den Ring dar. —

Er ergriff ihn freudig und sah sie forschend an. —

„Es ist gelungen," sprach sie leise, „Ihr werdet sie wieder sehen."

Da durchbebte neue Freude des Greises Brust, und dankbar blickte er nach oben, dankbar drückte er Abelma's welke Knochenhand.

„Noch Eins," sagte die Alte. „Nehmt dies Goldstück zurück, das wie Feuer auf meinem Herzen brannte. Ihr gabt es mir auf der Flucht nach Rochelle. Ihr gabt es mir, und ich mußte mich selbst verachten seitdem, weil Ihr mich verachtetet. Meine Treue wolltet Ihr erkaufen! O, Viole, Viole, wie habt Ihr mir wehe gethan. Vor Eure Füße wollte ich es schleudern — doch ich konnte nicht — nehmt es zurück, daß ich mich wiederfinde!"

Viole nahm es und schleuderte es weit weg.

„Vergib mir, Du treue Seele, vergib dem unglücklichen Vater, der in Verzweiflung von dem letzten Gute floh, was ihm geblieben war."

Abelma's Hand fuhr nach dem Herzen. „O, daß ich jetzt stürbe!" sprach sie leise. „Doch nein," setzte sie hinzu, „mein Werk ist noch nicht zu Ende, Ihr müsset weg von hier. Bereitet Alles schnell — noch diese Nacht muß Paris hinter uns liegen."

Freudig ergriffen sie alle diesen Vorschlag, und ehe noch eine halbe Stunde verging, folgten sie schon der Alten, die, wohlbekannt mit allen Winkeln der Hauptstadt, sie glücklich hinaus leitete, bis zum Gehölze von Boulogne, wo sie Wlasko und seinen Gefährten mit dem Leichnam des Admirals trafen.

In der folgenden Nacht erreichten sie Chatillon. Still und traurig setzten sie des Admirals sterbliche Reste in der Gruft seiner Väter bei, und aus den Heldenblicken träufelten Thränen das Todtenopfer dem großen, edlen Gemordeten.

„Nun ist mein Herz frei," sagte Gut, „und meine letzte

Pflicht gegen den Edeln erfüllt. Schlaf wohl," sagte er dann weich -- „schlaf wohl, Du Edler! In einer Welt, wo nicht mehr der religiöse Parteinamen die Hand gegen den Bruder waffnet, wo nicht mehr Priesterhaß die Herzen entzweit, wo nicht mehr menschliche Autorität das ewige Licht der Wahrheit unter den Scheffel setzt — wo nur Herzensglaube gilt und Liebe — da sehe ich Dich wieder!"

Sie drückten sich alle noch einmal die Hand. Jeder legte seine Rechte auf den Sarg des Admirals, als nähmen sie Abschied von ihm, und verließen dann die Todtengruft, um ihre Wanderung fortzusetzen.

28.

„Das ist nicht der Weg nach Saint=Flour!" sprach Viole zu Abelma, als sie unweit Grenoble immer links ihre Richtung nahm.

„Laßt mich," sprach sie sanft. „Es schlagen noch Herzen, denen nach langer Entbehrung eine Freude gebührt."

Viole schwieg. Er ahnte, was sie wollte. Sie folgten ihr ohne Widerrede. Hinter den Bergen von Auvergne sank in wundervoller Schönheit die Sonne hinab und vergoldete ihre Spitzen, wie jene der Berge der Dauphiné. Gui's Herz war tief bewegt, als er die alte Heimath wieder erkannte.

„Abelma, Du führst uns zu Rabaud und Salers?" fragte er.

Sie nickte.

„Laßt mich voraus," bat er, „die Freude tödtet sie sonst!"

Er riß sich los und flog, wie die flinke Gemse, einen ihm wohlbekannten Bergpfad hinan, der ihn näher und schneller zum Dörfchen leitete, als der Weg, den Viole, du Plessis und Abelma gingen. Hoch schlug sein Herz, als er der Hütte nahte, und die Greise so friedlich, so ruhig im Widerscheine des Abendroths auf dem Bänklein vor der Hütte sitzen sah, das er gemacht hatte in jener Zeit, wo er hier die Tage eines glücklichen, harmlosen Still= lebens gelebt.

Von ihm sprachen sie.

Da erblickten sie den zum schönen Manne gereiften Zögling wieder, wie er mit ausgebreiteten Armen auf sie zuflog, und der freudige Schrecken fesselte sie, daß sie nicht aufzustehen vermochten.

Er aber umarmte sie frohlockend, und bereitete sie auf den Anblick ihres alten, lang beweinten, todtgeglaubten Herrn vor.

Als er ihnen endlich sagte, er lebe, sie würden ihn wieder= sehen, da fielen sie auf ihre Kniee nieder und dankten unter Freuden= thränen ihrem Gott, und Rabaud rief: „Herr, nun laß uns in Frieden dahin fahren, da Du den höchsten Wunsch uns gewähret hast!"

Da trat Viole unter dem Schatten der Bäume hervor. Sie kannten ihn nicht. Ach, es lag ja so manches Jahr und so mancher Schmerz dazwischen, und jedes hatte seinen Tribut gefordert, und jeder Schmerz seine Furchen zurückgelassen!

Aber als der lieben Stimme Klang an ihr Ohr schlug, als sie ihre Namen ausrief, da zuckte des Wiedersehens Freude durch die Herzen der Greise, und sie wankten ihm entgegen und bedeckten seine Hände mit ihren Thränen.

„Nein!" rief Viole aus, „hier, hier ist Euer Platz, Ihr Väter meines Sohnes!" und er zog sie, einen nach dem andern an sein Herz! „Ihr habt ihn zum Manne gemacht, und zwar zum wackern Manne, das kann ich Euch nur mit Liebe lohnen. Fortan sollt Ihr leben mit mir wie Brüder!" —

Es war ein heiliger Moment, wie ihn selten das Leben bietet. Die Greise waren verjüngt, und der Himmel mit seinem Frieden zog in das Hüttchen ein. Aber ein Herz empfand tiefe Wehmuth in der Freude aller; denn die Nähe mahnte an den Verlust, und still und traurig schlich Gui umher.

Viole verließ sie eines Tages heimlich. Er ging nach Arbeque mit Adelma, die ihn nicht verließ.

In stille, wehmüthige Träume versunken, in tiefe Trauer gekleidet, fanden sie Gabrielen.

Einen lauten Freudenschrei stieß sie aus beim Anblicke Biole's,
und flog an seine Brust. Ach, sie hatte ihn ja auch als todt
beweint!

„Hinweg mit dem Trauergewande, meine Gabriele," sprach
Biole. — „Auf Arbeque soll die Freude einkehren."

Sie lächelte wehmüthig. „Das Grab gibt keine Opfer wieder!"
seufzte sie.

„Die Todten stehen auf, meine Tochter!" rief Biole, „Du siehst
es ja an mir. Kind, gib die Hoffnung nicht auf!"

Aber sie lächelte wieder durch Thränen so wehmüthig, und
sagte dann erröthend: — „die meine liegt unter dem Rasen."

Biole schwieg. Er beredete sie, ihn am anderen Tage zum
Dörfchen zu begleiten, um seine Freunde nach Arbeque zu holen.

Sie erfüllte gern seinen Wunsch.

Sie kamen dort an.

Gui saß im Gärtchen, in schwermüthige Rückerinnerungen versunken, unter dem alten Kastanienbaume, dessen Aeste einst seine
Knabenspiele beschirmt.

Sie nahten sich unbemerkt und leise.

„Was würdest Du sagen, Gabriele," flüsterte Biole ihr zu,
„wenn jetzt Gui Rabaud vor Dich träte und spräche: Gabriele, ich
bin nicht Gui Rabaud, sondern des Mannes Sohn, der einst schwur,
Dein Vater zu sein?" —

Sie bebte und sah ihn verwundert an, und eine Gluth übergoß ihr Antlitz.

„Gui!" rief Biole, und Gui fuhr, aus seinen Träumen auf-
geschreckt, herum.

Er sah Gabrielen und sank, kaum seiner mächtig, zurück.

Biole ergriff seine Hand und führte ihn zu Gabrielen.

„Es ist mein Sohn, Gabriele," sagte er, „Gui de Biole!"
— Da standen sie vor einander stumm erglühend.

Und Viole legte ihre Hände in einander. „Seid meine Kinder," sprach er, und seine Stimme zitterte. „Seid glücklich! — Eure Liebe hat eine schwere Probe bestanden — sie ist des Glückes werth!"

Da sanken sie einander in die Arme, überwältigt von ihren Gefühlen, und Viole segnete sie.

Abelma stand von ferne und trocknete ihre Thränen. Viole erblickte sie. „Komme herzu, Du Treue — es ist ja Dein Werk!" rief er ihr zu.

Da wankte die Alte heran, ihrer kaum mächtig, und legte segnend ihre Hand auf ihre Häupter, und feierlich sagte sie:

„Gui, ich sagte Dir einst, Hoffnung täuscht nicht. Sieh, ich log nicht!"

Bald umschlossen Alle, du Plessis, Rabaud und Salers, den Kreis, und die reinste Freude erfüllte ihre Herzen.

Sie zogen nun nach Arbeque, wo die Vermählung des glücklichen Paares gefeiert wurde.

Nicht lange aber blieben sie da. Nachdem Viole in Eile seine eigenen und Gabrielens Angelegenheiten geordnet hatte, verließen die glücklich Geretteten Frankreichs blutgedüngten Boden und zogen nach Genf.

Bis auf die Grenze Frankreichs geleitete sie Abelma. Sie Alle glaubten fest, die Alte würde ihre Tage nun in ihrem Kreise beschließen, doch so wollte sie es nicht. Das irre Wanderleben ihres Volkes war ihr zur andern Natur geworden. Sie konnte die Ruhe nicht ertragen.

Auf der Grenze stand sie stille.

Tiefe Rührung bewegte ihre Brust. Sie konnte fast nicht reden.

„Zieht in Gottes Schutze," sprach sie mit wankender Stimme — „ich muß Euch verlassen. Die alte Abelma kann nur in Wäldern leben, und an eines Baumes Stamme sei einst ihr Grab. — Mein irrer Lauf ist seinem Ziele nahe," sprach sie feierlicher.

„Ich hab' am Abend meiner Tage noch einmal selige Stunden in Eurer Mitte verlebt, in ihrem Nachklange wird dies Herz brechen, wird freudig brechen. O, lebt Alle wohl!" rief sie, und ihre Stimme hob sich, sie richtete sich auf, ein seltsamer Glanz strahlte aus ihren Blicken, und prophetisch sprach sie: „Betretet Frankreich nicht wieder. Es wird noch lange in blut'gen Todeskämpfen zucken — bis ihm Frieden wird — und — noch oft wird es wüthen gegen seine eignen Kinder in fürchterlicher Wuth — dann aber — ist kein Stäubchen mehr von uns vorhanden! — Lebt wohl! Mein Auge sieht in eine glückliche Zukunft für Euch! Vergeßt im Glücke Adelma's nicht. Ihr letzter Laut ist ein Gebet für Euch!"

Bei diesen Worten verschwand sie im Dicicht des Waldes, und ihr Andenken segnend, zogen die Glücklichen gen Genf.

Die erste Wohlthat.

Im letzten Sommer schritten drei Männer in freundlicher und gemüthlicher Unterhaltung auf dem schönen Wege durch das Nerothal bei Wiesbaden. Alle Drei waren Schulmeister, aber aus der Region der Gymnasien, und ihre Unterhaltung über den Werth der Anschauungen im Jugendunterrichte, nahm, wie das im Gange lebhafter Unterredung zu gehen pflegt, von diesem Gegenstande die Wendung auf die Macht jugendlich empfangener Eindrücke, und wie sich diese dem Gedächtniß als eine wunderbare Handhabe darbieten.

Da nahm der Oberlehrer Triberg das Wort und sagte: „Davon kann ich Euch, lieben Freunde, ein Beispiel erzählen, das weit hinabreicht in meine Knabenjahre und doch wieder in den jüngsten Tagen auf eine für mich ebenso überraschende, als erhebende Weise sich verjüngt hat. Wollt Ihr mir das Ohr leihen?“

Gerne sagten wir das zu, und er begann.

„Zu den erfreulichsten Erinnerungen meines Lebens rechne ich es, daß meine selige Mutter mich zum Träger ihrer großen und doch so verschwiegenen Wohlthätigkeit machte. Das hat meiner Seele einen Grundton gegeben, der in tausendfachen Schwingungen durch mein ganzes Leben fortklang, und ob ich gleich nicht zu denen gehöre, die so voll und reich mit der Rechten geben können, ohne daß es die Linke weiß, so hab' ich doch allerwegen mit Freuden mein Brod mit dem Armen getheilt, und es ist, meines Wissens, Keiner ohne eine Gabe geblieben, der mir im Leben nahe trat. O, wenn doch alle Mütter es wüßten, welch' einen Segen sie dem

Herzen ihrer Kinder gäben, wenn sie sich ihrer kleinen Hand bedienen, dem Armen Wohlthaten zufließen zu lassen.

„Wenn die Dämmerung kam, so begann mein Beruf als Rabe des Elias. Da trug ich im Körbchen dorthin und hierhin den Hungernden Lebensmittel aller Art, je nach Bedürfniß derselben. Sie kannte diese Bedürfnisse sehr genau. Da hab' ich viel Segens-wünsche und Dankesworte mit hinweggenommen, und ich schlief allemal unendlich glücklich ein, wenn ich recht viel Arbeit gehabt und recht müde geworden war, und es gemahnte mich allemal, als schwebten diese Segenswünsche und Dankesworte als lichte Engel schützend an mein kleines Bett.

„Meine Eltern waren nicht reich. Eine Besoldung von sieben-hundert Gulden war wahrlich keine unerschöpfliche Quelle, und unsere Familie bestand aus fünf Gliedern. Da war kein Ueberfluß, und doch that meine Mutter Vielen, sehr Vielen wohl. Wie sie das fertig brachte, ist schwer zu sagen, aber das reiche Erbarmen eines Frauenherzens ist erfinderisch und der Segen Gottes steht ihm alle-mal als ein getreuer Helfer zur Seite.

„Dann und wann bekam ich einen Obstkreuzer, der denn auch, da wir kein Obst wachsen hatten, regelmäßig vernascht wurde, wenn er nicht die zum Spielen nöthigen Klicker beschaffen mußte. Mehr aber empfing ich nie.

„Eines Sonntags Mittags saß ich in einer Ecke unserer Wohnstube und lernte meine Katechismusaufgabe für den anderen Morgen. Bei meiner Mutter saßen zwei treue Freundinnen, ganz ihrer Gesinnung, und sie redeten von den armen Familien des Städtchens, das in den schönen Rheingegenden liegt. Da wurde die Noth dieser oder jener besprochen, und wie sie sich in die Unter-stützung theilen wollten. Es war zu der Zeit, als Napoleon das Festland gegen England zuschloß. Am Rheine hin standen damals zwei Mauthreihen oder Douanenlinien, eng genug, um nichts durchzulaffen. Dieſe Leute waren ſehr kümmerlich bezahlt, und hatten ſie große Familien, ſo ging's ihnen kratzig genug.

„So lebte in dem Städtchen B... auch ein Douane, Namens Engel, der eine Frau und neun kleine Engelchen zu ernähren hatte. Dazu reichte ſein armer Sold bei Weitem nicht aus, und die Noth der Familie war ſehr groß, da die Kinder nicht betteln durften. Verdienen konnte noch Keines davon etwas, denn das älteſte Mädchen war neun Jahre alt und der jüngſte Knabe etwa ein halbes. Auch der ſehr braven Mutter war jede Erwerbsquelle verſchloſſen, da ſie zu handtieren genug hatte, um das zappelnde Ameiſenhäuflein in Reinlichkeit, Ordnung und ganzen Kleidungs= ſtücken zu erhalten, und die Menge der aufgeſetzten Flicken und Placken gab Zeugniß, daß ihre fleißige Hand von müßigem Raſten nichts wußte. Der Vater war ein geſchickter Drechsler und wenn er bei Nacht auf ſeinem Aufpaſſerpoſten geſtanden, fand man ihn zeitig wieder an ſeiner Drehbank. Das Schlimmſte war, daß dieſe Zöllner vom Volk ebenſo gehaßt wurden, wie die Zöllner von den Juden, wie uns das Evangelium erzählt. Da konnte auf eine mildthätige Unterſtützung nicht gerechnet werden, wenigſtens nicht aus den Kreiſen, welche dieſen Haß blindlings theilten — und die reichten weit herauf im Bürgerſtande.

„Die Engel's darbten und die beiden Freundinnen meiner Mutter erzählten erſchütternde Einzelnheiten. Ich war in meiner Ecke ganz Ohr und die Worte drangen zum innerſten Grund einer weichen Knabenſeele; ſie waren aber auch die Urſache, daß mein alter Lehrer mir am anderen Morgen bei'm Herſagen des Katechismus eine geſalzte Ohrfeige zu fühlen gab, deren eigenthümliche Dishar= monie noch in meinen Ohren fortklang, als wir um eilf Uhr der drangſalvollen Schulſtube, wie ein brauſender Waldſtrom entrauſchten. An dieſem Morgen hatte ich mich ohnedies verſchlafen, und da Beſuch im Hauſe war, der den ſtillen Gang geregelter Ordnung ohnehin unterbrach, ſo achtete Niemand auf mich. Die Mutter meinte, meine

Schwester Minchen hätte mir mein Frühstück verabreicht, und diese glaubte, die alte Eva, unsere Magd, habe es gethan, und doch saß ich im Stübchen und zerarbeitete mich an dem Katechismus, der gar nicht in den Kopf wollte. Da schlug's acht, und wer ohne gefrühstückt zu haben in die Schule mußte, war ich. Am Sonntag Abend hatte ich meinen Kreuzer gekriegt. Der tröstete den bellenden Bubenmagen. Ich dachte, wenn ihr um halb zehn die freie Viertel= stunde habt, so springst du auf den nahen Markt und kaufst dir goldgelbe Apricosen, um deren Reifzeit es eben war, und die ich in eine ganz absonderliche Gunst genommen. Aber es verschwor sich an diesem Unglückstag Alles gegen mich.

„Die ganze Bank, die mich zu ihrem Insassen hatte, konnte nichts. Der Alte war wüthend über die Faullenzer und Tage= diebe, wie er uns titulirte, und er fing oben an und zog Jedem eine Gesalzte, wobei ich, wie bereits gemeldet, nicht zu kurz kam. Sein gerechter Zorn hatte aber auch noch die für mich schauerliche Folge, daß er die Freiviertelstunde für heute strich und diese Bank, während die Anderen auf dem Schulhofe jubilirten, zur Strafe sitzen bleiben mußte.

„Alle Zehn waren wir gleicher Sünde und Schuld theilhaftig, aber zwischen mir und meinen neun Mitschuldigen und jetzt Mitlei= denden bestand der ungeheure Unterschied, daß sie alle gefrühstückt hatten und ich nicht. Nie hat mich eine Strafe empfindlicher getroffen, als diese; nie habe ich mehr das Ende der Schule herbeigesehnt, als damals. Und doch trug ich mein Leid stille, weil ich die Neckereien und schadenfrohen Sticheleien meiner Leidensgenossen fürchtete.

„Und es war gerade, als ob der Alte an mir ein Exempel statuiren wollte an diesem Tage! — Es hatte bereits eilf geläutet und er machte noch keine Anstalt, uns zu entlassen.

„Endlich! Ein tiefer Seufzer entrang sich meiner Brust, als

er noch eine Strafpredigt an uns Zehn begann, die mit erklecklichen Drohungen abschloß.

„Ich war heute ein dreifach Gestrafter und schrieb mir das hinter's Ohr. Ich wundere mich heute noch, daß sich mein Grimm nicht auf den armen Douanen Engel warf, der doch eigentlich die, wenn auch unschuldige, Ursache meiner Schulleiden war. Alle Buben liefen schnurstracks heim; denn es war Sitte in dem Städtchen, daß um Eilf gegessen wurde; nur in meinem elterlichen Hause war, weil mein Vater erst um Zwölf von der Schreibstube kam, Zwölf die Stunde, die mir Linderung meiner Hungerqual verhieß. Bis dahin waren's noch gut Dreiviertelstunden! Zu Hause wurde auf strenge Ordnung gesehen. Ich erhielt vor Tisch nichts, da mein Vater sehr darauf hielt, daß ich bei Tisch ordentlich aß. Ich konnte dafür bürgen, daß ich heute über das Zuwenig keinen Rüffel erhielt; aber bis dahin noch Dreiviertelstunden! Das war mehr, als der Magen des zehnjährigen, kräftigen Buben ertragen konnte. Als ich in Le= und Wehmuth über die Herbigkeit meiner Lage über den Markt schlenderte (denn die Eile konnte mir ja zu Nichts helfen!), gedachte ich plötzlich meines Kreuzers, und ein Lichtstrahl fiel in meine verdunkelte Seele, der schmerzliche Ausdruck meines Gesichtes machte urplötzlich lachender Freude Platz.

„Aber! — dort saß die alte Margreth, die Obstverkäuferin, und ein Berg der herrlichsten, golden mit rothen Bäckchen mich anlachenden Apricosen zog meine Blicke und Sehnsucht auf sich und hier war ein Bäckerladen, von dem die frischen Milchbrode den reizenden Duft zu mir herübersandten. Da stand Herkules am Scheidewege! Für meinen Kreuzer, der mein ganzer Reichthum war, bekam ich drei Apricosen, und — einen der großen, prächtigen, duftenden Wecke.

„Was sollte ich thun? Drei Apricosen, das war ein Wassertropfen auf eine heiße Platte; aber so ein Milchbrob, das

gewöhnlich mit einer Tasse Milch mich bis zum Mittag vollkommen befriedigte, war doch etwas Anderes bei meiner grimmigen Hungersnoth. Zum ersten Male überlegte ich in diesem
Conflicte und die Klugheit trug den Sieg davon über die Lust
an den herrlichen Apricosen.

„Doch es sollte anders kommen.

„Als ich mich umwandte nach dem Bäckerladen, stand des
Donauen Engel ältestes Mädchen vor mir. Es war etwa so alt,
wie ich, zehn Jahre, und lehnte an der Kirchmauer. Seine Blicke
waren starr auf den Bäckerladen gerichtet. Es lag der Ausdruck
eines heftigen Verlangens darin. Das Aussehen des Mädchens,
das ein sehr freundliches Gesichtchen hatte, war leidend, die ohnehin
bräunliche Hautfarbe schien gelb. Das rabenschwarze, reiche Haar
gab den Zügen einen vollends düstern Ausdruck. Ihr außerordentlich großes, schönes, schwarzes Auge, sonst so lebhaft und
glänzend, sah aus der tiefen Höhle so eigenthümlich, fast gespenstig,
daß mich ein Grausen überlief. Das Kind sah nichts, als den Bäckerladen. Ich trat zu ihr und fragte: „Fehlt Dir etwas, Lottchen?“

„Das schwarze Auge traf mich. Das Kind zuckte zusammen
und halb flüsternd sagte sie: „Mich hungert so!“

„Hunger also aus Noth, aus Mangel! Gerechter Gott! Mich
überlief’s eiskalt und meinen eigenen Hunger vergessend, fuhr ich
mit der Hand in das Täschchen meiner Weste, nahm meinen Kreuzer
und gab ihn dem Mädchen.

„Nie hab' ich mehr in dem Grade den plötzlichen Uebergang von
tiefem Kummer zu hoher Freude gesehen, als in diesem Augenblicke.
Das Kind fuhr aus seiner gebückten Stellung empor, wie wenn es
durch eine innere Macht emporgeschnellt würde. Aus dem dunkeln
Auge schlug ein lodernder Blitz auf. Die schlaffen Gesichtszüge
waren plötzlich gespannt, lebenvoll. Eine blühende Röthe ergoß
sich über das ganze Gesicht.

„Sie nahm den Kreuzer, sah mir einen Moment tief in die

Augen und sagte: „Ach Gott, wie dank ich Dir!" Dann flog sie in den Bäckerladen.

„Und ich? — Nun — mir war so wohl und doch so wehe um's Herz, daß ich rasch die Gasse hinablief und etwas in meinen Augen verdrückte, was einer Thräne gleich war.

„Und mein Hunger? werdet Ihr fragen. Ich antworte einfach und kurz — er war beruhigt. Das selige Bewußtsein meine Noth über der des armen Kindes vergessen zu haben, war so lohnend, daß ich mit Heldenkraft mein Bedürfniß zurück drängte, aber zu Mittag allerdings einen Vertilgungskampf mit den Auflagen meines Tellers begann, der nur darum unbemerkt und unbelacht blieb, weil unser Besuch die Aufmerksamkeit der Tischgenossen ungetheilt in Anspruch nahm.

„Wenige Tage später wurde der Douane Engel versetzt. Ich sah das Kind nicht wieder; aber die Hingabe meines Kreuzers ist mir eine wohlthuende Erinnerung für lange Zeit geblieben. Ihr könnt wohl denken, daß sie dennoch im großen Grabe der Zeit unterghig.

„Ich wuchs heran, und wenn auch meine Studien meinen jetzigen Beruf vorbereiteten, so blieb mir dennoch Zeit, mich mit Liebhabereien zu beschäftigen und zu diesen gehörte das Studium der mittelalterlichen Kirchenbauten. Schon als Knabe zog die romanische Hauptkirche der Vaterstadt, namentlich ihr prachtvolles Chor, mein Nachdenken zu sich hin; nicht minder die herrlichen Mauerreste einer Kapelle von Kleeblattform im reinsten deutschen Style, welche einige hundert Stufen höher als die Hauptkirche am Berge liegt. Die beiden ausgezeichneten Bauwerke regten mit Gewißheit auch jene Vorliebe für die Werke der Baukunst in mir an. Ich lernte später alle merkwürdigen Bauwerke, an denen der Rhein so reich ist, genauer kennen. Nur blieb meine Sehnsucht nach den Domen von Freiburg und Straßburg acht und dreißig volle Jahre ungestillt. Meine ökonomischen Umstände erlaubten die

Reife nicht. Erst in diesem Sommer wurde es möglich. Ich fuhr von Mannheim mit der Eisenbahn in einem Zuge bis Freiburg und blieb dort mehrere Tage nur einzig und allein mit dem Dom beschäftigt und in seinem engsten Umgange. So lebte ich mich ganz hinein.

„Von da flog ich zurück über Baden=Baden nach Straßburg, wo ich dem Münster auch einige Tage zu weihen und dann wieder heimwärts zu ziehen gedachte.

„Begünstigte mich in Freiburg das klarste Wetter, so traf ich mit Regen in Straßburg ein.

„Geduld überwindet Alles. Trotz des Regens eilte ich zum Münster. Mein Entzücken kannte kein Maß. Mitten im Regen stand ich auf der Plate=forme und bewunderte die unaussprechlich herrliche Blumenpyramide des Thurms, bis der Thürmer sagte: Herr, Sie werden krank. Ihr Paletot trieft ja!

„Nun erst merkte ich's, daß wirklich der Regen zudringlicher war, als ich mir gedacht. Stellenweise, namentlich auf den Schultern, war er unaufhaltsam bis zur Haut vorgerückt und seine feste Position ließ an ein Zurückweichen gar nicht denken. Wenn der Feind einmal so weit in den Außenwerken sich festgesetzt hat, so ist es eine schlimme Sache um das Halten der Festung und die Schauer der Uebergabe durchzucken die Besatzung. Das fühlte ich, und der erste Feind hatte hier oben einen gar bösen Bundesgenossen am scharf=blasenden West, der mit dem „lauen Weste" der Poeten kaum stammverwandt war.

„Um mich zu erwärmen, rannte ich, sofern es die nicht allzu=vortheilhafte Treppe zuließ, hinunter und war bald zu ebener Erde, auf dem Münsterplatz.

„Ich gehöre zu den unglücklichen Menschen, welche gar keinen Ortssinn, daher keine Verwandtschaft mit den Tauben haben. Ich laufe mich in dem kleinsten, mir fremden Orte kapalirre; daher ich denn auch von meinen Jugendbekannten mit dem Ehrentitel des

„tollen Hahns" vielfach bin ausgezeichnet worden, und sich keine Zunft bei mir in fremden Orten besser steht, als die Lohnbedienten und das lungernde Gesindel, welches vor den Thoren der Gasthöfe auf die Zurechtweisung der Fremden speculirt.

„Der reichlich fließende Regen machte Straßburgs nicht eben sehr reinliche Straßen fast leer. Nur hier und da erblickte man ein Paar krapprothe Hosen oder einen vorübereilenden, beschirmten Geschäftsmann. Und in meiner Münstersehnsucht und wohllöblichen Zerstreutheit stand mein Regenschirm ganz gemüthlich bei meinem Reisesack im Gasthofe, wo die Kehler Omnibusse anfahren und wo ich mir ein Zimmer genommen.

„Aber wo lag der? Ich konnte ihn wohl suchen, aber schwerlich finden, und wenn ich noch länger herumlief, wurde ich noch nässer. Ohnehin war ich, statt nach der Brücke links umzubiegen, rechts um die Ecke gegangen.

„Ich sah mich um nach einem Gasthofe, wo ich mich hätte vor Anker legen können; allein ich entdeckte keinen. Da fiel mein Auge auf ein Bierhaus.

„Ei, dachte ich, die Straßburger sind doch noch Einviertelsdeutsche und die Gemüthlichkeit wird noch nicht ganz flöten gegangen sein. Da wird ja doch die Frau Wirthin einem hungernden Landsmann etwas verabreichen, wenn's auch nicht in des Hauses Bestimmung liegen sollte. Es war kurz vor Mittag; es regnete immer stärker. Meinen Gasthof wagte ich nicht zu suchen. Kurzum, ich trat ein. Es war ein großmächtiger Raum, in den ich trat. Ueberall standen Tische und Stühle, lange, kurze, kleine, große, wie man sie etwa suchte. Mächtige Säulen stützten die Decke des zweiten Stockwerks und große Rundbogen, vielmehr halbzirkelige Fenster gaben selbst an dem trüben Regentage Licht in Fülle für den ganzen Raum; aber er war leer und nur hier und da saßen ein paar Soldaten und spielten Mariage um Bier.

„Als ich eintrat, kam mir ein Mädchen, ein sogenanntes Schenkmädchen, freundlich entgegen und setzte mir einen Stuhl.

„Sie sind sehr naß geworden, sagte sie im Straßburger breiten, nichts weniger als schönem Deutsch, das mir gegen das melodische Allemannische, welches ich jenseit des Rheines gehört, sehr unmusikalisch klang.

„Ich erzählte der Lächelnden kurz mein Schicksal und wie ich so unglücklich genaturt sei, und fragte dann, ob ich wohl hier ein wenn auch noch so einfaches Mittagsbrod bekommen könne?

„Es ist nicht Brauch bei uns, entgegnete sie, die nicht übel Lust hatte, den deutschen Schulmeister auszulachen, für den sie mich ganz sicher sogleich erkannt hatte; aber ich will's der Madame sagen! Und mit diesen Worten hüpfte sie weg. Ich ging derweile im geräumigen Saale rasch auf und nieder, aus Gründen, die ich nicht zu erwähnen brauche.

„Gleich darauf öffnete sich eine Thüre aus dem Innern des Gemachs und in einem sehr guten, aber einfachen Kleide trat eine stattliche Frau herein. Sie war Fünfzigerin, aber noch immer eine bildschöne Frau, die eine Jugendfrische bewahrt hatte, wie es selten vorkommt. Ihre großen, leuchtenden, schwarzen Augen sahen mich scharf und sinnend an, als sie mir näher trat. Plötzlich nahm ihr Gesicht einen merkwürdigen Ausdruck an. War's Freude? War's Rührung? War's Beides zusammen, ich weiß es nicht. Sie faßte sich indessen, grüßte mich mit großer Freundlichkeit und sagte: Die Kellnerin hat mir Ihr Unglück erzählt. Es hat nicht den mindesten Anstand, — wenn Sie mit mir und meinem Manne vorlieb nehmen wollen! Zum besondern Bereiten eines Mahls ist es zu spät.

„Als ich ihr sagte, daß mir das nur erwünscht sein könne, betrachtete sie sichtbarlich mehr den Ton meiner Stimme, als den Worten, und ihre lebhaften Augen musterten jeden Zug meines Gesichts.

„Endlich sagte sie: Zum Essen ist noch einige Zeit, da mein

Mann noch nicht hier ist. Legen Sie Ihren nassen Paletot ab und nehmen Sie Platz.

„Die Dienerin nahm mir den Paletot ab, um ihn zu trocknen, und ich setzte mich zu ihr auf ein am obern Fenster stehendes Sopha.

„Ihre Mundart, hob sie ihr Gespräch an, läßt mich vermuthen, daß Sie aus der untern Rheingegend sind.

„Ich bejahte.

„Vielleicht aus B . . .? fragte sie mit etwas beklommener Brust.

„Auch das bejahte ich.

„Dann heißen Sie Driberg und Ihr Vorname ist Albrecht? sprach sie plötzlich mit großer, innerer Bewegung.

„Ich sah sie erstaunt an.

„Woher, um des Himmelswillen, kennen Sie mich? fragte ich.

„Wissen Sie das Sprüchwort nicht, sagte sie und ihre schönen Augen wurden feucht, Berge kommen nicht zusammen, weil Thäler dazwischen sind, wohl aber die Menschen, und wenn Berge und Thäler zwischen ihnen sind?

„Im Augenblicke ging die Thür auf und ein Mann trat herein, der freundlich auf uns zukam.

„Mein Mann! sagte die Wirthin, mir ihn vorstellend.

„Und der Herr? fragte der Wirth, als sie mich ihm nicht vorstellte.

„Verzeih' die Unart und verzeihen auch Sie sie gütigst! Ich muß erst noch allerlei fragen und mittheilen. Setze Dich zu uns! bat sie ihren Mann.

„Als er sich gesetzt, sagte sie: Erinnerst Du Dich noch des Namens Driberg, lieber Mann?

„Gewiß, aus B . . ., sagte er. Das ist ja —

„Jetzt muß ich Sie, mein theurer Herr, in's Gebet nehmen. Ist Ihnen der Name Engel etwa erinnerlich? fragte sie mich und ihre Stimme zitterte dabei merklich.

„Ich kann. — Außer meiner frühen Jugend ist mir Niemand erinnerlich, der ihn getragen, sagte ich.

„Ganz recht, dorthin weist meine Frage, sprach die Frau.

„Da lebte in B . . . ein Douane, der so hieß.

„Und der war unendlich arm.

„Ja!

„Haben Sie nie etwas von ihm und seiner Familie gehört?

„Nein.

„Sie haben wohl die Familie nicht näher gekannt?

„Auch das nicht.

„Doch erinnern Sie sich vielleicht noch Eines der Kinder?

„Ja, ja, sagte ich, Lottchens, des ältesten der Kinder —

„In dem Augenblicke sah ich die großen, schwarzen Augen der schönen Frau und betroffen sagte ich: Mein Gott! —

Sie trocknete ihre Thränen und sagte: Diesem Lottchen gaben Sie einst einen Kreuzer, womit es seinen Hunger stillte, denn zwei Tage schier hatte das Kind gehungert.

„Mein Gott, sagte ich und wurde verlegen, wie können Sie diese Einzelnheiten wissen, wenn Sie —

„Nicht Lottchen sind? rief sie. Ja, ich bin's. O mein Gott, fuhr sie fort, meine Hände drückend, mein Mann hier ist Zeuge, wie viel tausendmal ich den Wunsch aussprach, daß mir doch Gott die Freude bescheeren möge, den Albrecht Driberg wieder zu sehen. Ich erkannte Sie auf der Stelle, als ich Sie erblickte. Es gibt Lagen und Umstände im Leben, die uns das Bild eines Menschen so tief in die Seele drücken, daß man es wieder erkennt und wenn auch, wie hier, fast vierzig Jahre dazwischen liegen. Gott sei Dank, der so wunderbar Sie in mein Haus führte. Sieh', lieber F . . ., sagte sie zu ihrem Manne, das ist Albrecht Driberg, der mir seinen Obstkreuzer gab, und meinen Hunger so liebevoll stillte.

„Da schüttelte der Mann meine Hand und hieß mich viel tausendmal willkommen, und mir war so seltsam, so wunderlich zu

Muthe, daß ich hätte mit der Frau weinen mögen. Sie wich nicht von meiner Seite und hielt unaufhörlich meine Hand, die Hand, die ihr die größte Wohlthat erwiesen, wie sie sagte.

„Ich mußte dem Ehegatten nun erzählen, wie ich in's Haus kommen und wie mir's ergangen. Als ich sagte, wo ich eingekehrt sei, stand Herr F . . . auf und ging hinaus. Gleich darauf kam er mit einem Burschen wieder. Geben Sie mir doch Ihre Karte, bat er; ich gehe, Ihre Effecten zu holen.

„Als ich Einwendungen machte, rief er: Wie, Sie wollten nicht bei mir wohnen? Sie?

„Seine Frau flehte wahrhaft und ich mußte es zugeben. Ueber Tisch erzählte sie mir die Geschichte ihrer Familie. Sie waren im Jahre 1812 versetzt worden und zwar nach Mainz, wo ihr Vater eine bessere Stelle bekam. Noch am Schlusse dieses verhängnißvollen Jahres kam er als Douanenlieutenant nach Straßburg, wo er etwas für die Erziehung seiner Kinder thun konnte. Das Glück wollte ihnen wohl. Gut erzogen von einer frommen Mutter und einem redlichen Vater, fanden die Mädchen Stellen in guten Familien, die Knaben wurden theils Kaufleute, theils Soldaten. Bei dem zweitältesten Bruder, einem achtungs= werthen Kaufmann in Straßburg, war Lottchen Ladenmädchen. Dort lernte sie ihr Mann kennen und, obwohl reich, reichte er ihr doch seine Hand, weil er sie wahrhaft liebte und ganz freier Herr seines Willens war. Ihre Geschwister seien, schloß sie, alle wohl versorgt und ihre Eltern hochbetagt in ihren Armen gestorben.

„Das erzählte sie mir, noch ehe ihr Mann zurück kam. Er brachte meine Sachen und — acht Tage mußte ich bei ihnen bleiben und empfing ein Maß von Liebe, daß ich Euch kaum schildern kann. Bis Kehl begleiteten mich beide Gatten noch und dann schieden wir herzlich, wie Geschwister, und begleitet von ihren reichsten Segenswünschen, trug mich die Eisenbahn in's Unterland, nach Mannheim und von da der Dampfer in meine Heimath.

„Sehet," schloß der Oberlehrer, „das ist meine jüngste Erfahrung über die Macht der Eindrücke und ihre Dauer. Nahezu über vierzig Jahre bewahrte die wackere Frau, die sich nicht schämte, von ihrer einstigen Armuth zu reden, das Andenken an einen Beweis von Wohlwollen, und meine Züge, die nichts Hervorstechendes haben, am wenigsten etwas Ausgezeichnetes, drückten sich ihrer Seele mit so wunderbarer Kraft ein, daß sie mich nach einem solchen Zeitraume wieder erkannte."

Wir redeten viel auf unserem Spaziergange über diese Erzählung; unser Freund aber war ungemein glückselig an diesem Abend, wo jene Begebenheit wieder so frisch bei ihm geworden war. Seine erste Wohlthat brachte seinem Gemüthe noch in seinen Fünfzigen neuen Segen, der Heiterkeit über sein ganzes Leben und Wesen verbreitete. „Selig sind die Barmherzigen, spricht der Herr!"

Im Walde.

Erinnerungen aus dem Leben eines Forst-Eleven.

1.

Winterabende, so lang gedehnt und stille, sind die Zeit der Gemüthlichkeit, wenn man nämlich behaglich am warmen Ofen sitzt, etwa in einem bequemen Sessel, und eine gute Pfeife raucht. Je mehr es draußen stürmt und schneit, oder je heller die Sterne am tiefdunkeln Himmel flimmern und die Eisblumen sich an den Fensterscheiben ansetzen, desto mehr Behagen fühlt man.

Das hab' ich oft erfahren, wenn ich Abends bei meinem Freunde, dem Oberförster, saß und wir uns die Erlebnisse unserer früheren Tage erzählten.

Einen köstlichern Erzähler, als den alten Oberförster Ludwig gab's nicht. Man wurde gar nicht müde, ihm zuzuhören, besonders wenn man dabei wahrnahm, wie seine großen Augen leuchteten und die dicken Augenbrauen sich hoben und senkten und wie sich jedwede Empfindung auf seinem wetterharten, tiefdurchfurchten Gesicht so spiegelte. Das kam so recht inwendig heraus.

Eines Abends kam auf seine Jugendzeit die Rede. Ich bat ihn, mir auch aus dieser Periode seines Lebens Episoden mitzutheilen.

Nach einigem Nachsinnen sagte er: „Ja, lieber Freund, das will ich, und das Erste, was mir einfällt, mag diesen Abend ausfüllen.

„Du weißt," hob er an, „Thüringen, das schöne Land der Berge und Wälder, ist meine Heimath.

„Mein Vater war Justizbeamter in einem herrschaftlichen
Städtchen, Patrimonialrichter und dergleichen. Ein schlichter, derber,
aber wahrhaft frommer Mann war er, was man sonst in dieser
Zunft nicht findet, die Luther am besten charakterisirt hat in dem
bekannten Sprüchlein: „Juristen — schlechte Christen,“ das ich auch
alle Wege wahr gefunden habe.

„In der lateinischen Schule des Städtchens fand ich meine
Vorbildung bei einem bezopften Rector, der mich weiblich abbläute
und mit der Grammatik quälte; dann brachte mich mein Vater
nach Erfurt, wo's noch bunter ging, und mich diese lateinischen
Schulmeister mit ihrer zunftmäßigen Pedanterie und Nörgelei schier
zu Tode quälten. Endlich schlug dem vielgeprüften Primaner die
Stunde der Erlösung und meine Seele jubelte.

„Die blauen Berge mit ihrem Dufte lachten mir entgegen, und
die Freiheit und das frische Waldleben und Herumschweifen, ich sage
Dir, alle Thore der Lust und Freude thaten sich vor mir auf.

„Mein Vater hatte einen Jugendfreund, der im Thüringer
Wald Oberförster war. Zu dem sollte ich kommen, damit ich den
Dienst von der Pike an lernte. Dann sollte ich nach Dreißigacker
gehen, um mich wissenschaftlich durchzubilden. Mein Vater brachte
mich selbst zu dem Oberförster, einem äußerst lieben Manne, der
mich aufnahm, wie ein Vater seinen Sohn.

„Nun sollst Du aber ein Prachtexemplar von einem Förster
kennen lernen, sagte er meinem Vater.

„Bei ihm wird Dein Sohn in eine praktische Schule gehen, wie es
keine zweite in der Welt gibt, und ich sage Dir, der Mensch ist rein
wie eine Jungfrau, treu wie Gold, und ein Forstmann, der mir schon
manchen Eleven herangebildet hat, daß mir das Herz im Leibe lachte.

„Fritz! rief er dem Jägerburschen, bitte Herrn Gerhard, daß
er den Abend mit mir esse! —

„Das Forsthaus, das muß ich Dir vorher sagen, lag mitten im
Gebirge, tief im dunkeln Wald. Es wohnte nur noch der Pächter

der Dienstländereien des Oberförsters da und der Förster Gerhard. So bestand der ganze Ort, Hochforst genannt, aus drei Häusern, Scheunen, Remisen und ähnlichen Räumen, und die Welt mit ihrem Geräusch und eitlen Treiben lag meilenweit rechts und links ab.

„Bald nachdem ihn Fritz geladen, trat Gerhard ein. Es war ein stattlicher Mann von etwa siebzig Jahren, rauh wie die Rinde einer alten Birke, stämmig und breitschultrig wie ein Athlete, bebartet wie ein Wilder, und besonders durch einen Schnurrbart ausgezeichnet, dessen Länge zu beiden Seiten der Mundwinkel bis auf die Brust reichte. Haupthaar und Bart waren schneeweiß. Und der Alte, sage ich Dir, war ein schöner Greis, wie ich kaum einen schönern gesehen habe. Wie wild auch der Mann drein sah, so flößte er dennoch auf den ersten Blick Zutrauen ein.

„Sie haben befohlen, Herr Oberförster, und ich gehorche, sagte er in einem tiefen Basse und verbeugte sich.

„Der Oberförster reichte ihm die Hand.

„Nichts von Befehlen, lieber Herr Nachbar, sagte er, ich wollte nur Ihre Gesellschaft heute Abend, da ein werther alter Freund, Herr Justizrath Möll, mich besucht hat.

„Er verbeugte sich vor meinem Vater mit dem Anstand eines Weltmannes.

„Ueberdies wollte ich gern Ihr Urtheil über diesen jungen Mann hören, der Forstmann werden will und den Sie in die Dressur nehmen sollen, sagte Moosfeld.

„Er sah mich scharf an, und sein Blick war kaum auszuhalten, solch eine stechende Schärfe hatte er.

„Nachdem er mich gemustert, sagte Gerhard: Das Gestell ist gut, Herr Oberförster. Tüchtige Ständer; gutes Gehäuse für die Luftpumpe; die Lichter scheinen scharf, und wie es um die Löffel steht, werd' ich bald weghaben; wie gesagt, das Gehäuse scheint von gutem Balkenwerk, wie's aber sonst drinnen aussieht, muß sich zeigen. Ich denke, die Oberstube soll gut meublirt sein, aber ob's nicht ein

verpimpeltes Herrchen ist? Ich sage immer: Ein Forstmann muß
schon an der Mutterbrust fertig sein. Er muß sie fahren lassen,
wenn ein Hund bellt, und mit dem Aermchen nach dem Schüßle
greifen, wenn ein Schuß fällt. Dann muß er kein Milchsuppengesicht
werden und Rauh und Bloß vertragen können; darf nicht lüstern
sein nach den Fleischtöpfen Aegyptens, und trocken Brod und Quell=
wasser muß ihm schmecken wie das Köstlichste.

„Mein Vater lachte laut auf.

„Hörst Du, Wilhelm, sagte er, was Du für Qualitäten
haben mußt?

„Nein, Herr Förster, sagte er zu Gerhard, ich kann Ihnen
die Versicherung geben, daß in meinem Hause er nicht verpimpelt
worden ist. Ich denke, Sie sollen mit ihm zufrieden sein. Gelernt
hat er etwas, und ein guter Wille, noch mehr zu lernen, ist bei
ihm vorhanden. Lust und Liebe zu seinem Berufe steckt nicht bloß
zwischen Haut und Fleisch bei ihm.

„Gerhard sah meinen Vater freundlich an.

„Das ist mir lieb, Herr Justizrath, sagte er. Da haben wir
vor drei Jahren so einen verwunschenen Prinzen, so ein Barönchen
gehabt, da hinten aus der Wasserpolackei, wo es von dieser Zunft so
voll ist, wie ein Sumpf voll Frösche. Das war eine Kreatur, der
ich manchmal hätte den Hals brechen mögen. Den Kopf voll Dünkel
und Spreu; dabei so armselig, daß er schier in Ohnmacht fiel, wenn
ich nieste, und nach einem Lauf von einer Viertelstunde schon so marode
und waidwund wie ein angeschossener Dreiläufer. Dabei würgte er
sein Butterbrod hinab, daß er die Augen verdrehte wie ein ver=
endendes Schmalthier, und mußte er 'mal seinen Durst am Waid=
bach löschen, bekam er Bauchgrimmen, als säße ihm ein Schuß
Nr. Null in den Kaldaunen. Nein, Herr Justizrath, bloß frei=
herrliche Exemplar hat mich nächst um mein Bißchen Gleichmuth
gebracht; aber ich habe ihn kuranzt; hab' ihm den Adelsnebel aus
den Augen gewaschen und ihn rangirt, daß er brauchbar wurde und

einen Appell hatte wie mein Tiras. Aber ein Vaterunser hat er für den alten Gerhard schwerlich gebetet — doch wird er mir's, hoff' ich, danken, wenn er zu Verstand kommt, etwa mit vierzig Jahren.

„Wir lachten alle hell auf.

„Du mußt, lieber Möll, darum nicht glauben, sagte der Ober=förster, daß mein lieber Nachbar dem Püppchen wehe gethan hätte!

„Scherz bei Seite! sagte Gerhard, ein Unmensch bin ich nicht, und Ihr Sohn da wird's erfahren, daß ich es treu meine. Er sieht mir gar nicht so breiweich aus.

„Mir ist nicht bange, sagte ich, dem Alten meine Hand dar=bietend. Sie sollen schon mit mir zufrieden sein.

„Hoff's, sagte Gerhard, mein Hand schüttelnd.

„Schon auf der Jagd gewesen? fragte er.

„O ja, sagte mein Vater; ich bin so ein Pfuscher in dem Artikel, und da ist er oft dabei gewesen.

„Glauben Sie das nicht, sagte der Oberförster. Der spricht viel zu bescheiden. Ich kenne sein Visir. Hat mehr als einen Bock geblatet, und manchen Eber buglahm gemacht.

„Ei was! rief Gerhard. So sollten wir doch morgen dem Herrn ein Plaisirchen machen, Herr Oberförster.

„Das gerade wollte ich mit Ihnen heute Abend besprechen, versetzte der Oberförster. Ich weiß, Sie wissen, wo die Spießer stehen und die Zwölfender und drüber hinaus.

„Nun, man lernt das schon ein Bißchen, sagte Gerhard.

„Wie meinen Sie, Herr Oberförster?

„Wie steht's an der rothen Buche?

„Nicht sonderlich! sagte Gerhard.

„So? Meinen Sie denn, im Hirschsprung wäre ein besserer Wildstand?

„Auch nicht viel besser wie an der rothen Buche!

„So muß es am alten Jägerhaus vortrefflich aussehen?

„Ueber des alten Weidmannes wetterhartes Gesicht flog ein

eigenthümliches Juden, als der Oberförster diesen Walddistrikt nannte.

„Da können Sie's getroffen haben, erwiederte er kurz.

„So seien Sie so gut und bestellen Sie die Holzhauer zum Treiben auf morgen früh sieben Uhr, schloß der Oberförster diese Unterredung.

„Wir gingen zu Tisch, und nach dem Essen setzten wir uns bei einem Glase Punsch zusammen, und nun ging's an die Jagd=geschichten, ein Kapitel, das ohne Ende ist. Was mir aber auffiel, war das, daß kein Latein geredet wurde, was, wie bekannt, ebenso viel heißt, als „um die Ecke schießen" oder „Blaupfeifen". Die alten Männer berichteten von wundersamen, ernsten und spaßhaften Abenteuern, aber es streifte keines an jene feine Grenze, wo der Glaube auf den Rost des heiligen Laurentius gelegt wird.

„Gerhard wurde ungemein lebendig und heiter, und seine Art, zu erzählen und darzustellen war ebenso lebhaft als anziehend. Jeden Laut des Hundes, jede Stellung machte er plastisch anschaulich, so daß man die ganze Jagd mitmachte. Ich hatte meine wahre Freude an dem Mann und seinen Kernsprüchen, die immer, wie seine Kugeln, auf's Blatt trafen. Dennoch verletzte er nie den Anstand und hielt sich seinen Vorgesetzten gegenüber in so feinen Grenzen, daß ich ihn bewunderte und es wohl wegbekam, daß er einst eine gute Erziehung genossen haben mußte. Familie hatte er nicht, war auch nie verheirathet, obgleich seine Stelle eine sehr gute war und er eine Familie herrlich hätte ernähren können. Er hielt mit einem alten Burschen Haus, den er einst als eine Waise zu sich genommen und der sich so in ihn hineingelebt hatte, daß sie Beide nicht mehr von einander ließen und eine gewisse Gütergemeinschaft hatten, obgleich der alte Jakob immer nur „Herr Förster" zu Gerhard sagte. — Der Abend war uns pfeilschnell herumgegangen. Um zehn Uhr verabschiedete sich der alte Gerhard, und wir suchten nach der Ruhe, da wir von der Reise denn doch ein wenig ermüdet waren.

„Schlag fünf Uhr Morgens erwachte ich von einem lang=
gezogenen Horntone, dem eine prächtige Fanfare folgte.

„Fritz weckte die Jäger.

„Ich sprang aus meinem Bett, legte meinen Naturgrauen an
mit dem grasgrünen Kragen; zog meine derben, mit Nägeln
beschlagenen, doppelsohligen Schuhe an, meine Filzgamaschen und
stand bald, die Waldtasche um, die Doppelflinte in der Hand und in
der anderen meinen grünen Tuchhut mit dem Gemsbart, in des
Oberförsters Stube.

„Er betrachtete mich mit beifälligem Lächeln und sagte: So
recht, Wilhelm; Sie werden Gerhard's Wohlwollen jetzt bald er=
worben haben! Es ist ein trefflicher Mann, der Ihre Hochachtung
verdient und Sie einschießen wird, daß Sie Ehre davon haben
werden. Vertrauen Sie ihm unbedingt. Er ist an Kenntnissen
seines Berufes tüchtiger wie mancher Oberförster und würde ohne
Zweifel längst diese Stelle bekleidet haben, hätte er — unbegreif=
licher Weise — sie nicht schon zweimal ausgeschlagen. Es ist eine
Grille des alten Mannes und die Behörde hatte es ihm nachgesehen
und in seiner Stelle ihn so verbessert, daß er sich, ohne Zweifel, so
gut steht wie ein Oberförster.

„Mein Vater kam jetzt auch. Wir setzten uns zum Frühstück
und waren nun des Signals gewärtig, welches Fritz mit dem Horne
geben sollte.

„Wir brauchten nicht lange zu warten.

„Mit dem ersten Tone trat Gerhard ein, grüßte höflich und
sagte, es sei Alles zu Befehl.

„Wir gingen. Es war ein herrlicher Herbstmorgen, aber
etwas frisch. Die Nebel wirbelten in den Thälern, ballten sich
zusammen, dehnten sich wieder aus, stiegen und krochen wieder am
Boden hin, bis endlich die Sonne den vollständigsten Sieg errang.
Baum, Strauch und Gras war mit dem eigenthümlichen Herbst=
gewebe übersponnen. Lange Fäden flogen im Morgenwinde hin

und her. Der Nebel hatte sich in Millionen Thauperlen aufgelöst, in denen sich die Sonnenstrahlen brachen.

„Wir schritten rüstig auf dem nassen Boden hin und folgten dem tüchtig ausgreifenden Oberförster, der mit seinen langen Ständern wahre Siebenmeilenschritte machte.

„Nachdem wir eine tüchtige, vom Fuchs gemessene halbe Stunde bergan gestiegen waren, bot sich uns ein eigenthümlicher Anblick dar. Auf einer Höhe zeigte sich eine Ruine, welche keineswegs ein hohes Alter verrieth, aber einen schauerlichen, ich möchte sagen, entsetzenerregenden Anblick darbot. Es schien einst ein geräumiges Wohnhaus mit umfangreichen Nebengebäuden gewesen zu sein. Kein Dach deckte mehr die Innenseite; keine Spur von Sparren und Holzwerk war mehr sichtbar, überhaupt kein sogenanntes Eingebäude. Alles mußte einst die Flamme verzehrt haben, denn die Mauern waren rabenschwarz. Nur hie und da zeigten sich Büschel von Mauerraute in den Mauern. Man sah durch die tief am Boden sich befindenden Fensteröffnungen in das Innere, wo ein üppiger Baumwuchs von Espen, Sahlweiden und anderem Weichholz aufgeschossen war. Die Fenster- und Thürgewänder, aus gelblichweißem Sandsteine, stachen schauerlich von den schwarzen Mauern ab. Das ganze war einem Todtenkopfe zu vergleichen, der Einen aus seinen leeren Augenhöhlen gräulich angrinst. Auf mancher Burgruine des Landes war ich herumgeklettert, aber nie, das kann ich mit voller Wahrheit betheuern, hatte ein Gebäude einen so durch und durch schauerlichen Eindruck auf mich gemacht. Es überlief mich unwillkürlich eiskalt; aber ich hütete mich wohl, etwas von dem zu verlautbaren, was mich innerlich bewegte.

„Auffallend war mir Gerhard's Schweigsamkeit an diesem Morgen mit der unverkennbare Ausdruck von Mißvergnügen oder Widerwillen, welcher sich in seinen Zügen ohne Mühe lesen ließ.

„Vielleicht ist ihm der Oberförster mit seinem Vorschlage, hier zu jagen, in sein Lieblingsrevier hineingefallen, dachte ich, mich noch des eigenthümlichen Ausdruckes seiner Züge erinnernd, als er gestrigen Abend der Oberförster diesen Walddistrikt nannte; vielleicht hat der alte Mann diese Nacht schlecht geschlafen, dachte ich, was auch einen Greis übel stimmen kann.

„Wir waren endlich, ziemlich bis an die Kniee triefend naß, an der Stelle angekommen, wo uns der Oberförster unsere Stellung anwies. Der Trieb begann alsbald und in einer nicht langen Frist krachte es rechts, wo der Oberförster und Gerhard standen, dann krachten zwei Schüsse links neben mir, wo mein Vater stand.

„Die Treiber kamen näher mit ihrem Höllenlärm, und plötzlich raschelte es im Gebüsch und ein Rehbock streckte naseweis sein kluges Gesicht mir auf fünfzig Gänge entgegen und maß mich mit seinen klugen Lichtern und schnurrte eben, um auf und davon zu gehen.

„Da krachte ich und das Thier that einen Satz in die Höhe und stürzte auf der Stelle zusammen. Mir kam leider nichts mehr schußgerecht, obgleich es rechts und links forthin noch krachte. Als das Halali geblasen wurde, erschien Gerhard bei mir. Etwas geschossen, junger Herr? fragte er.

„Ich wies auf den Rehbock und sagte: Nichts weiter als den da!

„Er ging zu dem Thier.

„Im Feuer gefallen? fragte er mit beifälliger Miene.

„Ja wohl!

„Blitz! rief er, das ist ein Kernschuß, ein Meisterschuß, den hätte der Oberförster — und das ist ein Schütze, vor dem ich Respect habe — nicht besser treffen können! Grade auf's Blatt! Meiner Treu', junger Mann, Sie machen mir Plaisir! Aus Ihnen wird Etwas. Solch einen Schuß hätte der käsebleiche Junker Wasserpolacke nicht fertig gebracht, und wenn ich ihn dreißig Jahre mit dem Stachelband dressirt hätte. Das war ein stockig Beest! Solch ein Stück Menschenfleisch nehm' ich nicht mehr in Zucht und wenn der Ober-Landforstmeister vor mir auf die Kniee fiele! Mit

Ihnen aber beginn' ich morgen schon. Prosit! Sie haben sich gut
empfohlen!

„Während dieser Rede kam mein Vater mit Moosfeld. Das
ist ein Kapitalkerlchen, sagte der Alte zu dem Oberförster. Da
gucken Sie einmal! Sie hätten den Bock nicht meisterhafter getroffen!

„Moosfeld schmunzelte. Wilhelm, ich gratulire! sprach er.
Nun sitzen Sie im Sattel und fallen schwerlich mehr heraus.

„Mein Vater lächelte vergnügt.

„Herr Justizrath, sagte Gerhard zu ihm halblaut, von dem
Jungen haben Sie Ehre, und man sieht's am Jungen, daß der
Meister sein Handwerk versteht.

„Die Wahrheit zu gestehen, so war der Schuß durchaus ohne
alle Berechnung, blindlings geschehen; daß die Kugel den kunstge-
rechten Fleck fand, war durchaus mein Verdienst nicht. Das aber
hier, wo es galt, die Gunst des Alten mir zu sichern, einzugestehen,
fand ich keinen Beruf.

„Wissen Sie, Herr Oberförster, warum die oberschlesische
Milchsuppe niemals traf? fuhr Gerhard fort; er machte allemal aus
ritterlicher Feigheit die Augen zu, wenn er schoß, oder zwinkerte
und blinzelte. Als ich ihn darüber hernahm, sagte er, er könne
nicht anders; er erschrecke allemal vor dem Knalle. Da müssen
Sie Soldat werden, sagt' ich ihm d'rauf. Sie haben dann Aussicht
zum Feldmarschalle. Warum nicht? sagte der Pechvogel; unter
meinen Ahnen sind ein Dutzend Generale.

„O wären Sie bei Ihren Ahnen! rief ich im Zorne, dann
wäre Ihnen und der Welt geholfen!

„Ich wollt's auch! sagte er darauf wehmüthig, denn unser
Ahnensaal ist daheim im Schlosse.

„Wir brachen Alle in ein lautes Gelächter aus, in das der
Alte auf's Herzlichste einstimmte.

2.

„Mein Vater blieb noch etliche Tage, wo Jagd auf Jagd folgte. Endlich mußte er heimkehren und ich blieb dann auf dem Revier und begann bei Gerhard meine praktische Laufbahn.

„Ich meine aber, der kuranzte mich! Von Morgens fünf bis Abends fünf konnte ich auf keine Ruhe zählen! Es ging von Schlag zu Schlag, von Schonung zu Schonung, von Bestand zu Bestand. Saatkämpe und derlei Dinge, wie sie die lateinischen Herren jetzt aushecken, kannte man damals noch nicht, und ich hätte einmal hören mögen, was Gerhard gesagt hätte, wenn ihm so Einer unter die Beine gekommen wäre! Ich hätt's nicht sein mögen! Der Mann war ein Kernpraktiker. Alle grauen Theorien machten ihn kopfscheu; aber er kannte sein Fach. Er traf den Nagel auf den Kopf. Wollte der Oberförster, der ihn mit großer Milde und Achtung behandelte, etwas Gutes, aber Neues durch= setzen, so sagte er zu ihm: Mein Großvater, der Forstinspector war, sagt in seinem Tagebuche das und das. Was halten Sie davon, Herr Nachbar?

„Hm! brummte dann der alte Gerhard, Sie haben mir schon Manches von dem alten Herrn gesagt, was sich bewährt hat. Der ist mir schon ein Gewährsmann. Die Alten waren nicht auf die Nase gefallen, sonst hätten wir längst keine Wälder mehr. Die schief gewickelten Kathedermänner, die's besser verstehen wollen, als der liebe Herrgott, sind alle keinen Schuß Pulver werth. Ich wette, sie können, trotz aller maulfertigen Schwatzkunst, keinen Rehbock schießen, wie der junge Möll hier seinen ersten geschossen hat!

„Nun konnte aber der Oberförster darauf rechnen, daß Gerhard mit der Sache in's Wasser ging und fand er's probat, so kam er, um dem alten Herrn eine Lobrede zu halten. Der Oberförster kannte seine Leute und sagte mir das Nöthige, und es fiel keiner

Seele ein, dem eisenfesten Ehrenmanne gegenüber auch nur einen Mundwinkel in die Breite zu ziehen.

„Mich nahm er nun in's Gebet. Zuerst galt's, die gehörige Jägersprache loszubekommen. Ein Fehler, ein Verstoß gegen sie hatte auf ihn dieselbe Wirkung, wie ein falscher Ton auf Mozart's Gesicht. Dieser zuckte bekanntlich, als ob ihn eine Natter gestochen; gerade so war's bei Gerhard. War der Verstoß arg, so begleitete ihn ein Fluch, der durch die Zähne zischte und seinem Grimm als Ableiter diente.

„Eine Ohrfeige wollt' ich lieber hinnehmen, als wenn so ein goldenes Kalb Mosis einen Ausdruck verpfuscht! rief er aus. Es geht mir allemal durch Mark und Bein. Da hab' ich, sagte er weiter, mit dem zwerggeborenen Wasserpolacken meine Arbeit gehabt! der Kerl begriff nichts. Sie Baron von Ochskh! rief ich ihm zu, ich jage Ihnen noch eine Kugel durch Ihren leeren Hirnkasten, wenn Sie keine Dressur annehmen! Donnerwetter! ich hab' meinen Tiras dressirt, und das ist nur ein leidiges Vieh; ich werde doch noch so ein polnisches Kameel in Zucht und Ordnung bringen! Ich sage Ihnen, dann stand der lange Eindarm da und machte ein Gesicht, daß er als Rabenscheuche hätte dienen können! Na! er ist fort. Dafür sei Gott gedankt! Nun passen Sie auf! Ich will 'mal ein Examen mit Ihnen halten, um zu sehen, ob Sie außer Ihrem Latein und all' den Teufeleien, die die Schulmeister Ihnen eingepaukt haben, auch etwas von dem Edelsten, was es gibt, der noblen Waidkunst, wissen. Wird freilich schlecht genug bestellt sein! setzte er achselzuckend hinzu.

„Na! was heißt Anstand?

„Der Ort, wo der Jäger steht, wenn er weiß, wo das Wild wechselt.

„Aha! was heißt denn: Wechseln?

„Da das Wild seine Gänge und Pfade gern einhält, wenn es aus einer Waldparzelle in die andere geht, so heißt dies Hin= und

Hergehen: Wechseln, und die Pfade: Wechsel.

„Gut. Aber was heißt: Ansitz?

„Wenn der Jäger weiß, wo Säue wechseln, so besteigt er wohl einen Baum, damit das Wild nicht die Witterung kriegt.

„Da hapert's, junger Herr! rief er aus. Ansitz heißt der feste Sitz zur Erde bei Sauwechseln. Hochsitz nennt man den Standort auf einem Baum, aber nur bei Rothwild! Verstanden?

„Ganz wohl, sagte ich. Werde mir's merken.

„Was heißt: Spüren gehen?

„Wenn eine Neue gefallen ist, —

„Bravo! unterbrach er mich. Das ist ein Kapitalausbruck für frischen Schnee!

„Die Spurfährte suchen, vollendete ich.

„Richtig. Wissen Sie, was eine Kesseljagb ist?

„Freilich, entgegnete ich, wenn die Treiber von allen Seiten nach einem Mittelpunkte treiben!

„Buschiren? He? —

„Suchen nach Schnepfen mit dem Hunde!

„Wann ist der Schnepfenstand?

„Frühjahr und Herbst, gegen Abend oder bei Tagesanbruch!

„Kennen Sie das Schnepfensprüchlein vom Frühjahr?

„Oculi — da kommen sie!

„Laetare — da kommen die wahre!

„Judica — da sind sie auch noch da!

„Palmarum — Trallarum!

„Sie sind ein Prachtjunge! rief er aus. Da bleibt uns ja kaum noch etwas zu thun übrig.

„Doch halt! Die Sache ist noch nicht aus!

„Was nennen wir Pürschgang?

„Anschleichen an's Wild auf seinen Aeßeplätzen oder wo es heraustritt, um sich zu äßen!

„Auf die Suche gehen?

„Mit dem Hunde Hasen aufthun!

„Saue einkriechen?

„Einen Wald umgehen, wenn etwa eine Neue gefallen ist, um sich zu vergewissern, daß das Wild herein=, aber nicht hinausging, also noch drinnen steht!

„Hol' mich der Kukuk! Sie haben's los wie ein alter Jäger, und Ihrem Vater macht's Ehre. Er lüftete seinen grünen Hut und sagte: Respect vor dem Manne!

„Wissen Sie, was es heißt: Einen Hirsch ausmachen? eine Sau festmachen?

„Die Stellen sicher wissen, wo sie stehen. Die Hunde t h u n s i e a u f.

„Sie werden einmal ein hirschgerechter Jäger! rief er aus.

„Was ist das, Herr Gerhard?

„So nennt man Einen, der aus der Fährte, der Losung und anderen Kennzeichen das Geschlecht und die Stärke des Rothwildes bestimmen kann.

„Ich will's bei Ihnen schon lernen!

„Er schmunzelte.

„Nun lassen Sie uns 'mal nachsehen, ob Sie die Thiere ge= hörig kennen. Was ist bei Sauen ein Frischling? —

„Ein zweijähriges Thier!

„Ein Keuler oder eine Bache?

„Männliches und Mutterschwein!

„Wie heißt ihr Lager?

„Kessel oder Bettel

„Wie nennen wir die Hauer oder Fangzähne?

„Gewehre!

„Das Maul?

„Gespräch!

„Fuß?

„Lauf

„Wie heißt der junge Hirsch vom Mai bis November?

„Hirschkalb!

„So hab' ich meinen Wasserpolacken auch genannt, sagte lachend Gerhard; aber ich sage Ihnen, da ist die Periode zwischen Wiege und Grab bei diesem Menschen!

„Nun fragte er nach der Bedeutung der Namen: Schmalthier, Altthier, Geltthier, Spisser, Gabler, Sechser und so weiter bis zu höchsten Sprossenzahl; dann nach der eigenthümlichen Benennung jedes Leibestheiles beim Hirsch, Reh, Hasen, Fuchs, Wolf, Geflügel — kurz die unendliche Reihe der Kunstausdrücke durch. Mein Vater hatte sich den Spaß gemacht, mich das Alles ganz genau zu lehren. Ich bestand mein halbtägiges Examen auf's Allerglänzendste, und der Alte fiel mir am Ende um den Hals und schmatzte mich ab.

„Nein! rief er, solch' ein Prachtexemplar von Eleven ist noch nicht auf den Ständern gestanden, seit Nimrod ein gewaltiger Ober= förster vor dem Herrn war!

„Abends machte er die schmeichelhaftesten Erklärungen über mich dem Oberförster, der darüber vergnüglich lächelte, weil er durch den Freiherrn Eleven des Herzeleides viel erdulbet hatte; denn da= mals wurde Gerhard nicht fertig mit Klagen über den Stockfisch von Baron, wie er den Menschen nannte.

„Alle Tage mußte ich mit ihm hinaus, der Schnee mochte so hoch liegen, als er wollte; der Regen mochte strömen; der Wind brausen, daß man sich nicht auf dem Weg erhalten konnte. Ich dankte dem Manne viel, auch in Betreff einer äußeren Abhärtung und Zähigkeit, die Launen und Unbequemlichkeiten der Witterung zu ertragen.

„Abends saß ich bei ihm bis zehn Uhr. Das war einmal die Stunde, in welcher er zu Bett ging. Ueberhaupt war eine an Pedanterie grenzende Ordnung in der Eintheilung seiner Zeit, wie auch in seiner Lebensweise, selbst im Essen und Trinken hinsichtlich des Maßes. Und dies ist es gewesen, was den Mann so kernge= sund, so jugendlich frisch und rüstig erhielt.

„Anfangs hatte ich ihm gar wenig Gemüthlichkeit zugetraut, aber als ich einmal niet- und nagelfest in seiner Gunst saß, da kehrte er auch das Innerste heraus. Nur über sein eigenes Leben schwieg er wie das Grab. Einige Fragen, die ich ganz arglos gethan, wies er kurz ab, und das Runzeln seiner Stirn, an dem ich recht deutlich wahrnehmen konnte, wie es unter der Weste aussah, sagte mir, das sei das Noli me tangere, das „Rühr' mich nicht an" seines Wesens. Ich nahm mich nun sorgfältig in Acht und berührte Aehnliches nie mehr. Dadurch gewann ich noch mehr Boden und Raum in seiner Gunst, und zuletzt war unser gegenseitiges Verhältniß das eines Sohnes zum Vater und umgekehrt, denn ich liebte den Mann von ganzer Seele, und daß er mich lieb hatte, das ließ sich einmal nicht leugnen, und er wollte es auch nicht.

„Ich lernte viel bei dem Manne, mehr wie bei dem Oberförster Moosfeld, der die Gabe der Mittheilung eigentlich nur in einem geringen Grade besaß. Bei ihm verrichtete ich nur Schreibereien, und das Einzige, was ich wohl bei ihm gewann, war das Kartenzeichnen und die geometrischen Aufnahmen, da er ein tüchtiger Meßkünstler war. Dies konnte jedoch nur in einer Jahreszeit betrieben werden, die durch ihre Milde den Aufenthalt im Freien gestattete. Bei Gerhard kam's auf die Witterung gar nicht an. Auch die schlimmste war nicht im Stande, ihn zu Hause zu halten. Endlich kam das langersehnte Frühjahr mit all' seiner Pracht und Herrlichkeit. Jetzt erst lernte ich die rechte Poesie des Waldlebens kennen und dankte Gott, daß der alte Gerhard angewiesen war, mich mit all' dem bekannt zu machen, was ich wissen mußte, um eine Vorschule meines Berufes gehörig durchgemacht zu haben.

„Oft hatte mich in diesem Winter die Ruine des alten Forsthauses eigenthümlich angeregt; oft hatte ich bemerkt, daß der alte Gerhard eine gewisse Furcht und Scheu vor der Ruine hatte, ohne daß ich mir das enträthseln konnte. Ich hatte mir vorgenommen, ihn einmal nach dem Grunde zu fragen, warum doch dies Haus dem Untergange sei gewidmet worden. Eine alte Ruine war es nicht, und besser wäre es in manchem Betrachte gewesen, wenn der Förster hier gewohnt hätte, als daß seine Wohnung jetzt bei dem Oberförster lag.

„Ich kam nun mehr in diesen Theil des Forstes, als in den Wintertagen, wo er kaum zugänglich war zu gewissen Zeiten.

„Eines Tages, es war so um die heilige Pfingstenzeit, wo der Wald jubelt und schallt, wo alle Pulse des Lebens gewaltiger schlagen und der Blüthenduft in Wellen daherwallt, kam ich spät am Mittage mit Gerhard an eine herrliche Quelle, die plätschernd über das Gestein in wunderbarer Klarheit herunterrieselte. Ueberall blühten duftige Maiblumen, und rings um die Quelle standen — in diesem Nadelholzrevier unseres Forstes eine Seltenheit — vier wunderschöne, schattenreiche Buchen, daher die Stelle auch der „Vierbuchenborn" hieß.

„Hier ließen wir uns nieder, um aus der Faust unser Mittagsbrod zu verspeisen. Ich hatte mich wahrlich nicht wenig damit abgequält, einen Krug köstliches Merseburger Bier mit herum zu tragen, der uns nun aber auch erquicken sollte.

„Ich wollte Gerhard damit überraschen, denn er wußte nichts davon.

„Unseren Durst stillte die hüpfende Quelle, die ich in der Lederkapsel auffing. Dann lagerten wir uns unter der größten Buche und aßen, Jeder, was er in der Jagdtasche mit sich trug, und als der Magen sein Recht hatte, sagte Gerhard: Nimm eine Pfeife!

„Und einen Trunk Merseburger Bier! setzte ich hinzu und goß ein.

„Ueber des Alten Züge flog eine Heiterkeit, wie ich sie lange nicht gesehen, und diese Stimmung benützend, deutete ich auf die Ruine des alten Forsthauses hin, die man gerade vor sich hatte, und sagte: Ich habe Sie schon gar oft fragen wollen, was es doch eigentlich mit dieser Ruine, die immer einen gespenstigen Eindruck auf mich macht, für eine Bewandtniß habe? — Bitte, theilen Sie es mir doch mit!

„Er sah mich mit einem Blick an, den ich noch nie an ihm bemerkt hatte. Ich hielt ihn mit der Ruhe aus, die der in sich fühlt, der sich einer unlauteren Absicht nicht bewußt ist.

„Ihnen, hob er nach einer Weile an, ja Ihnen will ich die Geschichte erzählen — einem Anderen — — doch hören Sie denn:

„Das Haus, das Sie hier vor sich sehen, war vor fünf und sechzig Jahren die stattliche Wohnung des Försters, dessen Stelle ich jetzt einnehme. Die Herrschaft hatte es neu erbauen lassen, und absichtlich mitten in den Wald, weil die Wildbieberei der Bauern aus den entlegenen Dörfern den Wildstand des Landesherrn, der ein leidenschaftlicher Jäger war, sehr beeinträchtigte. Von hier aus konnte der Förster leichter in allen Richtungen das weite Revier begehen und bewachen, als wenn er, wie ich jetzt, drunten bei dem Oberförster wohnte.

„Außerdem mochte auch noch das besondere Wohlwollen des Landesherrn für die Person des damaligen Försters sich geltend gemacht haben, daß man das Haus so geräumig und stattlich aufgeführt hatte; denn er war Leibjäger des Herrn gewesen viele Jahre lang, hatte in unbescholtener Treue ihm gedient und einst, als sie hier im Forst eine Saujagd hielten, ihm das Leben gerettet. Ein greulicher Keuler entging nämlich durch eine Wendung dem Abfangen mit der Nabel, und er wäre unrettbar unter den Gewehren des Unthiers verendet, wenn nicht der Leibjäger durch einen Meisterschuß das Thier niedergestreckt hätte. Das vergaß ihm der edle Herr nicht. Als die Stelle hier erledigt war, erhielt er sie und ansehnliche Dienstländereien, diese sammt dem prächtigen Neubau, welcher die Wohnung des Oberförsters bei Weitem übertraf, abgerechnet noch, daß man da oben die wundervollste Fernsicht hatte und

die Oberförſterei drunten im Loche liegt. Der Förſter war acht=
oder neun und vierzig Jahre alt, als er hierher zog. Der Landes=
herr richtete ihm ſeine Haushaltung höchſt freigebig ein, und ſo voll=
ſtändig, als hätte er ſchon vierzig Jahre gehauſt.

„Da brauchte ſich kein Mädel zu bedenken, in dies warme
Neſtchen zu hüpfen. Sie brauchte rein Nichts mitzubringen, da
Alles da war, was immer zu einer ordentlichen, vollſtändigen Haus=
und Landwirthſchaft gehörte, ſelbſt tüchtige, milchende Kühe und
wackere Ochſen zum Feldbau. Ueberdies hatte ſich der Förſter ein
ſchönes Kapital erſpart in ſeinem Hofdienſt und war dabei kein un=
ebener Mann, wenn auch ſchon graue Haare ſein Haupt mit der
ſogenannten Kümmel= und Salzfarbe bedeckten.

„Heirathen mußte der Förſter. Er ging ſeinem Berufe tag=
täglich nach. Was ſollte da aus der Wirthſchaft werden, wenn ſie
eine bezahlte Schaffnerin hätte führen ſollen?

„So ging denn der brave Mann aus, die Töchter des Landes
zu beſehen, daß er ſich eine erkieſe.

„Der Förſter war ein ſtiller, geſetzter Mann, machte nicht viel
Weſens, und ſchöne Redensarten, Schmeicheleien und Koſereien, wie
ſie die Mädels lieben, waren eben ſeine Paſſion nicht. Kurz und
bündig, ehrlich und treu, das war ſo ſeine Art; aber ein Herz hatte
er, wie es wenige gibt. Bös wurde er nicht leicht, aber er konnte
es doch werden, und dann war er's ordentlich; allein es kam ſelten
an ihn, wie geſagt. Ueberall war er geachtet und geſchätzt, und
kein Vater und keine Mutter, deren Ehefrüchtlein er gefreit, hätte
lange Federleſens mit ihrem Ja gemacht. Er war, was ſo die be=
rechnenden Leute ſagen, eine herrliche Partie.

„Daß er Oberförſter würde nach kurzer Zeit, wenn er's
überhaupt wollte, daran war eben gar kein Zweifel, und er wär's
vielleicht gleich geworden, hätte der Landesherr Rath gewußt, was
er mit dem Oberförſter anfangen ſollte, der die Stelle inne hatte
und weder zum Sieden noch zum Braten war. Es war wieder

so ein Jagdjunker, der ein Kartoffelfeld für eine Eichencultur ansah; ein windiger Herr Von, der vom Hofe weg mußte, weil er nichts taugte und nicht zu gebrauchen war.

„Der wohnte in unserem Forsthaus allein und hatte eine eigene Wirthschaft, langweilte sich und trieb Allotria, als Vögel-ausstopfen und dergleichen, weil er nichts Besseres zu thun wußte; las Romane, statt seinem Forsten ein Pfleger zu sein, und hatte den Muth nicht, in den Wald allein zu gehen, weil er die Wild-diebe wie das Feuer fürchtete.

„Nicht einmal ein Schütze war er, denn er traf nichts, weil er's machte wie mein Wasserpolacke, nämlich die Augen zumachte, wenn er losdrückte; da war ein tüchtiger Förster Noth, der that, was der Oberförster thun sollte und nicht that.

„Sobald er hörte, daß der Förster aufzöge, sagte er, nun ziehe er zu ihm und miethe ihm den Oberstock seines Hauses ab, den er ja doch nicht gebrauche und, da er sich verheirathe, schaffe er seine contracte Wirthschaft ab und ziehe ganz zu ihm in Kost und Wohnung.

„Das war freilich dem Förster nicht lieb, aber der Fürst sagte: Thu' es, Leopold; Du bringst vielleicht noch etwas an den Burschen! Das war natürlich für den Förster ein Befehl. Der Oberförster war reich und konnte gut zahlen, wollte es auch, und so ein Zuschuß war nicht zu verachten.

„Freilich hielt er sich aus, daß er noch ein Jahr im Forsthause bliebe, bis seine neue Haushaltung in Ordnung sei. Das ließ sich denn auch der junge Herr gefallen und die Sache war gut.

„Leopold, so will ich den Förster bei seinem Taufnamen nennen, fuhr Gerhard fort, ging nun ernstlich an's Heirathen.

„Nun war er mit dem Herrn öfters auf die Balze gegangen in ein Revier, wo es Auerhähne wie Spatzen gibt. Sie wohnten dann bei einem Förster ein paar Tage mitten im Walde. Wenn die Balze nicht war, so hatte Leopold Zeit, mit des Försters Töchterlein zu üben. Das war ein wundernettes, lebendiges Ding von neunzehn Jahren, aller Possen voll, das mit dem Leopold seine Scherze trieb, und er mit ihr.

„Ob das Mädel ein Auge auf den Leopold hatte, weiß ich nicht; aber gram war sie ihm nicht. Er aber kriegte Eins auf sie, und oft mochte er denken: Wenn Du einmal so allein im Walde hausen müßtest, und so ein herzig munter Weibchen Dich empfinge, wenn Du naß und müde heimkämst, es wär' doch eine prächtige Sache. Sie war schön, hab' ich schon gesagt, und auch ein Bischen gefallsüchtig. Nun, so etwas sieht ein verliebter Mann selten, weil er meint, sie sei's eben nur allein gegen ihn, und das sei nichts Anderes als pure Liebe.

„Das Mädchen war hoch gewachsen, edel gestaltet, üppig und voll. Sie hatte Augen wie Kohlen so schwarz, und leuchtend wie Feuer und Licht; ebenso schwarze, glänzende Haare und eine etwas bräunliche Haut; aber Bäckchen wie Rosen, frische Erdbeerlippen, und Zähne so weiß wie eine frischgefallene Neue. Dabei war sie voll Witz und Laune; sang sehr hübsch und konnte einem ehrlichen Jägersmanne heiß im Kopf und im Herzen machen, wie sie es dem Förster Leopold machte.

„Als er denn nun eingerichtet war und sich bei seinem gnädigen Herrn bedankte, sagte dieser freundlich scherzend: Leopold, allein hältst Du es da droben nicht aus, und Deine Wirthschaft geht flöten ohne eine wackere Frau. Wie steht's denn da? Hast Du noch nichts auf dem Korn, nichts im Visir?

„Durchlaucht haben wohl Recht, sagte er, und ich — denke es auch zu thun; aber zum Heirathen gehören Zwei, die Ja sagen.

„Richtig; aber hast Du denn Eine, von der Du wünschest, daß sie Ja sagte?

„Warum nicht, Durchlaucht?

„So schieß los, närrischer Kauz!

„Ich weiß ja aber doch nicht, ob sie mich will?

„Ift denn heuer ein Schaltjahr, lachte der gnädige Herr, daß die Mädchen freien?

„Das nicht, das Jahr hat drei hundert fünf und sechzig Tage!

„Ei, so mußt Du freien! Wohin steht denn Dein Sinn? Beichte mir einmal. Ist's ein hübsches Försterskind?

„Ja, Ihro Durchlaucht, sagt er, des Försters Kuhn Agneschen.

„Ei, sieh 'mal da! rief der Fürst. Du hast eine feine Nase. Ist ein hübsches Mädchen, und ich glaube, auch brav erzogen. Ihre Eltern sind wackere Leute! — So mach's kurz, Leopold! Grüße den alten, braven Kuhn, und sage ihm, ich säh's gerne, wenn seine Tochter Dich zum Manne machte. Du habest ein warmes Nestlein und für Deine Zukunft wollte ich schon sorgen.

„Leopold verbeugte sich dankend und ging schnurstracks dorthin, wo das schöne Wild stand.

„Er brachte seinen Gruß an den Mann und erhielt mit Freuden das Ja der Eltern, und Agneschen, das ihm so Etwas abgemerkt haben mochte, machte ihm auch kein bös Gesicht, und als er seine Freiwerberei anbrachte, traf er auf's Blatt und sie wurde seine Frau.

„Es gab im ganzen Thüringer Walde keinen glücklicheren Menschen als Leopold! Er holte sein Weib heim und sie lebten ein Jahr in einer Ehe, die glücklicher nicht sein konnte. Da rückte der Oberförster wieder mit seinem Plane heraus.

„Leopold aber hatte nun erst recht keine Luft, und das kam so. Der hochadelige Herr Oberförster merkte bald, daß der Förster Leopold ein Frauchen habe, das nicht schöner zu malen sei. Wenn er einmal in's Haus kam, so verschlang er sie fast mit seinen begehrlichen Blicken und wußte so zuckersüß zu reden, daß Leopold dachte: Man muß den Taubenschlag zumachen vor Marder und Iltis. Wer aber solche Beester im Hause duldet, mag sich selbst anklagen, wenn sie ihm sein Täubchen mausen.

„Er sagte daher kurz und gut, das ginge nicht; seine Haushaltung sei zu einfach; er führe keinen Tisch, und könne ihn nicht führen, wie ihn der Oberförster gewohnt sei, und schlug's ihm rund vor der Nase ab. Damit war auch Agneschen wohl zufrieden, die auch meinte, so ein feiner Hofherr, der mache ganz andere An= sprüche, als sie es gewohnt sei und — und — da doch vielleicht bald der Storch auf dem Dache klappere, so könne sie es gar nicht manuteniren, und eine Magd wolle sie einmal nicht noch zu der nehmen, die sie um des Viehstandes willen schon halten müsse; überdies komme dabei Nichts heraus, wenn auch der reiche Herr Oberförster noch so flott bezahle; sie selber gewöhnten sich dann an ein üppigeres Leben, und das ließen doch ihre Einnahmen nicht zu; der junge Herr könne es machen wie sein Vater, nämlich er könne heirathen, und dann wäre Alles geordnet.

„Das waren verständige Reden von der jungen Frau. Leopold war seelenfroh, sie zu hören, und die Geschichte hatte ihr Ende erreicht.

„Der Herr Oberförster ließ allerdings etwas die Flügel hängen und war ein wenig brummig. Eine Zeit lang machte es der Förster Leopold gar nicht recht; allein die Sache ordnete sich doch wieder und der Oberförster kam manchmal zu Leopold auf ein Stündchen, wenn er gerade in der Nähe des Hauses war und hielt sich be= scheiden und anständig, ob er gleich die schöne, junge Frau immer besonders auszeichnete. Es blieb Alles im Geleise der Ordnung.

„Freilich ahnete es Leopold nicht, daß der Oberförster, der, wie alle diese feingebackenen, mürben Herren, lange schlief, immer Morgens an seinem Hause vorüberging, der schönen Frau ein paar liebreiche Worte sagte, einen Kuß zuwarf oder derlei Etwas, was den Weibern nicht zu mißfallen pflegt.

„Anfänglich ärgerte sich Agneschen; später gewöhnte sie sich daran, und noch später saß sie immer Morgens um die Stunde am Fenster, denn es schmeichelte ihrer Eitelkeit, daß ein so vor= nehmer Herr sie schön fand.

„Ihr Wochenbett änderte allerdings die Sache und der kleine, schöne Knabe machte die Eltern unaussprechlich glücklich. Es war aber auch ein bildschönes Kind.

„Etwa vier, fünf Tage darauf begegnete der Oberförster Leopolden im Walde.

„Glückauf, Herr Förster, rief er ihm zu. Man hat mir gesagt, Ihr Familienglück habe nun die Krone empfangen durch einen prächtigen Knaben.

„Leopold dankte und bestätigte das.

„Haben Sie denn schon einen Pathen? fragte der Oberförster leicht hingeworfen.

„Leopold sagte, es sei eine ehrwürdige Sitte, daß der Großvater als Pathe gebeten werde, und da seine Agnes das Glück habe, ihren Vater noch zu besitzen, so liege die Verpflichtung sehr nahe.

„Aber könnten Sie nicht noch einen hinzunehmen, fragte der Oberförster weiter, und setzte hinzu, in diesem Falle würde es ihm eine unaussprechliche Freude gewähren, diese Ehrenstelle einzunehmen, wenn er anders nicht als zudringlich mit diesem Beweis eines herzlichen Wohlwollens sei.

„Leopold war in einer mehr als unangenehmen Lage. Gerne hätte er den Zudringlichen zurückgewiesen, wenn es nicht eine Beleidigung gewesen wäre, die kaum größer möglich war. Er durfte überdies dem Vorgesetzten nicht vor den Kopf stoßen, und es blieb ihm nichts übrig, als auf den Gedanken einzugehen.

„Leopold besaß Weltgewandtheit genug, dies auf eine Weise zu thun, durch welche er sich selber nichts vergab und doch auch den Oberförster nicht beleidigte.

„So war denn der Antrag angenommen und die Sache, wenn auch nicht in der allerliebsten, doch aber in Ordnung.

„Sie werden es begreiflich finden, daß der Gevattermann seinen Pathen sehen wollte, und der erröthenden, lieblichen Mutter erklärte, er habe nie ein schöneres Kind gesehen, und dann später behauptete, es gleiche der Mutter wie ein Tropfen Wasser dem andern.

„Diese beiden Urtheile hörte die eitle junge Frau, und sie mochte den Schluß nicht wohl abweisen können, daß der Herr Oberförster damit doch ausgesprochen habe, er kenne keine schönere Frau, als eben sie.

„Sie werden es ferner begreiflich finden, daß der Pathe und die theuere Gevatterin von dem ungemein reichen Herrn Gevatter fürstlich beschenkt wurden; daß kostbare Stoffe zu Kleidern und prunkender, blinkender Schmuck nicht fehlte. Und wenn sie erröthend sagte, das passe nicht für sie, er darauf ihr zuflüsterte: Einem reizenden Wesen passe Alles!

„Kurz — und das Herz blutet mir, daß ich es ausspreche, die Schlange hatte den Weg gefunden in das Paradies eines harmlosen häuslichen Glücks, und die Eva darin fehlte nicht, der der Apfel geboten wurde! —

„Gerhard schwieg hier und stand auf, um seine Pfeife, die er in ungewöhnlich heftigen und raschen Zügen ausgedampft, auf's Neue zu stopfen. Ich will es nicht leugnen und in Abrede stellen: der Ton, in dem er sprach, hatte mitunter etwas so furchtbar Bitteres und Ironisches; es legte sich in die Ausdrucksweise der entsetzliche Grimm einer Menschenseele, die in einer nahen Beziehung zu dem Erzählten steht, daß es mich eiskalt überlief und ich es bereute, die Bitte ausgesprochen zu haben, daß er mir die Geschichte des zerfallenen Hauses erzähle. Er fuhr fort: Von da an umschlich der Wolf die Heerde, so oft er wußte, daß der Hirte fehle, und das schien er immer zu wissen; er schlich auch wohl einmal näher herzu. —

„Die Gevatterin konnte ja auch nichts dagegen haben, wenn er nach seinem herzigen Pathen sah und ihn küßte.

„Ach, armes, schwaches Menschenherz, wo Du wachen und beten solltest, leihest Du dem Verführer so gerne Dein Ohr! rief Gerhard aus und richtete lange den Blick zum Himmel auf.

„Dieser Teufel berückte das schöne junge Weib, mit dem er gleichalterig war; berückte es mit allen Künsten höllischer List und berechneter Schlauheit; spielte meisterhaft den unglücklich Liebenden, den Hinschmachtenden, Trostlosen, Melancholischen, bei dem dann auf einmal die wilde Leidenschaft aufblitzt und dann wieder sich scheu verbirgt, bis das Herz des Weibes, seiner Pflicht abtrünnig, in sündhafter Liebe gegen ihn entbrannte und zuletzt die heilige Schranke göttlicher Ordnung zerstört war, das heilige Gebot der Pflicht verstummte in der eignen Brust! —

„Und der treue, seiner Pflicht nachgehende Leopold war irre gemacht durch seines Weibes anfängliche Rede; hatte keine Ahnung davon, wie er betrogen wurde. —

„Was Weiberlist und raffinirte Verborbenheit im Bunde zu ersinnen vermögen, um den Schleier des Geheimnisses um ihr Thun zu ziehen, das geschah. Die Lage des Hauses mitten im Forste war dazu eben recht geeignet, einen heimlichen Verkehr zu fördern. Hierzu kam, daß der Oberförster immer mehr und mehr Leopold mit Arbeiten und Aufträgen betraute, die innerhalb seines Berufskreises lagen, aber auch höchst uneigennützig ihm das überließ, was davon als Besoldungstheil abfiel.

„Leopold war ungemein glücklich, diese Verbesserungen zu verdienen, und widmete sich mit dem aufopferndsten Eifer diesen Thätigkeiten. Weil er es verdiente, konnte er es mit Ehren und gutem Gewissen nehmen, anders würde der streng ehrliche Mann auf keinen Fall es angenommen haben.

„Der Oberförster heuchelte ein Unwohlsein, und übertrug ihm namentlich alle diejenigen Arbeiten, welche ihn an die sehr entfernten Grenzen der Oberförsterei zu gehen nöthigten, von wo er unmöglich an einem Tage heimkehren konnte. Leopold hatte dort seine Waldhütte und schlief auf dem Mooslager den guten Schlaf, pflichtmäßiger Thätigkeit treuen Begleiter.

„So ging es mehr als ein Jahr, und diese Agnes war so

tief gesunken, daß sie dem arglosen Gatten eine stets wachsende Liebe beweist; und über seine oft zwei, ja drei Tage dauernde Entfernung trostlos sich geberdete, während sie sich doch in des Herzens Grunde dieser Entfernungen freute, um besto ungestörter mit ihrem Buhlen sein zu können, der allemal sich einfand, wenn das Gesinde auf dem Felde war und dann heimlich in dem geräumigen Hause versteckt blieb. Es ist dieß ein Verhängniß, welches allerwegen das Laster und die Ruchlosigkeit begleitet, daß es immer nachlässiger wird im Beachten der Umhüllung, die es dem Auge der Welt verbergen soll. Mit seiner wachsenden Frechheit nimmt seine Vorsicht ab, und so legt es selber den Grund seiner endlichen, oft frühern, oft spätern Entdeckung und Bestrafung.

„Wenn auch das zutrauensvolle Gemüth Leopolds nicht im Entferntesten Arges ahnte, so waren doch andere Augen weniger vom Vertrauen gehalten, als die seinigen. Zu diesen gehörten die des Pächters der Dienstländereien des Oberförsters.

„Der Pächter war ein wackerer junger Landwirth, an dessen Seite eine ebenso tüchtige, als sittige, junge, sehr schöne Frau stand.

„Diese hatte den sittenlosen Menschen, den Oberförster, kennen gelernt, aber mit der ganzen sittlichen Würde und frommen Zucht eines rein weiblichen Gemüths ihm eine Schranke gesetzt, welcher er nicht mehr nahe zu kommen wagte. Sie hatte ihrem Mann alle die Versuche des Elenden mitgetheilt, und dieser hatte ihm unter vier Augen Dinge gesagt, die die Wangen des der Religion entfremdeten Menschen doch erbleichen machten und ihn innerlich mit einer Gewalt faßten, die ihn, aber leider nur vorübergehend, erschütterte.

„Zudem hatte der Pächter noch eine äußerliche Drohung hinzugefügt, nämlich das Hinweisen auf eine Doppelflinte, deren Bedeutung den elenden Feigling mit Entsetzen erfüllte; denn er kannte von mancher Treibjagd des Pächters wunderbar sichere Kugel.

„Diesem Paare, das den biedern Leopold hochschätzte, fiel es natürlich auf, daß der Oberförster so oft nach dem Forsthause schlich

Sie ahneten seine Pläne, aber sie kamen erst hinter die Schliche, als schon der Schleier des Geheimnisses von dem Paar im Forsthause weniger strenge mehr gehalten wurde, und sie wähnten leider, es sei noch Zeit zu einer Warnung und es sei noch möglich, den Verführer zu scheuchen, ehe sein giftiger Hauch das Herz verpeste, das er umkreise.

„Eines Tages war Leopold von dem Oberförster ersucht worden, in einem Walddistrikte, der von seinem Hause drei bis vier Stunden entfernt lag, das geschlagene Holz, das bereits von dem dortigen Förster aufgesetzt, sortirt und numerirt war, zu revidiren, zu schätzen und ihm dann auch die schriftliche Arbeit abzunehmen. Es war dort eine bequeme Waldhütte, wo man übernachten konnte, und Leopold übernahm das Geschäft gerne, da es ihm eine bedeutende Einnahme abwarf.

„Er nahm früh einen herzlichen Abschied von seiner geliebten Agnes, küßte sein Kind und ging seinem Berufswerke nach.

„Sehr müde kam er gegen Abend in seiner Hütte an. Wie erstaunte er, auf seinem Mooslager einen versiegelten Brief von un= bekannter Hand zu finden, dessen Aufschrift an ihn lautete.

„Hastig trat er vor die Thüre der Hütte, brach ihn auf und las — las noch einmal — und immer bleicher wurde sein Gesicht, immer entstellter seine Züge!

„Eine Weile stand er stumm und in seine Gedanken tief ver= sunken da; dann rief er mit einem entsetzlichen Ton aus: Sollte er mich deßwegen so oft von Hause wegziehen, der Verworfene, um mir mein Lebensglück zu zerstören?

„Darauf sprang er in die Hütte, warf seine Doppelflinte um, die mit Kugeln geladen war, setzte seine Mütze auf und war nach wenigen Augenblicken im Dickicht des Waldes verschwunden.

„Sein Blut kochte. Seine Pulse schlugen heftig. Er konnte fast keine Luft bekommen, so beklommen war seine Brust.

„Der Brief redete nur von des Oberförsters Versuch, sein Weib zu verführen. Auch kein Schimmer eines Verdachtes war gegen

Agnes ausgesprochen. Sollte sie darum schon mehrmals so bedeut=
sam gefragt haben: Sage mir doch, bis wann du endlich wieder zu
mir und deinem Kinde kommst? Mir ist oft so bange in dieser
Einsamkeit! hatte sie so nachdrucksvoll hinzugesetzt. Das Gesinde
ist draußen, weit vom Hause; ich mutterseelenallein mit dem Kind,
und zum Schutze habe ich nur den alten Nero!

„Sie wagte es nicht, mir es zu sagen, sprach er zu sich, weil
sie mich kennt und vielleicht Auftritte fürchtete, die uns nachtheilig
werden könnten..

„Mit solchen Gedanken war seine Seele beschäftigt, die im
wildesten Zorne gegen den Nichtswürdigen aufloderte. Dabei fühlte
er keine Ermüdung mehr und schritt in maßloser Hast drauf zu.

„Es war in den Tagen des Februar, in denen die Dämme=
rung noch immer mit winterlicher Schnelle der Nacht voraneilt.
Zudem pfiff ein schneidender Ostwind daher, der fast jeder Beklei=
dung spottete. Nach einigen schönen Tagen war noch einmal eine
Kälte eingetreten, deren Heftigkeit um so empfindlicher war, als der
December und Januar in selbigem Jahre unverhältnißmäßig milde
sich eingestellt hatten. Da konnte schon ein rüstiger Jägersmann
eine schöne Strecke zurücklegen. Dennoch war es bereits eilf Uhr,
als sich Leopold seiner Wohnung näherte.

„Er stand einen Augenblick still und besann sich, ob er seine
Agnes wecken solle, die jedenfalls erschrecken würde, da sie ihn nicht
erwartete. Er hätte wohl können durch den Knecht eingelassen
werden und im zweiten Geschosse sich ein Lager aussuchen; allein
das zerfiel bald wieder. Agnes würde am Ende doch erwachen,
dachte er, und was sollte er so viel Rumor machen? Besser ist's,
ich klopfe ihr am Laden! —

„Er wußte, daß Agnes, wenn er früher abwesend gewesen, den
Knecht immer im Hause schlafen ließ, da sonst das Gesinde in dem
Nebengebäude schlief, wo der Backofen und die Waschküche war.

„Ich habe Ihnen früher gesagt, und Sie haben es selber gesehen, daß die Fenster tief an der Erde waren, sagte Gerhard, nachdem er sich einige Augenblicke von der Erzählung erholt hatte, die ihn auffallender Weise sehr angriff. Sonst konnte er halbe Tage lang plaudern und man merkte nicht das Geringste, daß es ihn beschäftigte, und jetzt arbeitete seine Brust heftig und er athmete tief und schwer.

„Leopold, fuhr er fort, kam allmälig dem Hause näher, dessen Rückseite ihm zugewendet war. Als er um die Ecke bog, sah er zu seinem Erstaunen Licht in der Wohnstube und die Läden waren nicht einmal geschlossen, eine Vorsicht, die Agnes selbst dann nicht unterließ, wenn er selber zu Hause war, und immer sie schloß, wenn sie Licht in das Zimmer brachte.

„Leise schlich er gegen die Fenster und blickte in die Stube.

„Was er sah, machte sein Blut gerinnen, sein Haar sträuben, seinen Herzschlag stocken!

„An einem Tisch, unfern des Ofens, saß der Oberförster und Agnes in traulichem Kosen. Ihre Wangen glühten und ihr Mund lächelte zu den geflüsterten Worten des Verworfenen. Von Zeit zu Zeit legte er seinen Arm um ihren Nacken, zog sie an sich, und in langem, brennendem Kusse weilte Lippe auf Lippe; dann lachten sie wieder laut auf, und neue Küsse folgten sich rasch.

„Leopold stand da draußen wie eine Bildsäule. Ihm wurde es dunkel vor den Augen; ein Schauder schüttelte seinen Körper — sein Auge weilte auf der Gruppe vor ihm; aber das Blut stieg ihm nach dem Kopfe. Seine Gedanken verwirrten sich.

„Plötzlich, als Agnes mit schalkigem Lachen sich des Oberförsters Armen entwand, flog das Gewehr vom Rücken, der Kolben lag am Backen. Ein Blitz, ein Knall und Agnes stürzte mit zerschmettertem Haupte auf den Buhlen.

„Von maßlosem Entsetzen ergriffen, sprang der Oberförster auf und wollte entfliehen; aber ein zweiter Blitz und Knall, begleitet, wie der erste, vom Geklingel der zersplitterten Scheiben des

Fensters — und auch er lag, vom Todesblei getroffen, röchelnd am Boden.

„Gerechter Gott! rief ich aus, von überwältigendem Entsetzen ergriffen.

„Gerhard stand auf und ging eine Strecke in’ den Wald hinein, ohne auch nur ein Wort zu reden. Er blieb länger als eine Viertelstunde aus. Ich blieb an der Stelle, wo wir gesessen, denn Gerhard’s Doppelgewehr lehnte am Baume, sein losgekoppelter Hirschfänger lag am Boden, ebenso sein Hut. Er mußte wieder kommen.

„Ich war von der Erzählung um so mehr und um so tiefer erschüttert, als Gerhard’s eigenthümliches Benehmen mir den Gedanken eingeflößt, daß er jedenfalls in irgend einer Beziehung zu Leopold stehen müsse. Freilich kannte ich die Fäden nicht, welche hier das Ganze einigten und verbanden, allein daß sie vorhanden seien, davon waltete mir kein Zweifel ob. Daher war ich um so gespannter auf den Schluß der Erzählung, der bei Gerhard’s Rückkehr zu erwarten stand.

„Endlich sah ich ihn gesenkten Hauptes wiederkommen.

„Er setzte sich wieder auf das trockene Moos und hob nach einigen Augenblicken an weiter zu erzählen, obgleich seine Stimmung keine andere, seine gewaltige Aufregung um Nichts gemildert worden war.

„Die Schüsse inmitten der Nacht konnten natürlich nicht ungehört an den Dienstboten vorübergehen, die das ehebrecherische Paar wohlweislich in das Nebengebäude geschafft hatte.

„Als Knecht und Mägde herbeistürzten, fiel das Licht durch die zerschmetterten Fensterscheiben auf ein Antlitz, vor dem sie zurückbebten. Es war ihr guter, von Allen geliebter Brodherr; aber dieses entsetzliche Gesicht, diese emporgesträubten Haare, dieses todtdrohende Auge, diese Grabesblässe — nein, es war zu viel, zu schrecklich, um nicht auf diese, wenn auch rohen Naturen, den tiefsten Eindruck zu machen.

„In diesem Augenblicke hörte man durch den grellen Aufschrei des Entsetzens das Wimmern des Kindes in der Nebenstube.

„Wie ein elektrischer Schlag durchfuhr es den unglücklichen Vater, als er diese Jammertöne der Waise hörte.

„Nehmt Euch meines Kindes getreulich an, sagte er mit einem Tone, der wie aus einer Gruft heraus tönte, bis ich wieder ge= sorgt haben werde. Meine Frau und den Oberförster hab' ich todtgeschossen. Sie liegen drinnen am Boden; laßt sie liegen, bis das Gericht kommt. Schnell holt das Kind und traget's zu dem Pächter Römer drunten bei dem Oberforsthause, ich gehe voraus dorthin! —

„Er wandte sich und ging mit raschen Schritten den Wald= weg hin. Etwa eine Viertelstunde später klopfte es an des Pächters Fenster.

„Der Pächter stand auf und fragte: Wer ist da? —

„Ich, Römer, sagte Leopold in dumpfem Tone. Heute, fuhr er fort, ist eine schlimme Nacht! Ich bin gewarnt worden durch einen Brief, meine Taube vor Geierkrallen zu schützen. Der Geier hatte sie schon in seinen Krallen. Die Sache war weiter gediehen, als der wohlmeinende Briefschreiber dachte. Ich fand die Ehebrecherin in den Armen des Nichtswürdigen und habe Gericht gehalten auf meine Faust und nach dem Gesetzbuche meines Gefühls, Römer! Ich hab' sie eben Beide erschossen!

„Ein gellender Schrei aus dem Innern der Stube, ein Angst= ruf Römer's unterbrach ihn.

„Laß mich reden, Römer, fuhr er fort. Du bist eine treue Seele. Dir vermache ich mein Kind, hörst du, mein Kind! Er= zieh's gottesfürchtig; du hast ja keine Kinder und wirst dich sein erbarmen, auch wenn es Nichts, gar Nichts hat. Siehst du, Römer, auf dem Erbe der Ehebrecherin ruht der Fluch. Besser, das Kind ist bettelarm! Knechte und Mägde bringen es eben; ich hör' es weinen!

„Die Todeskälte seines Wesens brach aber bei diesem Tone der Stimme des Kindes zusammen. Er raufte sein Haar, rang seine Hände und weinte laut.

„Dann ging er den entsetzten Knechten und Mägden entgegen, sah das Kind beim Schein ihrer Laterne an, küßte es, und als das Kind vor seinem Anblick entsetzt sich abwandte, sagte er: Ja, du hast Recht, mein Kind, wenn du dich abwendest von dem Vater, der dir Alles, Alles raubt! —

„Darauf befahl er: Gebt's dem Pächter schnell zum Fenster hinein und kommt mit! —

„Sie thaten, was er befohlen, und als der Pächter seinen Namen rief, war er schon weit im Wald auf dem Rückwege zum Forsthause.

„Die Diener konnten ihm kaum folgen.

„Dort angelangt, sagte er: Nun laßt das Vieh aus den Ställen und treibet's in den Wald; holt Eure Kisten heraus. Ich brenne das Haus nieder!

„Gerechter Gott! schrieen Knecht und Mägde: Herr, thut das nicht! —

„Schweigt! donnerte er ihnen zu. Der Tag darf die Stätte des Glückes nicht mehr sehen, wo der Teufel es zerstörte! Nie soll ein Mensch mehr hier wohnen, denn der Fluch Gottes ruht auf der Stätte, wo Ehebruch und Mord verübt wurde; der Fluch Gottes ruht auf dem Erbe, darum soll mein Kind nichts erben, daß es vom Fluche frei bleibe.

„Nun aber thut schnell, was ich Euch sage!

„Mit diesen Worten trat er zur Scheune, schlug Feuer und fachte einen Bündel Stroh zu lichter Flamme an und schleuderte ihn in die Strohvorräthe.

„Bald loderte die Flamme hoch empor und leckte mit gieriger

Zunge am Dache, Fach- und Balkenwerk, bis Alles in einer Flammensäule aufloberte, die der scharfe Ostwind über das Dach des Wohnhauses legte, das alsobald davon ergriffen war.

„Die Flamme prasselte; das Balkenwerk krachte, das Vieh brüllte; die Hunde heulten. Es war ein Moment, der furchtbarer nicht gedacht werden konnte.

„Leopold stand wie ein Steinbild da und lehnte sich an den Stamm einer Eiche, die weit genug vom Hause stand, um nicht einen Waldbrand zu vermitteln.

„Da stürzte der Knecht herzu.

„Herr, rief er, die Leichen liegen noch drinnen!

„Laßt sie verbrennen! antwortete in seinem fürchterlichen Tone der Förster. Der Wind soll ihre Asche zerstreuen, wohin er will!

„Das war das letzte Wort, das man von ihm hörte.

„Der weit in's Land leuchtende Brand wurde auch in den umliegenden Dörfern gesehen. Die Sturmglocken heulten jetzt im weiten Umkreise und es konnte nicht mehr lange dauern, dann kam Hülfe.

„Leopold zog seine Brieftasche heraus, nahm den Bleistift und schrieb.

„Hierauf rief er mit seiner mächtigen Stimme dem Knechte.

„Hier, sagte er, hast Du ein Zeugniß, daß weder Dir, noch den Mägden etwas geschehen könne. Ich warte nur noch, bis Alles niedergebrannt ist, sprach er mit der Todeskälte der Verzweiflung, dann gebe ich, mich dem Gerichte zu überliefern. Ihr habt ein schauderhaft Beispiel, prägt es Euch in die Seele! Nun geh'! —

„Ach, Herr — begann der Knecht zitternd, fliehet doch!

„Thor! rief Leopold, meinst Du, ich hätte das Alles in der Uebereilung gethan und wollte nun das schuldbelastete, verworrene Leben retten? — Fort! Komme mir nicht mit solchen argen, lahmen Rathschlägen! Geh'! —

„Der vor Furcht und Entsetzen zitternde Knecht schlich sich
hinweg und sagte zu den Mägden, die jammernd beisammen standen:
Er ist irrsinnig, wie ich's vorausgesagt, daß es kommen würde,
wenn er sein Elend und seine Schmach erführe!

„Das Dach= und Fachwerk war indessen in die Umfassungs=
mauern zusammengesunken. Scheune, Stallungen und Nebengebäude,
die aus Holz waren, hatten dem Feuer bis zur Erde Nahrung ge=
geben. Von ihnen war nur noch ein fortbrennender Trümmer=
haufe übrig, als die Bauern anlangten.

„Da war nichts mehr zu retten. Nur die brennenden Leich=
name verbreiteten einen entsetzlichen Geruch, dessen Grund die Dienst=
boten der schaudernden Menge mittheilten.

„Wo ist er? fragten die Leute.

„Aber als man nach ihm suchte, fand sich auch keine Spur
mehr von ihm!

3.

„Es mochte ungefähr acht Uhr des Morgens sein, der der
Nacht folgte, welche Zeugin dieser Auftritte gewesen war, als ein
Mann in das Gemach des Richters trat, dessen Bereich auch das
Forsthaus umschloß.

„Sein Aussehen war entsetzlich, verwildert, verstört. Sein
Gesicht war todtbleich; seine Augen sahen trübe und düster aus
tiefen Höhlen; seine Kleider hingen in Fetzen um ihn, ein Zeichen,
daß er den Weg nicht eingehalten hatte, sondern durch Wald und
Gestrüppe geradeaus gegangen war.

„Als der Richter von seinen Akten aufsah, fuhr er vor dem
Anblicke zurück und rief: Herr Förster, was ist Ihnen begegnet?

„Fragen Sie anders, Herr Richter, sagte der Mann; fragen
Sie, was ich gethan habe, so werde ich antworten. Seien Sie so
gütig, zur Feder zu greifen, ich habe Ihnen eine schwere Schuld zu

Protokoll zu geben, einen Doppelmord und eine wohlüberlegte Brandstiftung.

„Um Gotteswillen, rief der Richter, sind Sie bei Sinnen?

„So gewiß, als Sie es in diesem Augenblicke sind. Erlauben Sie, daß ich mich setze! So! Nun schreiben Sie!

„Mit einer Ruhe, welche den Richter mit Entsetzen erfüllte, berichtete nun der bejammernswerthe Mann Alles, was ich Ihnen erzählt habe, sagte Gerhard. Der Richter war so ergriffen, daß er kaum das Aussage- und Selbstanklage-Protokoll niederschreiben konnte.

„Endlich war es vollendet. Leopold unterschrieb es mit fester Hand, legte dann Jagdmesser und Gewehr ab und sagte: Lassen Sie mich nun in den Kerker abführen!

„Unglückseliger Mann! rief der menschlich fühlende Richter aus, was haben Sie gethan! Ich muß Sie zur Haft bringen lassen.

„Ich will es, sagte Leopold. O der Tod ist mir willkommen!

„Er wurde in’s Gefängniß gebracht.

„Sie mögen sich’s denken, Herr Möll, was das ein Aufsehen in der Gegend machte! Wie die Leute alle wie unter einem Banne des tiefsten Entsetzens gehalten waren.

„Der Thatbestand wurde erhoben; die Dienstboten vernommen, der Brief gefunden in der Brieftasche, welche Leopold dem Knechte gegeben, ohne daß man aber den Schreiber ermitteln konnte.

„Der verbrecherische Umgang des Oberförsters mit Leopolds Frau unterlag auch nicht mehr dem leisesten Zweifel.

„So konnte der Prozeß beginnen, der aber den schleppenden Gang unseres Gerichtsverfahrens ging.

„Der Urtheilsspruch konnte indessen Niemanden überraschen, er lautete auf Tod durch das Beil!

„Den Landesherrn, der Leopold so lieb gehabt, ergriff das Ereigniß außerordentlich. Als ihm der Urtheilsspruch vorgelegt wurde, hatte er Thränen in den Augen.

„Das Gericht selbst hatte in den Motiven des Spruchs und

in einer besonderen Denkschrift den Unglücklichen der Gnade des
Fürsten empfohlen.

„Er schrieb mit zitternder Hand darunter: „Zu zwanzig Jahren
Haft begnadigt."

„Ach, Ihr Menschen, wie seid Ihr ungnädig mit Euerer
Gnade! rief Leopold aus, als ihm die Begnadigungs = Sentenz
mitgetheilt wurde.

„Man brachte ihn in das hochgelegene Burghaus, welches als
Gefängniß diente. Der Fürst schrieb eigenhändig an den Director,
daß er ihn mit aller Milde und Schonung behandeln solle.

„Das geschah in ausgedehntem Maße.

„Stille saß er da; stille ging er umher. Mit Niemanden
sprach er, als mit dem würdigen Geistlichen der Anstalt; aber an
seinem innersten Marke nagte der Tod.

„Schon nach einem Jahre brach das arme, schwerbelastete
Herz unter seiner Bürde.

„Gerhard schwieg. Es war sein Auge feucht geworden, wie
das meine.

„Lange Zeit saßen wir stille da und blickten in das Spiel der
Wellen, die von der Quelle über das Gestein hinabhüpften in eine
bedeutende Tiefe.

„Endlich sagte ich: Wie mag die Nachricht auf die alten
Eltern der Agnes gewirkt haben?

„Der Vater lebte nur noch; die Mutter war schon früher
gestorben; aber das Schicksal, das er erleben mußte, die Schmach —
kurz Alles, was auf ein ehrlich Vaterherz da mit Einem einschlug,
brach des Greises Lebenskraft auch. Er starb etwa vier Wochen
nach dem schrecklichen Ereigniß am Herzschlage.

„Und der Pächter? fragte ich.

„Ja, ja, sagte Gerhard, da meint der Mensch etwas Gutes
zu thun, und es wird zum Unheil, zum Verderben! Der ehrliche
Mann wußte nicht, wie weit das verbrecherische Verhältniß der

jungen Försterin mit dem nichtswürdigen Oberförster schon gediehen war. Er und seine brave Frau konnten es sich nicht als möglich denken, daß das anscheinend so brave Weib den Pfad der Pflicht und der Ehre, der Gottesfurcht und Tugend verlassen könnte. Sie wollten warnen aus treuem Herzen, und ihre gute Absicht schlug um und wurde der Grund so entsetzlicher Thaten. Da können Sie es sich wohl denken, daß die guten Menschen sich das zu Herzen nahmen!

„Der arme Römer fing seitdem zu kränkeln an und, da er ohnehin ein schwacher Mann war, so wurzelte sich ein Uebel fest, das nach und nach in eine Zehrung ausartete, welcher er nach einer Frist von kaum einem halben oder dreiviertel Jahren erlag.

„Seine Frau, die ein zartes Gemüth hatte und sich stete Vorwürfe machte, an dem Unglücke schuldig zu sein, wurde in späteren Jahren, wahrscheinlich in Folge dieser Gewissensvorwürfe, tiefsinnig und starb in einem Landes-Irrenhause nach einer Reihe von Jahren.

„Aber das Kind? das Kind? fragte ich hastig, da es mir einfiel, ich habe nach ihm nicht gefragt.

„Gerhard sah mich lange forschend an, als wollte er in meiner Seele lesen, was mich zu dieser Frage bewege. Nach längerem Schweigen sagte er: „Nun, die Pächtersleute nahmen es auf; aber Sie sehen es gewiß ein, daß das arme Knäblein unter den obwaltenden Umständen nicht bei ihnen bleiben konnte.

„Ich weiß nicht, wie es kam, daß der Fürst sich einmal nach Leopolds Kind erkundigte und nun von dem Oberförster, welcher dem schändlichen Menschen im Amte folgte, hörte, wie es um das Kind stand.

„Noch hatte der edle Fürst den Mann nicht vergessen, der ihm so treu gedient und ein so schreckliches Schicksal gehabt hatte. Es war ein schöner Zug seines Herzens, daß er sich des verwaisten Kindes annahm. Jener Oberförster war Herrn Moosfeld's Schwiegervater, welcher aber damals am anderen Ende des Landes eben erst in's Leben hineingeblickt hatte. Der Oberförster war ein ganz junger Mann und seine Frau eine Engelsseele. Sie nahmen den Knaben zu sich und erzogen ihn gottesfürchtig. Der Fürst zahlte die Kosten seiner Bildung, da er Forstmann werden wollte.

„Als Moosfeld's Schwiegervater starb, war der Knabe eben zwanzig Jahre alt und der Fürst nahm ihn als Leibjäger zu sich; hatte ihn lieb und erwies ihm viel Gutes. Der alte Herr aber lebte nicht mehr lange, und als er starb und der Erbprinz die Regierung antrat, sollte er Oberförster werden, allein dieser Titel und Beruf weckte Erinnerungen der schmerzlichsten Art in ihm. Er schlug ihn aus und wollte nicht mehr sein, als sein armer Vater gewesen war.

„Vermählt hat er sich nie.

„Wohl wollte die Liebe auch in seinem Herzen keimen, aber er hatte den Keim mit starker Hand herausgerissen, weil ihm seines Vaters Schicksal keinen Glauben an Weibertreue gewinnen ließ.

„So weit hatte Gerhard mit tiefer Bewegung erzählt, als er auf zum Himmel blickte und ausrief: Wir verplaudern die schönsten Tagesstunden! Kommen Sie, unser Beruf heischt unser Aufbrechen!

„Wir brachen auf und wanderten an dem zerfallenen Forst=hause vorüber. Aus Gerhard's Seele rang sich ein Seufzer, und mich durchrieselte es eiskalt. Ich kam spät nach Hause. Der Oberförster Moosfeld erwartete mich im Familienzimmer.

„Er fragte nach den forstlichen Beziehungen, die uns heute beschäftigt hatten, und ich referirte genau; allein er sah mir's an, daß ich nicht so heiter war als sonst.

„Ist Ihnen was begegnet, lieber Wilhelm? fragte er — oder sind Sie unwohl?

„Keins von beiden, sagte ich. Es hat mich etwas Anderes trübe gestimmt und ich kann den Kreis von Vorstellungen nicht verlassen; ich bin wie hineingebannt!

„Darf ich nicht wissen, was das war? fragte mit großer Theilnahme der wackere Mann.

„Doch, sagte ich: heute Mittag, als wir rasteten, hat mir Herr Gerhard die entsetzliche Geschichte des verfallenen Forsthauses erzählt, und ich will es nur gestehen, daß sie mich auf eine so tiefeingehende Weise ergriffen hat, daß ich die Begebenheiten so bald noch nicht werde loswerden können.

„Das glaube ich Ihnen gerne, sagte Moosfeld; es ist eine entsetzenerregende Geschichte; aber daß Gerhard sie Ihnen erzählt hat, das mag Ihnen den Beweis liefern, daß er Ihnen eine wahr=haft väterliche Liebe zugewendet hat, denn jede Erinnerung daran ist ein Stich in sein Herz. Sie wissen doch, daß es die Geschichte seines Vaters und seiner Mutter ist?

„Gerechter Gott! rief ich aus, das ahnte mir manchmal.

„Ja, ja, sagte der Oberförster, er ist der unglückliche vater= und mutterlose Knabe und er war der Pflegebruder meiner seligen Frau. Nun können Sie es sich denken, warum er mir so werth ist."

Was mir einmal der Todtengräber erzählte.

Der, welcher diese Zeilen schreibt, die nur als Einleitung zu
dem, was der Todtengräber erzählte, dienen, hatte von mütterlicher
Seite einen Großoheim, der ein sehr hohes Alter erreichte und
nahe bis an das Ende des vorigen Jahrhunderts lebte. Er selber
hat diesen Großoheim nicht mehr mit leiblichen Augen gesehen,
denn er war, als ich geboren wurde, was nebenbei bemerkt 1798
geschah, schon lange zu seinem Frieden eingegangen; aber vor die
Augen des Geistes trat er oft. Selten verging ein Tag im elter=
lichen Hause, daß nicht in Scherz oder Ernst des Oheims Worte
herbeigezogen wurden. „So hat der Oheim Martin gesagt!“ hieß
es dann regelmäßig, und alle diese Aussprüche hatten eine so kernige
Kürze, eine so frische Lebenswahrheit und eine so hausbackene, ächte
gesunde Lebensweisheit, daß Oheim Martin in meinem Denken
eine Gestalt gewann, wozu freilich auch ein Bild beitrug, das sehr
ähnlich soll gewesen sein. Später hab' ich das Bild mit schärfer
prüfendem Blicke betrachtet; hab' mir von Vater und Mutter vom
Oheim Martin Dies und Das erzählen lassen und glaube ihn nun
zu kennen.

Nach diesen Erzählungen stellte es sich hin, daß Oheim Martin
eine grundgutmüthige Natur gewesen ist, aber dabei ein eig'ner
Kautz oder was man im gemeinen Leben einen „kuriosen Heiligen“
nennt. Vermählt ist er nicht gewesen; ein Amt hat er nie ange=
nommen, obgleich unausgesetzte Studien und eine außergewöhnliche

Bildung ihn dazu wohl mochten befähigt haben. Ein ansehnliches Vermögen machte ihn unabhängig. „Was soll ich mir silberne oder goldene Ketten schmieden," sagte er, „die mich dennoch fesseln, auch wenn sie nicht aus gemeinem Metalle gemacht sind?"

Eben diese Stellung setzte ihn in den Stand, seinen Lieblingsstudien sich hinzugeben. Welcher Art die waren, zeigte eine ansehnliche Pflanzensammlung; großmächtige Kisten und Kasten voll Mineralien und Versteinerungen, und eine reiche Bibliothek, die zwar vorzugsweise die Naturwissenschaften, aber dann doch auch fast alle Zweige geistigen Regens und Strebens umfaßte. Mit dem ersten Mai jedes Jahres, mochte das Wetter sein, wie es wollte, nahm er seinen Lederranzen und seinen Hammerstock und wanderte aus. Wohin? das wußte er oft noch selbst nicht. Erst mit dem October kehrte er heim. Mittlerweile kamen schwere Kisten bei meinen Eltern an. Das waren die Zeichen seines Lebens und Thuns. Sie blieben unberührt, bis er selbst ihre Siegel löste.

Daß ich aber den Oheim Martin noch nicht nach allen seinen Seiten kannte, das wurde mir erst klar, als ich einst in den Ferien wieder 'mal meinen Vater auf dem Spaziergange nach ihm fragte.

Er erzählte manche Geschichte von ihm, die ich theils schon kannte, theils zum ersten Male hörte. Er war 'mal der Gegenstand meiner besonderen Theilnahme und, ich darf sagen, meiner Vorliebe.

„Aber was hat er denn in der Zeit, wo er bei Euch war, getrieben?" fragte ich den Vater.

„Was weiß ich?" sagte er. „Du weißt, mein Amt fordert meine ungetheilte Thätigkeit. Ich habe, da ohnehin seine Liebhabereien die meinigen nicht waren, mich nicht viel um sein Treiben bekümmern können, ob wir gleich uns herzlich liebten und nie ein unvergohrenes Wort wechselten. Alle seine Manuscripte sind droben auf dem Speicher, in einem zugenagelten Kasten. Ich dachte, das hättest Du längst ausplonirt und durchstöbert, da doch einmal der Oheim Martin Dein besonderes Lieblingsstudium zu sein scheint."

Einmal," fuhr er fort, „hab' ich in den Kasten geblickt; als ich aber wahrnahm, daß fast alle Päcke mit dem nicht archivarischen Titel: „Varia" begabt sind, da graute mir's vor dem Chaos, und ich ließ es ruhen."

Ich brauche wohl nicht erst zu sagen, daß ich, kaum vom Spaziergange zurückgekehrt, mit Hammer und Zange bewaffnet, zum Speicher hinan stieg. Der Deckel wich meiner jugendlichen Kraft schnell und bald lag ein ziemlich großer Kasten voll Manuscripten vor mir. Da stand auf etlichen: Mineralogisches, auf anderen: Botanisches. Etliche trugen allerdings die Ueberschrift, die meinen Vater abgeschreckt hatte.

Einen solchen Pack nahm ich heraus, schloß den Kasten wieder nothdürftig und eilte auf meine Stube. Als ich die umschließende Kordel löste, fielen eine Menge Blätter heraus, die Gedichte enthielten. „Also auch eine poetische Natur?" rief ich. „O, warum hab' ich Dich nicht gekannt, guter Oheim Martin?" Sie waren allerdings im Geschmacke seiner Zeit, aber voll Tiefe und Innigkeit. Es waren Satyren, Episteln, Epigramme, Triolette; auch Ueber= setzungen Horazischer Oden und aus der griechischen Anthologie. Meine Achtung und Liebe für den seltenen Mann wuchs mit jedem Blatte, das ich las. Auch seine Reisetagebücher lagen da, voll interessanter Dinge. Da fand ich herrliche Ergüsse seiner Seele; Erzählungen von Erlebnissen, die mich ganz fesselten. Manches legte ich mir bei Seite davon.

Nun sind mehr als drei Decennien dahingegangen im raschen Hinfluthen der Zeit und des Lebens. An den Großoheim Martin hab' ich selten mehr gedacht unter dem Flügelschlage und den wilden Stürmen der Zeit. Erst vor wenigen Tagen fiel mir die Mappe in die Hand, worin seine Blätter liegen und da ist' mir denn in seinem Tagebuche die nachfolgende Geschichte wieder vor die Augen gekommen. Ich las sie und glaube, sie ist werth, daß ich sie mittheile. Ich gebe sie mit gewissenhafter Treue, wie sie von seiner schönen, festen Hand niedergeschrieben worden ist. Die Erzählung lautet so:

„Was mir einmal der Todtengräber erzählte"

in einem Dorfe des Thüringer Waldes, mag in meinem Tagebuch eine Stelle finden. Will's nicht Hehl haben, daß mich die Geschichte tief bewegt hat. Warum doch? — warum klingen leise die Saiten eines Instruments, wenn in seiner Nähe ein ähnliches gespielt wird? — Warum treten Thränen in unser Auge, wenn wir sie in einem anderen glänzen sehen? —

Tief in der Menschenbrust werden Erinnerungen, die lange, lange schliefen, lebendig, wenn die Züge eines Angesichts, wenn die Aehnlichkeit einer Gegend, wenn die Ereignisse eines anderen Lebens sie wecken oder wenn eine Erzählung unbewußt ähnliche Begebenheiten berührt. Warum soll ich hier Rechenschaft geben von dem tiefern Grunde jener Erregung? — Der Todtengräber hat's nicht geahnet, wozu sollen's Die wissen, die vielleicht einmal diese Blätter sehen und lesen, wenn mein Staub längst vom Winde verweht ist? — —

Thüringen ist ein herrliches Berg- und Waldland; aber seine üppigen Thäler, seine reichen, fruchtbaren Ebenen sind nicht minder reizend. Alles ist da noch frisch, jung, naturwüchsig. Man meint, die große Heerstraße der Welt führte da weitab vorüber und das Menschenvolk aus den Städten mit seinen gepuderten Perrücken, Affenschwänzen (Oheim Martin meint ohne Zweifel damit die Zöpfe — die noch seine Zeitgenossen waren), Narrheiten, steifen Geschraubtsein und seiner Schlechtigkeit — hätte dies Land und Volk noch nicht besucht. Tröste Dich darüber, Thüringen, Land und Volk, Du verlierst nichts und gewinnst viel dabei. Die Cultur, wie sie ihre Unnatur nennen, leckt allen Schmelz weg, und was übrig bleibt, sieht aus, wie ein Gesicht aussieht am anderen Morgen, das am Abend vorher rosig geschminkt war.

Bin gestern in dies Dorf gekommen. Seine Lage ist zu schön, als daß ich nicht da hätte Lust kriegen sollen, zu verweilen, und wandermüde bin ich auch.

Es ist eines jener saftig grünen Thäler, durch welches ein Bergbach silbern hüpft. Wiesen von einem Grün, das schöner nicht gedacht werden kann, säumen den Bach und wohlbestellte Saatfelder reihen sich voran bis zum Dorfe hin, dessen Häuser an der Anhöhe lehnen, auf der die Kirche steht. Ringsum schließen hohe, dunkel-bewaldete Berge das Thal ein, und gerade gegen dem Dorf über ruht auf einer wilden Felskuppe eine Burgruine.

Es ruht ein unaussprechlicher Friede über dem Thal. Eine Menge Nachtigallen, Finken und Drosseln jubiliren in Busch und Wald, und lösen einander in der Tageszeit ab.

Kaum sah ich gestern dies Dorf, dessen Häuser auch so etwas Nettes, Ansprechendes haben, so stand auch mein Entschluß fest, hier einmal einige Wochen auszuruhen. Bin ja auch seit vier Wochen viel herumgeklettert und gekrochen in den Bergen. Will mir meine Sachen hierher bringen lassen und sie ordnen. Dann hab' ich Arbeit und ruhe doch leiblich aus. Gott weiß es, wie es kommt. Seit ich die vierte Zehn zurückgelegt habe, kann ich nicht mehr so viel ertragen, wie früher. Da käme doch das Alter frühe! — Vierzig ist Stillestand, sagen die Leute. Ob das richtig?

In dem Dorfwirthshause fand ich Das, was ich vorab suche: Reinlichkeit. Man meint, die Leute stammten aus Holland. Alles wie geblasen! Ein Leckermaul bin ich nicht, werde also mich zurecht=finden! Die Leute sind zuvorkommend und höflich und das ist auch etwas werth. —

Heute bin ich auf die Höhe gegangen, wo die Kirche steht. Die Aussicht ist köstlich, wenn auch beschränkt. Wär' ich ein Maler, das gäbe ein Landschaftsbild; die Kirche ist eine der ältesten des Landes. Massive Mauern; kleine Fenster im Rundbogenstyl; ein Thurm, dessen Spitze gemauert ist; oben drauf das friedliche

Storchneſt. Neben der Kirche, etwas in den Gottesacker hinein=
gerückt, ſteht eine Linde, die ſicherlich ſo alt iſt wie die Kirche.
Krone und Gipfel ſind vom Sturme geknickt; aber ihre Aeſte
breiten ſich weit aus und bieten Schatten. Man meint, ſie rechte
ſegnend ihre Arme über die Gräber aus. Sie grünt noch immer,
während ihr Stamm ganz hohl iſt und weit genug, daß man darin
eine Wohnung aufſchlagen könnte. -

Gar ſehr hat es mich angemuthet, daß die Gräber ſo ſchön
gepflegt ſind. Es iſt kein's, auf dem nicht Blumen ſtünden neben
dem ſchlichten Kreuze. Nur zwei waren ohne Blumen. Ein drittes
daneben aber trug ein Bäumlein von weißen Roſen und drum herum
einen Kranz von reichblühenden Monatroſen. Der, welcher da ruht,
oder Die — muß viel Liebe verdient haben!

Ich ſtand eben ſo an den hohlen Stamm der uralten Linde
gelehnt, und dachte über Das nach, was ich vor mir ſah, als ſich
aus einem friſchen Grabe der ſchneeweiße Kopf des alten Todten=
gräbers erhob und mich grüßte.

Wem es darum zu thun iſt, manche rührende, auch wohl
ſchauerliche Geſchichte zu hören, dem kann man nur den Todten=
gräber empfehlen, wenn er alt iſt. Solche Leute ſind die lebendige
Chronik für Die, welchen ſie die lezte Ruheſtätte bereitet, und
denen ſie den Hügel über dem Herzen wölbten, das gekämpft und
gerungen, ſelten geſiegt hat, ſo lange es lebte.

Ich war immer ein Freund ſolcher Geſchichten, und jezt, wo
es mir eben ſo zu Muthe war, daß ich gerne der Art etwas
gehört, bot ſich mir die reichſte Fundgrube dar. Ich trat, ſeinen
Gruß erwiedernd, zu ihm.

Das Lob, welches ich der Ordnung und Schönheit des
Gottesackers wohlverdient ſpendete, gewann mir des Greiſes Wohl=
wollen. Kam ja doch natürlicher Weiſe viel davon auf ſeine
Rechnung.

Sein Grab war fertig. Die Gebetglocke hatte ſchon über das

tiefer liegende Dorf ihren frommen Mahnruf erschallen lassen und den Feierabend geboten. Die Sonne ging hinter den Bergen zur Rüste. Die Blüthen der uralten Linde hauchten süßen Duft. Der Abendwind zog flüsternd durch ihre ausgebreiteten Aeste. Nachtigallen und Drosseln ließen ihre Melodien erklingen.

Der Alte stieg aus dem Grabe herauf. Wir gingen bis zur Linde mit einander, wo eine Steinbank zur Ruhe einlud.

„Ihr seid müde, Vater," sagte ich. „Wollt Ihr nicht noch ein Stündchen hier ausruhen? Wir plaudern dann ein Bischen mit einander."

„Wenn ich den Herrn nicht störe," sagte er bescheiden, „so nehm' ich das gerne an. Die alten Knochen, die nun schon fünf und siebenzig Jahre ausgehalten haben, wollen doch nicht mehr recht." —

„Ihr habt wohl die Meisten, die hier schlafen, persönlich gekannt?" fragte ich den Todtengräber, um ein Gespräch einzuleiten.

„Allerdings," versetzte er; „ich bereite den Leuten seit mehr als fünfzig Jahren die Ruhestätten. Manches müde Haupt habe ich da zur Ruhe gelegt; manches stürmisch schlagende Herz zugedeckt; manchen Kummer zur Ruhe gebracht, aber auch manche geknickte Blume. Lieber Gott," fuhr er fort, „es wird Einem das Amt oft schwer, und es sollte ein Todtengräber eigentlich kein Herz haben, er wäre besser dran. — Auf manches Grab," fuhr er nach einem längeren Sinnen wieder fort, „habe ich Blumen gepflanzt, wenn es sie verdiente und wenn keine liebevolle Hand es that oder zu thun da war. Dort liegt Eine," sagte er mit wehmüthigem Ausdruck, „der habe ich das weiße Rosenbäumchen gepflanzt. Eine unbekannte — vielleicht unbekannte — Hand setzte dann den Kranz von Monatrosen drum herum, und ich pflege das Grab mit Sorgfalt."

„Aber warum haben die beiden nächsten Gräber keinen Schmuck?" fragte ich.

„Weil sie ihn nicht verdienten, Herr!" erwieberte er rasch. „Weil sie an dem Tode der unter Blumen ruhenden Blume die Ursache waren! Doch ich sehe schon," fuhr er fort, „ich werde Ihnen die Geschichte erzählen müssen; obgleich es eine einfache Geschichte ist, wie sie sich leider gar oft wiederholt in der Welt; aber zum Herzen redet sie doch." —

Die Sonne war tiefer hinabgesunken. Der Himmel glühte in Purpur und Gold. Im Dorfe war's todtstille geworden. Ueber dem Thale lag eine eigene Stimmung, die nicht verfehlte, meine Seele zu ergreifen.

„Es sind jetzt zwölf Jahre her, daß ich die drei Gräber grub" begann der greise Todtengräber; „allein so oft die Gemeinde sich hier um ein Grab versammelt, ruhen die Blicke vieler Leute mit großer Theilnahme auf den drei Gräbern, und doch treten sie nur an das eine, an das nämlich, das mit Rosen bepflanzt ist, und beten leise. Die Stelle neben demselben ist bestellt — aber die Zeit ist um." —

„Wie so?" fragte ich.

„Hören Sie erst die Geschichte!" sagte der Alte, mein Verlangen zur Gebuld verweisend. „Es kann Ihnen wohl kaum, wenn Sie in das Dorf hereingingen, das große, schöne Bauernhaus entgangen sein, welches links vom Eingange liegt. Es ist das größte und schönste Haus im Dorfe. Hof und Scheune, Stallungen und Schoppen, Alles ist prächtig und neu. Die Mauern schließen es sammt Garten und Hofraum ein. In dem Hause wohnte der reichste Bauer unseres Dorfes, der alte Riebel mit seiner Frau und seinem Sohn, und die Waise einer armen, entfernten Verwandten war seit etwa vier Jahren in's Haus gekommen, um das Gnadenbrod zu essen und die alte Riebelin in ihrem schweren Hauswesen und im Regiren des Gesindes zu unterstützen. Das Gnadenbrod ist ein rauh und bitter Gebäcke.

„Der Riebel und seine Frau waren stolze Leute. Sie hatten Alles im Ueberfluß. Ihre Ernten waren reich; ihr Viehstand zahlreich. Kein Unglück suchte sie heim. Geld genug gibt Muth genug — oft mehr, als gut ist, nämlich Uebermuth. Das Mädchen mußte tüchtig arbeiten und wurde wenig beachtet.

„Paul, sagte der Alte zu seinem Sohn, ich will Alles neu bauen und zugleich mir eine Aufenthalts=Wohnung bauen im Hause. Dann übergebe ich dir Alles. Du kannst dann heirathen und ich in Frieden leben.

„Das Erste geschah. Wie schön und zweckmäßig er Alles neu baute, können Sie selbst sehen. Als nun Alles fertig war, kam's an die Heirath Pauls, und da gab's denn Händel, die den Frieden der Familie heillos störten. Die Alten hingen an ihrem Reichthume mit ganzer Seele. Daß ihr Sohn nur eine reiche Erbin heirathen würde, hielten sie für längst ausgemacht; denn zu dem Gedanken kamen sie gar nicht, daß Paul aus der Art schlagen und eine Arme freien könnte. Paul war indessen ein seltsamer Bursch. Das kann ich Ihnen sagen, lieber Herr, ein schönerer als er lebte nicht im Thüringer Walde. Wenn ich hinzusetze, kein braverer, gesitteterer, so hab' ich nur gesagt, was wahr und aller Welt bekannt war. Wenn er hätte freien wollen, so war ihm keine Thüre verschlossen weit und breit, denn Riebel's Wohlstand war im Land überall bekannt und der Ruf seines braven — die Mädchen setzten hinzu: seines bildschönen Sohnes nicht minder; aber es war eine absonderliche Sache, daß er keinem Mädchen vorzugsweise freundlich und hold gewesen war bisher, weder einer aus dem Dorfe, noch von draußen her. —

„Als die Neubauten fertig waren, sagte der Riebel zu seiner Frau:

„Nun hab' ich's doch dem Paul gesagt, er solle sich nach einer zu ihm passenden Frau umsehen; aber dem liegt das fern. Er macht keine Anstalten. Ich werde ihm freien müssen. Es ist ein kurioser Bub.

„Das konnte nun der alte Riebel bleiben lassen aus zweien Gründen. Erstens war der Paul keiner von Denen, die sich eine Frau freien lassen. Dazu war er zu selbstständig und zu fest. Und wenn ihm das gefreite Mädchen wirklich gefallen hätte, würde er sie nicht genommen haben. Ich meine, damit hätte er Recht gehabt. Solche gemachte Heirathen taugen in der Regel nichts. Hat sich da nicht das Herz zum Herzen gefunden von selbst, oder daß ich es richtiger sage: hat sie Gott nicht zusammengeführt in rechter Liebe, so gibt's keinen Einklang, und meine reiche Erfahrung sagt's, daß all' das eheliche Unglück und Katzengebisse, das den Leuten das Leben zur Hölle macht, aus solchen Freiereien stammt, die Eigennutz oder Ehrgeiz gemacht hat. So ist's! — Der zweite Grund aber war, daß Paul Eine still im Herzen trug und von ihr im Herzen getragen wurde. Das ahnete aber Niemand.

„Ich hab's vorhin erwähnt, daß seit etwa vier bis fünf Jahren die nachgelassene Tochter einer entfernten Verwandten, die als Wittwe gestorben, in Riebel's Haus gekommen war und darin ihr Stücklein Gnadenbrod aß, ob sie es gleich mehr als verdiente.

„Sie hieß Irmgard oder Irmel, wie sie den Namen hier zu Lande radebrechen. Als ihre Mutter starb, war Irmel siebenzehn Jahre alt, und eine frischerblühte Rose ist nicht schöner, als Irmel war. Herr, unser Dorf war stolz auf dies Mädchen, ob sie gleich arm war wie Hiob. Sie war groß, schlank, wie eine Tanne, und doch von jugendlicher Fülle und Frische. Jede Bewegung der schönen Gestalt war anmuthig, leicht, und doch voller Anstand. Ihr Gang war ein Schweben, so leicht war er. Ein Gesichtchen wie Milch und Blut; große, wunderbar glänzende, blaue Augen; ein blondes Haar, das der Kamm fast nicht halten konnte, und ein Lächeln, wenn sie sprach, das Jeden entzückte; das Alles machte das Mädchen zum Gegenstand allgemeiner Bewunderung und Zuneigung.

„Nun, sagen Sie einmal, konnte Paul blind sein gegen so viel Schönheit? — Und er sah sie immer in ihrem stillen Fleiß und liebreizenden Wesen.

„Zu den Vorzügen des Leibes gesellten sich die der Seele. Sie war so demüthig, so zurückhaltend, so bescheiden, wie ich kein Mädchen jemals beobachtet habe. Eine recht aufrichtige Frömmig= keit erfüllte ihr Herz. Sie hätten sie in der Kirche sehen müssen, um davon überzeugt zu werden. Und im Hause war sie die Thätig= keit selbst. Wollte die alte Riebelin eine Arbeit thun, so hatte sie entweder Irmel schon gethan, oder sie nahm sie ihr rasch aus der Hand und that sie selbst. Das Gesinde gehorchte ihr blindlings, und doch hatte sie niemals ein bös Wort mit ihm geredet, niemals ihm etwas verwiesen, niemals etwas ihm befohlen. Anders sagte sie nicht, als: Sei jetzt so gut, und thue Das oder Jenes! Dann liefen die Knechte und die Mägde sprangen, ihren Wunsch zu er= füllen. Die alte Riebelin sagte selber von ihr: Es ist eine wahre Here, das Mädel! Sie leitet und regiert Alles und doch befiehlt sie nie, und das Gesinde gehorcht ihr mehr, als mir, und ist ihnen nichts zu schwer, wenn die Irmel sie lächelnd darum bittet. Wie sie das anfängt, begreife ich selber nicht! Aber es geschieht und ist richtig.

„Ich frage Sie, Herr, ob ein Jüngling mit solch' einem Mädchen unter einem Dache wohnen, mit ihr in tausendfache Be= rührung täglich kommen, ihre Art und Weise beobachten könne, ohne diese Eigenschaften zu bewundern? Und wenn Sie es bejahen müssen, so frage ich weiter: Kann da die Liebe ausbleiben, wenn nicht etwa schon eine Andere das Herz des Jünglings ganz einge= nommen hätte? — Ich sage einfach: Nein, und Sie können wohl auch kaum anders. Und in Pauls Herzen saß keine Andere fest."

„Wahrlich nein!" sagte ich aus Herzensgrunde.

„Nun ja denn," fuhr er fort, „wir sind einig; aber Pauls
Eltern waren blind. Sie konnten es sich einmal nicht denken, daß
ein Mädchen ohne Geld und Gut irgend einen Werth haben könne.
So kam kein Gedanke in ihre Seelen, daß die Zwei sich lieb
haben könnten. Freilich sah's auch Niemand, wie es in den Herzen
der beiden jungen Leute aussah, erstlich, weil eben kein Auge des
Menschen dahinein blicken kann, wohin nur das Auge des Herrn
bringt, und zum Zweiten, weil Beide sowohl vor einander, als vor
Anderen sorgfältig verbargen, was in ihrem Inneren vorging. Es
waren zwei absonderliche Menschen.

„Das Irmelchen erkannte längst, daß es Niemanden auf Gottes
Erde lieber habe, höher achte und verehre, als Paul; aber es ver-
schloß seine erste, heilige Liebe in das stille duldende Herz, weil es
die Gesinnungen seiner Verwandten kannte und die alte Riebelin in
ihrer Geschwätzigkeit dem Mädchen oft genug gesagt hatte, der Paul
dürfe im Lande nur wählen unter den reichsten Erbinnen. Da hatte
denn das gute Kind seine Liebe in's Grab gelegt und den Kranz
der Hoffnung welken sehen. Es fühlte wohl, es dürfe nur ferne
stehen; es dürfe nur Gott um seine Liebe wissen. Und dies Bewußtsein läuterte und heiligte sie so, daß das Mädchen sich glücklich fühlte, um ihn sein zu dürfen und seine Wünsche ihm abzu-
lauschen, daß es ihnen, wo möglich, zuvorkommen könne. Es mag
wohl Stunden eines harten Kampfes und schweren Leides und
heißer Thränen gegeben haben, bis das arme Kind solchen Sieg
über sein Herz errungen hatte. Wenigstens bildete es sich ein, ihn
errungen zu haben. Nun, es geht ja oft so in der Welt, daß man
sich mühsam einredet, man habe etwas überwunden; glaubt's auch;
aber wie anders ist es, wenn nun der Augenblick kommt, wo der
Sieg als voll, echt und recht sich erweisen soll? Herr, dann hapert's
leider, wie wir hier zu Lande sagen!

„Der Paul hatte niemals an einem Mädchen Wohlgefallen.
Die er um sich sah, waren nicht, wie er eine suchte. Er hatte an

Dieser Dieses, an Jener Jenes auszusetzen. Da kam die holdselige Irmel in's Haus, und augenblicklich fühlte er es tief im Herzen, die war's, die er gesucht und bisher nicht gefunden. Aber er war im seltenen Maße Herr über sich selbst. Das Mädchen sollte es nicht merken, welch' ein Gefühl in seinem Herzen erwacht sei. Freundlich, herzlich, zuvorkommend war er gegen sie, aber so, wie es ein braver Bruder gegen die liebe Schwester ist. Irmel sah's wohl einmal, wie er sie heimlich beobachtete; wie sein Blick ihr folgte, wenn sie ging, sie suchte, wenn sie nicht gleich da war, wenn er in's Haus trat; sie begegnete manchmal einem Blicke, der mehr sagte und ihr die helle Gluth in's Antlitz jagte; sie sah es, wie er sie forschend und mit ungewöhnlicher Theilnahme anblickte, wenn sie eine halbe Nacht durchweint und die Spuren solcher Thränen nicht ganz vertilgt waren; sie hörte, wie er die Mutter fragte, ob Jemand Irmel wehe gethan? — Aber das war Alles. Nie sagte er ihr Etwas, was nicht in diesem Verhältniß gelegen; nie suchte er mit ihr irgend alleine zu sein. Er wollte prüfen, forschen, erst seiner Sache gewiß werden.

„So standen sie sich fern und hatten sich doch so lieb! Aber es war ein Feuer, das immer mehr gegen die Decke wuchs, die es verhüllte und einmal hervorbrechen konnte, mit einem Male, mächtig und gewaltig. Verborgenes Feuer brennt doch.

„Solch' ein Augenblick ist denn auch gekommen und ziemlich bald.

„Sie können es sich denken, daß auch andere Leute den Werth der schönen Irmel erkannten. So ist es denn einmal geschehen, daß ein braver Bursch aus unserem Dorfe, der Irmel lange schon lieb hatte, von seinen Eltern die Erlaubniß erhielt, um sie zu werben. Er hatte manchmal in Riebel's arbeiten helfen, wenn es sich in der Ernte drängte oder im Heumachen. Dann hatte er mit Irmel gescherzt, und sie war ihm immer freundlich gewesen, sogar freundlicher als Anderen, weil er sittiger und anständiger war als sie, und bescheidener. Da hatte denn der Junge schon geglaubt, sie sei ihm gut, und er dürfe eben nur beim alten Riebel freien. Das that er denn an einem Sonntage des Morgens in aller Ordnung. Der Riebel hatte ihm gesagt, er habe gar nichts dagegen, nur sei Irmel gerade heute auf's nächste Dorf, die Tochter des Schullehrers besuchen, die sie wohl kenne. Er solle morgen sich das Jawort bei ihr selber holen.

„Paul hatte das mit angehört und es war eine Angst über ihn gekommen, eine Qual, eine Unruhe, für die er keinen Namen wußte. Jetzt erst fühlte er die Macht seiner Liebe, wo das Verlieren nahe trat.

„Die Eltern schrieben das einem anderen Umstande zu; denn nach der Morgenkirche befahl der alte Riebel dem Knechte, den Wagen mit Sitzen zu versorgen, sie wollten frühe zu Mittag essen und dann nach A. fahren, und dort bis Abend bleiben. Dies Dorf liegt drei Stunden von hier. Der Müller zu A. aber ist ein steinreicher Mann, gewiß noch reicher als der Riebel. Sein Sohn sollte die Mühle bekommen, und seine Tochter, ein prächtiges Mädchen, hatte eine Mitgift zu erwarten, die zu der Pauls paßte. Die Alten verlangten er solle mitfahren; allein Paul erklärte, das könne er nicht, weil er einen guten Freund besuchen wolle.

„Der Vater drang in ihn. Paul aber, der merkte, wo es hinaus wolle, schlug's rund ab. Da gab's denn harte Worte, aber Paul blieb auf seinen neun Augen stehen.

„Da sagte ihm denn der alte Riebel, er wolle, daß er Müllers Carline heirathe. Sie sei bedeutend reich, ein unbescholtenes Mädchen und sei sehr hübsch. Da konnte er nichts einwenden.

„Paul sah ihn groß an.

„Meint Ihr, Vater, sagte er, ich ließe mir eine Frau anfreien, ankuppeln, die ich nicht selber gewählt? Da irret Ihr Euch. Ich muß mit ihr leben, nicht Ihr. Seid ohne Sorgen, ich bringe

Euch eine Schwiegertochter, wie sie mir gefällt. Freien lasse ich
mir keine. Das glaubt!

„Die Mutter stand mit gefalteten Händen dabei.

„Ach, du lieber Gott! rief sie aus; Du wirst uns doch keine
Unehre machen, und eine Betteldirne in's Haus setzen wollen? Nur
Gleich und Gleich gesellt sich gut! — Und wir haben auch da
mitzureden, Paul!

„Ja, Mutter, entgegnete Paul mit bitterm Lächeln, das
Sprüchwort ist nicht ganz. Es gehören die Worte hinzu: So sagte
der Teufel zum Kohlenbrenner, weil sie alle beide schwarz waren! —
Schande machte ich Euch nur, wenn ich eine lüberliche, verrufene
Dirne wählte. Armuth ist keine Schande, Reichthum keine Ehre.
Daß ich Euch keine Schwiegertochter bringe, die mir selber größere
Schande bereitete als Euch, dafür brauchet Ihr keine Sorge zu tragen;
aber wenn mir eine Arme etwa gefiele, so wär' mir das kein Grund,
sie nicht zu heirathen; denn ich habe genug an Dem, was Ihr mir
erworben, und nach mehr geize ich nicht. Ich suche eine Frau, die
ich lieb habe, mit der ich glücklich zu leben hoffe. Ob sie reich oder
arm ist, das sicht mich nicht an!

„Das war Oel in's Feuer.

„Der alte Riebel brach los mit heftigen Worten. Er wolle
für keine Bettelbirne sich geplagt haben; Paul müsse die Müllers-
Carline heirathen; die habe er ihm erwählt und er habe als Vater
zu entscheiden und dergleichen mehr.

„Paul ging stille hinaus, während der Alte fortkollerte. Und
dem alten Riebel ging nun so etwas nicht tief unter die Haut. Bei
Tisch war es stille. Paul aß wenig. Die Mutter kaum etwas;
aber Riebel hatte seinen ungeschmälerten Appetit und der war
tüchtig. Nie war so ein Auftritt im Hause vorgekommen.

„Nach Tisch fuhren die Alten alleine fort, weil Riebel vor
dem Knechte sich keine Blöße geben wollte; aber er war zornig
und wild erregt, das sah man ihm an. Auch die Mutter machte

ein böses Gesicht. Mit Paul redeten sie nicht mehr. Er blieb still und wortkarg.

„So waren die Alten nie von ihm geschieden, ja, so hatten sie nie mit ihm geredet, er nie mit ihnen. Da lag es denn auch auf Pauls Herzen centnerschwer, und er sah einer trüben Zukunft entgegen.

„Knechte und Mägde gingen, als das Vieh besorgt war, zu ihren Angehörigen oder ihrer Gesellschaft. Paul war allein zu Hause. Alles, was vorgefallen war, bewegte ihn. Er sah ein stürmisch Wetter heranziehen. Das stand in seiner Seele felsenfest, daß er die Müllers Carline, ja daß er überhaupt keine andere heirathen könne — als — Irmel. Er sprach das aus und fuhr ordentlich vor Schrecken zusammen, als er das Wort, den Namen genannt. Aber es war auch, als ob mit dem Nennen des Namens „Irmel" er ein Bekenntniß seiner Liebe zu ihr vor aller Welt abgelegt hätte. Heute mußte er es ihr selber noch sagen; sie fragen, ob sie ihm gut sei und Alles klar machen, damit sein Vater erkenne, wie es stehe. An ein Entgegentreten dachte er wohl; aber das glaubte er doch nicht, daß er sich der Heirath ganz widersetzen würde, denn er hatte das Mädchen lieb wie sein eigen Kind. Das sah man. Eine stete Unruhe trieb Paul um. Endlich schloß er das Haus ab und setzte sich in den Garten, wo eine dichte, dunkle Hainbuchenlaube stand. Sie war Irmels Lieblingsplätzchen. Hier gab er seinen Gedanken freien Spielraum; hier faßte er seine Entschlüsse, und als er mit dem Allem im Reinen war, dachte er an Irmel; er dachte sie sich als sein liebes Weib und sank in jene Träumerei, die so eigen den Zuständen ist, in denen sich Paul eben befand. Da rauschte es — und Irmel stand vor ihm. Sie war eben zurückgekommen, hatte das Haus verschlossen, die Gartenthüre offen gefunden und dachte, die Niebelin im Garten zu finden.

„Als sie Paul da sitzen sah, erschrack sie. Eine Gluthröthe

übergoß ihr Angesicht und in einer großen Verwirrung bat sie ihn um den Hausschlüssel.

„Irmel, sagte er, aufstehend und ihr nahetretend, liebe Irmel, bleib' einen Augenblick hier. Ich habe mit dir zu reden.

„Das Mädchen erglühte noch mehr. Sie stand einen Augenblick völlig unschlüssig, was sie thun sollte. Liebe Irmel hatte er mit solch eigenthümlichem Tone nie zu ihr gesagt.

„Aber er hatte ihre Hand gefaßt und zog sie neben sich auf die Bank. Der weiche, seelenvolle Ton: liebe Irmel klang noch in ihrem Ohr. Er hielt ihre Hand fest in der seinen und sah ihr so seltsam in den Augen, daß sie die ihrigen niederschlug und ihre Hand, ja ihr ganzer Körper heftig zitterte.

„Liebe Irmel, hob Paul an, die Stunde ist da, wo es zwischen uns klar werden muß. Laß mich Dir hier vor Gottes Angesicht bekennen, daß ich eine heiße und innige Liebe zu Dir im Herzen trage, seit Du in unser Haus getreten bist. Ich habe sie still getragen und bewahrt. Ich habe mich redlich vor Gott geprüft, und nun weiß ich's, Irmel, liebe, theure Irmel, daß ich nie eine Andere lieben, nie eine Andere heirathen werde, als Dich.

„Er schwieg; denn Irmel zitterte so, daß sie niederzusinken drohte. Er schlang seinen Arm um sie und rief angstvoll:

„Was ist Dir, liebe Irmel?

„Sie legte ihren Kopf auf seine Schulter und brach in ein krampfhaftes Weinen aus.

„Irmel, rief er, bist Du mir nicht gut? Hast Du einen Anderen lieb und ich weiß es nicht? — Rede, um Gotteswillen, rede!

„Sie richtete ihren Kopf in die Höhe und sah ihn mit unaussprechlichem Ausdruck an, schüttelte langsam den Kopf und sagte leise:

„Ach, laß mich zu mir kommen!

„Er zog sie an seine Brust und sie ließ es geschehen. Auch er schwieg, denn sein Brust war zum Zerspringen voll.

„Endlich wurde sie ruhiger. Sie wand sich aus seinen Armen los, sah ihm schmerzlich in's Auge und sagte:

„Ach, Paul, das hättest Du mir nicht sagen sollen! Wir passen nicht zu einander und niemals werden es Deine Eltern zugeben. Soll ich lügen, Paul? Nein, wir sind hier nicht alleine, Gott ist bei uns, sieht in unsere Herzen. Darum soll Wahrheit zwischen uns sein. Ich liebe Dich, Paul; ich liebe Dich mit einer heiligen, innigen Liebe, seit ich Dich kenne; aber nun, wo das Geheimniß offenkundig ist, das ich mit mir in's Grab zu nehmen gedachte, ist mein Bleiben nicht mehr in Euerem Hause. Ich muß fort, fort, heute noch. Es steht eine Scheidewand zwischen uns, die keine Macht der Erde entfernen kann. Es ist meine Armuth. Ich weiß, was Deine Eltern vorhaben. Du sollst und wirst Müllers Carline heirathen. Darum bin ich heute drüben bei Schullehrers Lieschen gewesen. Sie hat mir einen Dienst im Dorfe drüben ausgemacht, wo ich gleich eintreten kann; denn auch so muß ich fort. Es bleibt keine Wahl mehr.

„Paul hatte ihr mit Erstaunen und tiefer Bewegung zugehört. Jetzt zog er sie inniger an sein Herz und drückte einen Kuß auf ihre Lippe.

„Das ist vor Gott mein Brautkuß, meine Irmel! sagte er mit Festigkeit. Du liebst mich, mein Mädchen? O, nun bin ich der Glücklichste! Was Du von der Scheidewand sagst, ist eine leere Rede, eine Thorheit. Wenn ich erbärmlich genug wäre, sie dafür anzusehen, dann wär's eine; aber dann hätt' ich Dir nie meine Liebe bekannt und wenn mir das Herz zersprungen wäre. Ich weiß, wie meine Eltern denken, aber ich bin kein Knabe, den man zu einer Handlung zwingen kann. Es wird einen Kampf kosten, ich weiß es; aber ich fürchte ihn nicht. Und Du, Irmel, versprich es mir vor Gott, Du thust keinen unbesonnenen Schritt! Die

Wolken verziehen sich. Meine Eltern achten und lieben Dich. Sehen sie meinen festen Willen, so segnen sie unsern Bund. Du mußt sein, als habest Du Ohren und hörtest nicht; als habest Du Augen und sähest nicht. Thue Deine Arbeit stille, wie bisher, und laß mich machen. Es gibt sich Alles.

„Irmels Auge hing an seinem Munde, der so schön sprach, sprach, wie ihr Herz es wünschte. O sie hätte ihm ewig so zuhören, ewig ihn so anblicken können. Als er schwieg, perlten Thränen über ihre Wangen.

„Ach, Paul, Du hast nicht gehört, was ich gehört habe, gestern erst. Ich war in der Kammer, in die man nur durch die Wohnstube kommen kann, und arbeitete darin. Da kam Dein Vater und Deine Mutter herein in die Wohnstube, setzten sich und fuhren in einem Gespräche fort, das ich anhören mußte, weil ich nicht heraus konnte, ohne daß sie es gehört hätten und gesehen. Ich habe nie gelauscht. Es ist schändlich; aber hier mußte ich, weil ich nicht anders konnte und ich betrachtete es als eine Fügung Gottes. Dein Vater sagte: Du kannst Recht haben, Mutter! Er ist doch nun im Alter, wo ein Jungbursche nach den Mädchen sieht und einen Schatz zu haben pflegt. Weißt Du noch, bei uns war's eben noch früher — und er sieht kein Mädchen an, will von keiner wissen. Nun schlug er heftig auf den Tisch, fluchte greulich und sagte: Muß denn ein böser Geist das Bettelkind in unser Haus führen, daß es dem Buben den Kopf verdreht? — Aber, das sag' ich Dir, die Irmel muß fort, muß morgen fort, es gehe, wie es gehe. Nie, das schwöre ich Dir, darf er das Bettelmädchen freien. Lieber wollt' ich ihn auf den Kirchhof tragen sehen. — Deine Mutter stimmte dem bei. Heute ist's zu spät, es dem Mädchen zu sagen, daß es wandern muß, und seine Sonntagsfeier will ich morgen auch nicht stören, sagte sie mit zorniger Stimme; aber am Montag soll es mein Erstes sein. Wir haben eine giftige Schlange an unserem Busen genährt. Nun sticht sie uns, denn es wird harte

Müsse zu brechen geben. — Ach, Paul, mir schwindelte. Man war hinter mein einziges, stillverborgenes Geheimniß gedrungen. Da war kein Bleiben mehr, wenn ich auch das Andere nicht gehört hätte. Nun war ich bei Schullehrers Lieschen. Alles ist in Ordnung. Morgen frühe gehe ich. Ich muß, um meinet- und um deinetwillen, und um Eures Friedens willen. Gottes Gnade behüte mich, daß ich in eine Familie, der ich so viel verdanke, eine Brandfackel werfen sollte. Aber fort muß ich, damit mir nicht ausgeboten wird. Noch heute sag' ich's ihnen.

„Du gehen? rief Paul und schlang beide Arme um sie: Ich will die Macht sehen, die Dich und mich scheide!

„Frevle nicht, Paul! sprach sie sanft verweisend. Wer bürgt Dir, daß nicht die Macht, die die Welt erschuf, erhält und regiert, beschlossen hat, uns zu trennen? Du siehst nicht in Gottes Rathschluß, und ich nicht; aber willst Du freveln? „Gib dem Könige, was des Königs, und Gott, was Gottes ist." Lerne Dich beugen! Ich habe letzte Nacht einen Kampf gekämpft, den nur Gott kennt und ich. Ich habe im Gebet einen Sieg errungen, den Du heute mir raubst. O Paul, Paul, hättest Du doch geschwiegen! Es wäre mir leichter geworden — ob — ich gleich — —

„Sie schwieg.

„Was denn, was denn, o rede Irmel! rief er aus.

„Nun, in Gottes Namen! sagte sie fest, ob ich gleich. — Deine Liebe kannte.

„Sie verhüllte ihr Angesicht mit ihren Händen, als dies Geheimniß vom Herzen war.

„Du kanntest meine Liebe und zogst Dich doch so kalt in Dich selbst zurück? rief er aus. O, du starkes Herz! Er zog sie an seine Brust und drückte einen heißen Kuß auf ihre Lippen.

„Ach, sie hatten nicht gehört, daß der Wagen mit dem Vater angekommen war. Sie fanden die Hausthüre noch verschlossen und, da die Gartenthüre nur angelehnt war, vermutheten sie, Irmel sei zurückgekommen und sitze in der Laube.

„Liese," sagte Riebel zu seiner Frau, mit der Müllers Carline haben wir's heute richtig gemacht. Knechte und Mägde sind noch nicht da. Ich meine, wir sollten jetzt in den Garten zur Irmel gehen und es mit dem Mädel klar machen, damit sie weiß, woran sie ist. Mit leeren Händen soll sie nicht aus meinem Hause gehen, das laß ich mir nicht nachsagen. Sie hat's auch gerade nicht an uns verdient, bis auf das Eine, was jetzt herunter muß und warum sie fort muß. Sie hat auch nicht gleich einen Dienst. Da darf sie nicht darben. Sie gehört doch zu unserer Familie und soll uns weder Schande machen, noch Noth leiden. Ich denke, sie wird bei Schulmeisters Lieschen drüben im Dorfe bleiben können, bis sie weiß, wo sie unterkommen kann. Sie ist ein tüchtig Weibsbild und es wird ihr nicht fehlen. Besser wär's, wenn sie dem Peter, der um sie freit, ihr Jawort gäbe, dann wär' Alles ab und ausstatten wollt' ich sie gerne. Ich denke, wir gehen in die Laube zu ihr und sagen ihr Alles in der Ordnung. Sie ist verständig, wird's einsehen und dann ist eine Sorge von uns — denn der Paul ist widerhaarig geworden, aber ich will ihn schon beugen, so wahr ich der Riebel bin!

„Das Letzte sagte er mit einem Nachdruck, in dem sich der Grimm noch aussprach, der noch von heute Morgen in ihm lag, und den er nur mit Mühe zurückgedrängt hatte.

„Sie gingen, während der Knecht die Pferde absattelte, in den Garten und traten in die Laube; aber Beide standen starr vor Schrecken, als sie sahen, wie Irmel in Pauls Armen lag.

„Paul merkte zuerst an dem Dunkel, daß Jemand im Eingange stand. Er blickte auf und sah seine Eltern. Er sah ihre bleichen Gesichter, aber auch die Wuth in den Blicken seines Vaters.

„Eiskalt durchrieselte es seine Gebeine. Er ließ Irmel sanft aus seinem umschlingenden Arme und auch sie erblickte Riebel und

seine Frau. Sie stieß einen Schrei aus und verbarg in beide
Hände ihr bleiches Angesicht.

„So! so! stieß der alte Riebel heraus, und in dem: „So!
so!" lag Grimm, Hohn, Verachtung — Alles mit Einem Worte,
was in seiner Seele gohr, und was ihn durchdrang. Ehe aber die
Fluth seines Zornes völlig losbrach, ermannte sich Paul, stand
auf und sagte mit einer Stimme, die freilich wankte:

„Vater und Mutter, Ihr wollt, daß ich heirathe. Hier ist
meine Braut. Irmel wird meine Frau, wie ich mit ihr mich jetzt
vor Gott verlobt habe!

„Da brach die Fessel, welche den gewaltigen Zorn gebunden
hatte.

„Was? schrie der Riebel, Deine Braut vor Gott? Vor dem
Teufel sag' Du, nichtswürdiger Bub! Die Bettelhirne, das her-
gelaufene Weibsbild, wagst Du vor uns, Deinen Eltern, Deine
Braut zu nennen? Verflucht seist Du und sie, die Ihr hinter uns
ein schandbares Wesen treibt! Das also ist das stille Kind? O Du
Verworfener! — Doch — Herr, erlaßt es mir, die Worte zu
wiederholen, die Irmel in den Staub traten, sie zertraten," sagte
der Todtengräber.

„Hören und Sehen verging ihr. Leblos war sie zurückgesunken
wider die Stämme und Aeste der Hainbuchen, die dicht verschlungen
waren zu einer festen Wand.

„Solche Worte, solche Flüche, wie sie der Riebel aussprach,
waren entsetzlich und mußten Pauls Zorn auf's Heftigste steigern.
Wüthend trat er seinem Vater entgegen und rief:

„Schweigt, daß ich nicht vergesse, daß ich Euer Sohn bin!

„Da war der alte Riebel aus allen Fugen gehoben. Er erhob seine Riesenfaust in schäumendem Zorn und ein Schlag traf
Paul, daß er gegen die Wand taumelte. Schnell aber ermannte
sich der Jüngling und sprang gegen seinen Vater. Die Mutter
schrie und warf sich schnell zwischen sie. Der Knecht war herbei-

geeilt und faßte mit beiden Armen den Sohn seines Herrn um den Leib, um ihn von dem Frevel zurück zu halten, den er zu begehen bereit war.

„Sprudelnd quollen die rohesten Worte aus des Alten Munde. Nur den Schluß will ich Ihnen sagen:

„Fort, rief er, fort aus meinen Augen, Du und Deine Metze!

„Und wunderbar! Pauls Wuth legte sich bei der sich stets steigernden seines Vaters.

„Kalt, wie der Tod, sagte er:

„Ich gehe, Vater. Ihr sollt mich nicht mehr sehen. Ihr habt kein Kind mehr von heute an, aber wagt es nicht mehr, dies schuldlose Mädchen, die wie todt hier liegt, anzutasten. Gehet in's Haus. Ich betrete es nicht wieder!

„Er ging zu Irmel.

„Conrad, sagte er zu dem Knecht (er ist mein Sohn gewesen, Herr!), hilf mir, sie wegtragen! Aber Irmel erwachte. Sie sah wild um sich. Ihre Gedanken waren wirre.

„Fort! fort! rief sie. Fort von hier, wo mich der Fluch traf! —

„Vergebens flehte Paul mit sanften Worten, daß sie sich beruhige. Sie riß sich los und eilte weg. Paul folgte ihr. Sie lief in ein Nachbarhaus. Dort sank sie ohnmächtig zusammen, aber ihre Glieder zuckten entsetzlich.

„Die Bäuerin und ihre Tochter nahmen sich ihrer an, wuschen sie mit Essig, entkleideten sie dann und brachten sie in der Tochter Bett, die ihre Freundin gewesen war. Als sie aus der Bewußtlosigkeit erwachte, glühte sie am ganzen Leibe, als ob Feuer in ihren Adern wäre. Sie redete irre und wollte fort. Paul saß in des Nachbars Stube, bleich wie eine Leiche, und starrte in eine Ecke. Nur nach Irmel fragte er und rang die Hände, als sie ihm sagten, wie es um sie stehe. —

„Er blieb die Nacht in dem Hause und wachte mit der Mutter des Hauses an Israels Bett. Sie mußten sie gewaltsam halten, weil sie immer fort wollte und nur von Riebel's Fluch sprach, sich selber anklagte, sie habe Vater und Sohn entzweit und habe Elend in die Familie gebracht.

„Noch in der Nacht sandte Paul meinen Conrad nach dem Doctor. Als der Arzt kam, sagte er, ihre Krankheit sei sehr gefährlich. Von da an wich Paul acht Tage und acht Nächte nicht mehr von ihrem Bett. Sie wurde zwar ruhiger und wollte nicht mehr fort, aber sie sprach unaufhörlich, Tag und Nacht, in Einem fort, und immer waren es Klagen gegen sich selbst, daß sie Pauls Liebe erwiedert; daß sie ihn, der so gut sei, elend gemacht. Aus allen Worten sprach ihre Liebe zu Paul. Der Arzt that, was er konnte, aber alle Mittel blieben fruchtlos. Am Mittag des achten Tages wurde sie ruhiger. Pauls Herz hob sich in froher Hoffnung. Gegen Abend schlummerte sie ein. Wer sie sah, konnte nur Einen Gedanken haben, den nämlich, daß sie nicht wieder erwache; aber gegen neun Uhr des Abends erwachte sie, richtete sich auf und sah Paul an ihrem Bett sitzen.

„Mild, wie ein Engel, lächelte sie ihn an.

„Bist Du bei mir? sagte sie und es traten Thränen in ihre Augen. O, Du Guter! sagte sie und reichte nach seiner Hand, die sie küßte. Paul brach in ein lautes Weinen aus und umfaßte sie. Ihr Kopf lag an seinem Herzen. Nach einiger Zeit blickte sie ihn an und sagte: Paul, nicht wahr, Du hattest mich lieb?

„Mehr als mein Leben! rief er weinend aus.

„Ach, weine nicht, sprach sie matt. Ich finde den Frieden und sterbe glücklich. O, versöhne Dich mit Deinen Eltern, bat sie. Thue, was sie wünschen. Gelt, Paul, Du thust es? Und dann sehen wir uns einst an Gottes Thron wieder. Da trennt Armuth und Reichthum die Herzen nicht mehr!

„Das war ihr letztes Wort. Sie sank sich wieder zurück und

schlummerte ein. Ihre Hand lag in der Pauls. Sie erwachte nicht mehr. Gegen Mitternacht stieß Paul einen entsetzlichen Schrei aus. Ihre Hand war kalt — sie war verschieden.

„Auf ihrem Angesichte lag ein wunderbares Lächeln, wie ich es in meinem ganzen Leben an einer Leiche nicht gesehen habe."

Der Todtengräber schwieg.

„Ich war erschüttert, wie ich es nur jemals gewesen bin, denn der Ton, in dem der Greis sprach, zeigte, wie sehr ihn selbst die Erzählung angriff."

Nach einer Weile sagte ich:

„Was haben denn Wiebel's gethan?"

„Nichts, Herr, nichts!" sagte mit wahrem Grimme der Todtengräber. „Nicht gefragt haben sie nach dem armen, schuldlosen Mädchen, nicht nach ihrem Sohne. Der Alte ist auf's Feld gegangen, als wäre gar nichts geschehen, und sie hat im Hauswesen gewirthschaftet; aber mein Conrad sagte, der Alte sei doch sehr verstört gewesen und habe manchmal selbst nicht gewußt, was er rede. Widersprechen habe man ihm aber nicht gedurft. Er sei aufgefahren und habe dann im wildesten Zorne geflucht wie ein Türke. Er und seine Frau hätten oft laut gehadert; denn sie habe zu der armen Irmel gehen wollen, was er aber durchaus nicht habe leiden wollen.

„Irmels Begräbniß war ein Zeugniß, was die Leute von ihr hielten. Kein Mensch blieb zurück. Ein lautes Weinen hörte man überall. Paul ging hinter dem Sarge wie ein Steinbild. Er sah aus wie eine Leiche. Thränen hatte er keine.

„In der Nacht, als sie beerbigt worden war, ging er fort.

„Herr, ich wohne dort. Die Fenster meines Schlafkämmerleins gehen auf den Gottesacker. Der Mond schien hell und der Kirchhof lag vor mir, hell wie am Tag. Um elf Uhr lag ich noch wach im Bett. Ich stand auf und trat an mein Fensterlein. Da sah ich Ihn an Ihrem Grabe knieen; ich sah, wie er verzweifelnd die gefalteten Hände rang, und mein Herz wollte mir bersten.

„Darauf ist er aufgestanden und fortgegangen und im Fortgehen sah er mich und kam auf mich zu.

„Adam, sagte er, laßt mir ein Plätzchen neben ihr leer! Ich bitte Euch um das Eine. Versprecht es mir!

„Ich reichte ihm meine Hand zum Fensterchen hinaus und sagte: Paul, so wahr der Herr uns jetzt sieht, es soll Dir gespart sein! Aber —

„Still! sagte er. Wenn ich in zehn Jahren nicht wiedergekommen bin, dann dürft Ihr einen Anderen dahin legen; dann hab' ich ein Grab sonstwo gefunden. Lebt wohl, Adam! Gott segne Euren Conrad; er hat mich vor schwerer Sünde bewahrt.

„Was willst Du thun, Paul? fragte ich. Bleib' hier. Es gleicht sich Alles aus.

„Nein, sagte er, ich kann nicht. Mein Vater hat mich verflucht, ich muß fort.

„Kind, Kind, rief ich aus, Dein Vater hat's im Zorne gethan; Gott wolle ihm vergeben. Er wird den Fluch zurücknehmen und in Segen wandeln. Bleib', Paul, bleib'!

„Er drückte meine Hand stillschweigend und sagte dann:

„Pflanzet ihr eine weiße Rose auf's Grab, Adam! Wenn ich einst wiederkehren sollte, vergelt' ich es Euch!

„Darauf ist er rasch fortgegangen.

„Damals, Herr, wüthete der siebenjährige Krieg. In Erfurt war eine preußische Werbestation. Dort soll er hingegangen sein. Nie hat man mehr ein Wort von ihm gehört. Nun sind viele, viele Jahre darüber hingegangen, mehr als zweimal zehn. Ich hab' mein Wort gehalten. Das Plätzchen neben der schönen Irmel ist heute noch leer. Ich glaube nicht, daß er wiederkehrt; vielmehr will es mir scheinen, als habe er im Krieg irgendwo ein Grab gefunden. Gott allein weiß, wo. Mein braver Conrad, der nach meinem Tode das Amt kriegen wird, der mir auch jetzt schon hilft, wird's noch offen lassen, das bestellte Plätzlein. Ob aber Paul je noch wiederkehren wird, bezweifle ich."

„Aber," sagte ich, „wer liegt denn in den beiden blumenleeren Gräbern?"

„Nun, Herr," sprach der Todtengräber, „ich glaube nicht, daß Ihr mich fragt, ohne daß Ihr's ahnet. Da liegt Riedel und seine Frau. —

„Die haben in ihrem verstockten Sinne fortgelebt, fünf, sechs Jahre lang — aber da ist's ihnen gekommen.

„Sie, die Riedelin, wurde gichtbrüchig. Sie lag zwei Jahre lang so armselig und hülflos da, daß es Einen erbarmen mußte. Aller Reichthum konnte ihr nichts helfen. Sie hatte keine liebe Hand, die sie pflegte. Alles thaten fremde, bezahlte Leute. An ihrem starrköpfigen Manne hatte sie keinen Trost; denn seit Paul fort war, lebten sie, die sonst so einig gewesen waren, wie Katzen und Hunde. Sie warf ihm vor, er sei zu hart gewesen gegen Paul; die Irmel sei so seelengut gewesen; die hätte eine rechte Tochter für sie gegeben; an ihr hätte sie in den alten, kranken Tagen eine liebreiche Pflegerin gehabt, und dergleichen. Er habe sie kinderlos gemacht und ihren armen, guten Paul in den Krieg und Tod getrieben. Der Riedel warf ihr vor, sie habe ihn gereizt; sie habe das Feuer geschürt; die Steine gerafft, die er geworfen. Dann brauste er auf in maßlosem Zorn und es soll selbst zum Schlimmsten, zu Mißhandlungen, gekommen sein. War er so im Zorne, so ging er in's Wirthshaus und betrank sich an Nordhäuser Kümmel. Kam er dann völlig betrunken nach Hause, so ging der Tumult von Neuem an und mehr als einmal mußte die alte Frau vor seinem Zorne flüchtig werden. Immer mehr ergab er sich dem Trunk und zuletzt wurde er selten mehr nüchtern. Hat er wohl die Qual im Gewissen damit betäuben wollen? Gott allein weiß es!

„Daß bei solchem Zustand' es rückwärts bei ihnen ging im
Vermögen, ist leicht zu begreifen. Es war aber auch gerade, als
ob aller Segen Gottes von ihnen gewichen wäre. Mein Tonerl
konnte den ewigen Hader nicht mehr ertragen. Er ist aus des
Riebel's Dienst gegangen. Nun bekamen sie untreues Gesinde,
denn ordentliche Knechte und Mägde blieben nicht im Hause, wo
nur Fluchen und Zanken herrschte. Da ging's, wie's konnte.
Ihr Viehstand litt gar sehr durch Krankheit und Seuche. Ihre
Ernten fielen oben aus — kurz, es kam dahin, daß Riebel in
Schulden kam und zwar in schlimme, denn er lieh bei Wucherern
und Juden, da er sich schämte, bei einem ordentlichen Manne
Geld aufzunehmen.

„Seine Frau starb zuerst. Sie soll einen furchtbar schweren
Todeskampf gehabt haben.

„Nun stand der Riebel allein und kam nicht mehr aus der
Schenke, und so ist er denn auch elendiglich gestorben. Trunken
ging er spät in der Nacht heim. Vielleicht habt Ihr, Herr, den
Brandweiher gesehen, der drunten im Dorfe liegt? Es umgibt
ihn eine hohe Mauer. Wahrscheinlich ist er im Trunk an diese
Mauer gerathen, hat sich darüber hingebeugt und ist hinabgestürzt.
Niemand bemerkte es.

„Morgens kam die Magd in's Wirthshaus, um ihn heim-
zuholen, da er nicht nach Hause gekommen war, oder doch, um
zu sehen, wo er geblieben sei.

„Der Wirth sagte ihr mit Erstaunen, er sei um halb Eins in
der Nacht trunken fortgegangen.

„Nun gab's Lärm im Dorfe, der alte Riebel fehle. Die Leute
liefen zusammen. Ueberall wurde nach ihm gesucht, aber nirgends
fand man ihn, bis es Einem einfiel, im Brandweiher zu suchen.
Richtig, da lag er drinnen. Man mußte die Schleußen öffnen, um
ihn herauszuholen.

„Ihr könnt Euch denken, daß ihm so wenig Liebe und Mitleid folgte, als seiner Frau, ja im Grunde noch weniger, weil er sich so schlecht aufgeführt hatte."

„Dorthin hab' ich sie neben das schuldlose Opfer ihres Hochmuths gelegt; aber Niemanden ist es eingefallen, eine Blume auf ihr Grab zu pflanzen, auch mir nicht. —

„Kaum war er tobt, so strömten die Gläubiger zusammen und mit Erstaunen hörten die Leute von der Menge der Schulden, die auf Hof und Gut lasteten. Da mußte denn Alles unter den Stecken kommen und ist versteigert worden. Der reiche Müller aus A. erstand das Ganze um eine hohe Summe. Was von den Schulden übrig blieb, wurde, da man von Paul nichts erfuhr, bei'm Gerichte niedergelegt und da wird's noch verwaltet. Und im Hofe sitzt nun die Müllers Carline und ihr Mann, brave Leute, die das Gut mit Segen bauen."

Hier endete der Greis. Es war dunkel geworden über seiner Erzählung. Ich gab ihm ein Geschenk und dankend ging er nach seinem Häuschen hinüber. Ich warf noch einen Blick nach Irmels Grab und ging zu meiner Herberge, im Innersten meiner Seele bewegt.

Und warum bewegte mich die Geschichte so tief? — Warum erklingen die Saiten eines Instrumentes, wenn ein ähnliches in seiner Nähe erklingt? — Warum treten Thränen in unser Auge, wenn wir sie in einem anderen glänzen sehen? — Tief in der Menschenbrust werden Erinnerungen wach, die lange, lange schliefen, wenn die Züge eines Angesichts, wenn die Aehnlichkeit einer Gegend, wenn die Ereignisse eines anderen Menschenlebens sie wecken, oder wenn eine Erzählung ähnliche Begebenheiten unbewußt berührt? Warum? — Warum? — — —

Hier endete das Manuscript des Onkels Martin. Lange saß ich in schmerzlichem Gefühle da. „Armer Einsamer,“ dachte ich, „riß man auch ein liebend Herz von dem Deinen, daß es fortblutete, bis es nicht mehr schlug?“

Als ich meine Mutter darnach fragte, sagte sie:

„Das ist eine traurige Geschichte gewesen. Ein andermal will ich sie Dir erzählen, jetzt ist es zu spät.“

Die Nacht im Bleich-Häuschen.

Eine Geschichte.

1.

„Wenn der Wind über die Stoppeln weht, ist der Herbst nicht weit, und ich bin froh, wenn die Herbstwäschen alle vorüber sind, daß man einmal beim Spinnrade, am warmen Ofen sitzen kann," — sagte die alte Koselin zur Merkin, die mit ihr nasse Wäsche auf die Wiese legte. Diese schwieg darauf. Sie mochte wohl wissen, daß, wenn die Koselin in's Plaudern kam, jede andere Zunge ruhen möchte. — Sie waren Beide Waschfrauen, aber der Unterschied war doch unendlich groß zwischen Beiden; die Merkin war nämlich eine Vierzigerin von kräftiger Gestalt und sehr hübschem Gesichte; die Koselin das Urbild einer alten siebenzigjährigen Hexe; die Haut kaum über die Knochen gespannt, braun, pockennarbig; die Augen klein und roth; das Haar pechrabenschwarz, noch in den Siebenzigen kaum in seiner Fülle zu bewältigen, aber fast ähnlich dem Pferdehaar und kaum in Flechten haltend. Dennoch war die Alte sehnig, zähe und noch arbeitsfähiger als manche Junge. Ging der Mund auf, in dem von der Reihe ihrer Zähne nur noch vorn Einer wie ein langer, dürrer Hauer übrig war, dann erschrack man vollends vor ihr. Plaudern aber konnte sie, räsonniren, die Leute zurecht machen, — nein, keine Waschfrau im Reiche that es ihr gleich. Ihr Blick durchdrang im Augenblick den ganzen Raum der Küche und des Waschhauses; Sie wußte, wieviel Stückchen Seife zu

verwaschen waren, und ob etwas abfiele, und was es zu Mittag
gäbe. Für sich wusch sie das ganze Jahr nicht; denn in jede Bütte
brachte sie ein paar Hemden oder dies und das — denn, sagte sie,
es ist für eine arme, alte Frau, und bei einer großen Wäsche kommt's
darauf ni[illegible] [illegible] Thräne
davon in der Kanne oder im Topfe war, aber nicht ohne Zucker.
Und wenn sie so hungrig oder durstig gewesen wäre, daß sie es
kaum länger hätte aushalten können, sie wäre doch nicht eher zu
Tische gegangen, als bis sie fünfmal gerufen worden war; denn —
sagte sie — das ziemt sich so; man darf nicht gering erscheinen!
Den Schlaf konnte sie wunderbar beherrschen, nur in der Kirche
nicht; denn da schlief sie, selbst wenn die Gemeinde sang. Sie
arbeitete fleißig, aber am fleißigsten, wenn die Hausfrau oder eins
der Ihren bei der Bütte stand. Im Dorfe lebte keiner und keine,
deren Lebensgeschichte, moralisches Gemüth und Vermögen sie nicht
bis in's Kleinste gekannt hätte. Freilich war sie bei dem zweiten
Punkte nicht immer gerecht; denn Vorliebe und Abneigung legte
sich da mit in die Schale, und man konnte es leicht mit ihr verderben. Dann und wann ein Schnäpschen oder ein Glas Wein
war ihr Bedürfniß. Es erwärmt und belebt die alten Knochen,
sagte sie, wenn sie es hatte hinabgleiten lassen, und schnalzte dann,
die Güte anerkennend, mit der Zunge. Die Merlin war in Allem
ihr Gegentheil. Sie war Wittwe, wie die Roselin, hatte aber ein
Kind, eine Tochter, während diese kinderlos war. Treu, schweigsam,
bescheiden, fleißig, war sie überall wohlgelitten, und wie auch die
Roselin, welche in sich das vollendete Urbild einer Waschfrau erkannte,
sich bemühen mochte, ihre Art ihr einzuprägen; sie blieb einmal,
wie sie war, und ließ die Alte schwatzen und knurren; dennoch aber
hatte die Roselin viel Gutes, was die Merlin und Andere aner-
kannten. Heute hatten Beide bei Schulmeisters gewaschen, und die
waren der Roselin oder, wie sie traulicher genannt wurde, Roselbas', besonders liebe Freunde. Es war spät geworden, darum legten

sie noch auf; als schon die Dunkelheit nahte und der Nebel, der
„Traubenbrücker," sich auf die feuchten Wiesen herabsenkte.

„Gelt, Martin, es wird uns spät?" fing die Rosenbach' an;
„hab' ich's nicht gesagt? Da nebelt's schon, daß es meine alten Knochen
eiskalt durchdringt. Es hätte dem hochmüthigen, bicnasigen Schulmädchen auch nichts geschadet, wenn es hätte ausbrechen helfen." Jetzt
hielt sie etwas ein, um zu hören, was die Merlin sage. Diese
schwieg einige Augenblicke; dann sagte sie, in den Korb sehend:
„Wir tummeln uns ein Bißchen, dann sind wir rasch fertig."

„Ja tummeln! Du hast gut reden, bist gegen mich ein junges
Ding, da geht's noch; aber seit Montag hab' ich noch keine Nacht
geschlafen; immer gebaucht, gerieben, gewaschen, gebleicht. Gelt,
daran denkt ihr junges Volk nicht, daß da eine alte Frau zu Grunde
geht? Nun, ich muß sagen, das Schulwäschen weiß aber doch auch
Bescheid! Sie hat mir eine Düte voll gemahlenen Kaffee gegeben
und einen ganz kleinen Klumpen Cichorie, die wir nicht einmal
brauchen; der Kaffe wird doch belicat, und Zucker genug; auch ein
Halbschöpplein Neuwieber Kümmel, der sich gewaschen hat. Dazu
einen halben Wollmehlskuchen, der auch nicht bitter ist, ganz frisch. —
Man kriegt's nicht überall so. Du lieber Sanct Antonius von
Padua, was könnt' ich Dir Geschichten erzählen! — Aber Du hast
gehört, wie der Herr Schulmeister heute sagte: im Schwetzinger
Garten stände an der türkischen Kirche geschrieben: Reden ist Silber;
aber Schweigen ist Gold! —

„Der ist ein Schlitzöhriger und hat mir das zu Gehör gesagt;
weiß es wohl, weil ich gar unterhaltsam bin; aber warum thut
man's? Um selbst nicht zu schlafen und Andere wach zu halten!
Geht das Rad, so wacht der Schläf! Item, ich weiß, daß der
Schulvatter ein Necker ist. Er meint's aber nicht bös und hält
dicke Stücke auf mich. — So!" sagte sie endlich, als das letzte
Hemde aufgelegt war; „nun wollen wir uns in's Bleichhäuschen
machen und uns ein Feuer anfachen und Kaffee kochen. Der wärmt-

Ob wir gleich mutterseelenallein sind, so ist's keine Gefahr, und wir können, wenn uns etwa der Schlaf überkommt, wegen der Wäsche ruhig sein. Auch geht bald der Mond auf; denn wir haben Voll-Licht." Damit brachen die beiden Frauen auf nach dem Häuschen. Der Mond stieg im Osten über die Berge. Der Wind strich durch das Rheinthal, und der Mond brandete heftig an dem felsigen Ufer, auf dem die Bleiche lag. Das Dorf, mit Obstbäumen umgürtet, lag etwa zweihundert Schritte entfernt. Es lehnte sich an die Weinberge an, die sich stolz erhoben. Von dem Kamme der Berge aber nickte der Hochwald herab, und an seinem dunkeln Hintergrunde, vom Monde beleuchtet, blickten gespenstig die großartigen Ruinen einer Ritterburg in's schöne Thal. Es war empfindlich kühl, als die Frauen in das Bleichhäuschen traten. Die Merlin begann das Holz auf dem kleinen Herd zurecht zu legen. Während sie sorglich das Feuer vorbereitete, schlug die Röselin ihren Biberrock auf und hüllte sich ganz hinein. „Huh! Es ist kalt!" sagte sie. „Man ist alt und das Feuer ist fort. Wär' ich so leicht gekleidet wie Du, Merlin, ich ginge zu Grund; aber so einer jungen Schnawatze thut alles nichts! War auch 'mal jung, und Dir wird's auch kommen, darauf kannst Du rechnen!"

Die Merlin seufzte, und die Röselin hörte den Seufzer und fuhr fort: „Du seufzest, Merlin; sage mir, warum?"

„Ei nun," entgegnete die Merlin, „ich könnte auch einen warmen Biberrock und ein Mützchen brauchen, wenn ich es mir kaufen könnte. Ihr habt nur für Euch zu sorgen, Röselbas', wir aber sind unsrer Zwei, und Alles ist theuer, was man in den Mund steckt."

„Weiß wohl," sagte die Alte, und ihre natürliche Gutmüthigkeit brach durch. „Ja, ja, so geht's! Einer raubt dem Andern den fetten Bissen von dem Munde weg! Meinst Du, ich wüßte nicht, wie das Alles kam, was Dich drückt? Gelt, der Peter Merk, Dein Schwager, sitzt im Schmalztopf bis über die Ohren, und Du und

Dein liebes Kind, Ihr nagt am Hungertuche, dazu er den Zettel und Einschlag hergegeben hat, und hat's selbst gewoben, ob er gleich kein Leinweber ist. — Hah! meinst vielleicht, ich wißt's nicht? Ich glaub', ich weiß, was Du nicht weißt! — Ich will Dir einmal, da wir so allein sind, die Geschichte vom Vetter Martin erzählen. Ich habe damals bei Peter Merk's gedient und weiß mehr, als andere Leute. — Doch — ich will einmal nach der Wäsche sehen! Der Peter Merk ist nicht sauber, wenn's an's Nehmen geht!" Sie stand auf und öffnete das Fensterlein des Bleichhäuschens, welches gegen Osten ging, von wo aus sie die Wäsche der Schulmeisterin über= blicken konnte, die der Mond jetzt hell beschien. Das Bleichhäuschen war nämlich eine ehemalige französische Douane oder Zollwächter= Hütte. Es war aus Steinen erbaut, oben gewölbt, und hatte drei Fenster nach Ost, Süd und West; die Thüre ging von Norden hinein. Man konnte ganz bequem den weiten Uferstrich des soge= nannten „Grüns" überblicken, wie man am Rheine die Wiesenstriche am Ufer, in der Nähe der Orte, nennt, auf denen in der Regel gewaltige Obstbäume, namentlich aber Wallnußbäume in Reihen gepflanzt sind.

Die Koselin wandte sich nach einigen Augenblicken wieder zu ihrem Sitze, nachdem sie das Fensterlein geschlossen hatte.

Die Merkin hatte unterdessen das Feuer zu heller Lohe ange= facht, das Wasser sang schon im Kessel. Der Topf zum Aufguß stand bereit, und die Merkin sagte: „Gib mir den Kaffee!" Die Alte reichte ihn hin. „Meinst Du nicht, Merkin," sagte sie zutrau= lich, „man könnte die Cichorie zurücklassen? Es sind, wenn ich mich im Schätzen nicht verthue, vier Loth. Das Schulwäschen läßt sich nicht lumpen! Es gibt keinen Klaresit oder Dünnesit, wenn Du auch den ganzen Milchtopf voll brauest. Wir stellen ihn in die Kohlen. Da bleibt er laulich, und wir können uns die ganze Nacht laben, nicht wie die Scherzerin, die sich immer rühmt, sie habe ihren todtkranken Mann mit Wurstbrühe gelabt, bis er gestorben

set. Der arme Schelzer! Ja, das ist eine Zecke, die! Hätt'
sie ihm noch Kaffee gegeben! Aber dazu war die Kreuzspinne zu
geizig! — Wurstbrühe für einen Kranken! Man meint nicht, daß
so etwas möglich wäre!" — „Ach, laß sie doch in Ruhe!" bat die
Merkin.

„Meinetwegen!" sagte ärgerlich die Alte. „Du hörst solche
Dinge nicht gerne. Danach lernt man aber seine Leute kennen.
Bei der wasche ich nicht, und wenn sie mir's doppelt bezahlte!
Einmal hat sie mich erwischt. Da kannte ich sie noch nicht so.
Die kochte noch altes Sauerkraut im September und einen Zinn-
backen dazu, der etwa sieben Jahre im Rauch gehängt und doch
Milben im Fleisch hatte! Und Kaffee! — Nein, eine Cichorien-
brühe! — Das vergeß' ich meine Tage nicht. Heiliger Sanct
Antonius von Padua! Ich bekam Grimmen drauf, daß ich meinte,
ich müsse das Zeitliche segnen. Doch ich will schweigen und meinen
Mund nicht aufthun! Du sagst gleich, ich räsonnire, woran doch
mein Herz nicht denkt!"

„Das braucht Ihr nicht, Roselbas'," sagte die Merkin. „Nur
nicht so räsonniren über die Leute! Reden könnet Ihr, so viel Ihr
wollet." —

„Räsonnir' ich denn?" fragte die Roselin ärgerlich, „wenn ich
von den Leuten sage, was wahr ist?"

Um sie nicht vollends in Harnisch zu bringen, goß die Merkin
rasch eine Tasse Kaffee ein; den Rahm dazu und warf ein tüchtig
Stück Zucker hinein. Das reichte sie ihr behende, und die bedenk-
lichen Runzeln der Stirne verschwanden. Die Alte nahm einen
Schluck, schnalzte mit der Zunge vor Behagen und sagte dann:
„Meiner Seitne! Das ist eine Kaffeechen, wie es Waschfrauen ziemt!
Das hat sich gewaschen! Ja, das Schulmädchen ist brav!" —
Sie tranken nun, aßen den Vollmehlskuchen dazu, und das rührige
Mundwerk der Alten ruhte, weil es eine andere Beschäftigung hatte.
Nachdem das gehörige Quantum verschluckt und ein Neuweiber

ümmel genommen war, den die Merkin zurückwies, legte die Alte Holz zu und setzte sich behaglich. „Nun wach' ein Bischen," sagte sie. „Ich nicke nur, bis der Wächter Zehn bläst, dann hab' ich genug. Sieh' auch einmal hinaus nach der Wäsche!" — Damit hing sie den Bibetrock um den Kopf, lehnte sich an die Wand, und wenige Augenblicke später gab sie in seltsamen Tonfällen kund, sie schlafe fest und tief.

Leise stellte die Merkin das Geräthe weg und lehnte sich an das Fensterlein, wo sie die im Mondschein vor sich liegende Wäsche überblicken konnte. Bald schien es, als nähmen ihre Gedanken eine andere Richtung; denn der Ausdruck ihres schönen Gesichtes wurde ernst, dann wehmüthig und schmerzlich, und endlich trocknete sie sich dann und wann eine Thräne, die es deutlich ankündigte, daß ihre Gedanken die Grenzen eines Gebiets überschritten hatten, wo die Freude nicht heimisch war, wohl aber Kummer und Sorgen. Und das Leben der armen Wilkow war reich an beiden, reicher, als sie es aussprach.

2.

Oben im Dorfe, neben der Kirche, öffnete sich um diese Zeit die Hinterthüre eines ansehnlichen Hauses; und heraus trat ein junger Mensch von etwa zwanzig Jahren. Er war hoch gewachsen und kräftig. Sein Gesicht war schön, allein es trug den Ausdruck einer fast mädchenhaften Scheu. Er schlug den Weg hinter der Kirche herum ein, blickte nach den Fenstern eines kleinen einstöckigen Häuschens, um das sich Reben rankten, und als er es lichtlos sah, schlug er sich links, wo ein Fußpfad mündete, den er betrat. Dieser Fußsteig senkte sich aber schnell und stark. Nach dieser Richtung hatte das Dorf den Rest mittelalterlicher Befestigung aufzuweisen, den Stumpf eines einst gewaltigen Thurmes und die noch bis zum

Rheinufer hinabführende Mauer, über welche, und oft auf ihr ruhend, die Dächer der Häuser mit ihrem schönen schwarzblauen Schiefer hinaussahen. An dieser Mauer hinab lief der Pfad bis zum Bogenthore, durch welches die berühmte, von den Franzosen erbaute Rheinstraße hindurchführte. Von hier aus trat der Jüngling unter dem Schatten der Nußbäume dem Häuschen zu, aus dem die Lohe des Kaffeefeuers sich erkennen ließ; allmälig, leise und schleichend näherte er sich dem Bleichhäuschen, ohne daß die Frauen es merkten. Hatte er diebische Absichten auf die Wäsche des Lehrers? —

Behüte Gott! Er war unstreitig der reichste Erbe des Dorfes und zugleich ein Bursche, der eines untadeligen Rufes sich erfreute. Wollte er die zwei Waschfrauen, die diese Nacht da wachten, aushorchen? Auch das nicht! Er wußte sich frei von der Neugierde, welche sich auf's abscheuliche, sittlich verwerfliche Aushorchen legt, und die Alte da unten kannte er wohl; auch wollte er durch Erschrecken keinen Scherz treiben; dafür war er zu ernst. Aber was trieb ihn denn, da doch der Wächter eben zehn Uhr blies und ausrief, da hinab? Das genau zu wissen, thut uns Noth, aber es führt uns auch in eine etwas frühere Zeit zurück.

In dem Hause, aus welchem der Jüngling getreten war, wohnte der alte Peter Merk, ein Mensch, der nur vor Baal seine Kniee beugte; der Reichste im Dorfe, der Geizigste und Habgierigste, den es umschloß. Unfreundlich, herrschsüchtig und mürrisch in seinem Wesen und Gehaben, hatte der Mensch wenig Freunde; nur sein Geld gab ihm Ansehen. Die Leute brauchten ihn in ihrer Noth, und als echter Blutegel sog er ihren letzten Rest von Wohlstand aus, wenn sie in den Bereich seiner lieblosen Thätigkeit geriethen. Seiner trefflichen Frau hatte er das Leben zur Hölle gemacht. Sie starb frühe; und das war eine Wohlthat Gottes für das milde, engelsgute Herz. Sie ließ ihm ein Kind zurück, und dies war der Jüngling geworden, der eben den Pfad zur Bleiche hinabschritt.

Franz hieß der Jüngling, der ganz die Milde und Sanftmuth,

die Barmherzigkeit und Wohlthätigkeit seiner Mutter geerbt hatte. Sein Vater erzog ihn wie einen Sklaven. Er mußte sich blind in Alles fügen, was die Launen des alten Geizhalzes aushecten. So kam es, daß er tief gedrückt war; daß, was er Gutes that, nur im Verborgenen geschah; daß er mit blutendem Herzen das herz- lose Zusammenscharren seines Vaters wahrnahm und, soviel er ver- mochte, das wieder gut machte, was der Alte übel that. Wie Jener daher gehaßt wurde, so war Franz geliebt und gesegnet von allen Leuten, die mit ihm in Berührung kamen. Liebe hegte Peter Merk für Niemand und eigentlich auch Niemand für ihn. Sein Geld war seine Liebe; aber hassen konnte er bis in den Tod, und so haßte er seine arme Schwägerin, die Wittwe Merk, die im Bleichhäuschen am Fensterlein lehnte und jetzt darin stille rieselnde Thränen trocknete. Warum er sie haßte, wußte kein Mensch. So lange sein Bruder lebte, verfolgte er ihn, und man konnte es ohne Hehl sagen, er hatte ihn arm gemacht. In viele Prozesse hatte ihn der herzlose Mensch verwickelt, die sein Vermögen, das ohnehin Peter, der Aeltere der andern Brüder, nicht wenig zum eigenen Vortheil geminbert hatte, aufzehrten. Reich waren sie nicht gewesen, als sie zu hausen anfingen; aber Peter wurde es, und die Erbschaft des Vetters Martin begründete vollends Peters Reichthum. Er stand mit Einem Fuße im Grabe, aber an die Ewigkeit dachte er nicht. Wie die Wittwe Merk, seine Schwägerin, so haßte und verfolgte er auch ihr Kind. Sie hatte nur dies Eine, aber darin besaß sie, dafür gab das ganze Dorf Zeugniß, einen Schatz. Das Mädchen war eben neunzehn Jahre alt, und wer das Käthchen sah, mußte be- kennen, etwas lieblicheres, schöneres, sittigeres war kaum zu finden. Troß ihrer Armuth war sie stets sauber und nett gekleidet in die alten Lümpchen; troß ihrer Noth war sie stets heiter. An Fleiß und Gefälligkeit war sie unübertroffen; an Demuth und Bescheiden- heit ebenso, und ihr Leben war so untadelig, daß auch nicht der Schatten eines Vorwurfes baran haftete. Ihr frommer Sinn zeichnete sie indeß vor Allen aus, und ihre barmherzige Nächstenliebe. Es war gewiß Niemand krank im Dorfe, Merk's Käthchen pflegte ihn freiwillig und wachte an seinem Lager, und die Leute meinten, ihre Nähe wirke mehr, als des Doctors Arznei, besonders ihr Zuspruch, ihr Gebet mit den Kranken, ihr Vorlesen aus der heiligen Schrift, die sie durch und durch kannte. Sie hatte sich denn auch in der freiwilligen Krankenpflege eine Uebung, ja man konnte sagen, eine Kunst erworben, die selbst der alte Doctor Thomae mit Lob und Preis anerkannte, und der war ein Isegrimm und Brummbär. Er war auch Armenarzt in der Stadt, aber wer nicht bezahlte, war ihm ein Greuel. Da ging's den Armen übel. Es läßt sich denken, daß das Mädchen der Liebling aller Leute war; nur der alte Peter Merk, ihres Vaters Bruder, haßte sie gründlich. Nun, das schadete dem liebreichen Mädchen bei Niemand, selbst nicht bei seinem Sohne. Im Gegentheil, er hatte sie von Herzen lieb, und die Leute ahneten's nicht, wie tief diese Liebe im Herzen saß. Hätte er das seinem Vater merken lassen, der würde aus allen Fugen gefahren sein. Er merkte es nicht und wußte es nicht, und wenn es Andere weg hatten, so war der gute Franz wieder viel zu beliebt, als daß zu dem Alten auch nur eine Andeutung darüber hätte gelangen können. Auch an diesem Abend war der Wunsch, Käthchen heimlich zu sehen und zu beobachten, der Grund, daß Franz zum Bleichhäuschen schlich. Er glaubte nämlich, Käthchen wache dort statt ihrer Mutter, und da er das liebliche Wesen so selten sah, wollte er sich ihres Anblicks heimlich erfreuen. Mit ihr hatte er über seine Liebe nie geredet; aber — wache Einer über sein Auge! Das Mädchen wußte, wieviel Uhr es im Herzen des Jünglings war, und — es freute sich herzinniglich; denn — es hatte ihn ebenfalls von Herzen lieb; aber das wußte Franz nicht, weil die Mädchen besser Versteckens zu spielen wissen. — Als der Wächter im Dorfe zehn Uhr blies, erwachte die Roselin, gähnte, dehnte sich und sagte: „Da! Nun ist mein Schläfchen gemacht. Merkin, wenn Du schlafen willst, so thue es,

Mir kommt nun keiner mehr in's Auge, bis die liebe Sonne auf=
geht, das hab' ich, seit ich Waschfrau bin, gelernt, und das sitzt
nun fest." — „Mir ist's nicht um's Schlafen!" sagte diese und trat zu
dem Herde. Die Röselin bemerkte die Spuren ihrer Thränen. „Wieder
geweint!" rief sie aus. „Armes Ding! Aber was hilft's? — Setz'
Dich zu mir. Das Herz liegt mir auf der Zunge. Wer weiß, wann
wir wieder einmal so bei einander sitzen ohne Zuhörer, Lauscher
und Weiterträger? Komm, Merkin, ich habe Dir über Manches
Licht zu geben!" —

Willenlos setzte sich die Wittwe und stützte den Kopf in beide
Hände.

„Ich will bei Dir anfangen," sprach die Alte. „Du weißt, ich
bin mit dem, was in Peter Merk's Hause vorging, so bekannt wie
mit meiner Schürze. Hör' mal zu! Die Leute fragen oft: Woher
mag es nur kommen, daß der Peter Merk seinen Bruder so haßte?
Warum vererbt er seinen Haß auf seine arme Schwägerin? Ja, noch
mehr: Warum haßt der alte Sünder das liebe Käthchen? — Ich
kann Rede stehen; denn ich diente in des Merk's Hause, als Peter
ein Jungbursche war und nach den Töchtern des Landes ausschaute.
Sieh' mal, sein jüngerer Bruder, Dein Mann, Gott hab' ihn selig!
war ein schöner Junge; der Peter war ein bärbeißiger Zornnickel,
der nur lachte, wenn ein Anderer den Hals brach. Du warst damals
das schönste Mädchen im Dorfe. Reich waren die Merk's nicht, das
weißt Du. Und Du warst's auch nicht. Da war denn eben kein
Bauernpfiff im Spiele. Dem Peter Merk trauten die Leute nur zu,
er werde nach einer Reichen angeln; aber diesmal irrten sie. Du
stachst ihm in die Augen und — ob ich gleich nicht glaube, daß
er ein Menschenherz hat — auch in das, was bei ihm das Herz
war — ich weiß es nicht. Nun ist's kurios in der Welt. Mag
Einer reden, was er will, ohne Lieb' geht's doch immer arg in der
Ehe, und die Lieb' kann man nicht verschachern, wie der Jüd' das
alte Eisen. Sie ist so, wie ein Vögelein, das sich sein Zweiglein

sucht, darauf es sein Lieblein singen will, wie's ihm gefällt. So war's auch mit Dir. Du hattest Deinen nachherigen Mann lieb und er Dich, und als der Peter um Dich freiete, da mußte er abflattern — mit einer langen Nase, wie man sagt, und gleich darauf heirathetest Du Deinen braven Mann. Verschmähte Lieb' brennt schärfer denn siedend Oel, und der Brand ist auch gar nicht mehr zu löschen. Ich sah Peters Wuth, — ich hörte seine Flüche; ich war Zeuge fort und fort seines Hasses gegen Euch Zwei, der bis heute nicht endete und das Grab Deines, ihm so ungleichen Mannes war. Ich weiß es am besten, wie er ihn um Geld und Gut brachte; wie glücklich er sich geschätzt, wenn Ihr hättet an seiner Thüre betteln müssen, damit er Euch mit einem brüderlichen Fußtritt hätte wegstoßen können. Davor hat Euch der gnadenreiche Gott behütet, aber der Peter hat's doch nahe genug dazu gebracht. Er heirathete eine reiche Frau, die ihm der Vater verhandelte. Ihr Herz war gebrochen, ehe sie ihn nahm. Sie gebar ihm den Franz, der so gut und treu ist, wie sie, dann siechte sie hin, und er legte sie ohne Leid in's Grab. Den, welchen sie lieb hatte, und dessen Frau sie geworden wäre, wenn Peter nicht dazwischen gekommen, hat er nach Amerika getrieben. Wie's ihm geht, weiß Gott allein. Von da ab fuhr der Geizteufel in ihn. Euch prozeßte er arm, Andern zapfte er das Blut ab. Eure Aecker sind sein geworden, wenn auch durch die dritte und vierte Hand; Eure Schuld handelte er ein, um Euch zum Verkaufe zu zwingen. Und auch das Häuschen hätte er Euch genommen, wenn der alte Ackermann, dem Ihr die hundert und fünfzig Gulden darauf schuldet, nicht ein braver Mann wäre, der Euch nicht in die Hände dieses Unmenschen wollte kommen lassen. Gott vergelt' es ihm reichlich! Wenn's nicht noch gute Menschen gäbe, möchte man lieber gleich sterben." Die Merkin weinte fast laut. Es war wahr, was die Loselin sagte. Sie saß mit dem Rücken gegen das Fensterlein, sonst hätte sie ein Gesicht gesehen, so bleich wie eine Leiche, das, um ja nichts zu überhören, oft den Scheiben des Fensterleins recht nahe kam. Alle Kennzeichen eines im Innersten erschütterten Herzens zeigte dies Antlitz vor dem Fenster. Was mochte in dem Herzen vorgehen, zu dem es gehörte? Nach einer Weile, indem sie das Holz auf dem Herde zusammenstieß, fuhr sie fort: „So war er reicher geworden, der wuchernde Mammonsknecht, und Ihr und viele Familien im Dorfe und in der Nähe ärmer. Da kam eine Begebenheit, die sein Thun erst recht in's Licht setzte. Sein und Deines Mannes Vater hatte einen Bruder, der war Bartscheerer im Dorfe gewesen und hatte Schröpfen und Aderlassen gelernt, kannte einige Pflaster und dergleichen und ließ sich Doctor schelten. Der Martin Merk wurde von den Franzosen, als sie zum ersten Male Soldaten aushoben, auch genommen. Damals lebte sein Vater noch, der theilte und gab ihm vollends zum Erbe, so weit er es nicht schon in der Lehre als Bartscheerer und Aderlasser verbraucht hatte. Er ging mit und war seitdem verschollen. Vor etwa zwanzig Jahren, als wir so achtzehnhundert und in die dreißig schrieben, kam der Doctor Martin zurück. Heiliger Sanct Antonius von Padua, wie war's mit dem anders geworden! Er hatte einen Sack voll Gold und wußte nicht, wie er's sollte unterbringen. Da war der Peter bei der Hecke. Sein großes Haus gefiel dem Martinsvetter, der überhaupt kein Pfiffikus war. Der Peter scharwenzelte um ihn herum Tag und Nacht; that ihm Alles Liebs und Guts und schmierte ihn mit seinem eigenen Schmalze. Nach Euch fragte der alte Martin nicht, und der Peter wußte auch ihn ferne von Euch zu halten. Dein Mann war zu gerade und ehrlich, um dem reichen Vetter zu schmeicheln. Item, er wurde krank. Peter pflegte ihn, und als er zum Sterben kam, ließ er einen Notar kommen. Man sagt, sein Gewissen habe der Pfarrer geweckt, und er habe Euch doch die Hälfte seines Reichthums vermachen wollen, aber der Peter hatte den Notar, der eine recht käufliche Hundeseele war, bestochen, und der sagte: Ob er seinen sauer erworbenen Schatz solch' liederlichem Gesindel geben wolle, und dergleichen mehr — kurz, sie brachten ihn richtig um die Ecke. Er

vermachte dem Peter Alles, und als dieser den Alten etwa acht
Tage begraben hatte, starb des guten Franz brave Mutter, man
sagte damals — weil sie sich diesen Judas-Bruberstreich so sehr zu
Herzen gezogen hätte. — So ist er der grundreiche Mann geworden,
und Ihr seid um das rechtlich Euch zustehende Erbe schändlich betrogen worden. Ich diente noch im Hause damals und wußte, wie es
zuging. Nun, ich konnte ja nichts sagen und davon thun, aber das
hab' ich mit meinen Ohren gehört, daß seine Frau ihm den Judas-
streich vorwarf; daß es da zu einem wilden Streite kam und der
Peter sich geberdete wie ein wildes, rasendes Thier, nicht wie ein
Mensch. Eine Stunde darauf bekam die engelsgute Frau einen
Blutsturz. Der wiederholte zwei, dreimal, und sie war eine Leiche,
der arme Franz eine mutterlose Waise. — Was kümmerte sich Peter
brum? — Er hatte des Vaters Geld allein, und Ihr waret arm!
— So geht's in der Welt, daß sich Gott erbarme! Und warum
haßt er Dein Kind? frag' ich. Darüber hab' ich auch so meine Ge-
banken. Erstens gleicht es Dir, als Du jung warst, wie ein Tropfen
Wasser dem andern; da werden die alten Erinnerungen alle jung
und mit ihnen der alte Haß. Zweitens — weiß er es recht gut,
daß der treue, von ihm unterdrückte Franz Dein Käthchen lieb hat;
er weiß es so gut, als ich es weiß, aber er ist zu klug, es merken
zu lassen, weil er weiß, daß der Strom erst recht braust, wenn ihm
ein Wehr entgegengestellt wird. — Verstehst Du mich? — Er denkt,
der Franz gehorcht Dir blind. Er hat nicht den Muth, ein Wort zu
sagen, wenn ich ihm die Tochter des reichen Müllers Haffter freie,
die blutrothe Haare hat und, als Zankeisen berüchtigt, keinen Freier
kriegt, so reich sie ist, und so gerne sie unter die Haube möchte, mit
ihren breißig Jahren und so vielen Thalern, als sie Sommerflecken
im Gesichte hat. Könnte er Dein Kind dahin wünschen, wo der
Pfeffer wächst, wahrlich, er säumte nicht. So steht's, glaub' es
mir." —

„Ach Gott!" schrie plötzlich die Merkin, „seht Ihr das bleiche

Todtengesicht dort am Fenster? — Hu! Roselsbas', das ist schreck=
lich gewesen!"

Die Roselin fuhr herum, aber das Gesicht war weg, das die
Merkin gesehen. Sie wollte es ihr ausreden, aber sie blieb dabei,
sie habe es gesehen, und es sei ganz entsetzlich gewesen!

Die Roselin war eine kuraschirte Frau. Sie sprang auf und
eilte hinaus; aber dichtes Gewölke war, während die Frauen am
Herde kauerten, am Himmel heraufgezogen. Der Mond war
bedeckt und die Dunkelheit um so größer, als die Alte von der
Flamme des Feuers drinnen im Bleichhäuschen geblendet worden
war. Sie sah nichts. Hören konnte sie die Tritte des rasch Ent=
eilenden nicht; denn der Wind war stärker geworden, und die
Wogen des Rheines schlugen mit Macht gegen das felsige Ufer.
Sie stand eine Weile still da. Als es aber auf der Dorfuhr
eben Eins schlug, da überlief es sie doch eiskalt, denn gerade in
der Gespensterstunde hatte die Merkin das Todtengesicht, wie sie
sagte, gesehen! — Der mit der Muttermilch eingesogene Aberglaube
machte jetzt auch bei ihr seine Macht geltend, und sie eilte, so schnell
sie konnte, in's Bleichhäuschen, nicht ohne einige Dutzend Mal sich
zu bekreuzigen und ein Ave zu beten.

———

3.

Wir wissen es, daß Franz aus einer ganz anderen Ursache
zum Bleichhäuschen schlich, als die war, die ihn dort fesselte.
Er hatte oft die Alte gefragt nach den früheren Verhältnissen jener
Familie; nach dem Grunde der Armuth seiner Tante und dem des
väterlichen Hasses gegen sie; aber so schwatzhaft auch das Weib
war, es war dennoch ein gutes Zeichen ihres Herzens, daß sie
nicht Unkraut säen wollte zwischen Vater und Sohn, auch wenn
der Same die lauterste Wahrheit gewesen wäre, wie denn ohne

Zweifel das, was sie der armen Merkin erzählte, die volle, reine Wahrheit war. Jetzt war der Zeitpunkt gekommen, wo er das Alles ohne Schminke hören sollte. Er war wie an die Stelle gebannt. Es ergriff seine Seele eine Macht, die ihn festhielt, und Zug vor Zug enthüllte sich vor seinem schwindelnden Geiste das Schauergemälde, in dem sein Vater eine so furchtbare Rolle spielte, er sah das Glück einer Familie zertreten, zwei Herzen brechen; einen Erbschleicherbetrug spielen, — ja er sah, wie auch ihn sein Vater um das Glück seines Lebens bringen wollte; denn er wußte nur zu gut, wie wahr das sich verhielt, was die alte Koselin von ihm und des Müllers Tochter sagte. Als ihn die arme, gute Merkin erblickte, stürzte er fort, ohne zu wissen, wohin. — Seine Stirne brannte; das Herz pochte, als wolle es aus der Brust heraus. Alles wirbelte in seinem Kopfe; aber es war mit diesem Abend ein Wendepunkt für ihn eingetreten, ein Wendepunkt, der ihn aus einem still buldenden Knaben zu einem handelnden Manne umwandelte. — Er rannte noch lange umher, bis er unter einem Nußbaum am moosigen Rain niedersank und allmälig das in ihm gährende Wesen zur Klarheit kam.

Es schlug eben zwei Uhr, als er an der Hinterthüre seines väterlichen Hauses ankam, ohne daß er ahnen konnte, was sich hier zugetragen. Zu seinem nicht geringen Schrecken fand er die Thüre verschlossen. Sollte sie der Wind in's Schloß geworfen haben? — Das war jedoch unmöglich; denn er kam in der Richtung gegen die Thüre, wodurch er sie nur konnte aufgejagt haben. Da war etwas geschehen. Er probirte. Sie war von innen geschlossen; das ließ sich nicht bezweifeln; auch das nicht, daß sein Vater seinen nächtlichen Ausgang, den ersten in seinem Leben, endeckt hatte.

Eine Weile stand er überlegend da. Dann richtete er sich auf und sah gen Himmel. Lenke es zum Guten, Herr! betete er leise; denn nach dem, was er gehört, mußte es nun zu einem ernsten Auftritte kommen, vielleicht zum Bruche in irgend einer Art.

Noch einige Augenblicke sammelte er seine Gedanken, dann ging er festen Trittes hinab zur Hausthüre, die viel tiefer, als die Hinterpforte lag, indem das Haus, wie alle Wohngebäude des Dorfes, am aufsteigenden Berge erbaut war. — Der Grund, daß die Thüre verschlossen war, lag in einer Begebenheit, wie sie in ländlichen Verhältnissen wohl einmal vorkommt. Der alte Merk hatte im Stalle zwei wohlgenährte, wilde, junge Pferde. Eins davon riß sich in der Nacht los und trabte im Stalle herum. Unglücklicher Weise kam es dem angebundenen Thiere nahe, das feurig und kitzlich war. Dies schlug heftig aus und schlug dem schönen Thiere, das sich losgewunden hatte, ein Vorderbein mit solcher Gewalt entzwei, daß es nur eben noch lose hing.

Die Knechte schliefen wie die Dachse. Nur der Alte wachte. Er hörte den Tumult im Stalle, stand auf, machte Licht, zündete sich die Laterne an und sah nach. Da fand er denn das geschehene Unglück, welches den Verlust des schönen und theueren Thieres sofort im Gefolge hatte, da an ein Heilen nicht gedacht werden konnte.

Im höchsten Grade erregt, zornig, daß die Knechte die Thiere nicht besser und fester angebunden, unwillig über den bedeutenden Verlust, der im Zeitpunkte der Herbstaussaat doppelt unangenehm war, schlug er Lärm. Die Knechte und Mägde eilten herbei, und empfingen ihr gehöriges Kapitel mit Schimpfen und Toben; aber Franz erschien nicht. Der Alte hatte sich in ein Uebermaß von Zorn hineingearbeitet, als er das Nichtdasein seines Sohnes erst wahrnahm. Schnell eilte er die Stiege hinauf in seine Kammer. Franz war nicht da; sein Bette war unberührt. — Ohne Fassung stand der Alte da. — Das that Franz, den er in der strengsten Zucht hielt? — Sollte der auf liederliche Wege gerathen sein? — Wer konnte das Rechte wissen? Oder — sollte er mit dem Käthchen gar Zusammenkünfte haben? — Das wäre für ihn das Aergste gewesen! Lange stand der Alte völlig starr, kopflos da. Er vergaß

den Verlust seines besten Pferdes über diesem Zwischenfalle. —
Endlich trat er aus der Kammer, um Knechte und Mägde in's
Examen zu nehmen; denn die konnten möglicherweise um diese
nächtlichen Gänge des Sohnes wissen. Da empfand er einen
heftigen Zug vom Speicher herab. Er schritt hinauf und sah die
Hinterthüre offen, die, wie bei allen Häusern des Dorfes, die mit
dem Dache an den Berg reichen, eigentlich schon auf dem Speicher
war. Er leuchtete hinaus; ja er schlich hinaus, selbst bis gegen
das Häuschen, darin die Merkin wohnte; als er aber da kein
Licht bemerkte, die Thüre fest verschlossen war, schüttelte er den
Kopf und ging zurück, schloß die Thüre und kam wieder in den
Stall. Die Knechte hatten Nachbarn geweckt. Der Hirte, der zugleich Abdecker war, kam auch. Das unglückliche Thier wurde mit
vereinter Hülfe weggebracht.

Der alte Merk saß in seinem Sessel und schäumte vor Zorn.
Es schlug eben zwölf Uhr. — Nach einer Stunde kamen die
Knechte zurück. Der Alte schickte sie und die Mägde schlafen. Er
blieb auf. Endlich, nachdem zwei Uhr bereits längst vorbei war,
klopfte es an der Thüre. Alles kochte und wallte im Herzen des
schwächlichen, alten Mannes. Aha! dachte er, nun kommt der
Finke! Zitternd vor Zorn ging er hinaus und öffnete, und kaum
lag die Thüre im Schlosse, so brach der Strom über die Dämme.
Franz schritt stille vor dem Vater her, aber nicht die Treppe
hinauf in seine Kammer, sondern in die Wohnstube, an die des
Vaters Schlafkammer stieß. Dort setzt er sich, in aller Fassung,
jedoch todtbleich, dem Vater gegenüber, hörte von dem Unglück und
ließ dann den Strom der Schimpfnamen über sich ergehen. Als
er sich entladen, fragte der Alte: „Wo warst Du? Ich will Alles
wissen! Rede!"

Franz war sich völlig klar geworden. Ruhig und fest wollte
er seinem Vater entgegentreten, sich nicht ereifern, noch weniger

aber die Grenze überschreiten, die das Gebot: „Du sollst Deinen Vater und Deine Mutter ehren" — gesetzt hat jeglichem Kinde.

„Es ist heute eine unglückliche Nacht," hob Franz an. „Euch brachte sie das Unglück mit dem Pferde, mir aber ein weit größeres, — denn sie zog endlich die Hülle hinweg von manchem Geheimniß, das wie ein Alp mich drückte. Vater, ich werde offen reden, wie es dem Sohne ziemt, aber es steht in der Schrift: „Ihr, Väter, reizet eure Kinder nicht zum Zorne!" Darum bitte ich, mäßigt Euch und schimpfet nicht wieder, wie Ihr es thatet. Ich verdiene solche Namen nicht, das sollet Ihr erfahren. Ich will ohne Rückhalt Alles klar machen. Das will ich Euch vorerst sagen, daß ich das Käthchen lieb habe, wie mein Leben, ja noch mehr. Ich will gerne das Meine hingeben, um das Seine, wenn's in Gefahr wäre, zu retten. Ihr selb dagegen, ich weiß es," — der Alte wollte aufbrausen. Franz bat ihn ruhig anzuhören, weil er sonst schweigen, aber dann keine Stunde in diesem fluchbeladenen Hause bleiben, sondern, das sei sein fester Wille, nach Amerika auswandern würde.

Der Alte sank sprachlos in seinen Sessel zurück. Was war mit dem Knaben vorgegangen? Als Knaben hatte er ihn betrachtet, als Knaben ihn behandelt bisher, ob er gleich die Knabenschuhe längst ausgetreten, und nun stand er urplötzlich als Mann ihm gegenüber mit einer so überwältigenden Ruhe und Festigkeit, daß es dem Alten schier schwindeln wollte. Endlich rief er: „So rede!" und Franz fuhr fort: „Ihr seid dagegen, ob's gleich Eures Bruders Kind ist, den Ihr arm gemacht, vielleicht in's Grab gebracht habet." —

„Lügner, Du!" schrie der Alte; aber es war ihm, als klänge die Posaune des Weltgerichts in seine Seele hinein. Er zitterte, wie das Blatt der Silberpappel am Bache, wenn der Wind durch die Aeste geht.

„Heißet mich keinen Lügner, wenn Euch das eigene Gewissen die

Wahrheit zuruft," fuhr Franz ruhig fort. „Ihr wollet mich mit Haffter's rother Grethe verkuppeln, ich weiß es. Daraus wird nichts, das sag' ich Euch vor Gott hier. Die kindliche Pflicht hat da ihre Grenzen, wo es sich um das Lebensglück des Kindes handelt. Da ich nun bisher mich wie ein Kind leiten ließ, so wagte ich es nicht, das Käthchen zu sehen. Heute Nacht liegt Schulmeisters Wäsche auf der Bleiche. Die Tante wusch sie mit der Koselin. Ich dachte, das Käthchen würde dabei wachen, und ich könnte mich einmal durch das Fensterlein ungestört erfreuen, das liebe Gesichtchen zu sehen. Statt dessen hör' ich, wie die alte, zwar schwatzhafte, aber grundehrliche Koselin der weinenden Merklin die Geschichte unserer Familie erzählt, ich höre den Grund Eures Hasses gegen die Tante und das Käthchen; ich höre, wie Ihr sie durch Prozesse arm machtet und ihre Güter an Euch brachtet; ich höre, wie Ihr es mit dem Martinsvetter gemacht habet, — Vater, ich weiß Alles und verstehe nun erst, was andere Leute mir oft als Räthsel hinwarfen, die ich nicht lösen konnte. Nun habe ich Euch Eins zu fragen: Wollt Ihr der Merkstante ihre Güter frei zurückgeben; wollt Ihr derselben die Hälfte des Erbes vom Martinsvetter sammt den Zinsen zurückgeben und so den Fluch abwenden, der auf uns ruhet? oder — es bleibt keine Wahl — ich verzichte auf mein Erbe und gehe arm nach Amerika. Das steht fest. Nun, bedenkt's Euch wohl bis Morgen. Gute Nacht!" —

Er stand auf und ging festen Trittes zur Thüre hinaus. Er sah nicht, daß der Alte steif ohnmächtig in dem Sessel lag. — Als der Sohn den Willen aussprach, nach Amerika zu gehen, da vergingen dem Alten die Sinne; das Sündenregister fiel wie eine Centnerlast auf seine Seele und erschütterte ihn.

Als die Magd am Morgen in die Wohnstube trat, lag der Alte im Sessel und schlief ziemlich ruhig, aber er sah bleich und entstellt aus. Was mag da geschehen sein? dachte sie; denn sie hatte noch nicht geschlafen, als Franz heim kam, hatte den heftigen

Alten furchtbar poltern gehört, und doch war Franz nach langer
Zeit erst ruhig, aber merkwürdig fest und ganz anders auftretend,
wie sonst, die Treppe hinaufgestiegen. — Kaum hatte sie Wasser
geholt und Feuer angemacht, so kam Franz mit den Knechten herab.
Sie gingen in den Stall, kamen dann zur Suppe und, gegen seine
Gewohnheit, ordnete Franz die nothwendigen Arbeiten an, nachdem er
mit den Knechten Rücksprache genommen, und fuhr dann mit dem
Knechte hinaus, der einen Acker zu säen und unterzueggen hatte. Er
selbst säete, und als dieser Acker geeggt war, säete er einen zweiten,
ließ auch diesen, der minder groß, als der erste war, eggen und
ging nach Hause. Das fiel Allen auf, da Franz bisher sich kaum
um etwas bekümmert hatte, was ihm nicht sein Vater befohlen.
Er war plötzlich ein Anderer geworden, das war gewiß. — Der
Alte war spät erwacht. Er befand sich unwohl, matt und ange=
griffen. Die Hausmagd rieth ihm, sich in's Bett zu legen; aber
das ging nicht; denn die Juden im Dorfe hatten den nächtlichen
Unfall gehört und kamen nun schon und schmußten dem Alten
über den Ankauf eines neuen Pferdes, das sie hätten. Sie brach=
ten das Thier in den Hof. Der Alte vergaß über alle Umschweife
und Judengeschwätze eines solchen Handels, was ihm die Brust=
zusammenschnürte, schier ganz; nur dann und wann verrieth ein
tiefer Seufzer, daß es nicht überwunden, nicht vergessen war.

    Peter Merk war Roßkamm genug, um zu erkennen, daß er
mit dem Pferde, so theuer es auch die Juden hielten, einen guten
Kauf machen würde. So ist denn endlich der Handel richtig
geworden, und sie stellten das Thier in den Stall, als eben Franz
zurückkam. Er grüßte seinen Vater so ehrerbietig, wie immer,
besah und untersuchte auf eine so kundige Weise das Pferd, daß
sein Vater im Stillen erstaunte, und hielt dann den Handel
für gut.

    Er ging übrigens auf seine Kammer, kleidete sich an und kam
dann herunter.

„Was gibt's?" fragte etwas kleinlaut der Alte.

„Ich gehe in die Stadt, zum Agenten," sagte er und ging zur Thüre hinaus.

Den Alten überfiel ein Zittern und Beben, daß er in seinen Sessel sank. „Was ist aus dem Buben in einer Nacht geworden?" rief er fast verzweifelnd aus. „Wo hinaus soll das? Macht er Ernst, und ich traue es ihm zu, was soll aus mir werden in meinen alten Tagen? Hab' ich dazu gerungen und gespart?" — Das Wort „gespart" blieb ihm aber fast in der Kehle stecken; denn die Thüre ging auf, und die Koselin trat herein, vor der der Alte eine wahre Scheu hatte, weil sie ihm immer wie ein Schreckbild vorkam, das ihn an Zeiten erinnerte, deren Erinnerung er gerne mied.

„Was willst Du, Margreth?" redete er aus alter Gewohnheit die Dienerin an, die ihn genauer kannte, als Jemand; denn sie war ja lange genug im Hause gewesen.

„Was ich will, Peter Merk, ich will es Euch rund sagen," hob sie an. „Diese Nacht" — und sie erzählte ihm Alles, wie sie es der Merkin gesagt, fast mit wörtlicher Treue, — „ohne daß ich es wußte, war Euer Sohn Ohrenzeuge, wie ich vermuthe. Da hat er nichts Erbauliches von seinem Vater gehört — denn Ihr wisset, die Margreth weiß mehr, als andere Leute, aber an die große Glocke hat sie es nie gehängt, sondern als ein Geheimniß betrachtet, das sie als alte Magd des Hauses bewahren müsse; aber Eurer Schwägerin war ich klaren Wein schuldig. Sie hat ihn gekriegt. Daß Euer Sohn Zeuge war, ahnte ich nicht. Nun hör' ich, Ihr habt Spektakel mit ihm gehabt. Sagen wollt ich Euch nur, daß es der bravste Sohn ist, den je ein Vater hier hatte. Verfahret vernünftig mit ihm. Bringet ihn nicht zum Aeußersten! Eben gehet er an mir vorüber. Ich grüß' ihn. Er dankt, aber er ist ein Anderer, wie sonst. Er reicht mir die Hand und dankt für das, was er diese Nacht aus meinem Munde gehört. Das habe ihm die Augen geöffnet. Er sähe, sagte er, daß ein Fluch auf seiner Habe ruhe. Sie müsse wieder an den rechten Herrn. Darum gehe er in die Stadt, zum Agenten. Er wandere aus nach Amerika. Von Eurem Gute wolle er keinen Kreuzer. Mit dem, was er von seinem Pathen bekommen, könne er nach New=York kommen und eine Zeit lang leben. Das sei sein. Er lasse es versteigern und gehe deßhalb zum Notar. Sein mütterlich Erbe vermache er dem Käthchen; auf das väterliche und die Errungenschaft verzichte er. Euch, fuhr er fort, habe er eine Bedingung gestellt, die Alles ändern könne; aber wie er Euch kenne, gäbet Ihr lieber Euer Kind hin, als das zu thun. Was das ist, weiß ich nicht, will's auch nicht wissen, aber das mußt' ich Euch sagen. So steht's. Der führt's aus, daran ist kein Zweifel. Was er gehört, das hat ihn plötzlich zum Manne gemacht. Ihr wisset, es ist kein Jota unwahr dran, was ich gesagt. Nur fluchet mir nicht, daß ich die unschul= dige Ursache bin, daß ein großes Unglück Euer graues Haupt bedroht — aber ein verdientes — Peter Merk, ein wohlverdientes. Doch — in der Schrift steht: „Richtet nicht, damit ihr nicht gerichtet werdet!“ Ich schweige. Thuet, was Ihr wollt. Ich habe mein Gewissen gewahrt, aber — bedenket das Ende!“

Die Alte drehte sich auf dem Absatz um und ging weg, ohne den alten Merk anzusehen, der wie ein Bild des Jammers da saß, und die Hände rang, wie Einer, den die Fluth des Elends verschlingen will. —

4.

Wo die alte Koselin es hernahm, daß Franz sie im Häus= chen belauscht? die Frage beantwortet sich leichter, als Jemand glaubt.

Als der Wächter die Mitternacht rief, klopfte er leise an dem Fenster Käthchens. Das gute Kind hatte ihn darum gebeten;

denn sie wollte die Mutter ablösen, daß sie bis Tag ruhen und
schlafen könne. Sie wußte schon, daß das bei der Koselin rein
unmöglich war. Zu dem Ende hatte sich Käthchen mit den Klei=
dern auf's Bette gelegt und sprang nun rasch auf, eilte zur Thüre
hinaus, schloß ab und betrat beflügelten Schrittes den Pfad, den
auch Franz einige Stunden früher hinabgeschritten war, in einer
Hoffnung, die ihn so bitter täuschte.

Fröhlichen Herzens schritt das liebliche Mädchen hinunter;
denn ob's wohl die Mutter nicht wollte, so that sie doch ihrem
kindlichen Herzen ein Genüge, und dies Bewußtsein ist ja so
erquickend! Als sie zu der Stelle kam, wo die mächtigen Nuß=
bäume an der Ringmauer des Dorfes hinabstehen, war es ihr,
als höre sie einen festen, männlichen Tritt. Der Schall kam aus
dem Thale herauf. Sie horchte. Das war nicht der Mutter
Tritt. Sollte etwa ein Dieb? — Sie erschrak. Doch sie kannte
die Sorgfalt der Mutter und der Koselsbase. Aber wer sollte es
sein, um diese Zeit, an diesem Ort? Die Tritte kamen näher.
Sie trat angstvoll hinter den Stamm eines Nußbaumes, der ganz
nahe an der Mauer stand. Der Mond war hinter die Wolken
getreten und der Himmel ringsum bedeckt; dennoch war es hell
genug, wahrzunehmen, wie eine Gestalt langsam daherschritt. Sie
trug nichts. Ein Dieb war's also nicht. — Die Gestalt kam
näher. Des Mädchens Herz bebte, — sie glaubte Franz zu er=
kennen. Wie sollte der hierher kommen und zu dieser Zeit? Ihr
Auge strengte sich an, die Lichtstrahlen zum Erkennen zu benutzen,
die das durch die Wolken brechende Mondlicht ließ. Das Auge der
Liebe sieht scharf. Wahrlich, er ist's! sagte sie in sich hinein.
Aber was ist ihm? So hab' ich ihn nie gesehen! Seine Hände
sind vor der Brust gefaltet, als wolle er das Pochen des Herzens
hemmen. Sein Kopf ist auf die Brust gesunken. So geht er
stumm dahin. Ach! was mag ihm sein? — Die Frage blieb unbeant=
wortet; aber, da es schien, als käme er von der Bleiche her, so

eilte sie jetzt um so mehr, dorthin zu kommen. Die beiden Frauen fand sie noch in der größten Angst wegen des Gesichtes am Fenster. Die Mutter schalt, daß sie in dieser Stunde da herabkomme; sie habe doch das Herz nicht, allein heim zu gehen. Die Koselin lobte das gute Kind und lachte die Merkin aus, freilich sich innerlich gestehend, daß sie eben so wenig Lust trüge, jetzt den Heimweg anzutreten. So kam natürlich die Rede auf das todtbleiche Gesicht am Fenster. Jetzt erzählte Käthchen, daß ihr Franz Merk in seltsamer Haltung und Weise begegnet sei. Vielleicht sei er es gewesen, den sie gesehen. Da blickten sich die Frauen an und erschracken noch mehr, indem sie sich dessen genau erinnerten, was sie geredet hatten. „Die Sache hat, wie Alles, ihre zwei Seiten," hob endlich die Koselin an. „Es ist gut, daß der Franz einmal Licht bekommt; denn er würde es doch sonst kaum so klar gewonnen haben; aber es ist mir leid, daß er es durch mich erhält. Wie oft hat er mich über das ausfragen wollen, was er jetzt weiß; aber ich habe geschwiegen, wie eine treue Magd schweigen muß über das, was innerhalb der Wände des Hauses ihrer Herrschaft vorgeht. Zwar verachte ich den schänd= lichen Grundsatz: Weß Brod ich esse, beß Lied ich singe; aber die Magd soll Augen haben und nicht sehen; Ohren haben und nicht hören; eine Zunge haben, aber nicht reden, es sei denn, wenn sie Unheil und Verderben abwenden kann. So hab' ich's gehalten, und so halt' ich es auch jetzt."

„Wie so denn?" fragte die Merkin.

„Wie, ich gehe selber zu dem Alten," sagte die Koselin auf diese Frage, „und erzähle ihm Alles, und warne ihn bei Zeiten vor dem, was kommen könnte, wie ich nämlich den Franz zu kennen glaube."

„Du wirst doch nicht?" rief angstvoll die Merkin.

„Warum denn nicht, du ängstliche Einfalt?" verwies die Andere.

„Was ich gesagt, ist Wahrheit, die will ich ihm einmal wieder voll, ganz, rund und nackt sagen, durch Dick und Dünne, damit ich vollends sein Gewissen wecke; aber ich sag' es ihm auch, damit er nicht glaube, es sei klatschweise und absichtlich geschehen. Er soll die Wahrheit wissen. Es würde mich quälen, wenn es schiene, als hätten wir falsch und hinter dem Rücken gespielt. Seiner lieben Frau, Gott hab' sie selig, verdank' ich viel zu viel, als daß ich das vergessen dürfte, und das trag' ich, ob's gleich der alte Sünder nicht verdient, von ihr auf ihn über. Dabei bleibt's!"

Die Merkin wußte, daß, wenn sie mit den Worten schloß: dabei bleibt's! keine Maus einen Faden abbiß. Und so schwieg sie, und das arme Käthchen, das traurig dasaß und seinen inneren Regungen Gehör gab, kam um die Frucht seiner Kindesliebe; die Merkin blieb, und bald wurde es todtstille im Bleichhäuschen; denn eine Jede versank für den Augenblick in ihre eigenen Gedanken. Die Koselin stand endlich auf und ging, nach der Wäsche zu sehen, und als sie wieder kam, fand sie reichen, neuen Stoff, ihrer Zunge freien Lauf zu lassen. Wie weit ihr Gerede Hörer fand, das ließ sie ununtersucht. Sie mußte reden oder schlafen, und da sie das Eine nicht mehr konnte nach der Gewohnheit ihrer Natur, so that sie das Andere um so emsiger und rastloser.

Als sie am andern Tage aus dem Hause Peter Merk's kam, eilte sie stracks zu dem kleinen, einstöckigen Häuschen. Die Wittwe Merk war auf der Bleiche, wohin auch die Koselin zurückkehren wollte, da bei hellem Sonnenscheine die Wäsche des Schulmäschens, wie man die Lehrerin traulich nannte, aufgetrocknet werden mußte. Käthchen saß allein da und nähte emsig, und manche stille, heiße Thräne befeuchtete das Tuch, das sie zum Hembe verarbeitete. Schnell eilte sie in die Küche, als sie die alte Koselsbase kommen sah, um sich zu waschen und die Spuren ihrer Thränen zu vertilgen. Das gelang ihr um so vollständiger, als die Alte nur langsam gehen konnte. Sie saß wieder an der Arbeit, und die Koselin bemerkte nichts, als sie eintrat.

„Du wirst mich fragen," hob sie an, als sie sich schnell niedergesetzt hatte, „warum ich nicht auf der Bleiche sei? Ja, da gehe Eins auf die Bleiche! — Weißt Du, was sich heute Nacht droben bei Merk's zugetragen hat? Nun, ich will Dir Alles erzählen!" Das that sie denn nun auch breit und ausführlich, vom Augenblicke mit dem Pferde an, bis zum letzten ihrer Worte, welches sie dem alten Merk vor wenigen Augenblicken gesagt.

Käthchen hatte die Nadel sinken lassen vor Schrecken, als sie den Entschluß des jungen Merk vernahm, nach Amerika auszuwandern. Alles Blut war aus dem lieblichen Gesichte gewichen, und das Herz pochte so stürmisch, daß sie kaum athmen konnte.

„Ach!" sagte sie endlich, mühsam die Thränen unterdrückend, die ihr aus den Augen hervorbrechen wollten, „er wird es doch nicht thun?" —

„Thun? Närrisches Kind. Thun? Freilich thut er's! Ich sage Dir, mit dem Franz ist diese Nacht ein Wunder geschehen, daß ich so recht eigentlich nicht begreife. Er ist ein Anderer geworden; ein Mann fest und stark. Ja, ich kann Dir noch mehr sagen. Er forderte von seinem Vater, daß er Euch all' Euer Geld zurückgäbe; daß er die Hälfte der Erbschaft des Martinsvetters mit den Zinsen vom Tage an, wo er sie antrat, erstatte. Ja, noch mehr: Er ist in die Stadt und zum Notar, um Dir durch einen Akt sein mütterliches Erbe zuzuwenden. Auf das väterliche will er verzichten. Das fiele Euch denn auch noch zu am Ende, wenn der alte Merk es nicht anderwärts vermacht. Er will nichts, als was ihm sein Pathe vermachte, und damit will er fort, über's Meer hinüber." —

Das Mädchen rang die Hände und ließ dann die gefalteten in ihren Schooß sinken. „Allmächtiger Herr im Himmel!" rief sie aus, „was denkt der Franz? — Wir wollen nichts von seinem

Vater und ihm! Wir haben uns ehrlich ernährt und werden es mit Gottes Hülfe auch ferner thun."

„Darauf kommt's nicht an," sagte die Alte lächelnd, „ob Ihr's wollt oder nicht. Es soll an den rechten Erben, was ihm gehört und gebührt, und damit Hollah! Recht muß Recht bleiben! Gott im Himmel will's so. Da kann ein armer Mensch nichts ändern."

„Ach! Roselsbase," rief das Mädchen in äußerster Angst, „redet ihm doch zu, daß er dableibt und Alles läßt, wie es ist. Wir sind ja vergnügt mit unserm Stücklein Brod. Ich will nichts und nehme nichts! Sagt's ihm, sagt's ihm doch! Wollet Ihr nicht? Gut, dann sag' ich's ihm selbst!"

„Thue das, Kind, thue es. Es ist ihm gewiß am liebsten so!" sagte die Alte mit einem schalkigen Lächeln.

Das Mädchen erglühte.

„Ach, quält mich nicht," rief sie weinend aus, „und erhört mein Flehen! Ich will Euch auf den Händen tragen mein Lebtag!"

„Sei doch vernünftig, Kind," sprach die Alte. „Wer wird gleich so aus allen Fugen sein, wie Du! Es ist ja auch noch nicht aller Tage Abend, und der Rhein wird noch manch' Tröpflein hinabrollen, ehe das Alles fertig ist." Doch — sie sah zum Fensterlein hinaus und bemerkte dickes Gewölke am Himmel — „man meint, es sollt' heute noch einmal ein Gewitter geben, zu guter Letzt. Da muß ich fort und Deiner Mutter rasch auftrocknen helfen. Nun sag' ich Dir, heule nicht! Das macht's nicht besser. Bete Du, das hilft!" Und mit diesen Worten machte sie sich von dannen und eilte, soviel es ihr Alter zuließ, dem Pfade zu, der an der Mauer hinab zur Uferbleiche leitete. Sie ließ das arme Mädchen in einer trostlosen Lage. Indessen klang ihre letzte Mahnung in eine fromme, gläubige Seele hinein, und bald kniete Käthchen am Boden und schüttete ihre Seele vor dem Herrn im innigen Gebete aus. Sie flehte aus angsterfüllter Seele, daß der

Herr in Gnaden Franzens Herz regieren wolle, daß er den rasch=
gefaßten Entschluß nicht ausführe; daß er Alles, was jetzt so kraus
und verworren schien, gnädiglich lösen und entwirren wolle, daß es
sich zum Guten für — Franz wende!

Die Jahreszeit war schon weit vorgerückt und die Abende
waren schon kühl. Die Zeit der Gewitter schien längst vorüber.
Dennoch war der Tag heiß und die mächtigen, weißen, geballten
Wolken, die im Südwesten über die Berge emporstiegen, ließen
allerdings einen Gedanken Raum gewinnen, wie ihn die Roselin
ausgesprochen.

Als Käthchen noch in heißem Gebete rang, klopfte es heftig
an der Thüre. Sie erschrack, stand schnell auf und eilte an's
Fenster. Da stand des Schullehrers kleines Töchterchen an der
Thüre. Das Kind war ganz athemlos, so war es gelaufen.

„Käthchen, lieb Käthchen!" rief das Kind, „komm' doch eiligst
auf die Bleiche und hilf auftrocknen und aufraffen. Es gibt ein
schwer Wetter! Tummele Dich; die Mutter läßt Dir's sagen, Deine
Mutter und meine!"

„Geh' nur, Julchen," war des Mädchens Gegenrede. „Ich
komme sogleich."

Wieder eilte sie in die Küche, die Spuren ihrer Thränen durch
kaltes Wasser zu vertilgen, trocknete sich schnell ab und eilte zur
Hülfe den Pfad hinab.

Es that aber auch Noth. Die mächtigen Wolkenmassen, an
denen die Ränder schneeweiß waren, die aber dann ganz schwarz=
grau sich emporhoben, stiegen ja mehr und mehr über die Berge
heraus, die oben das Rheinthal abzuschließen schienen. Der Rhein
macht bei dem Dorfe einen weiten Bogen. Dadurch schließen ihn
oben und unten die Berge scheinbar so ein, daß er wie ein Berg=
see vor dem Auge liegt. Der Wind holte aus in gewaltigen
Athemzügen und trieb die Wolken mit großer Schnelle über den
weiten Thalkessel. In den gewaltigen Nußbäumen begann ein

prophetisches Rauschen. Die Wellen des Stromes, die sich seit dem Morgen geglättet hatten, fingen an sich mehr und mehr zu kräuseln. Die Möven, welche an den felsigen Ufern hausen, begannen rascher die Luft zu durchschneiden und stießen jenen klagenden Ton aus, der ein Vorbote des Sturmes zu sein pflegt. Die Vögel flogen rascher, und alle Vorzeichen eines schweren Wetters waren vorhanden, das bei dem Südwestwinde ungeheuer schnell dem Strome, der in dieser Richtung fließt, folgte.

„Rasch, rasch, Kind!" rief die Koselin. „Heute spaßt's nicht. Gewitter über geschwungene Nußbäume haben böse Raupen. Ich entsinne mich, daß Anno elf, auch um diese Zeit, eins tüchtig uns geschuhriegelt hat. Damals wurde Martins=Peters=Lisbeth unter einem Nuß= baum mausetodt geschlagen und der Nußbaum dazu mitten ent= zwei." —

Es blitzte in diesem Augenblicke heftig.

„Heiliger Sanct Antonius von Padua!" rief die Koselin und bekreuzigte sich. „Da haben wir's schon!"

Indessen hatten die vier fleißigen Frauen — denn die Lehrerin half wacker — die Wäsche in Körbe gerafft und glücklich im Bleich= häuschen geborgen, das gegen den Regen vollen Schutz verlieh. Auch die Frauen und das Kind fanden Schutz darin, da das Wetter so rasch herankam, daß man unmöglich mehr zum Dorfe hätte gelangen können, ohne sich der Gefahr auszusetzen, durchnäßt zu werden. So schien es wenigstens; aber Blitz und Donner und Sturm zischten, krachten und heulten um die Wette, ohne daß es lange Zeit auch nur ein Tröpflein geregnet hätte. Das Gewitter war so heftig, wie man im ganzen Verlaufe des Sommers keins erlebt hatte. Unter den vier Frauen zeigte sich die Koselin am festesten und ruhigsten. Die Lehrerin zitterte; die Merkin bebte leise, und Käthchen saß still vor sich nieder.

Plötzlich erhellte ein fürchterlicher Blitz das Häuschen; ihm folgte unmittelbar, hell und grell tönend, dann seltsam rasselnd, der Donner mit solcher Heftigkeit, daß laut aufschreiend die Frauen von ihren Sitzen emporgerissen wurden.

„Heiliger Sanct Antonius von Padua!" rief die Koselin aus, „das hat eingeschlagen. Den Ton kenne ich. Gerade so rasselte es, als dazumal Martins=Peters=Lisbeth unter dem Nußbaume er= schlagen wurde. Wenn's nur kein Unglück gegeben hat! — Gott sei uns und allen Menschen gnädig!" —

Mit diesem Schlage, der allerdings gräßlich und erschütternd war, schien sich das Gewitter entladen zu haben. Der Sturm legte sich. Es blitzte wohl noch, aber der Donner war bei weitem nicht mehr so heftig und hörte endlich ganz auf. An seine Stelle trat ein sanfter Regen, dessen die vertrocknete Flur bedurfte. Er hielt fast bis zum Abend an, und somit auch die Frauen im Bleich= häuschen gefangen; denn sie wagten nicht, die schön getrocknete Wäsche dem Beregnetwerden preiszugeben. An Unterhaltung fehlte es ihnen nicht; denn die Koselin hatte in ihrem langen Leben so vielerlei Gewitterunglücksfälle erlebt, daß ihr der Stoff für ihre redselige Zunge nicht ausging. Nur Eine war mit ihren Gedanken anderswo und mit besonderer Beängstigung bei Einem, der aus der Stadt heimkehren sollte und ihrem Herzen innerlich theuer war. Endlich klärte sich, lange nach dem Sonnenuntergang, der Himmel auf, und sie begannen die Wäsche heimzutragen. Da jedoch das Schulhaus bei der Kirche am nördlichen Ausgange des Dorfes und in dieser Richtung das äußerste Haus lag, so führte sie ihr Weg nicht durch das Dorf, sondern den Fußpfad hinauf, den Käthchen, Franz und die Koselin in so verschiedener Stimmung auf= und abgeschritten waren, wodurch sie mit keiner Seele in Berührung kamen, die ihnen hätte mittheilen können, was sich im Dorfe ereignet hatte. Erst als sie spät beim Kaffee saßen, der auch als Abendmahlzeit gelten mußte, kam der Lehrer

Heim und brachte erschütternde Kunde von der einen, sehr seltsame von der anderen Seite, welche eine großartige Wirkung nicht verfehlen konnte in den Gemüthern der Zuhörenden.

5.

Als die Koselin Peter Merk's Stube verlassen hatte, blieb der Alte in seinem Sorgenstuhl liegen. Er vermochte nicht aufzustehen; aber er rang verzweifelnd die Hände. Was sie ihm gesagt, zeigte seines umgewandelten Sohnes Entschluß in seiner Festigkeit. Er wand sich in seinem Sorgensessel wie ein Aal, aber er sah nur das drohende Unglück und keinen Ausweg, und — in der Brust regte sich ein Etwas, das wohl auch zu anderen Zeiten einmal leise ihn gemahnt hatte an seine Sünden. Diesmal aber war's anders als sonst. — Er konnte nun nicht die innere Qual und Angst vertilgen mit der Macht eines bösen Willens, wie er es wohl früher bisweilen vermocht hatte. Er fühlte sich matt, schwach, elend. Es war, als wenn mit einem Rucke das Alter mit all' seiner Schwäche und seinem Wehe über ihn hereingebrochen wäre. Und dazu die innere Aufregung, Angst und Qual! Um die Haushaltung kümmerte er sich gar nicht, auch nicht um den Ackerbau draußen. Des Sohnes Worte brannten in seiner Seele wie unauslöschlich Feuer. Er wollte das fluchbelad'ne Erbe nicht! — War's denn nicht wirklich fluchbeladen? Konnte er es läugnen, daß er durch den bestochenen Notar den Martinsvetter herumgebracht, der im letzten Augenblicke der armen Wittwe das ihr Gehörende zuwenden wollte? — Konnte er es in Abrede stellen, daß er seines Bruders Familie arm gemacht? — Aber das Bekennen, das Herausgeben? — Da sträubte sich die eingefleischte Habsucht, der unersättliche Geiz mit aller Kraft dagegen. Das war ein Kampf in der Seele, der den Alten hinüber- und herüberriß, der ihn geiſtig abmarterte und leiblich erſchöpfte. Er aß nicht, er trank nicht, er hatte nirgends Ruhe und lief aus einer Stube in die andere, kratzte ſich heftig hinter den Ohren, rieb ſich die Stirne und kam zu keinem Entſchluſſe, weder zu dem, feſtzuhalten, was er hatte, noch zu dem, die Bedingung ſeines Sohnes zu erfüllen. So ging der Tag dahin, und er war der ſchrecklichſte, den Peter Merk erlebt. —

Was hätte er darum gegeben, jetzt eine vertraute Seele zu haben; allein die hatte er nicht. Der Pfarrer? — Ja der! — der hatte ihm Aehnliches, wie jetzt der eigene Sohn, ſchon gar oft geſagt und ihn gepackt, wie mit Fäuſten, doch nur mit Worten, daß ihm der Angſtſchweiß wie Erbſen auf die Stirne trat; den brauchte er jetzt noch, um ihn vollends aus der eignen Haut herauszujagen! Die Koſelin, die alte Margreth? — Die hatte ihm heute ſchon mit ihrer zweiſchneidigen Zunge in die Seele hineingeſchnitten. Und doch — er bedurfte des Rathes, der Beihülfe, um zu einem feſten Entſchluſſe zu kommen! Gegen Abend wollte er einmal hinaus auf's Feld ſchlendern, ob ihm da nicht Einer begegne, mit dem er zutraulich reden könne; aber da fing's zu donnern und zu blitzen an. Das war nun auch am Ende! Er ſetzte ſich höchſt unglücklich in ſeinen Seſſel.

Da fing das Wetter an ſich zu entladen. Blitz auf Blitz, Donner auf Donner; dann der grelle Blitz und der gellend krachende, nachrollende, faſt knatternde Schlag! Peter Merk fuhr aus ſeinem Seſſel, der ihm jetzt ein rechter Sorgenſtuhl war, und ſtand urplötzlich mitten in der Stube, und ſeit lange zum erſten Male entfuhr ſeiner Lippe die Bitte um himmliſchen Schutz. Er zitterte heftig am ganzen Leibe.

Ach! wenn doch der Franz nicht unterwegs iſt! ſeufzte er und faltete die Hände.

Aber der Donner hatte ihn ungewöhnlich erſchüttert. Die

Blitze schienen ihm drohende Mahner einer künftigen Vergeltung. Und doch keine Wendung zu dem, was Franz gefordert! So schwer fiel's der Seele des Geizigen, die Bande zu lösen, die ihn mit Höllenmacht an den Mammon binden! Hier bewies sich des Herrn Wort: „daß leichter ein Kameel durch ein Nadelöhr gehe, denn daß ein Reicher in das Reich Gottes komme.“ In derselben stets wechselnden Stimmung verlebte er wieder eine qualvolle halbe Stunde; da lief Einer keuchend am Hause vorüber und dann heran. Er riß die Thüre auf und rief dem Alten zu: „Erschrecket nicht, Peter Merk, aber Ihr sollt eiligst nach der Stadt kommen, der Blitz hat Euren Franz getroffen!“ Jetzt stürzten Knechte und Mägde herbei, die sich bis jetzt möglichst in den Ecken umhergedrückt hatten, um dem Alten nur nicht nahe zu kommen; denn sein Aussehen war erschreckend. — Der Bauer erzählte, das Gewitter habe einen Trupp Leute, theils aus dem Dorfe, theils aus andern, im nahen Gebirge liegenden Ortschaften unterwegs getroffen. Einer habe gerathen, unter einen der alten, hohen, dichtbelaubten Nußbäume zu treten, um sich vor dem nahenden Hauptregengusse zu schützen; Niemand habe gewarnt, weil Keiner an die Gefahr gedacht. So hätten sie sich denn an den Baum möglichst angedrängt, weil dort der meiste Schutz vor Regen zu hoffen war. Plötzlich blitzt's und kracht's, und sie alle stehen im Feuer, — aber sie stürzen alle übereinander zur Erde ohne Bewußtsein, erstickend im gräßlichen Schwefelqualme. Wie viele todt seien, wisse er nicht. Er habe sie eben nur auf einem Wagen in die Stadt fahren sehen, und die zwei Doctoren und die Bartfeger dabei, Alles in Angst, Sorge und Mitleid mit den Verunglückten. Da habe ihm der Auswanderungs=
agent, der besser sehen konnte, wer auf dem mit Stroh und Bett=
werk belegten Wagen lag, zugerufen: „Hannickel Pleß, eilet heim und sagt's dem alten Merk“ (was er dazu setzte, mag ich nicht sagen!), „sein Sohn sei vom Blitz getroffen! Tummelt Euch!“ Da sei er denn gelaufen, daß ihm schier der Athem ausgegangen,

um zu machen, daß der alte Merksvetter den guten Franz noch einmal sähe! —

„Den Wagen herbei!" schrie plötzlich der Alte, und der Ton seiner Stimme klang entsetzlich. Er mußte sich halten, um nicht umzusinken. „Bleib' da! Hannickel Pleß," rief er diesem zu. „Deine Schuld schenk' ich Dir, die Alle sind Zeugen, wenn Du Dich zu mir setzest und mit mir fährst; denn ich bin allein nicht im Stande dazu. Auch brauch' ich Dich noch anderwärts. Den Wagen! Den Wagen! Den Wagen!" Die beiden Knechte waren weggeeilt. — Der eine zog den Leiterwagen heraus und bemühte sich, einige Säcke mit Spreu recht fest auszustopfen, damit sie zu Sitzen dienten; der andere war an den Pferden. Hannickel Pleß half dem, der die Sitze bereitete, und nun ging's schnell. Bald darauf rollte der Wagen durch's Dorf in den Abend hinein. Das erzählte der Schulmeister den Frauen.

Als er aber das Wort aussprach: Euer Sohn ist vom Blitze getroffen, da wurde Käthchen weiß wie eine Lilie. Sie sank in ihrer Mutter Arm. Ihre Brust stöhnte. „O mein Kind! Mein Kind!" schrie die Mutter voll Jammer und Entsetzen.

Plötzlich richtete sich das Mädchen auf und sah ihre Mutter fest an. „Mutter," sagte sie, „ich sterbe nicht. Es war nur eine augenblickliche Schwachheit. Ich weiß, was mir obliegt. An sein Leidensbette muß ich. Hier habe ich nach meinen schwachen Kräften der Krankenpflege mich unterzogen, und ihn — ihn — sollte ich ohne Beistand, unter fremden Händen lassen? Mutter, laß mich gehen. Hier sterbe ich." —

„Kind," sagte der Schulmeister, „es ist Nacht, und es regnet noch, wie willst Du in die Stadt kommen?"

„Das ist eitle Sorge!" rief das Mädchen. „Ich bin gar manchmal schon in der Nacht hinabgelaufen, wenn ein Kranker schlimmer wurde, um dem Doctor Thomae Bericht zu erstatten.

Es ist mir nie etwas Schlimmes begegnet." Sie machte sich eiligst fertig.

Die Mutter sah sie bittend an, aber sie schwieg doch.

„Selig sind die Barmherzigen, denn sie sollen Barmherzigkeit erlangen," sagte die Koselin. „Sie übt die rechte christliche Rache aus, sie thut dem Feinde Gutes für seine Uebelthat; sie sammelt feurige Kohlen auf sein Haupt. Franz ist ja des Alten Sohn!" —

Die Lehrerin blickte mit innigem Wohlgefallen auf das schöne Mädchen, dessen Wangen sich im edlen Entschlusse der hingebenden Liebe höher geröthet hatten. Dann flüsterte sie ihrem Manne etwas in's Ohr und sah ihn dabei so liebevoll bittend an, daß er lachend ihr mit der Hand über die Wange strich und bejahend nickte.

„So!" sagte das Mädchen. „Jetzt bin ich fertig." Sie reichte ihrer Mutter die Hand.

„Gott behüte Dich, und seine heiligen Engel mögen Dich begleiten!" sagte mit einem tiefen Seufzer die Mutter.

Der Lehrer nahm seine Mütze und einen Regenschirm. Die Lehrerin reichte auch Käthchen einen, und erst jetzt nahm Käthchen wahr, daß der Lehrer sie begleiten wollte. Sie wollte ihn zurückhalten; aber er that's nicht, und so schieden sie denn selbander. Der Regen hatte indessen, wie es oft bei Gewittern der Fall ist, fast plötzlich aufgehört. Die Sterne leuchteten in der reinen Luft ganz außerordentlich hell, und die beiden Wanderer schritten kräftig aus.

Mit dem Unglücksfalle verhielt es sich allerdings so, wie Hannickel Pleß gesagt hatte, doch bei weitem nicht so mit den Folgen. Betäubt waren Alle, und bewußtlos hatte man sie theilweise in die Stadt gebracht, in deren Nähe das Unglück geschehen war; allein man brachte sie wieder zum Leben, und nur ein Greis schien in seiner Bewußtlosigkeit hinüberschlummern zu wollen. Dennoch gelang es endlich, auch diesen wieder in's Leben zurückzubringen. Die Warnung war wieder einmal recht eindringlich gegeben, die so oft wiederholt wird, und doch vergeblich, bei einem Gewitter wie Schutz und Schirm zu suchen unter den Aesten hoher Bäume. Die ganze kleine Stadt war in wogender Aufregung; denn es handelte sich um nichts Geringeres, als um elf Menschenleben. Ebenso groß, wie die Aufregung und Theilnahme gewesen, war nun auch die Freude über die unverhoffte und unerwartete glückliche Wendung.

In welcher Lage der alte Peter Merk war, als seine Braunen mit dampfenden Nüstern den Weg nach der Stadt dahin flogen, ist schwer zu beschreiben. War doch seit dieser letzten Nacht ein Schlag nach dem anderen gekommen, und die scharfe Art war immer gegen den innersten Kern seiner in die Seele eingewachsenen Neigungen, man könnte sagen, gegen den Mittelpunkt seines Lebens gerichtet; denn dieser Kern und Mittelpunkt, zugleich die Angel, um die sich Denken, Wünschen, Wollen, Fühlen und Thun drehte, war ja sein Reichthum, sein Geld. Er hatte Zeit genug gehabt, zu erkennen, wie es um ihn stand; wie er ein armer, verlassener Greis sein würde, wenn Franz schiede; wozu er dann gegeizt, gescharrt, gewuchert, erschlichen und erschnappt. Er erkannte seine Armuth in seinem Reichthume, und das Gewissen fing an ihn zu quälen. Alle seine Vergehen, besonders an der Schwägerin, der Wittwe Merk, an seinem Bruder, sie standen vor seinem inneren Auge, und sein Kind hatte sie ihm dahin gerückt, recht zu seinem Schrecken und Elende. Die Donnerschläge am Himmel hatten wiedergehallt tief in der Brust. Und nun kam der herbste, — sein Kind war erschlagen! Das vollendete die innere Erschütterung, und eine Folge davon war es, daß er dem Hannickel Pleß seine Schuld erließ, die vierzig Thaler betrug, die aber auch nur durch die höchst wunderbare Rechnung Merk's und Hannickels völlige Unkenntniß des Rechnens zu solcher Höhe angewachsen war.

Als der Wagen dahinrollte, sagte der zurückbleibende Knecht

zu den Mägden: „Habt Ihr gehört, was unser Meister zum Hannickel sagte? Nun ist mir's denn doch, als wenn die Welt bald unterginge: denn daß ein versteinert Herz, das dem darbenden Armen aus Geiz sein Brod nicht bricht, einem armen Kerl seine ganze Schuld erläßt, das kommt mir fast vor, wie eins der Zeichen auf Erden, von denen der Herr redet."

„Was da Alles geschehen ist, begreif' ich nicht," sagte die älteste Magd. „Es muß doch ein heiß Feuer sein, bis Erz schmilzt."

„Laßt den Alten gehen," sagte die andre Magd, „und denket an den guten Franz! Gott wolle ihm gnädig sein und ihn nicht sterben lassen!" „Gewiß! Gewiß!" sprachen die beiden anderen aus ihres Herzens Grunde. „Aber auch mit dem," hob der Knecht wieder an, „ist es anders geworden, und Gott weiß, wie! Was wird das noch werden?" —

„Ueberlaßt es Gott dem Herrn," sagte die älteste Magd. „Der lenket die Herzen der Könige wie Wasserbäche: er wird auch das harte Herz eines Bauern fassen und alles herrlich hinaus führen. Wisset Ihr was? Gehet schlafen; ich bleibe auf, weil wir nicht wissen, wann der Meister zurückkommt!" — Das geschah denn, und das fromme Mädchen holte sein Gebetbuch und betete inniglich, daß der Herr Alles wohl machen möge.

In unglaublich kurzer Zeit erreichte der Wagen mit den dampfenden Rossen die Stadt. Wo aber fand man die Unglücklichen? — Der Knecht klopfte am ersten besten Hause und hörte dann hier, daß Franz und sämmtliche vom Blitze Getroffene in einem Saale des Hospitals sich befänden. Dorthin lenkte der Wagen. Der Saal war erleuchtet. Viele Menschen standen auf den Treppen bis zur Thüre. Peter Merk war nicht im Stande, allein vom Wagen zu steigen. Der Knecht und Hannickel Pleß halfen ihm herab. Sie mußten ihn auch in den Saal führen. Als er seinen Sohn bleich und angegriffen in einem der Betten erblickte und glaubte, er sähe ihn als Leiche, da brach der Rest von Kraft im alten Leibe zusammen, und ohnmächtig hing er in den Armen der beiden Männer. Doctor Thomae sah ihn. „No! No!" rief er zornig. „Ist nicht Arbeit genug an den Eseln, die im Gewitter sich unter einen Baum stellen? Müßt Ihr einem geplagten Manne noch Arbeit bringen? Wer ist denn der Alte, den Ihr da hereinschleppt?"

Schon an der Anrede, die brummig genug war, konnte etwa ein Fremder erkennen, daß der Doctor Armenarzt war. —

Als er aber vernahm, der Alte sei der reiche Peter Merk von dem nächsten Dorfe, der seinen Sohn sehen wolle, da pfiff plötzlich der Wind aus einer andern Richtung. Er war ungemein zuthunlich und artig.

„Leget den Herrn Merk hierher," sagte er, „damit er weich liegt, und geht einmal aus dem Wege, daß ich ihn untersuche." Er trat zu ihm, fühlte den Puls und wurde ernst. Er fühlte noch einmal und verordnete etwas, das schnell mußte gebracht werden. Dann aber begann er die Wiedererweckungsversuche und ließ ihm zur Ader. Die Erfolge dieser Versuche blieben lange aus. Endlich schlug er die Augen auf, aber er war an der linken Seite völlig gelähmt. Ein Schlag hatte ihn in Folge der außerordentlichen inneren Aufregung getroffen. Er kannte diesen Zustand genau; denn seinen Vater hatte der Schlag auch getroffen. Kaum vermochte er zu reden, als er in ein anderes Zimmer gebracht zu werden verlangte. Man willfahrte ihm, und hier angelangt, begehrte er einen Notarius, der dann auch bald bei der Hand war.

———

6.

Mit einer Schnelligkeit, daß der ehrliche Schullehrer, dem lieben Mädchen kaum zu folgen vermochte, schritt Käthchen den Weg nach der Stadt hin. Vergebens versuchte er sie in ein ihre

Gedanken etwas ableitendes Gespräch zu ziehen. Wenige Worte, und es stockte wieder. Am Ende schwieg auch der Lehrer und folgte nur ihrem beflügelten Ausschreiten. Dennoch war es bereits spät, als sie in das erleuchtete Hospital traten. Die Menschen, welche Neugierde und Theilnahme herbeigeführt, hatten sich verlaufen. Im Saale war Niemand, als die Aerzte und die Gehülfen und Pfleger. Sie meinten, das Mädchen und der Schullehrer suchten Anverwandte und fragten deßhalb. Doch das Auge der Liebe sieht scharf. Schon hatte Käthchen Franz und er sie erblickt. Sie eilte zu seinem Bette, kniete daran nieder, um seinem Gesichte recht nahe zu sein, damit er nicht laut reden müsse, und ergriff seine Hand. Der Jüngling aber, überwältigt von der Macht seiner Liebe und recht deutend, was sie hierher geführt, zog sie leise an sich und blickte ihr in das treue Auge; und beider Augen wurden feucht. —

„Du kommst zu mir?" fragte er, ihre Hand drückend.

„Dich zu pflegen," sagte sie mit herzgewinnendem Lächeln.

„O Du Gute! Wußtest Du denn von dem Unglücke?" — fragte er.

„Ich hörte es und lief hierher, und der gute Schullehrer begleitete mich," erwiederte sie. „Gott Lob und Dank, daß ich Dich so nicht finde, wie ich gefürchtet, oder gar —"

„Todt?" fragte er. „Hättest Du denn um mich getrauert?"

„Franz, wie magst Du so reden!" sprach sie und legte ihre Stirne auf das Bette. Da faßte er sie mit beiden Händen, richtete ihr Gesicht auf, blickte ihr in das in Thränen schwimmende Auge und sagte: „Hast Du mich denn lieb? Käthchen, sage mir's, ich bitte Dich! Reiße mich heraus aus der tödtlichen Qual der Ungewißheit!"

„Siehe, meine Seele hat nur einen Gedanken, und der bist Du!"

Sie schloß das Auge, als er sanft ihr schönes Gesichtchen so hielt und ihr so fest in dasselbe blickte.

„Käthchen," rief er halblaut, ich beschwöre Dich, rede: Hast Du mich lieb?" —

„Ja," sagte das Mädchen erröthend und sich losmachend, leise und kaum gehaucht. Da schlang er den Arm um ihren Nacken und drückte den ersten Kuß der Liebe auf ihre Lippen.

Das hatte der Schullehrer mit halbem Auge gesehen und freute sich in seiner Seele. Er wollte diesen Augenblick des Erkennens und Verstehens zweier guten Herzen nicht stören.

Der Doctor Thomae aber kam daher aus der Stube, wohin man den alten Merk gebracht. Trotz der Brille, deren Gläser wie Pflugräder waren, erkannte er das Mädchen nicht.

„Ist das seine Mutter?" fragte er den Schullehrer, auf Käthchen deutend. Der war nahe daran laut aufzulachen, hielt sich aber und sagte: „Nein, Herr Doctor, es ist Eure Krankenpflegerin, die Euch zu Hülfe kommt. Ihr kennet sie ja von daheim her! —

„Potz Blitz!" sagte der Doctor und ging zum Bett und sah die Gluth in des Mädchens Gesicht und die Verklärung zugleich, die auf den schönen Zügen lag. „Guten Abend!" sagte er. „Willst den da pflegen, Kind? — Nun, der macht Dir keine Mühe. Er läuft morgen wieder heim; aber der Alte macht mir mehr Sorge."

„Mein Vater?" fragte Franz überrascht. „War's mehr, denn eine Ohnmacht?"

„Nun — ja, freilich; etwas mehr, — so ein kleiner Schlaganfall," sagte der Doctor. „Ich denke aber, es soll vorübergehen."

„So muß ich aufstehen und zu ihm," sprach Franz.

„Jetzt nicht," versetzte der Doctor. „Es sind Sterbensgedanken ihm gekommen, ob's gleich daran noch nicht ist. Da hat er einen Notarius rufen lassen, und der schreibt eben eine Art von Testament, Schenkung oder deß Etwas. Verstehe das Zeug nicht! Da wollen wir ihn gehen lassen. Ist das vorbei, so führ' ich Dich zu ihm, Kind!" sagte er, sich zu Käthchen wendend.

„Ach, Herr Doctor!" sprach das noch immer glühende Mädchen, „fragt ihn aber doch erst, ob er mich auch will, oder thut Ihr es, Herr Lehrer; denn Ihr kennet die Sache besser und wisset', wie er gesinnt ist."

Der Lehrer versprach es, und Alle setzten sich an Franzens Bett, der Käthchens Hand nicht aus der seinen ließ.

Erst nach einigen Stunden verließ der Notar das Zimmer, und der Schullehrer trat hinein.

Der alte Merk erkannte ihn sogleich. Der Lehrer erstaunte über seine heitere Miene, über den Ausdruck von Zufriedenheit und Glück, den er nie auf Peter Merk's düsterem Gesichte gesehen.

„Ach, Herr Lehrer!" rief er ihn an, „seid Ihr hier? Wie kommt Ihr denn her in der Nacht?"

„Käthchen, Eueres Bruders Kind, wißt Ihr ja," sagte der Lehrer, „ist die treue, freiwillige Pflegerin aller Kranken daheim in unserem Dorfe. Als sie nun von dem Unglücke Eueres Sohnes und der übrigen Leute hörte, ließ sie sich nicht mehr halten, dem Doctor zu helfen mit ihrer Pflege. Da hab' ich sie herbegleitet, das gute Kind, daß ihr kein Leid geschehe; denn sie war mit ihrer Mutter und der Koselin gerade in meinem Hause zur Wäsche. Nun aber sagt der Doctor, daß Franz keiner Pflege bedürfe, Ihr aber, und so komme ich einestheils, mich nach Euch zu erkundigen, anderntheils zu fragen, ob Ihr Euch von Käthchen wollet pflegen lassen?" —

Der Alte faltete die Hände und sprach leise Worte in sich hinein, die der Lehrer nicht verstand; aber es war ihm doch, als rege sich in ihm das, was die alte Koselin prophetisch vorhergesagt, als begönnen nämlich die feurigen Kohlen schon zu brennen.

„Ach, Herr Lehrer!" hob, nachdem er einige Zeit so in sich hineingesprochen, der Alte an, „es ist anders mit mir, und ich bin selbst ein Anderer geworden. Ich habe viel Unrecht gethan, aber ich mache es gut, wenn mich Gott will länger leben lassen. Ich habe heute damit begonnen. Der Merkin hab' ich all' das Gut, was ich an mich gebracht, und was einst meinem Bruder gehörte, zurückgegeben, und auch die volle Hälfte des Gutes vom Martinsvetter durch freiwillige Schenkung, sammt den Zinsen vom Tage an, da ich die Erbschaft antrat. Seid Ihr damit zufrieden?" —

Der Lehrer sah ihn überrascht an und sagte: „Gott segne Euch dafür, daß Ihr gut macht begangenes Unrecht! Ihr handelt nach Gottes Wort, und der Herr wird Euch gnädig sein." Er drückte ihm die Hand.

„Soll ich denn nun den rechten Schluß machen?" sagte darauf wieder der Lehrer: „Es ist Euch das liebe Kind als Pflegerin willkommen?"

„Gewiß," entgegnete er; „aber sagt Ihr nichts von dem, was ich Euch gesagt habe, gelobt mir das!"

Der Lehrer gelobte es.

„Wie geht's meinem Sohne?" fragte er dann.

„Da möget Ihr selber sehen," versetzte der Schullehrer, als eben die Thüre aufging und Franz hereintrat. Er hatte noch des Vaters Frage gehört.

„Mir geht's vortrefflich," sagte er; „Dank sei dem Herrn, der uns Alle wunderbar erhalten hat!"

„Ja wohl," versetzte der Alte. „Bei mir hat die Hand des Todes mächtig an die Pforte geklopft. Sieh', Franz, mein linker Arm ist lahm. Als ich Dich da liegen sah, meinte ich, Du seiest todt, und vor Schrecken traf mich der Schlag.

„Es wird mit Gottes Hülfe schon besser und der Arm wieder brauchbar werden. Nur dürfen wir nicht vergessen, daß der Herr der rechte Arzt in Israel ist, und nicht die Menschen; der auch inwendig alle unsere Gebrechen heilet."

„Du hast Recht, Franz," sagte der Alte. „Ob ich gleich leiblich leide, fühle ich doch die heilende Hand des Herrn auch inwendig, und Du wirst morgen sehen, wie ich das verstehe." Er drückte des Sohnes Hand.

„Wo ist denn das Käthchen?" fragte er darauf, und über das Antlitz des Sohnes flog ein Lichtstrahl seliger Freude.

Der Lehrer brachte sie. Schüchtern und geschämig zur Erde blickend, ja fast zitternd und bleicher Wange, trat sie zu dem Siech=bette des Mannes, dessen eiserne Hand schwer auf ihrem Familien=glücke, ja erdrückend geruht. Sie wagte es nicht, ihn anzusehen.

Der Alte betrachtete sie lange und wohlgefällig. „Kind meines Bruders," sagte er dann, „Dein Vater und Deine Mutter sind nicht hier, daß ich sie um Vergebung bitten könnte. Laß mich es bei Dir thun. Vergib mir, Kind, das Unrecht, was ich Euch zufügte! So weit es Menschen vergüten können, habe ich es gut gemacht und werde es noch gut machen. Willst Du?"

Alle die Erinnerungen stürmten auf das jugendliche Herz ein. Was sie nicht erlebt, sie hatte es ja gehört von der Mutter und der Koselin. Aber ein Blick auf Franz, und sie gedachte der heiligen Pflicht des Christenherzens. Sie sagte:

„Möge Euch Gott so vergeben, wie ich Euch vergebe!"

„O Du milder Engel!" rief der Alte, wunderbar ergriffen, aus; „Du gießest Balsam in mein wundes Herz und Frieden in meine Seele. Ja, Gott wird mir vergeben, wie Du vergabst; aber er wird Dich auch segnen, wie Du es verdienst! Kind meines Bruders," rief er mit größerer Anstrengung, „mein Franz hat Dich lieb. O ich bitte Dich, wenn auch Du ihm nicht grollest um meinetwillen, gib ihm Deine Hand. Werde sein Weib. Dann erst ist der Fluch verschwunden, und der Frieden kehrt wieder!"

Er sank zurück. Ein tiefes Stöhnen drang aus seiner Brust hervor, und das Zusammenzucken seiner Gestalt ließ eine Rückkehr des Schlages fürchten.

„Doctor!" rief Franz angstvoll in den Saal hinaus.

Er kam, nahm das Licht und trat zum Bette.

Allmälig trat jener furchtbare, aber unverkennbare Ausdruck des Gesichtes hervor, welcher der Stempel des Todes ist.

Jetzt setzte der Doctor das Licht wieder auf den Tisch. „Käthchen," sagte er zu dieser, „diesmal ist es mit der Pflege nichts. Der Sohn bedarf ihrer nicht, weil er gesund ist, und der Vater eben so wenig, weil er vollendet hat! Er ist gestorben, und menschliche Hülfe war vergeblich, denn ich erkannte sein nahes, unausbleibliches Ende." Er ging hinaus.

Franz drückte dem Greise die Augen zu. Dann knieten die Dreie, Käthchen, Franz und der Schulmeister, nieder am Sterbebette und beteten lange und innig. Und als sie aufgestanden, ergriff der Letztere des Mädchens Hand und sagte: „Käthchen, dieser Abend ist ein Abend reichen Segens. Du hast ihm Frieden gegeben, und sein Wort heiligt Eure Liebe. Gottes Segen wird Euch nicht fehlen."

Der Arzt trat im Saale wieder zu ihnen.

„Herr Doctor," sagte der Lehrer, „darf Franz mit uns heimkehren?"

„Nein," sprach der Doctor. „Er hat auch Morgen noch Zeit. Ich dächte aber, ihr bliebet Alle hier. Es ist Ein Uhr nach Mitternacht. Die Ruhe wird Euch Allen Bedürfniß sein, wie mir. Ich denke, hier neben dem Hospitale, im Adler, findet Ihr, was Ihr suchet."

Franz entschied schnell, und sie gingen hinüber in das Gasthaus, wo der Knecht mit den Pferden noch harrte und mit Erschrecken das Ende seines Meisters vernahm. Hannickel war heimgeeilt, sein Glück, die erlassene Schuld seinem Weibe und seinen Kindern zu verkündigen.

7.

Am andern Morgen kam der Notar in's Hospital, wurde aber in den Adler gewiesen. Da saßen die Dreie ernst und still beim Frühstück. Der Notar bezeugte sein Beileid, und legte in Franzens Hand ein Aktenstück. Es war die Schenkung an die Wittwe Merk, wie sie Franz gefordert. Er legte sie in Käthchens Hand, nachdem der Notar weggegangen war, und sagte: „Gott sei Preis, er hat seine Seele befreit und Recht geübt. Käthchen, Du bist nun eine reiche Erbin."

Das Mädchen erschrack heftig.

Der Lehrer las ihr das Dokument vor. „Ach Gott," sagte sie, „was sollen denn alle die Bestimmungen?"

„Dich und Deine Mutter in ihre Rechte einsetzen," sagte Franz.

„Sag' Kind," fragte der Lehrer schalkig: „Wirst Du denn nun auch den Franz nehmen, da Du so reich bist?"

Erröthend blickte sie, aber strafend, den Lehrer an. Dann legte sie ihre Rechte in die Franzens und sagte: „Im Angesichte des Todes hätten wir uns verlobt, wenn es nöthig und möglich gewesen wäre, laßt uns von solchen Dingen nicht reden."

Franz zog sie an seine Brust, und der Lehrer bereute das unbesonnene Wort, das ihr wehe gethan hatte.

Nachdem Franz den Sarg bestellt und noch Einiges mit dem Arzte geredet hatte, bestiegen sie den Wagen und fuhren heim.

Das ganze Dorf war in Bewegung. Die Todeskunde war schon vorausgeeilt; nicht aber die, daß Käthchen und Franz Verlobte seien. Daß sie so traulich zusammen saßen, das fiel wohl den Leuten auf.

Vor dem Häuschen, um dessen Wände die Rebe ihre Liebes= arme schlang, hielt der Wagen, und die Merkin hieß sie willkommen.

Was da drinnen weiter vorging, blieb ein Geheimniß, aber, als die Koselsbaf' heraustrat, die bei der Merkin gewesen war, und die Leute sie neugierig umdrängten, sagte sie: „Wartet's ab! Aber das sag' ich Euch, daß Merk's Käthchen Franzens Braut ist, und daß der Herr im Himmel Alles wohlgemacht hat."

Das war nun für's Erste. Aber am Nachmittage, nachdem Franz lange bei dem Pfarrer verweilt hatte, ging ein seltsam Gerede durch's Dorf. Der und Jener wurde gerufen und erhielt von Franz Quittung über alle Rückstände; den Aermsten zerriß er den Schuldbrief und Allen sagte er: „Ich handle im Sinne meines Vaters."

Da kam es denn, daß mancher Fluch zum Segen wurde, und bei dem Leichenbegängnisse zeigte es sich, wie sich die Gesinnung der Leute geändert hatte. Mit großer Theilnahme holte die Gemeinde die Leiche an der Grenze der Ortsgemarkung ab und geleitete sie zu Grabe, wo manche Thräne floß, die gewiß einen stillen Segen in sich schloß.

Ein Trauerjahr hielt Franz strenge ein; denn so wollte es die liebliche Braut.

Dieses Jahr gab Zeugniß davon, wie die Nacht im Bleichhaus hier gewirkt. Franz legte den Grund zu einem Versorgungshause für arme Alte, dessen Bau ein Lieblingsgedanke seiner Seele war. Der Pfarrer und der Lehrer waren dabei seine berathenden Helfer. Er stiftete Capitalien für die Erziehung armer Waisen und andere wohlthätige Einrichtungen und gab so fast alle seine Capitalien hin. Zu Käthchen sagte er: „Nun mußt Du auch arme Menschen ernähren!" Sie lächte und sagte, „Du hast ja doch das Meiste, und wenn Du bettelarm wärest; denn Du bringst den Segen mit, den Segen der Armen, und den Segen Gottes. Das ist ja das rechte Gut. Ich weiß, daß Du scherzest; ich aber meine es so ernst, als ich es nur meinen kann mit meinen Worten."

Das fühlte Franz tief und drückte das treffliche Mädchen mit Dank gegen Gott an seine Brust.

Als endlich das Jahr um war, segnete der Pfarrer den

heil'gen Bund zweier glücklicher Menschen. Nie war im Dorfe eine
Trauung so gefeiert worden. Alles, was sonst die Hochzeiten zu
Gelagen macht, hatte Käthchen verboten, und Franz stimmte ihr
vollkommen bei; aber alle Armen waren reichlich beschenkt worden.
Nur eine kleine Genossenschaft war in Franzens Haus geladen, der
Pfarrer, der Lehrer und seine Frau und die alte Koselsbas'. Aber
der Zug zur Kirche war auch kein gewöhnlicher. Die ganze Gemeinde, Männer, Weiber, Jünglinge und Jungfrauen umstanden
in den Sonntagskleidern das Häuschen der Wittwe Merk, und
als die Glocken läuteten, trat das Brautpaar aus dem Häuschen,
und es folgten zunächst nur die, welche zur Hochzeit geladen waren.
Die ganze Gemeinde schloß sich an. Käthchen weinte Thränen
der Freude und des Dankes gegen Gott. Unendlich erhebend war
die Feier, und als das junge Ehepaar durch die Reihen ging, da
reckten Alle die Hände hervor und drückten die ihren, und manche
Stimme versagte, als sie den Glückwunsch sprechen wollte.

Als die Koselin in Franzens Haus endlich angekommen war,
rief sie aus: „Heiliger Sanct Antonius von Padua! es war Zeit
für Euch, daß es ein Ende hatte; denn das Herz wollte mir bersten
vor Freude, Rührung und noch Etwas, dem ich eigentlich keinen
Namen zu geben weiß!“

Die Mutter Merk zog zu den Kindern, und die Koselin auch,
daß ihre alten Tage sorgenlos würden. Und das Glück wohnte
bei ihnen Allen und der Segen Gottes, und die Nacht im Bleich=
häuschen wurde von Allen gesegnet, so lange sie lebten; denn durch
diese Nacht war der Fluch zum Segen geworden, und aus den
Wirren kam der Friede, weil der Weg des Unrechts zu einem Wege
des Rechts geworden war, und ein Weg der Umkehr zu dem Herrn.